里程碑
文库
THE
LANDMARK
LIBRARY

人类文明的高光时刻
跨越时空的探索之旅

莎士比亚

我们世界的戏剧

[英] 彼得·康拉德 (Peter Conrad) 著

SHAKES-
PEARE
THE THEATRE OF
OUR WORLD

北京燕山出版社
BEIJING YANSHAN PRESS

To the Reader.

This Figure, that thou here seeſt p
It was for gentle Shakeſpeare
Wherein the Grauer had a ſtrife
with Nature, to out-doo the li
O, could he but haue drawne his v
As well in braſſe, as he hath hi
His face ; the Print would then ſu
All, that was euer writ in braſ
But, ſince he cannot, Reader, loo
Not on his Picture, but his Boo

1623年在伦敦出版的《配腐・杀士比亚戏剧集》卷首剧初版剧
（即《第一对开本》）。

Mr. WILLIAM SHAKESPEARES

COMEDIES, HISTORIES, & TRAGEDIES.

Published according to the True Originall Copies.

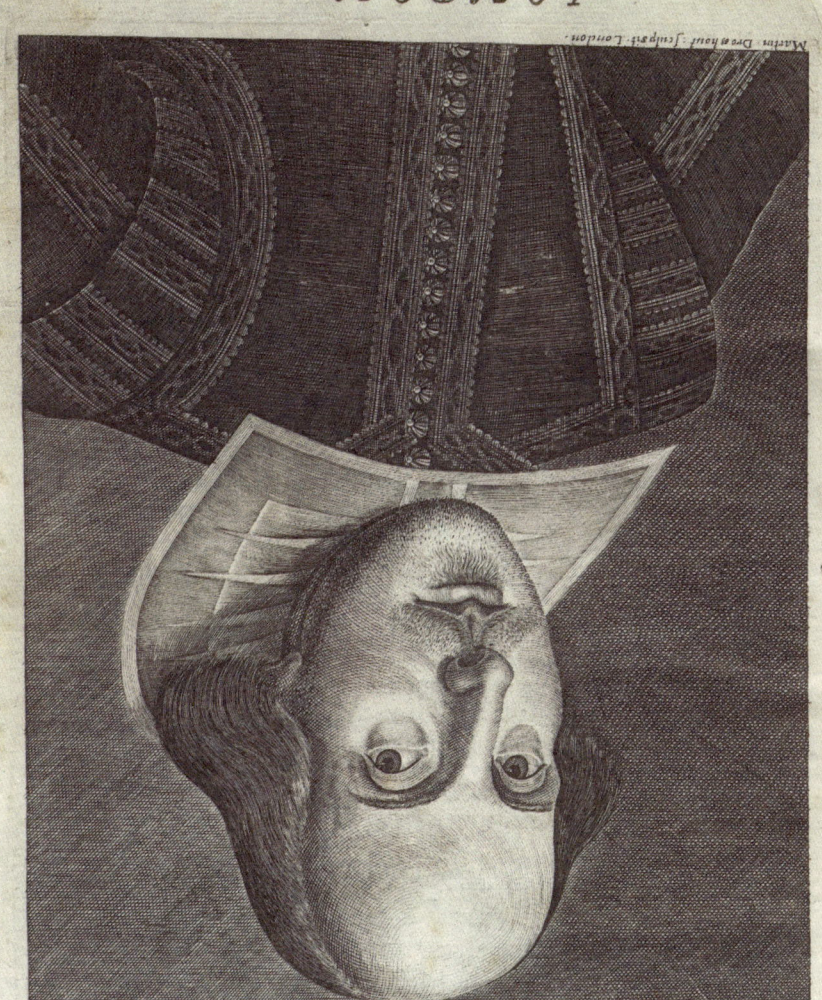

Martin Droeshout sculpsit London.

LONDON

Printed by Isaac Iaggard, and Ed. Blount. 1623.

莎士比亚：
戏剧世界与人性永恒的舞台石

[英] 彼得·康拉德 著
乔俊歧 译

图书在版编目 (CIP) 数据

莎士比亚：戏剧世界与人性永恒的舞台石 / (英) 彼得·康拉德著；乔俊歧译. -- 北京：北京燕山出版社，
2021.10
(斐波那契文库)
书名原文：Shakespeare : The Theatre of Our World
ISBN 978-7-5402-6173-3

Ⅰ. ①莎… Ⅱ. ①彼… ②乔… Ⅲ. ①莎士比亚
(Shakespeare, William 1564-1616) — 戏剧文学 — 文学研究
Ⅳ. ①I561.073

中国版本图书馆 CIP 数据核字 (2021) 第 175526 号

SHAKESPEARE
THE THEATRE OF OUR WORLD
by Peter Conrad

First published in the UK in 2018 by Head of Zeus Ltd
Copyright © Peter Conrad 2018
Simplified Chinese edition © 2021 by United Sky (Beijing)
New Media Co., Ltd.

北京市版权局著作权合同登记号 图字：01-2021-4520 号

选题策划	联合天际·文艺生活工作室
责任编辑	李煜 冯雅君
特约编辑	李晓彤 刘潇潇
美术编辑	梁全新
封面设计	左左

本书著作权、版权及所有权益归本著作权人。未经著作权人书面许可，任何人不得以任何方式使用。

出版人	夏艳彬
出 版	北京燕山出版社有限公司
发 行	未读（天津）文化传媒有限公司
社 址	北京市丰台区东铁匠营苇子坑138号嘉城商务中心C座
邮 编	100079
电话传真	86-10-65240430 (营销部)
印 刷	北京雅图新世纪印刷科技有限公司
开 本	889毫米 × 1194毫米 1/32
字 数	221千字
印 张	11.25印张
版 次	2021年10月第1版
印 次	2021年10月第1次印刷
ISBN	978-7-5402-6173-3
定 价	88.00元

未读 CLUB
会员服务平台

关注未读好书

本书若有质量问题，请与本公司图书销售中心联系调换
电话：(010) 5243 5752

致读者

永恒恋睡美人，
图的是她睡的永不醒；
画师的手法极尽辛勤
缓与透明一齐复下；
唯，若他的睡慕也能刻画
颂其反面，
那样中必会唯唯诺诺，
有如，世无已之秘。
但既然这做不到，
那之至极，
不要看他的画像，
读他的书吧。

本·琼森*

---

* 本为英国剧作家、诗人，文学评论家本·琼森（1572—1637）为《第一对开本》题写的卷首诗，未经推敲的译文。

目录

1 诗必长存   1
2 啊，世界，世界，世界！   39
3 了不起的杰作   73
4 不变的场面，或不羁的诗篇   101
5 空话，空话，空话   143
6 这儿就是亚登森林   185
7 呈现未知   209
8 地球上所有的一切   253
9 万世流芳   289

莎士比亚创作年表   324
延伸阅读   326
致谢   329
图片来源   330
译名对照表   331

1

* * * * * *

诗必长存[*]

永恒的莎士比亚

画不像的画像

身兼演员的剧作家

诗人神父

不信之人

---

[*]《莎士比亚十四行诗》第十八首。如无特殊说明,本书所引莎士比亚十四行诗译文皆出自辜正坤译本(《莎士比亚诗集》,外语教学与研究出版社2016年4月版),根据上下文略有改动。

在英国国家剧院大厅里悬挂着一块石匾，匾上的铭文是把这栋建筑物献给——不，是供奉给——"永远活在我们心中的威廉·莎士比亚"。这段肃穆的文字有种招魂的效果，仿佛在召唤莎士比亚的亡灵到剧院方正的水泥大厅里巡视，就像埃尔西诺[*]那个想在消失前被人记住的鬼魂一样。不过在1400米外莎士比亚自己的地盘上，也就是重建后的环球剧院，他的形象就不那么像幽灵了。他的名字和他那张留着山羊胡子的清瘦面庞出现在五花八门的周边商品上，包括巧克力、运动衫、便帽、袖扣、耳环、咖啡杯、冰箱贴、塑料小黄鸭，还有陶瓷骷髅头存钱罐——后脑勺带投币口的那种，等等。

莎士比亚或许想不到，人们会以如此虔诚又利润可观的方式纪念自己。尽管他曾在一首十四行诗中预言："只要人眼能看，人口能呼吸，我诗必长存，使你万世流芳。"[†]但他的戏剧总在讲述生之须臾，也因此平添了一份异趣。我们可以用"一个人对着手中的骷髅开玩笑"这象征性的一幕，来概括莎士比亚所有的剧作。他笔下人物的语言里也充斥着隐喻，在《一报还一报》中，公爵许诺，说安哲鲁的名字会被刻在永恒的"铜柱"上，还说它可以：

永垂万世而无悔。[‡]

---

[*] 丹麦东部城市赫尔辛格的英语别称，哈姆莱特正是在这里的城堡上看到了老国王的鬼魂。

[†]《莎士比亚十四行诗》第十八首。

[‡]《一报还一报》第五幕，第一场。如无特殊说明，本书引用的莎士比亚戏剧均基于朱生豪译本（《莎士比亚全集》，人民文学出版社2014年版），根据上下文有调整。

但无论是锃亮的金属还是坚固的堡垒，都敌不过时间的啃咬和磨蚀。就算是爱，也无法抵御时间摧枯拉朽的力量，没能兑现他十四行诗中的承诺。在《终成眷属》开头，海丽娜为挚爱的父亲服丧六个月后自问："他是个怎样的人？"接着，又羞愧地坦承这一赤裸裸的事实，"我早就忘记了。"*

这几乎就是莎士比亚1616年去世时的境遇。与本·琼森不同，他从未把自己的戏剧收集成册妥善保存，而是由演员约翰·赫明和亨利·康德尔在1623年为他结集了《第一对开本》。所以，我们得感谢他们，留存了人类世界最生动且戏剧化、最复杂而富于诗意的文学篇章。四个世纪过去了，莎士比亚早已成为人们景仰与缅怀的对象，而他笔下的人物依然活在读者心中，生气勃勃。麦克白说，有一把幻想中的匕首为他"指示着要去的方向"。† 莎士比亚笔下的人物，无论善恶，也起着同样的作用：罗密欧表现了少男情窦初开的心情；哈姆莱特揭示了我们内心的冲突；理查三世告诉我们，只要有心，弱点与劣势都能化作力量；面对父权统治下的社会不公，考狄利娅三姐妹向人们展示了截然不同的应对方式；克莉奥佩特拉和麦克白夫人，一位是美艳的女神，另一位是鄙夷"人情的乳臭"‡的杀手，都与传统的女性形象大相径庭；宽宏大量、能屈能伸的罗瑟琳是"女人"的代表，或者鉴于她的中性

---

* 《终成眷属》第一幕，第一场。
† 《麦克白》第二幕，第一场。
‡ 《麦克白》第一幕，第五场。

气质，我们可以说她是"人"的代表；福斯塔夫笑对世界，李尔却对它破口大骂，费斯特则在《第十二夜》结尾快活地唱着告别曲，对抗人世间的沉重失落。这些虚构人物在剧院化作实体，塑造了我们对爱与死亡、道德与良知的理解，也让我们看到自己是何等独特，又何等多面。

莎士比亚戏剧舞台是交换身份的乐园。看着他笔下的人物袒露或掩饰自我、扮演或互换角色，我们也逐渐意识到，人生其实就像一场表演练习。身为演员，我们必须像波顿说的那样，"排练起来像点儿样，胆子大点儿"[*]：普洛斯彼罗写好脚本，让其他人"表现我一时的空想"[†]；迫克导演了一场乱七八糟的戏；"生性吹毛求疵"[‡]的伊阿古一面旁观，一面往笔记本上写写画画。我们可以选择成为他们中的任何一个，不过在人生这场漫长的舞台剧中，我们很可能每个角色都要扮演，要么挨个儿演一遍，要么一人分饰多角。我们一生中所有的际遇，都已被剧中的某个角色预言，他们的话语是那么有力、动人、凝练，我们只需直接引用便是。有时这会让人觉得，仿佛我们每个人都出自莎士比亚之手。

* * *

赫明和康德尔结集《第一对开本》是为了"纪念一位令人钦

---

[*] 《仲夏夜之梦》第一幕，第二场。
[†] 《暴风雨》第四幕，第一场。
[‡] 《奥瑟罗》第二幕，第一场。

佩的挚友兼同僚",但他们并没告诉我们,莎士比亚是怎样一个人。所以我们不妨再提一次海丽娜问的那个问题:他是个怎样的人?

我们对他本人知之甚少,或许他终究是不可捉摸的。他出身平凡,除了事业辉煌,其他方面都平淡无奇。他既不像"万人迷"菲利普·锡德尼那样魅力四射,也不像克里斯托弗·马洛那样口无遮拦、招人讨厌,并最终惨死于一场客栈决斗。莎士比亚留下的蛛丝马迹大多与钱财有关,包括欠税记录、置产凭证,还有一份给妻子安妮·哈瑟维的不太厚道的遗嘱。点亮他生平的,则是各种捏造出来的逸事:传闻他早年曾在埃文河畔斯特拉特福镇上偷过一头鹿,后来又在伦敦跟理查德·伯比奇"共享"过一名情妇,伯比奇曾扮演过他笔下的众多悲剧角色。他还曾出庭做证,那场官司牵涉他房东的女儿,不过他的证词非常简短,根据书记员的一条记录,他说自己"什么都不记得了"。在笔录上签名时,他把姓名简写成了"威尔姆·莎普"[*]——是疏忽,还是有意隐姓埋名?

威廉·黑兹利特是19世纪莎士比亚评论家中最善于洞悉人物心理的一位,他恰当地归纳了莎士比亚剧中人物的特质:哈姆莱特异想天开、克莉奥佩特拉诡计多端、科利奥兰纳斯性格火暴,并认为他们"各不相同,也不同于作者本人",后者绝不像他笔下的人物那么刁钻古怪。黑兹利特认为莎士比亚应该"与常人无

---

[*] 原文为Wllm Shakp。

异",前提是"他一人千面"。这句话无比精准地涵盖了他塑造的那些性格各异、水火不容的人物。人有一千张面孔，就等于没有面孔。所以黑兹利特认为，我们应该把莎士比亚抽象化，视其为"巨人族"中"最高大、最强壮、最优雅、最美丽的一位"。

话虽如此，早期的莎士比亚肖像却毫无魅力可言。在马丁·德罗肖特为《第一对开本》创作的版画里，他把莎士比亚画得目光呆滞、面庞瘦削、神情严肃，头发僵硬得像劣质的假发，拉夫领锋利得仿佛随时能削掉他的脑袋。相比之下，斯特拉特福教堂里那尊由海拉特·詹森创作的胸像倒是圆润了不少，这位莎士比亚看上去宛如一位外省乡绅，手握一支羽毛笔，仿佛正准备记账或给村委会议做纪要，我们却无法透过这张面孔窥见他的思想。维克多·雨果对莎士比亚佩服得五体投地，曾把他的剧作奉为"间接的神迹"，说他的头脑就像原始的森林、汹涌的大海，又把他比作一只秃鹰，时而疾速俯冲，时而直上云霄。德罗肖特和詹森塑造的形象可没有这份隽永，也缺乏这种"鹰"姿。

莎士比亚在他那个时代绝非圣贤，他走上神坛的过程是漫长的，或许还带点勉强。本·琼森尽管为他的离世哀悼，却也提到，人们并没把威斯敏斯特教堂里乔叟和斯宾塞的雕像挪到两旁，好给莎士比亚腾个位置，所以他仍是"一座没有坟茔的纪念碑"。对此，弥尔顿反驳说，莎士比亚不需要什么"尖顶高耸星空的金字

下页图
埃文河畔斯特拉特福圣三一教堂中的莎士比亚纪念雕像，海拉特·詹森作。

IVDICIO PYLIVM GENIO SOCRATEM, ARTE MARONEM,
TERRA TEGIT, POPVLVS MÆRET, OLYMPVS HABET

STAY PASSENGER, WHY GOEST THOV BY SO FAST,
READ IF THOV CANST, WHOM ENVIOVS DEATH HATH PLAST,
WITH IN THIS MONVMENT SHAKSPEARE: WITH WHOME,
QVICK NATVRE DIDE WHOSE NAME, DOTH DECK Y TOMBE,
FAR MORE, THEN COST: SIEH ALL, Y HE HATH WRITT,
LEAVES LIVING ART, BVT PAGE, TO SERVE HIS WITT.

OBIIT ANO DO 1616
ÆTATIS 53 DIE 23 AP.

...IO SHAKESPEARE
ANNO POST MORTEM CXXIV
AMOR PVBLICVS POSVIT

> The Cloud capt Towrs
> The Gorgeous Palaces
> The Solemn Temples,
> The Great Globe itself
> Yea all which it Inherit
> Shall Dissolve
> And like the baseless fabrick of a Vision
> Leave not a wreck behind

GUL: KENT INV: P. Scheemaker
           M DCC XL

WILLIAM SHAKESPEARE 1564~1616
BURIED AT STRATFORD~ON~AVON

塔"。可他真有这个资格吗？威斯敏斯特教堂的诗人角专为诗人设立，他们从事着一门古典艺术，也都和弥尔顿一样，相信闻达于世是一种高贵的追求。剧作家却是一个新生的行当，它没那么高雅，还必须照顾商业利益和观众需求，像流行歌曲这类应季商品一样速朽。

尽管如此，到了18世纪中叶，塞缪尔·约翰逊仍不无惊讶地发现，莎士比亚逐渐"有了古人的尊荣"，因而获得了"约定俗成的敬重"，人们开始为他立碑。不过在此之前，工匠们首先得弄清这位"永恒的莎士比亚"到底长什么模样。到了1741年，威斯敏斯特教堂终于竖起了一尊莎士比亚雕像。这个莎士比亚出自彼得·施梅克斯之手，他向一侧稍稍欠身，仿佛被后世的期望压弯了腰，同时把胳膊支在一摞戏剧选集上，但那其实是他死后才出版的。一把象征悲剧的匕首轻轻擦碰着他摘下的桂冠：这是否代表他拒绝接受人们赋予他的崇高地位？他用另一只手指着一张展开的卷轴，它曾经空了很长时间，因为人们对莎士比亚应该留下什么样的遗言莫衷一是。最终，人们在这块大理石板上刻上了《暴风雨》中普洛斯彼罗的一段话，他在那段话里预言世界终将消散。在剧中，这段台词打断了一场魔法演出，带有一种惊人的虚无主义色彩：难道人生真是"一场幻景"，短暂得就像舞台上的表演？倘若教堂里举行国家大典，这段文字对那种盛大的场面岂不

上页图
威斯敏斯特教堂的莎士比亚纪念雕像，彼得·施梅克斯作。

是一种可怕的冒犯？好在卷轴上的字迹也像普洛斯彼罗眼前"虚无缥缈的幻景"*一样，已经褪去了一些。

1836年，塞缪尔·科尔曼创作了一幅气势恢宏的灾难画，名为《末日尽头》。这个名字取自莎士比亚的一首十四行诗，他在诗中承诺他的爱将永远不渝，"直到末日的尽头"†。科尔曼对爱视而不见，却对末日情有独钟。他的画描绘了一个山崩地裂的场面，画面上，陷落的天空砸中了一座被闪电烤焦的城市。莎士比亚原诗中写到时间的刀刃缓缓磨蚀人间，这幅画却迫不及待地要让世界在烈焰中瞬间终结。在倾覆的马车和破裂的立柱间，有一样东西屹立不倒，那就是威斯敏斯特大教堂里那尊出自施梅克斯之手的莎士比亚雕像。漫天的火光中，大理石雕像依然神色泰然，俨然消逝的文明的最后遗迹——虽说按照画中的火势，莎士比亚的剧作应该早已随城中燃烧的图书馆一道化为灰烬了。

雕像令本尊难堪，让他们背负象征性的负担。相比之下，大英图书馆那尊由路易-弗朗索瓦·卢比里埃克创作的莎士比亚雕像起码还能稍稍松弛，不必在审判日为全人类申冤：他身材高挑，一只脚上似穿非穿地蹬着拖鞋，一只手做书写状，另一只手托着下巴，若有所思，仿佛特意为雕塑家摆出一副矫揉造作之态。不过，这份孤芳自赏其实是演员大卫·加里克强加给莎士比亚的，他在1758年请卢比里埃克创作了这尊雕像，自告奋勇地充当模特

---

* 《暴风雨》第四幕，第一场。
† 《莎士比亚十四行诗》第一百一十六首。

儿。到了1872年,另一尊更显顾影自怜的雕像在纽约揭幕,作者是约翰·昆西·亚当斯·沃德。这位莎士比亚仿佛正漫步在中央公园的文学大道上,一只手虔诚地捂着胸口,另一只手拿着一本书。他或许是想学哈姆莱特边散步边看书,好让波洛涅斯对他的谵妄症深信不疑。罗纳德·高尔勋爵1887年在斯特拉特福花园塑造的莎士比亚却不是个手捧书本的文人,而是一位万能的造物主,万众的景仰将他高高托起。雕像端坐在高高的底座上,目光顺着放射状的小径发散出去,投向尽头那四尊较低的雕像,它们围成一圈,划定了莎士比亚思想的边界:象征哲学的哈姆莱特对着郁利克的头骨皱眉;象征历史的哈尔亲王显得活力充沛;象征悲剧的麦克白夫人洗不去手上的血腥,只好扼住手腕;象征喜剧的福斯塔夫则一副大腹便便的模样。

1912年,亨利·麦卡锡为伦敦南岸教堂创作了一尊雕像,让莎士比亚躺在一处形似棺材的壁龛中慢慢进入永恒,但后者还不准备长眠:他用一只胳膊支起身体,另一只手摊开着,手中不时会出现崇拜者奉上的新鲜迷迭香枝。雕像正上方的那扇维多利亚花窗,仿佛一位特意为他安排的守护神:他站在一位专司诗歌的缪斯身旁,缪斯头戴王冠,头顶盘旋着一只白鸽,表明他是教义真理的传播者。1954年,这扇花窗被换成了克里斯托弗·韦伯的设计,他在画中去掉了这位文学里的圣灵。在这里,普洛斯彼罗俨然一位高举双臂呼唤上帝的神父,那束代表爱丽儿的光线,则很容易被错认作五旬节的鸽子*。不过，教堂已不再把艺术等同于福音真理，也不再把异教徒排斥在外。韦伯这扇现代花窗上还有猿人模样的凯列班、憔悴苍白的麦克白夫人和正在试穿红袍的福斯塔夫，那身红袍鲜艳得就像地狱之火。花窗上唯一缺席的就是这些戏剧人物的创作者，而他笔下千姿百态的人物——有的披着绶带对镜自赏，有的哀悼死去的战马，有的穿着小丑服上蹿下跳，有的在思索为什么自己头上会长出茸毛、耳朵变得又大又长——全都自顾不暇，没工夫关心他的下落。

* * *

如果说莎士比亚令人捉摸不透，那是因为他有意为之。而对于威廉·华兹华斯来说，诗歌是由抒情告白组成的，他相信莎士比亚在十四行诗中"敞开了心扉"。对此，罗伯特·勃朗宁则反驳说："果真如此，他就不是莎士比亚了！"

莎士比亚十四行诗往往以一句看似冲动的表白开头，"啊，再会吧，你实在高不可攀"†，或是"唉，不错，我确曾四处周游/当众献技，扮演过斑衣小丑"‡，仿佛痛惜自己在舞台上虚掷的人生。然而，随着诗歌逐渐呈现出规律，起初看似私密、亲昵的情感，

---

* 五旬节又称圣灵降临节，而鸽子通常被视为圣灵的代表。
† 《莎士比亚十四行诗》第八十七首。
‡ 《莎士比亚十四行诗》第一百一十首。

第14-15页图
《末日灾难中的莎士比亚》，塞缪尔·科尔曼作。

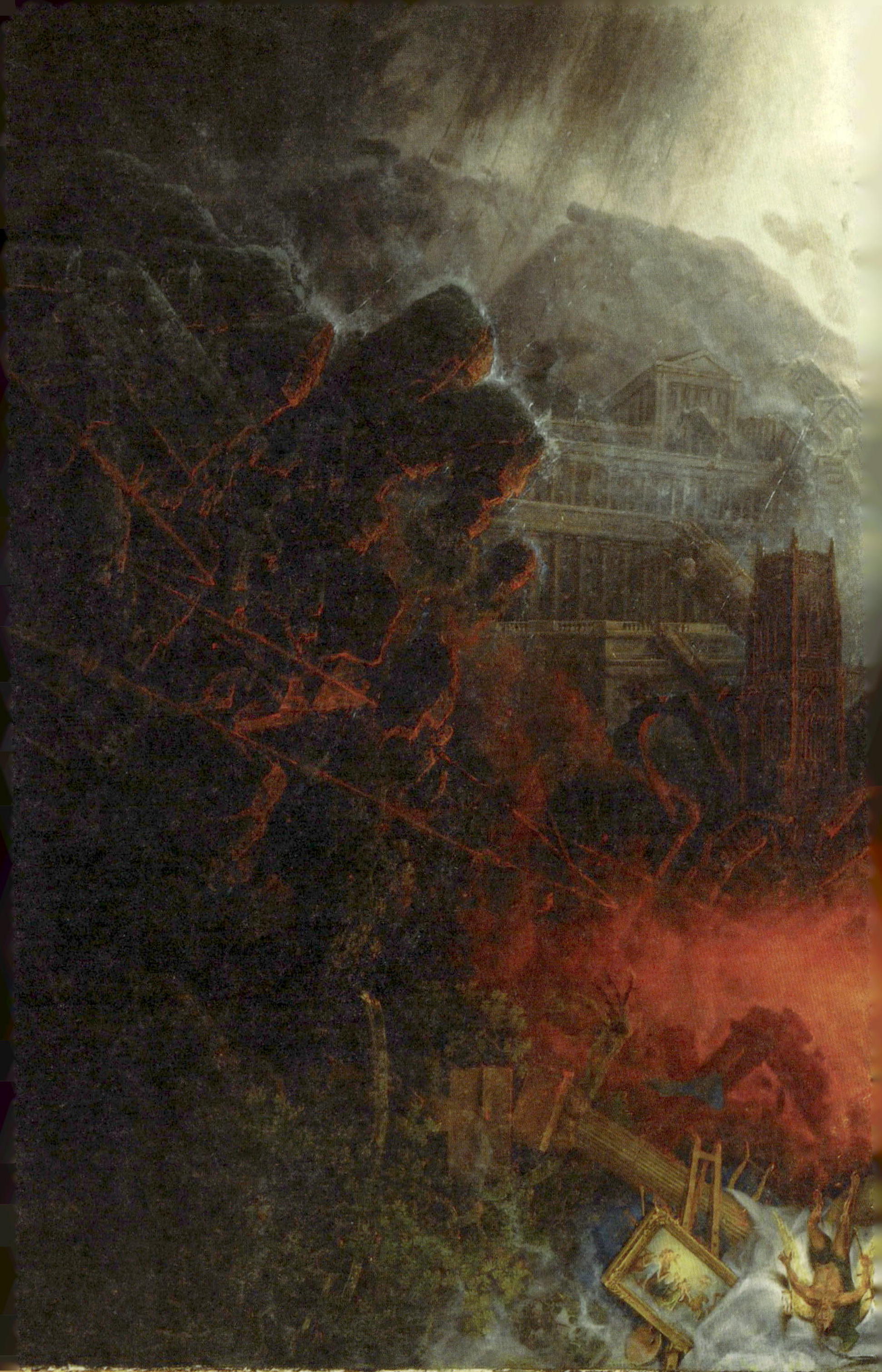

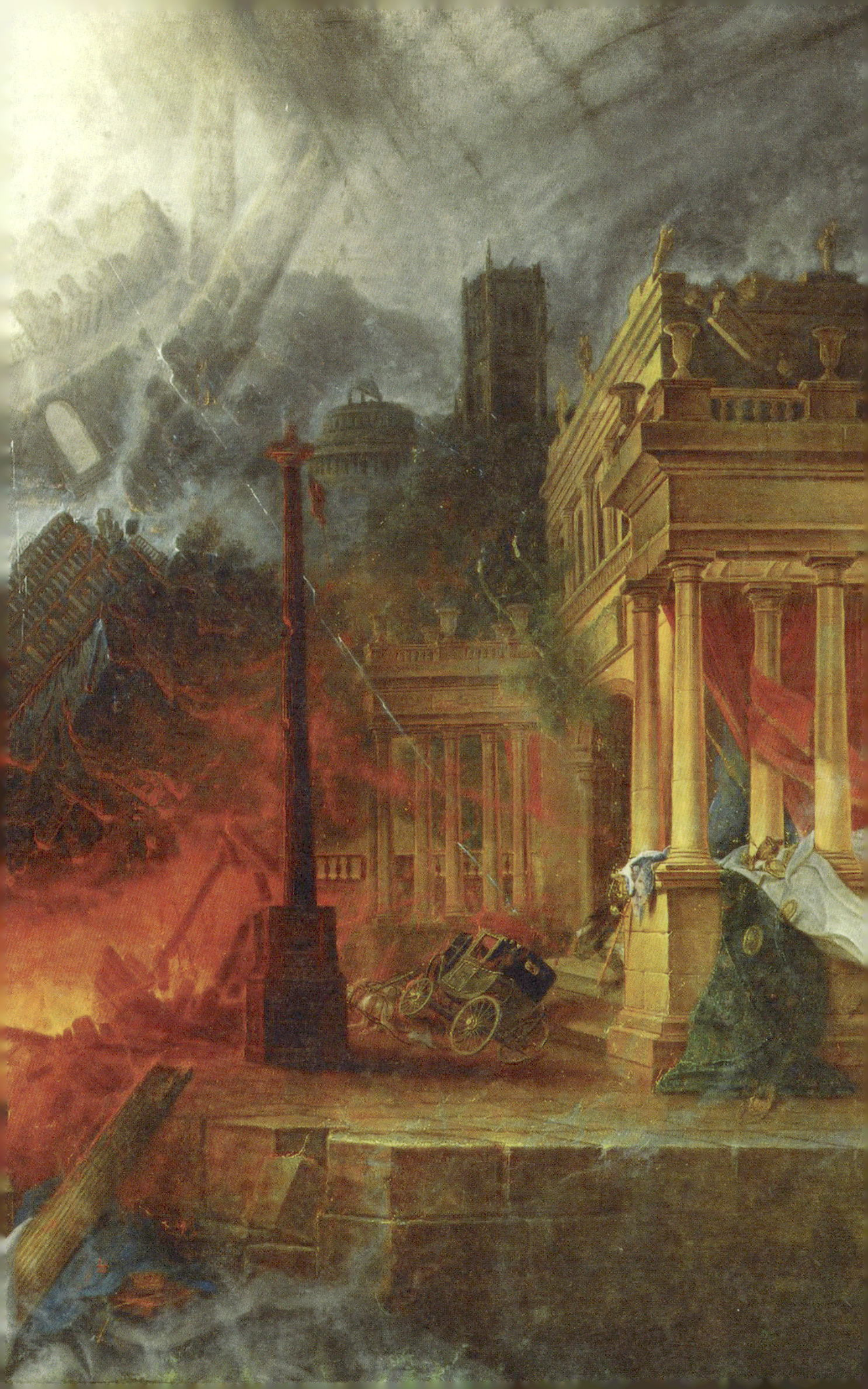

路易-弗朗索瓦·卢比里埃克创作的莎士比亚纪念雕像。

在接下来的三段四行诗中被分析截断或被辞藻化解,最终在结尾的对句里失去一切个人色彩,成为放之四海而皆准的情感:

> 天上太阳,日日轮回新成旧,
> 铭心之爱,不尽衷肠诉无休。*

有时,这些总结就像谚语,与其说是隐秘痛苦的写照,不如说是日常经验的产物。十四行诗第九十五首一开始猛烈地鞭挞了肉体的背叛,最后却警示说:"刀子虽利,使滥了刃也会钝会残。"这是庖厨中的常识,或许也是床笫间的真理。这里的"我"可以是另一个人,可以是任何人,也可以谁都不是。

《特洛伊罗斯与克瑞西达》开篇的致辞者穿着一身铠甲走上舞台,向观众解释说,自己之所以穿成这样,是因为"既担心编剧的一支笔太笨拙,又担心演戏的嗓子太坏,不知道这出戏究竟会演成个什么样子"†。剧本和表演由不同的人负责,在这门合作的艺术中,它们是分开的两个元素:开场白更是尴尬地夹在中间,致辞人既不是这段话的作者,也不是剧中的角色。尽管有这种不伦不类的角色存在,但其实莎士比亚特别在意作者与演员的区别,就连用第一人称写诗时也不例外。作者躲在演员背后,笔尖无声地流泻出另一个"我"要说的台词。我们不该期待从中窥见剧作家本人的情感世界。

---

* 《莎士比亚十四行诗》第七十六首。
† 《特洛伊罗斯与克瑞西达》开场白。

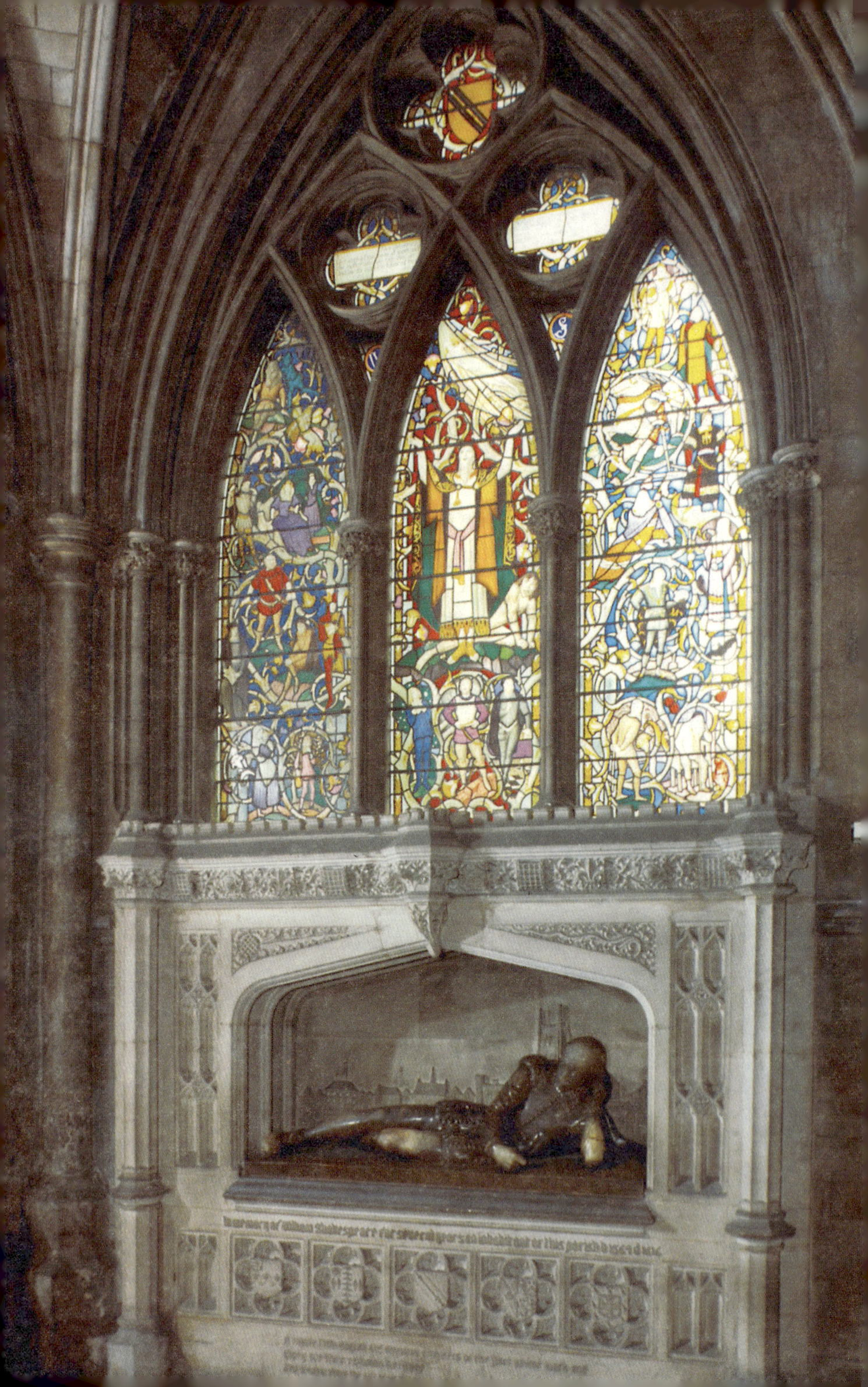

托马斯·卡莱尔推测莎士比亚的生活应该是"愉悦而平静"的，日子过得"安宁、充实、自足"，而且若不是因盗鹿被抓、不得不去斯特拉特福以外的地方谋生，说不定他这辈子都不用写一个字。卡莱尔的这番猜想颇有创世神话的意味：毕竟创世前本就自给自足、安详幸福的上帝，又何必自讨苦吃，非要创造人类这个令人头疼的物种呢？疑团和信息匮乏助长了臆测，有人竟提出莎士比亚戏剧的作者其实是另一位学问更高、出身更好的作家，比如马洛、弗朗西斯·培根、侍臣爱德华·德·维尔等。亨利·詹姆斯坚决不承认那个"来自斯特拉特福的家伙"就是"神圣的威廉"，怀疑莎士比亚或许是"这个过于宽容的世界有史以来最大、最成功的一场骗局"。

维多利亚时代的画家福特·马多克斯·布朗对"缺少这位民族诗人真实可信的肖像"感到困扰，因为这容易让人们怀疑或干脆否定莎士比亚的存在，这在他看来是不可容忍的。或许是因为，施梅克斯那位若有所思的圣贤，和卢比里埃克那位精干的智者，都谈不上真实可信，于是布朗决定亲自填补这个空缺。1849年，他凭想象绘制了一幅莎士比亚肖像，中和了德罗肖特版画中那个脸庞瘦削的男人和詹森雕像那略显圆润的形象。布朗还请来一位职业模特儿，为这幅颇像嫌犯素描的画像增添了几分乐观自信的稳重。画中人右手放在桌上，手边那排书籍都是莎士比亚的养料：普鲁塔克的《希腊罗马名人传》、乔叟和薄伽丘选集，还有哈姆

伦敦南岸教堂的纪念花窗及亨利·麦卡锡创作的纪念雕像。

莱特读过的蒙田散文集，不过这让画中人更像一位身披博士长袍、神情坚毅的莎士比亚学者。桌后的挂毯上，一名小号手吹响象征美名与荣耀的号角，手中擎着一顶加冕用的桂冠。授勋仪式即将开始，桂冠诗人直直向我们投来严厉的目光，仿佛早就认定没人敢质疑他的地位，不过他卷曲上扬的胡须却暗藏笑意，说明他只是在唬人而已，就像为卢比里埃克充当模特儿的加里克。莎士比亚是一位演员，伪装是他的工作；或许对他而言，自我只不过是另一个角色、另一张面具。

翻开弗吉尼亚·伍尔夫的小说《奥兰多》，我们会在一栋大宅的用人房瞥见一个不知姓名的家伙，他与福特·马多克斯·布朗笔下那位大人物截然不同，"身材肥硕，衣衫褴褛"，戴着一圈脏兮兮的拉夫领，摆弄着笔头，案头搁着一大杯酒。据说他的眼睛"鼓得像颗球"，这一线索透露了他的身份。奥兰多见了他，无动于衷，转身就走，并没认出自己日后"最崇拜的英雄"。这次无果的偶遇给莎士比亚的传记作者们提了个醒：要怎样才能避免被一位思想如此深邃、外表却如此平凡的传主迷惑呢？欧内斯特·道登曾试着解答这个问题，1875年，他发表了一篇论文，把莎士比亚的一生视作人生不同阶段的缩影。他认为随着作者年龄的增长，莎士比亚戏剧也从青年时喜剧式的乐观过渡到中年时悲剧式的危机，最终达到晚年美好的平静，道登相信那正是莎士比亚创作《暴风雨》时的心境。的确，我们一生中会承担种种职责，在各个阶段扮演不同的角色，但道登这番假设不是低估了莎士比亚的戏剧想象力，就是把剧中人物的喜怒哀乐强加在莎士比亚身上。狄更斯塑造《老古玩店》中那个邪恶的矮人奎尔普时曾感觉自己被魔鬼附体，后来又在公开表演《雾都孤儿》里南希被塞克斯谋杀的场面时因过度投入而损害了健康。相比之下，莎士比亚尽管塑造了无数畸人、恶魔和怪物，却丝毫没有发疯的迹象。

本·琼森虽然崇拜莎士比亚，却始终拒绝"造神"。这种克制的赞美迅速败给了另一种情绪，那就是萧伯纳口中的"莎翁崇拜"*。1664年，约翰·德莱顿宣称莎士比亚具有"我们民族有史以来最杰出的诗才"。加里克更是把时间大大提前，宣称莎士比亚是"开天辟地第一位天才"：上帝创造了世界，然后我们的剧作家在世间一点点填满居民。1769年，斯特拉特福举办了一场迟来的莎士比亚诞辰庆典，加里克在庆典上朗诵了一首《莎士比亚颂》（以下简称《颂歌》），满怀激情地向"我们岛国的旷世奇才"致敬。"是他！是他！"加里克高喊着，就像哈姆莱特认出了父亲的鬼魂。随后，伴随着庄严的鼓号声，他三呼那个"敬爱的、不朽的名字"，"莎士比亚！莎士比亚！莎士比亚！"把这场叫魂式的呐喊推向高潮。无独有偶，1771年，歌德也在一场演说中向莎士比亚致敬，把他比作希腊神话中的神祇，而不是希伯来神话中的上帝。歌德说莎士比亚就像普罗米修斯，用黏土塑造人偶再向他们吹气，赋予他们生命和语言。1776年，小托马斯·林利的《抒

---

* 原文Bardolatry是萧伯纳生造的一个词，由Bard（诗人）和Idolatry（偶像崇拜）组合而成，专指对莎士比亚的狂热崇拜，同时呼应了前文的"造神"。

情诗礼赞》在德鲁里巷*上演，他在剧中把莎士比亚的降生比作耶稣复活的预演。"诞生吧！莎士比亚！"随着林利的合唱团一声令下，上帝"最钟爱的儿子"、人类钦定的辩护者就诞生在斯特拉特福，而不是伯利恒†。1864年，纪念莎士比亚诞辰三百周年庆典在斯特拉特福举办，压轴曲目是亨德尔的《弥赛亚》，没有哪部莎士比亚戏剧能带来这种不可或缺的升华：费斯特的歌谣唱的是一场从创世之日下到今天的雨，那忧郁的曲调绝不是什么"哈利路亚"。同样，普洛斯彼罗也不会在阴沉地道别之后再加一句"阿门"。

19世纪下半叶，《旧约》神祇身上的光环逐渐散去，一个全新的光辉形象填补了他的空缺。卡莱尔认为莎士比亚早已作为"以美妙的语言传播天主至真教义的神父"领受了圣职，他笔下"普世的诗篇"比《圣经》经文更具基督教精神。1887年，休伯特·帕里为莎士比亚的四首十四行诗谱了曲，用作哀悼逝者、抚慰心灵的布道，只不过倾诉的对象从某个遥远的爱人变成了日渐式微的上帝。愿意相信造物主存在的人会相信莎士比亚。据说1892年丁尼生曾在临终的病榻上高呼："莎士比亚在哪儿？我要我的莎士比亚！"而放弃信仰的人也放弃了他。达尔文提出进化论之后也对莎士比亚失去了往日的热情，承认自己已经厌倦了他，

---

* 即皇家剧院所在地。

† 《圣经》所载的耶稣诞生地。

福特·马多克斯·布朗1849年凭想象创作的莎士比亚肖像。

甚至对他感到"反胃"。既然世间不存在什么神圣的造物主,那他又何苦要崇拜这位多产的文学之父呢?

为弥补上帝之死,马修·阿诺德在一首十四行诗中为莎士比亚注入了一种佛陀般的神秘与平静。面对人们的提问,莎士比亚只是沉默地一笑,但:

不朽之灵魂必须承受的每种痛苦,

一切教人软弱的缺陷、令人垂首的悲伤,

都在他昂扬的眉宇间找到了唯一的语言。

比起剧中人的雄辩,阿诺德更偏爱那张雕塑般沉静的面庞所流露的"唯一的语言"。他毫不在乎莎士比亚的喜剧,而是强调莎士比亚悲剧对我们这个不信上帝的世界是何等重要,说他守护着我们"对有限生命的艰难探寻"。

这些探寻者中最虔诚的一批已经踏上了朝圣之路,来到那座莎士比亚巴不得赶快离开的英格兰中部城市,寻访他的诞生之地。按照亨利·詹姆斯的说法,斯特拉特福现在已然成了"英语世界的麦加"。游客们来到这座"圣城",走进翻新后的莎士比亚故居,登上楼梯,环顾空荡的房间,踏入教堂墓地,在他的墓前沉思——大卫·罗伯茨画上的沃尔特·司各特就是这么做的。但他们却不打算造访剧院:这些探寻者来这儿的目的是祭奠一位隐秘的神灵,而不是领略莎士比亚笔下生趣盎然的人间。

沃尔特·司各特在斯特拉特福教堂中缅怀莎士比亚。

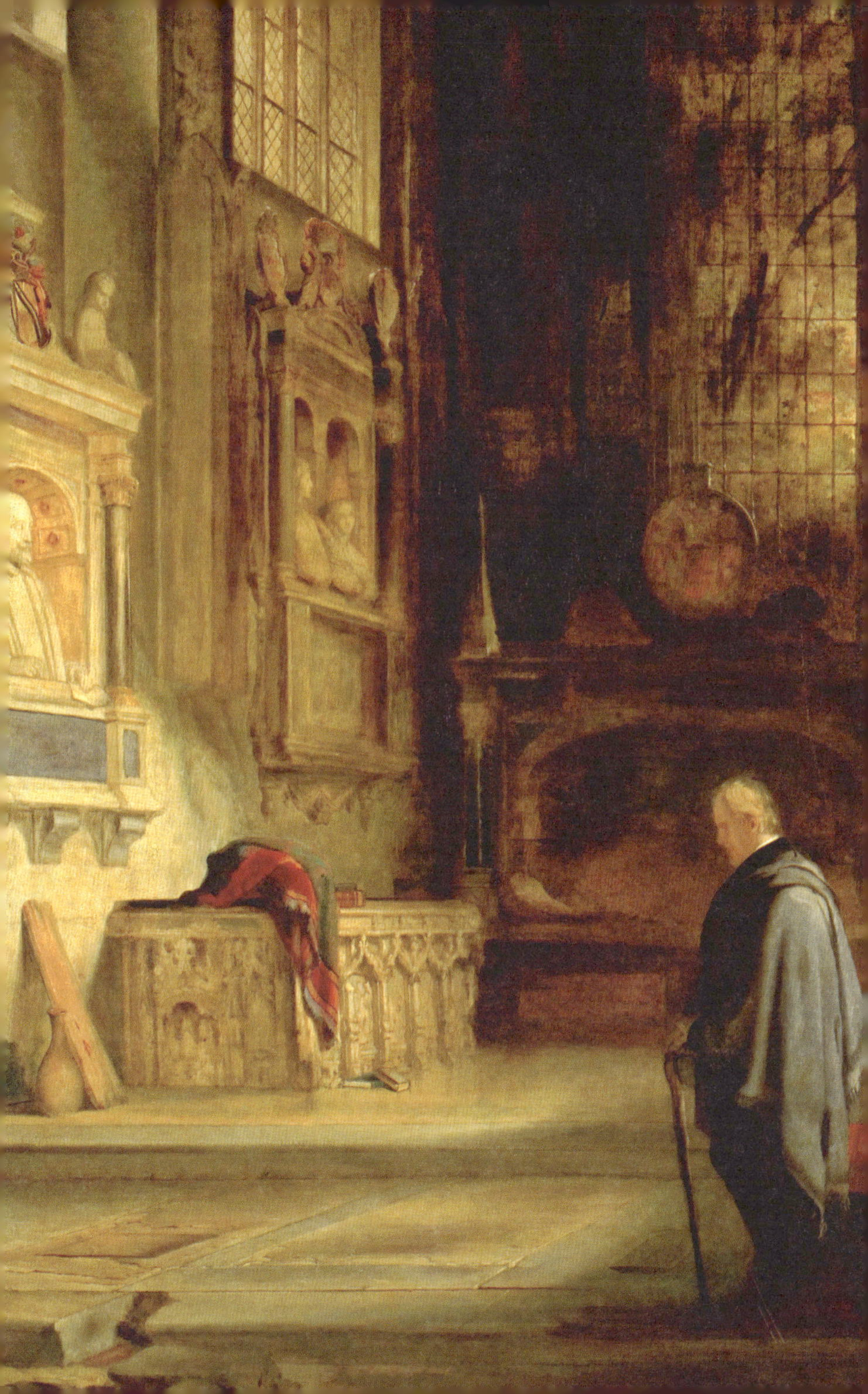

* * *

卡莱尔把这种现象称为对莎士比亚的"民族英雄式崇拜"。几位异教人士对此提出了质疑,抗拒那种约定俗成的正统。他们的观点可以理解,也具有一定价值,能促使我们重新审视莎士比亚为何如此重要。

托尔斯泰晚年曾怒斥莎士比亚是个"低劣的作家",他厌恶李尔的胡言乱语,也受不了剧中那些插科打诨和一语双关,除非它们出自龌龊的酒鬼福斯塔夫之口。他认为哈姆莱特"毫无个性可言",可我们每个人不都像这位自相矛盾的王子一样,有无数个相互抵触的自我吗?身为虔诚的基督徒,托尔斯泰看不惯莎士比亚那种缺乏"道德威严"和"宗教觉悟"的态度。但他忽视了莎士比亚戏剧最大的价值:它们完全替代了此前那些为阐释宗教寓言而创作的中世纪戏剧。这类寓言故事往往围绕面目模糊的"一般人"展开,而16世纪早期的道德剧会安排他们接受上帝的审判。如今,它们被另一种故事取代:故事里的男女主角全都颇具个性,他们往往缺乏道德意识,而且几乎从来不信上帝。

萧伯纳把这类"一般人"的创作者统称为"艺术家中的哲学家",但不包括莎士比亚。萧伯纳认为,莎士比亚正是因为无法理解世俗的悲欢离合,也"看不到生命的意义",所以才会把世界视作"全是些傻瓜的广大的舞台"*。要驳斥他的这种观点,我

---

* 《李尔王》第四幕,第六场。

们只需回想《第十二夜》中薇奥拉与西巴斯辛重逢的喜悦,或是《冬天的故事》中的里昂提斯在赫米温妮奇迹般地复活时百感交集的心情。在《皆大欢喜》中,许门说:"天上有喜气融融/人间万事尽亨通,和合无嫌猜。"*有时,天上神圣的喜剧†也会降临人间。

萧伯纳的意见里相对中肯的,是他认为莎士比亚"只见世界纷繁,不见世界统一"。这倒不假,却也算不上什么缺点。莎士比亚从不理会古典戏剧严格的时间、地点限制,而是放开戏剧的结构去展现人生的真相,告诉我们它是何等矛盾、无常,既不受上帝的控制,也不像萧伯纳以为的那样受使命感驱使。萧伯纳自己塑造的人物都是一神论者,都像圣女贞德那样认死理;而莎士比亚塑造的人物却千姿百态。哈姆莱特虽说大仇未报,却总禁不住要为额外的消遣分神;同样,李尔发疯后也不断看到"一向没有想到"‡的事物,譬如衣不蔽体、居无定所的穷人,还有垂涎烤奶酪的老鼠。海丽娜为什么会忘记父亲的模样?还不是因为她现在满脑子都是那个既讨厌又迷人的勃特拉姆。人类,就像福斯塔夫说的,只是"愚蠢的泥块"§,他们在逆境中显得悲壮,但在更多时候,面对烦恼和难堪,他们的反应都是滑稽可笑的。一个人偏爱莎士

---

* 《皆大欢喜》第五幕,第四场。

† "神圣的喜剧"原文为 divine comedy,也是但丁长诗《神曲》的英译名。

‡ 《李尔王》第三幕,第四场。

§ 《亨利四世》下篇,第一幕,第二场。

比亚还是萧伯纳,取决于他对人生的态度和对文学的期望,取决于他想从文学中得到同情还是鞭策,是愿意张开双臂拥抱缺憾,还是坚持认为人应该永远力争上游,应该像尼采笔下的超人那样,去攀登精神的巅峰。

与托尔斯泰的愤怒不同,萧伯纳对莎士比亚的态度更多的是不敬。他指责莎士比亚身上有英国人的通病:势利、重商、公然反智,他认为莎士比亚戏剧是"动物本能"的竞技场,例如恶棍科利奥兰纳斯和酒疯子波顿,而不是理性的论坛。在他这些大言不惭的批评背后,是一颗恬不知耻的好胜之心。"胜过莎士比亚?"萧伯纳在自己某本书的扉页上写下这样一个问题。但他并没有像新古典主义者那样,为了回答这个问题去重写莎士比亚的整部戏剧,而是改造了剧中那些"不听话"的人物。在他的《凯撒与克莉奥佩特拉》中,萧伯纳抹去了安东尼本人,和他与克莉奥佩特拉共度的那些旖旎的夜晚,着重刻画哲人王式的征服者与娇俏的年轻女王之间纯洁的爱情,写她如何在他的影响下变得"出口成章,不苟言笑,满腹经纶"。在萧伯纳的《心碎之屋》中,李尔克服了那种无谓的暴躁,静静等待世界被炸弹而不是风暴摧毁。1949年,萧伯纳创作了一部挑衅式的木偶短剧《莎氏对萧》,结束了他与莎士比亚之间这场实力悬殊的较量。在这部短剧中,莎氏不断挑衅,想逼萧动手,挨打后又抱怨对手比自己年轻三百岁,当然拳头更硬。萧嘲笑对手"死后尸体化作泥土/能把破墙填砌，替人挡雨遮风"*。莎氏指出这话正是自己说的，又用自己的另一句话，"熄灭了吧，熄灭了吧，短促的烛光"†，把两人同时拽入黑暗。萧伯纳不愿把生命比作闪烁不定的烛光，认为人生更像"一支熊熊燃烧的火把"，可以供他在接力赛中气势汹汹地挥舞。不过好在他还算识相，把总结陈词让给了莎士比亚。

相比之下，贝托尔特·布莱希特对莎士比亚持保留态度，则更多是出于政治考虑。他担心莎士比亚太过关注高高在上的大人物，譬如出身皇室的半吊子艺术家、"自哀自怜的寄生虫"哈姆莱特之流，或是麦克白之类的暴徒，并认为，我们对他们的堕落幸灾乐祸，会助长一种消极而毫无意义的"吃人的戏剧"。这种来自社会主义者的顾虑忽视了莎士比亚戏剧那一视同仁的悲悯。在《裘力斯·凯撒》中，勃鲁托斯因为给年轻的仆从卢修斯派了太多的活儿而过意不去；《李尔王》里的仆人们用麻布和蛋清为失明的葛罗斯特止血；就连那个奉命吊死考狄利娅的士兵，也给出了他从命的理由，因为这是"男子汉该干的事"‡，比他抛下的那些苦累的农活强多了——他最终死在李尔手上，成了这出悲剧连带的受害者。

D. H. 劳伦斯在一首讽刺诗中批评道："莎士比亚的人物是多么无趣，多么渺小！"尽管他们"用于沉思或咆哮的语言是如此

---

* 《哈姆莱特》第五幕，第一场。
† 《麦克白》第五幕，第五场。
‡ 《李尔王》第五幕，第三场。

美妙"。但正是那些上不得台面的小瑕疵,让莎士比亚的人物显得更加有血有肉:裘力斯·凯撒是个聋子;葛罗斯特的双臂因衰老而"瘫软"*;伊阿古与凯西奥同住时彻夜难眠,大概是犯了牙疼;奥瑟罗止不住鼻涕,只好去向苔丝狄蒙娜借手帕;就连哈姆莱特,都在比剑时因为身材发福而被母亲充满溺爱地取笑。这些细枝末节能拉近人物与观众的距离,譬如克莉奥佩特拉会不怀好意地打听奥克泰维娅的发色,或者在把珠宝交给奥克泰维斯时,谎称自己只留了些"女人家的玩意儿"†。莎士比亚的语言同样介于抒情的沉思与狂怒的咆哮之间,譬如哈姆莱特聪明绝顶的自夸,和他揶揄奥斯里克时那些愚蠢的婉语,还有肯特在《李尔王》中咒骂奥斯华德时说的那串机关枪似的形容词,《一报还一报》中公民们辛辣的下流话,《雅典的泰门》中的金融术语,道格培里在《无事生非》中语无伦次的官腔。莎士比亚把丰富的语言平分给每个角色,无论说话者地位如何,雄辩还是长舌,能说会道还是只能勉强叫上几声。在《暴风雨》中,爱丽儿手下的小精灵会发出各种声音,它们会吠叫、啼鸣,还会像铃铛一样叮当作响;围攻凯列班的猿猴吱吱叫个不停,蟒蛇嗞嗞吐芯;斯丹法诺描述的那只四脚怪兽前后都长着嘴,前面那张用来夸赞,后面那张用来咒骂,就像放屁那样。

  莎士比亚戏剧里洋洋洒洒的对白让我们看到,语言是人类共

---

* 《李尔王》第三幕,第七场。
† 《安东尼与克莉奥佩特拉》第五幕,第二场。

同创造的,我们每个人都以自己的方式塑造着它。然而,在这曲复调交响乐中,我们唯独听不到莎士比亚自己的声音。

* * *

古斯塔夫·福楼拜在读完莎士比亚之后,感觉自己变得"更优秀、更睿智、更纯粹"了。想必这份崇高的读后感,并未将舞台版《麦克白》带来的恐惧和《仲夏夜之梦》带来的窃喜算进去,也忽视了莎士比亚的语言是出了名的粗俗下流,曾被拉尔夫·沃尔多·爱默生认为毫不符合他"诗人神父"的身份。哲学家伊曼纽尔·列维纳斯则在1947年宣称,自己受过的一切训练——伦理学、现象学、本体论——都不过是"莎士比亚的沉思"。

或者更确切地说,是"对莎士比亚的沉思",因为莎士比亚从不替我们思考:他把智性思考全部交给了哈姆莱特,后者还曾嘲笑霍拉旭不求甚解。莎士比亚也从不发表公开演说,而是请那些爱出风头的人物代劳,譬如《裘力斯·凯撒》中的安东尼,或是亨利五世国王。我们不该错把他当成吟游诗人,或称他为"埃文河畔的吟游诗人",这会把他跟《亨利四世》中那个夸夸其谈的威尔士术士、话匣子葛兰道厄混为一谈。归根结底,莎士比亚其实是一名演员。演员善于合作、灵活多变,喜欢临时、即兴和短暂的事物,能表现他们压根儿没体会过的情绪,而且巧舌如簧,撒谎像说真话一样不假思索。

莎士比亚戏剧反复讲述君王的忧虑,离别的甜蜜与忧伤,时势与命运,人生之网和其上错综的纱线,还有舞台与人间何其相似。总之就像塞缪尔·约翰逊说的,充满"实用的道理和生活的智慧"。这些朴实的道理往往不言自明,说话者会像奥本尼在《李尔王》结尾评价的那样,感觉这些话都是"必须说的"[*]。哈姆莱特临死前意识到,"一只雀子的生死,都是由命运预先注定的"[†],这种坦然赴死的态度,似乎比他先前那些形而上的思虑境界更高。不过与此同时,这也是一句出自《圣经·新约·马太福音》的谚语[‡]。在《皆大欢喜》中,奥兰多的仆人亚当劝主人振作,说上帝既然会给乌鸦食物,"就不会忘记把麻雀喂饱"[§]。鉴于亚当与奥兰多就要踏上流亡之路,让麻雀像《马太福音》中说的那样猝然坠地是不吉利的。哈姆莱特复述这句话时,没准还会满不在乎地耸耸肩。

约翰逊指望文学起到提升道德的作用,号称莎士比亚戏剧能形成一个"文明、节俭的体系"。剧中那些谚语,或许的确像《无事生非》中里奥纳托说的,具有"抚慰伤痛"[¶]的作用;要么,就像科利奥兰纳斯记忆中那些从伏伦妮娅那儿听来的"格言"[**],能把人

---

[*] 《李尔王》第五幕,第三场。

[†] 《哈姆莱特》第五幕,第二场。

[‡] 这句谚语由《圣经·新约·马太福音》中的一句话演变而来,"两只麻雀不是卖一个小钱吗?但如果没有你们父的允许,一只也不会掉在地上。"

[§] 《皆大欢喜》第二幕,第三场。

[¶] 《无事生非》第五幕,第一场。

[**] 《科利奥兰纳斯》第四幕,第一场。

变得铁石心肠。但这些朗朗上口的警句非但无法构成完整的世界观，反而常常被投机者利用。希特勒在萨尔茨堡郊外的别墅里珍藏了一套莎士比亚全集，他就曾歪曲过哈姆莱特的一句话。他常说："我看这就是赫卡柏。"[*]以此表示他绝不同情自己的刀下鬼——哈姆莱特其实是在惊叹演员能把哀悼这位不幸的王后时的那种悲伤表演得惟妙惟肖，希特勒却不为自己的冷血害臊。遇上心情不佳时，希特勒还会引用凯撒的幽灵对腓利比会面的预言[†]，尽管他并不能体会压在勃鲁托斯心头的内疚与恐惧。剽窃者也往往会被脱离上下文的引言反噬。英国某些保守党政客曾引用过《特洛伊罗斯与克瑞西达》中俄底修斯对社会阶层的阐述，而且仅凭科利奥兰纳斯曾抨击愚昧的庸众，就认定莎士比亚是托利党人。他们引用的这两个人物，一个是愤世嫉俗的犬儒主义者，另一个是最早的法西斯主义者，剧作家只为他们撰写台词而已，并不为他们的观点负责或承担过错。

和所有娱乐一样，戏剧的乐趣在于跌宕起伏，在于冒险和突破；在戏剧的世界里，活力充沛比刚正不阿重要。温德姆·路易斯把莎士比亚悲剧比作人祭和斗牛，他的感受是本能直观的，与福楼拜体会到的净化截然不同。1998年，英属直布罗陀地区发行

---

[*] 《哈姆莱特》第二幕，第二场。原句为"赫卡柏对他有什么相干，他对赫卡柏又有什么相干，他却要为她流泪"。赫卡柏是古希腊神话中特洛伊君主普里阿摩斯之妻，赫克托之母，曾目睹一连串至亲惨死，最终被俘，被杀后化作一条狗。

[†] 《裘力斯·凯撒》第四幕，第三场。原句为："我来告诉你，你将在腓利比看见我。"

了一套"至理名言"主题邮票,把莎士比亚跟爱因斯坦、甘地、温斯顿·丘吉尔放在一起——后三个人分别是物理学家、和平主义者和战时领袖,彼此毫无共同之处,而我们的剧作家则像个奇怪的附庸。在某种意义上,莎士比亚也像爱因斯坦一样,或许能让人变得极其渊博和敏锐,却不见得能让人变得睿智。

为了探讨这个问题,1956年上映的电影《禁忌星球》把《暴风雨》的故事搬进了23世纪的外太空。片中的普洛斯彼罗——困在遥远星球的莫比亚斯博士——并不是天体物理学家,而是一位

印有莎士比亚名言的主题邮票(邮票上的名言为"爱好比雨后阳光使人欣慰"*)。

---

* 《维纳斯与阿多尼》。如无特殊说明,本书所引《维纳斯与阿多尼》诗文皆出自曹明伦译本《莎士比亚诗集》,外语教学与研究出版社,2016年4月版,根据上下文略有改动。

34　莎士比亚:悲喜世界与人性永恒的舞台

语文学家，他也像文字狂人莎士比亚一样真诚地热爱着语言。他的魔法来自已经灭绝的克雷尔人，这个"神一般的种族"是那颗星球曾经的居民，他们遗留下来的知识都储存在一台7800层楼高、64千米宽的超级电脑上，它由电磁脉冲，也就是我们地球人所说的"思想"驱动，能容纳"千千万万创意无限的天才头脑"。或许，在这台深不可测的庞大机器中遨游，就相当于在莎士比亚的思想中漫步。这台电脑能实现愿望，所以它设计了爱丽儿，又创造了凯列班。莫比亚斯的仆从不再是带翅膀的小精灵，而是矮壮的机器人管家罗比，他能翻译187种语言，还懂不少方言和土语。星球上的"反派"是一种无形的掠夺力量，来自这位学者内心愤怒的本我。莫比亚斯深知自己既能从事"纯粹的创造"，又具有毁灭的力量，所以不但拒绝登上专程来营救他的飞碟、把所学知识带回地球，还炸毁了这颗星球。维克多·雨果在探讨那种集创造与毁灭于一体的超自然力量时说过："莎士比亚忌惮自己内心的风暴。在某些情况下，莎士比亚似乎害怕他自己。"或许影片结尾的那场爆炸就属于这种情况。

　　无论害怕与否，莎士比亚可能都对自身蕴藏的力量感到困惑。在《威尼斯商人》中，作者通过巴萨尼奥琢磨那几只匣子时打发时间的一首歌谣，提出了一个关于想象力的重要问题。歌者首先问："幻想生长在何方？是在脑海？还是在心房？"随即告诉我们："它在眼睛里点亮。"接着，因为幻想总惹麻烦，所以"它的摇篮便是它的坟堂"*。寥寥数语，打消了一切试图探究莎士比亚笔下人物缘起的念头。《第十二夜》中的奥西诺同样没什么帮助。他说自己脑海中纷繁的思绪"是这样充满意象，在一切事物中是最富于幻想的"†。但这段漂亮的车轱辘话其实什么也没说。W. H. 奥登曾提出，莎士比亚与但丁、弥尔顿和萧伯纳截然不同，对他而言，唯有如此轻率地对待自己的创作才能得到解脱——后几位作者都自认能拯救世界，或者至少能骂到它改变为止。或许，奥登是对的。

就像马修·阿诺德在一首献给莎士比亚的十四行诗中写的那样，我们"无数次地问"，却始终不知道莎士比亚创作的动力与目的。在戏剧《宾果》中，爱德华·邦德设想了莎士比亚在斯特拉特福的晚年生活，想象他变得郁郁寡欢，最终以自杀结束生命。邦德特别吩咐莎士比亚的扮演者不要在"动作和表情"中"流露任何感情"。该剧1973年在皇家剧院首演时，一向能说会道的阿瑟·约翰·吉尔古德沉默得像个死人，演到本·琼森来探望莎士比亚那场戏，酩酊大醉的琼森直截了当地说："我讨厌你，因为你会笑。"所以千万别被阿诺德那句"你微笑而沉默"蒙蔽了，莎士比亚的微笑未必是友好的表示——它会代表冷漠或轻蔑吗？

豪尔赫·路易斯·博尔赫斯在短篇寓言小说《万物与虚无》

---

* 《威尼斯商人》第三幕，第二场。

† 《第十二夜》第一幕，第一场。

约翰·吉尔古德在《宾果》中饰演的莎士比亚。

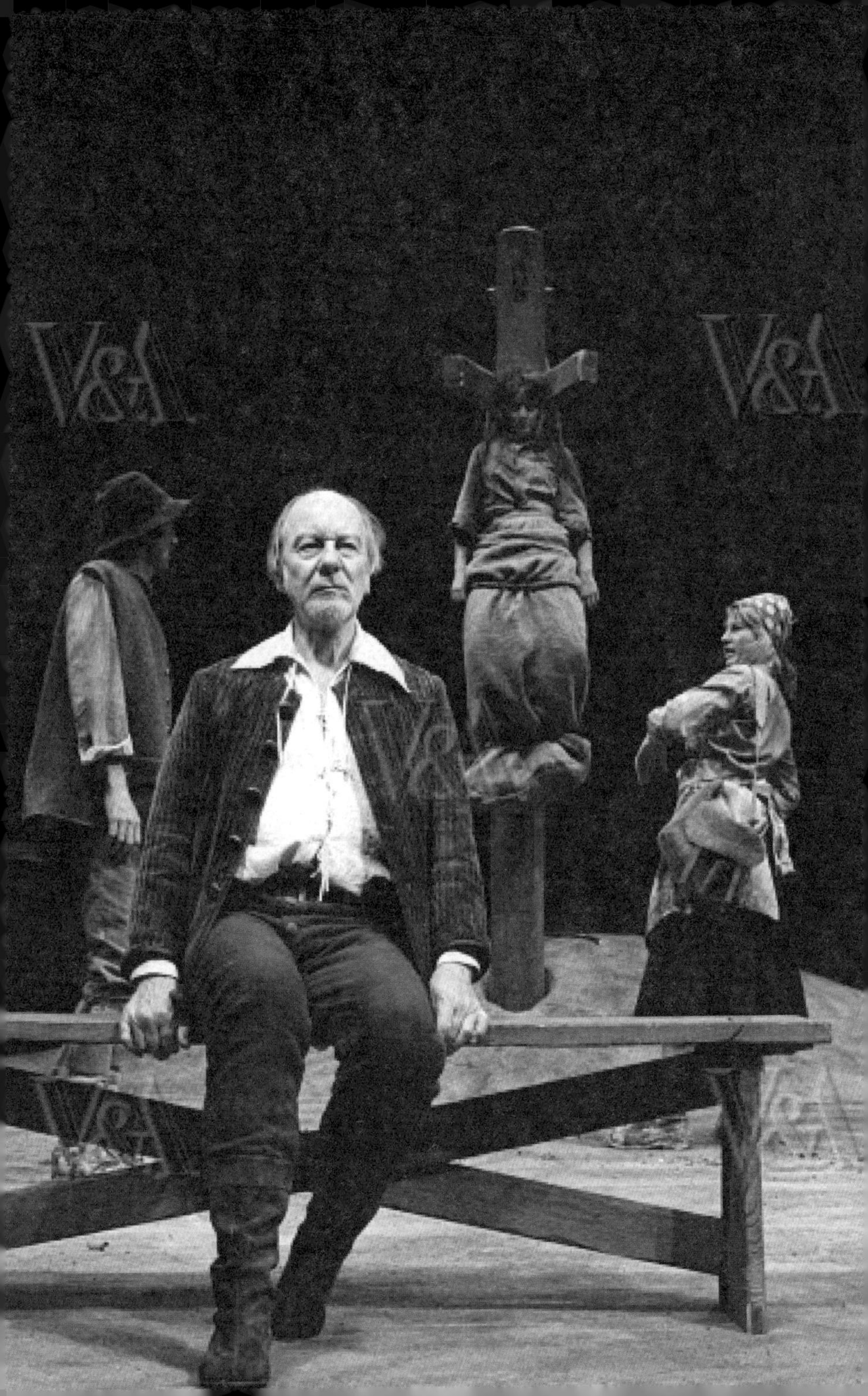

中总结了莎士比亚的一生,又幻想了他死后的经历。博尔赫斯笔下的莎士比亚是矛盾的综合体,集充实与空虚于一身。博尔赫斯指出,莎士比亚从内心某个地方召唤出成群的恋人、刺客、国王与弄人,他们在有生之年展现了各自的精彩,最后像普洛斯彼罗魔法表演中的精灵那样烟消云散。而后,灵感枯竭(或是心怀悔恨)的莎士比亚回到斯特拉特福,在那里安度晚年,用写作所得投资手工业生意,赚得盆满钵满,最终写下了自己的遗作——那篇跟文学毫不沾边的、干瘪的遗嘱,把家中第二好的床铺留给了自己的遗孀。但博尔赫斯并没就此打住。他决心穿透那层让维克多·雨果神往、给马修·阿诺德慰藉、令爱德华·邦德警觉的神秘表象,跟随莎士比亚走进死后的未知世界,让他为自己的缺陷——也就是他伟大戏剧天才的另一面,那种习惯性的伪装与个性缺失(或自轻)——祈求上帝的原谅。但上帝并没怪罪他或认定他患有多重人格障碍,而是向这位人间的造物主致敬,告诉他:"我也有许多张面孔。就像你用幻想写作,这世界也是我幻想的产物。我的莎士比亚,你也是我幻想中的形象。你就像我一样:既是所有人,又谁都不是。"如今,尽管上帝的形象已逐渐消散,莎士比亚却绝对无愧于他神圣的地位。

2

* * * * * *

啊,世界,世界,世界![*]

环球剧院

神明俯瞰

人类凭语言

存在,幻想,表演

---

* 《李尔王》第四幕,第一场。

莎士比亚自己也像他笔下的迫克一样围着地球打转,"环球剧院"可谓实至名归。

剧院在纵向上能从九天之外一直延伸到腐朽的地狱。中世纪的教堂象征着上帝无所不能的创造力,往往拥有高耸的尖顶、五颜六色的花窗,门前林立着圣像,排水沟尽头蹲着滴水嘴兽。而像环球剧院这样的场所,则承载着一个更混乱的、人为的世界。这里没有肃穆的圣礼,甚至没有屋顶,根本无法阻挡那曾让李尔浑身湿透又在《麦克白》中荡平房屋的恶劣天气。哈姆莱特称赞人的可能性时,眼睛就盯着舞台的彩绘天花板和它"点缀着金黄火球"*的穹顶,它们代表精神的顶点、思想的巅峰。与此同时,在他的潜意识里,舞台的地板之下却暗藏着一座地窖。在这坟墓般的地底,哈姆莱特听到父亲的鬼魂正在像鼹鼠一样打洞。那些站在环球剧院半地下乐池里看戏的人被称作"场地观众",所以严格来讲,这里还不能算是地下:剧院里的座次既有形而上的寓意,同时也反映了社会等级。

在水平方向上,莎士比亚的舞台越过拥挤的观众,延伸到剧院外的城市之中。《罗密欧与朱丽叶》的开场白提到舞台上的"往来",即人员的流动,也就是开场时那两拨心浮气躁、大言不惭、当街拔刀相向的人在舞台上的流动。《裘力斯·凯撒》也始于一场类似的骚乱,为了迎接他们最敬爱的领袖、凯旋的王者,市民们

---

* 《哈姆莱特》第二幕,第二场。

纷纷给自己放了假，停下手中的活儿，像伸长脖子等待戏剧开场的观众那样，翘首期盼。勃鲁托斯为了平息刺杀凯撒前矛盾不安的心情，安慰自己说"人的身心像一个小小的国家"*，陷入焦虑就像遭遇叛变。剧院就是这样一个躁动不安的小小王国。在《亨利五世》中，致辞者祝愿国王能统御"国之舞台，王公为伶"。莎士比亚把一个个王国搬进了环球剧院，那些在台上扮演王公（比如像埃尔西诺来的演员那样假扮国王）的伶人，或许能摆出一副优越的贵族架势，但他们并不是真的贵族。同理，台下的观众也不是。既然没有"君主瞪眼瞧着那伟大的场景"†，那么演出即便粗俗点、混乱点也无妨。与经过严格编排的宫廷庆典相比，戏剧是其大众化的替代品。

莎士比亚简陋的舞台能化作"万千世界"，就像约翰·多恩在《早安》一诗中写到的那间"斗室"一样。但在当代伦敦，它又拥有确切的地址，为那些发生在古代或异域的戏剧找到一处粗俗不堪的本地寓所。演完《特洛伊罗斯与克瑞西达》的潘达洛斯一走出特洛伊城，就能看见南岸‡一带的妓院中那些或"厚颜无耻"或梅毒缠身的娼妓，他之所以管她们叫"温切斯特的肥鹅"§，是因为温切斯特大主教在这里有地，能向这个堕落的产业征税。《第十二

---

* 《裘力斯·凯撒》第二幕，第一场。
† 《亨利五世》第一幕，开场白。
‡ 在中世纪，伦敦南岸曾为罪犯、娼妓聚集之地。
§ 《特洛伊罗斯与克瑞西达》第五幕，第十场。

夜》的故事发生在虚构的巴尔干王国伊利里亚，但这并不妨碍安东尼奥建议西巴斯辛去住"南郊的大象旅店"[*]——这是个行内笑话，指莎士比亚的同僚经常光顾的剧院附近的某个地方。在这部剧开头，刚刚上岸、不知自己身在何处的薇奥拉问："朋友们，这儿是什么国土？"[†]船长回答："这儿是伊利里亚，姑娘。"薇奥拉听成哥哥已经去了"伊利西姆"[‡]，顿时悲从中来。这两处虚构的地方被薇奥拉的双关语画上了等号。当然，船长也可以告诉她："这儿是剧院，姑娘。"我们所在的这个地方会让绘制地图的工匠犯难：它处在纵情的狂欢与冰冷的现实之间，不受常理约束，完全被巧合支配，但偶尔也会出现奇迹。

莎士比亚常在剧中提到他的剧院[§]，再会心地眨眨眼，提醒我们它就是世界的缩影。奥瑟罗质问"受惊的地球（globe）"[¶]为什么没遇上日食、月食，好让世人看到他遭遇的灾难。在《亨利五世》中，这个"木头圆框"[**]容纳了海军舰队和战场，又进一步扩大，把福斯塔夫也装了进来。他身形庞大，心思活络而宽广，整个人就像哈尔亲王在《亨利四世》中形容的那样，俨然一个"满载罪

---

[*] 《第十二夜》第三幕，第三场。

[†] 《第十二夜》第一幕，第二场。

[‡] 即至福乐土，是《奥德赛》中提到的极乐世界，只有在死后封神的凡人和英雄才能进入。

[§] 即环球剧院。

[¶] 《奥瑟罗》第五幕，第二场。

[**] 环球剧院的别称，因其为木制圆形露天剧场而得名。原文为"the Wooden O"。

恶的地球（globe）"*。哈姆莱特发誓说，只要"记忆不曾从我这颗混乱的球中消失"†，他就不会忘记鬼魂的话。这里的"球"（globe）指的是他那虽博古通今却不知为何有些糊涂的脑袋。

虽然环球剧院可以象征宇宙万物，但这座露天舞台依然有它的局限，好在天才的莎士比亚都能一一弥补。《亨利五世》中的致辞者恳请观众谅解剧团场地有限、人手不足，请他们把一个人看作"一千个人"‡，想象眼前有一支大军。在《冬天的故事》里那场剪羊毛欢宴上，弗罗利泽仅凭台词就营造出一种沸反盈天的效果。他由一个人推及全人类，先向波力克希尼斯宣示自己对潘狄塔的爱，然后又告诉卡密罗，接着再以此类推，说："再有别人也可以，一切的人，天地和万物，都可以来为我做见证。"§宝丽娜在责怪里昂提斯没有善待他死去的妻子时也同样论一增十，只不过言辞更加犀利。她说就算里昂提斯：

和世间的每一个女子依次结婚，

或者把所有的女子的美点提出来造成一个完美的女性。¶

也无法再让赫米温妮起死回生。

要不是受时空限制，里昂提斯或许真会试试看。这种无所不

---

* 《亨利四世》下篇，第二幕，第四场。
† 《哈姆莱特》第一幕，第五场。
‡ 《亨利五世》第一幕，开场白。
§ 《冬天的故事》第四幕，第四场。
¶ 《冬天的故事》第五幕，第一场。

包的普遍性是莎士比亚戏剧的基本特征。在莎士比亚这里，没有一个角色能像马洛在《帖木儿大帝》中塑造的那位将领一样独霸整座舞台。配角也是各自人生的主角，只不过没把他们的故事演出来而已。正是因此，倒霉的安德鲁·艾古契克爵士才会在《第十二夜》中透露："我也曾经给人爱过呢。"[*]而那些始终压抑沉默的角色，每次出现都能吸引观众的注意。比如，在《威尼斯商人》结尾：杰西卡被那些害苦了她父亲的基督徒带到贝尔蒙特以后，会产生怎样的疑虑呢？

群体观与唯我论在莎士比亚戏剧中针锋相对。"现在只剩我一个人了。"[†]哈姆莱特说，庆幸仆人们都已经退下。他看似独来独往，实则处在人群之中：舞台到处是人，像大街上那样拥挤。《理查二世》的结尾也是如此。尽管在那场戏中，舞台上有且只有一名身陷囹圄的囚徒。理查明白"这世上充满了人类"，于是用一段心理剧填满了空旷的舞台。他要让自己男性的头脑和女性的心灵结合，"产下一代生生不息的思想"，它们会不断彼此倾轧、互相抵消，最终让他重归孤独。"我将化为乌有。"[‡]他最后这样总结道。莎士比亚的戏剧也是一样。它把一群人召集到一起，任由他们死去或安排他们分道扬镳。这样的聚散离合不仅发生在台上，也发生在台下：素不相识的我们在台下成为同一批观众，又在曲终人散时被

---

[*]《第十二夜》第二幕，第三场。

[†]《哈姆莱特》第二幕，第二场。

[‡]《理查二世》第五幕，第五场。

啊，世界，世界，世界！

推回我们或许已经抛诸脑后的现实。在《皆大欢喜》的收场白中,为了缓和结尾的突兀,罗瑟琳又是讨好女观众,又是挑逗男观众,还要我们感激她"慷慨的奉献"[*]。而亚马多在《爱的徒劳》最后就没这么委婉了。"你们向那边去,我们向这边去。"[†]他指着大门说,让观众从那儿出去。

  悲剧的结局反而不像喜剧那么突然:主角死后,人们通常会妥善地举行葬礼。福丁布拉斯说,哈姆莱特"要是能够践登王位,定会成为一个贤明的君主"[‡],以此巧妙地掩盖自己篡夺丹麦王位的事实。《奥瑟罗》中的罗多维科更是口无遮拦地对葛莱西安诺说:"这摩尔人的全部家产,都应该归您继承。"[§]除了继承遗产,悲剧中的幸存者也很关心王国未来的命运。换言之,就是如何维系与重塑奥本尼在《李尔王》中提到的"伤透的国本"[¶]。喜剧人物也不是个个都结局圆满:《第十二夜》中的马伏里奥黯然走下舞台,准备伺机报复;《皆大欢喜》中的杰奎斯拒绝与人共舞,推说:"跳舞可不是我拿手的。"然后就躲进公爵那个"被遗弃的山洞"[**],过起离群索居的生活。

  西班牙剧作家佩德罗·卡尔德隆·德·拉·巴尔卡也把自己

---

[*] 《皆大欢喜》第五幕,第四场。
[†] 《爱的徒劳》第五幕,第二场。
[‡] 《哈姆莱特》第五幕,第二场。
[§] 《奥瑟罗》第五幕,第二场。
[¶] 《李尔王》第五幕,第三场。
[**] 《皆大欢喜》第五幕,第四场。

的寓言剧放到他所说的"世界大剧院"中上演。在1653年创作的戏剧《世界大剧院》中,他塑造了一位上帝,从天上注视着人间的一切,仔细审视每位演员,决定他们死后应该上天堂还是下地狱。这位造物主又名"作者",在剧中享有无上的权威。莎士比亚笔下的人物或许是幸运的,因为他们从来不是听天由命的木偶。"为什么我要生到这世上来?"*波林勃洛克在《理查二世》中问道。他问的是自己应该继承什么爵位,但这个问题还有一层更加忧郁的底色,而且剧中也没有一个高于一切的"作者"能化解他生命的困惑、证实他的独特。在《李尔王》中,爱德伽遇见流亡的父亲,见他饱受那种没人能逃脱的"古怪的变化"摧残,不禁发出一声毫无慰藉作用的世俗悲叹,高喊:"世界,世界,啊世界!"†这句话的变体时常出现在莎士比亚的其他剧作中,几乎成了他的口头禅。忧郁的安东尼奥在《威尼斯商人》中说:"我不过把这世界看作它本身。"‡虽说鲍西娅曾在她的慷慨陈词中向上天祈求怜悯,但安东尼奥能逃脱夏洛克的屠刀却不是因为老天开恩,而是

---

* 《理查二世》第二幕,第三场。

† 《李尔王》第四幕,第一场,亦是本章标题出处,前后语序有调整。

‡ 《威尼斯商人》第一幕,第一场。

§ 劳伦斯·克尔·奥利弗(1907—1989),20世纪中期活跃于舞台及银幕的英国著名演员、导演;莱斯利·班克斯(1890—1952),英国演员、导演、制片人,常在20世纪30到40年代黑白影片中饰演反派角色。

第48—49页图
莱斯利·班克斯正在环球剧院的舞台上扮演"致辞者"。
图为电影《亨利五世》剧照,由劳伦斯·奥利弗执导。§

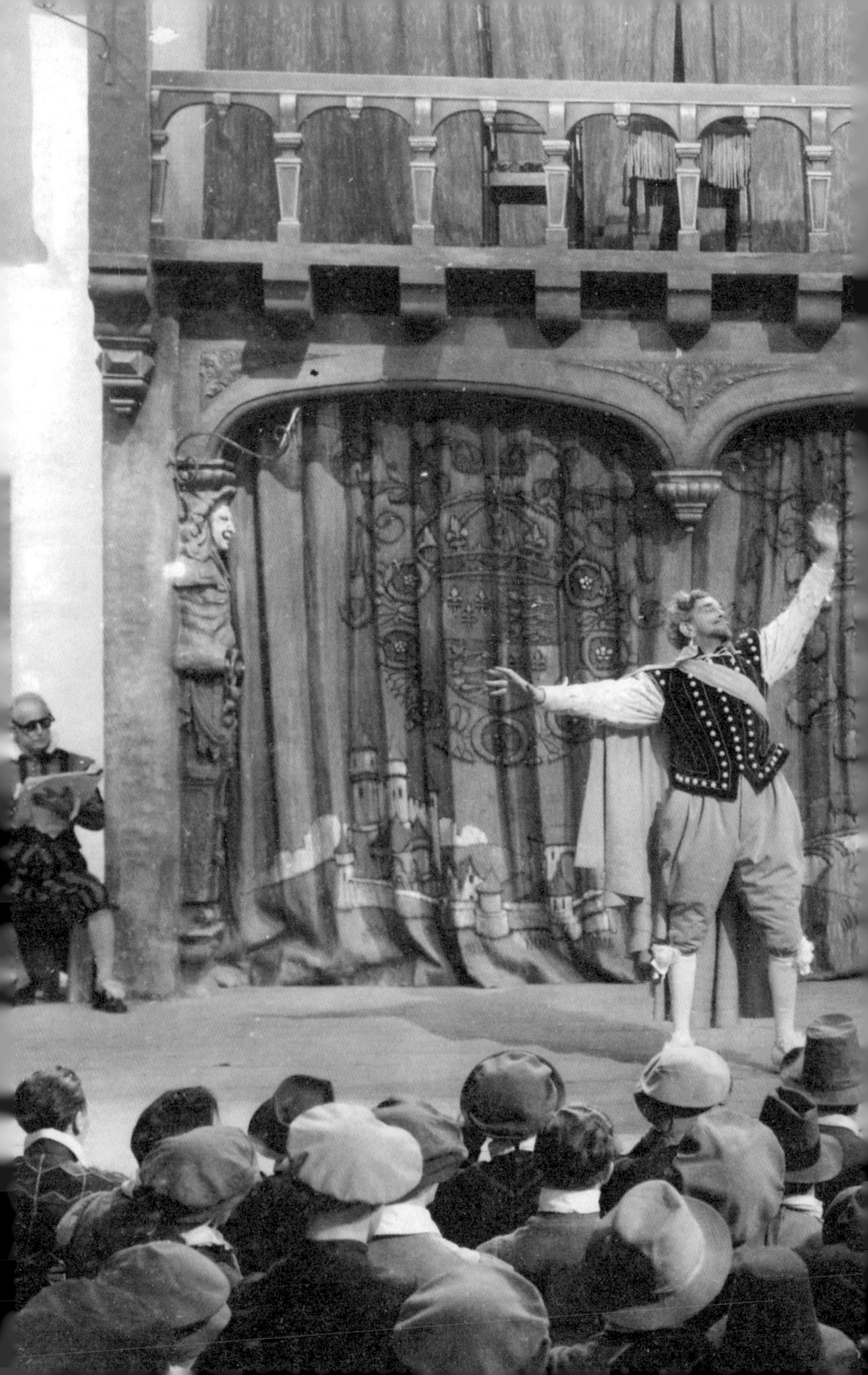

The
Chronicle History
of
Henry the Fift
with his battel
fought at
Agin Court
in France

靠一个法律上的花招。在《冬天的故事》中,心灰意懒的里昂提斯认定"这世界和它所有的一切都不算什么"*,都像戏剧一样转瞬即逝。所以,套用杰奎斯在《皆大欢喜》中阐述自己为何把世界比作舞台的那句话:难道我们真的"只是一些演员"†而已吗?好在这个"只是"并不像听上去那么刺耳:莎士比亚的"只是"就相当于"主要是"。我们的世界大舞台是一个闭环:我们表演是为了给彼此带来欢乐,不是为了死后升入天堂。1600年,佛罗伦萨上演了埃米利奥·德·卡瓦里埃利‡那部抽象的清唱剧《灵与肉的写照》,剧中有个叫蒙多§的人,成天吹嘘自己多么富态。他就像莎士比亚戏剧一样:集世间万物于一身,无论它们是好是坏。

把视线转向天堂,我们会发现,莎士比亚戏剧中那些想跟天神或上帝做交易的人几乎总是失望而归。里昂提斯饱受冤屈的妻子赫米温妮相信"天上的神明监视着人们的行事"¶,又补充说:"这是事实。"这句找补其实还隐含了另一种可能:事实或许并非如此。泰特斯·安德洛尼克斯为向奥林匹斯诸神强调事态严重而对天放箭,却没有得到任何回应。科利奥兰纳斯向母亲妥协时,以为天上会传来嘲笑声。有时天神会成群结队地下凡,就像希腊

---

* 《冬天的故事》第一幕,第二场。

† 《皆大欢喜》第二幕,第七场。

‡ 埃米利奥·德·卡瓦里埃利(约1550—1602),意大利文艺复兴末期作曲家、指挥家兼外交官。

§ 原文为"Mondo",在意大利语中意为"世界"。

¶ 《冬天的故事》第三幕,第二场。

古典戏剧中表现的那样,但他们并不总是那么高高在上。《皆大欢喜》中的许门是由罗瑟琳认识的一位无名魔法师召唤来的。在《暴风雨》结尾那场婚礼的假面舞会上,普洛斯彼罗一记起自己还有别的事要忙,就把那群叽叽喳喳的女神打发走了。《辛白林》中的朱庇特骑着雄鹰俯冲而下,西塞律斯嗅到了他"神圣的呼吸"中"硫黄的气味"[*];向天神献祭时,辛白林邀请"神明歆享"[†]祭坛上的香烟,仿佛奥林匹斯诸神也和人类一样是血肉之躯,只是碰巧永生不死而已。

在《哈姆莱特》中,克劳狄斯也用嗅觉去感知天谴,形容自己的罪行恶臭难闻,"戾气已达于上天"[‡]。上帝会厌恶自己的造物吗?还是说他对我们失望多于厌恶?《一报还一报》中的伊莎贝拉想象天使为人类的罪恶哭泣,认为人类在天上的神仙眼里就像"盛怒的猴子"[§],猴子是模仿高手,这句话告诉我们:这位刻板的修女鄙视人类廉价的感情,也看不起虚情假意的演员。安哲鲁在同一部戏中把爱管闲事的公爵比作"天上的神明"[¶],但这并不代表他愿意听从卡尔德隆笔下那位"作者"的差遣,相反,这句恭维恰恰暴露了安哲鲁良心的不安,也迎合了公爵假圣人式的自满。在

---

[*] 《辛白林》第五幕,第四场。
[†] 《辛白林》第五幕,第五场。
[‡] 《哈姆莱特》第三幕,第三场。
[§] 《一报还一报》第二幕,第二场。
[¶] 《一报还一报》第五幕,第一场。

《亨利四世》中,约翰亲王把约克大主教比作"上帝神圣庄严的声音"或"上帝议会中的发言人"*,只不过他语带挖苦。这里的"议会"就像莎士比亚的戏剧一样,充斥着剑拔弩张的争论,却没有维持秩序的神圣判官。

莎士比亚戏剧中唯一不必理会这种不可知论式反讽的人物,是《冬天的故事》中化作人形的"时间"。"时间"在剧中起着衔接作用,连接起前半部的悲剧和十六年后的喜剧。莎士比亚采取这种手法是为了破解文学的谜题——为了寻找古典理论中水火不容的两种戏剧体裁之间的共通之处,去解释这世界为什么会像"时间"说的那样,能同时激发"喜乐和惊忧"这两种矛盾的感受。悲剧缩短了时间,让年幼的迈密勒斯王子过早地夭亡;随后,喜剧带我们走进波西米亚乡间的季节性狂欢,让我们看到时间是无限循环、逐年往复的。可时间真能抚平我们失去挚爱的伤痛吗?还是说它只是越过悲伤,带领我们"飞速"†地奔向遗忘?"时间"在剧中宣称,要让少数人欢欣,"给一切人磨难":其实我们日复一日、年复一年的生活正是这样一场考验,或"压力测试"。时间之所以能扮演这个发号施令的角色,是因为它承载着我们有限的生命。它不是供人崇拜的偶像,而是一种实实在在的力量,因此也是莎士比亚戏剧中唯一的真神。哈姆莱特说世上有股"冥

---

* 《亨利四世》下篇,第四幕,第二场。
† 《冬天的故事》第四幕,第一场。

冥中的力量左右着我们的结果"*，它会把我们留下的烂摊子收拾干净。薇奥拉在《第十二夜》中也表达过类似的愿望：

这纠纷要让时间来厘清；我哪能打开这纠缠不清的结儿！†

但在《冬天的故事》里，时间可不会去化解世事纷扰，也不保证最后会把一切收拾干净。我们臣服于它，是因为它带领我们走向生命的尽头，在为每个人划定死期的同时，确保地球不会因为任何人的离去而停止转动。

* * *

卡尔德隆有"世界大剧院"，李尔则把世界看作"傻瓜大舞台"‡，在那里，国王的尊严扫地、小丑偶尔充当智者。恶劣的天气暴露出二者共同的脆弱，让他们趋于平等。"天上打雷是什么缘故？"§李尔问，反正肯定不是上帝在发火。他被困在"渺小的一身之内"¶，质问风暴为什么不把这"繁密的、饱满的地球"**铲平。多亏了"繁密"这个简单却传神的形容词，我们小小的星球才能在狂风暴雨和李尔的唾沫星子里屹立不倒。莎士比亚的世界就像李

---

* 《哈姆莱特》第五幕，第二场。

† 《第十二夜》第二幕，第二场。

‡ 《李尔王》第四幕，第六场。

§ 《李尔王》第三幕，第四场。

¶ 《李尔王》第三幕，第一场。

** 《李尔王》第三幕，第二场。

尔那些塞满单音节短词的句子一样拥挤不堪：它的形状让人不由得想起《错误的喜剧》中那个肥胖的厨房丫头道莎贝尔，她长得"像个浑圆的地球"*，又被叙拉古的德洛米奥描绘得硕大无朋：她的屁股是沼泽密布的爱尔兰，牙齿像英格兰的白垩岩壁，她灼热的呼吸带着西班牙的腥气，下肢构成了荷兰，根本挤不上这小小的舞台。一个如此臃肿还住满各色男女的世界，怎么看都不算小，也不可能像泄气的皮球那样瘪下去。

米兰达一边用天真好奇的眼神打量着岛上来客，一边说："这里有多少好看的人！人类是多么美丽！"[†] 对她而言，这个新世界是"美丽"的：它神奇而令人目眩，因为那些美丽的人儿——其实是一群鼠辈，远远谈不上高尚——肯定是某个像她父亲一样的巫师变出来的。哈姆莱特也称颂过自己的族类，尽管人类天神般高贵的思想必须依附一具注定腐朽的躯壳。他假模假样地宣称"人类不能使我发生兴趣"[‡]，但一听说演员正在赶来就立刻变了卦。得知戏班子要来，他决意选一组演员来排演自己内心的戏码，让他们扮演各个版本的自己：从爱冒险的骑士到恋人，从（像他本人一样神经质的）幽默绅士到弄人，再到身着男装的女子。这些扭曲夸大的形象或许更适合意大利即兴喜剧，但莎士比亚戏剧却为哈姆莱特心目中每个光辉的自我都找到了更正常、更自洽，也更符

---

* 《错误的喜剧》第三幕，第二场。

† 《暴风雨》第五幕，第一场。

‡ 《哈姆莱特》第二幕，第二场。

合哈姆莱特那种人文主义理想的样本。鲍西娅在《威尼斯商人》中说："巴萨尼奥公子，您瞧我站在这儿，不过是这样的一个人。"*奥瑟罗拒绝避开勃拉班修，因为"我的人品、我的地位和我的清白的人格可以替我表明一切"†。安东尼说："这儿是我的生存的空间。"以此宣称亚历山德里亚就是他世界的中心，重申自己对舞台的掌控。"纷纷列国，不过是一堆堆泥土。"‡他补充说，现实中的国境还不如他脚下的沙盘稳固。

在《辛白林》开头，一位侍臣称赞波塞摩斯"内外兼修"，随即又为自己的话抱歉，说这"委屈了他，没能把他的长处展现出来"§。麦克白也说过类似的话，只不过方向相反，意图也阴暗得多。他告诉妻子自己"脑中生出一些非常的计谋"，但这些想法"必须不等展开细想就迅速实行"¶。只有看到自己干得出什么事，他才能认清自己是什么人。这种内外交织的写法——以夸张的举止展示他们的外在，以诗意的独白揭示他们的内心——让莎士比亚的人物更加丰满；观众既能听见他们在脑海中反复演练，也能看到他们把想法付诸实践，或扮演先前设想的角色。

在《一报还一报》中，被狱卒押着游街的克劳狄奥问："官

---

* 《威尼斯商人》第三幕，第二场。
† 《奥瑟罗》第一幕，第二场。
‡ 《安东尼与克莉奥佩特拉》第一幕，第一场。
§ 《辛白林》第一幕，第一场。
¶ 《麦克白》第三幕，第四场。

长，你为什么要带着我这样游行全城，在众人面前羞辱我？"*克莉奥佩特拉也一样深恐公开受辱，被罗马那些"俏皮的戏剧伶人"耻笑，再被他们"编成即兴的戏剧，扮演我们亚历山德里亚的欢宴"†。在《第十二夜》中，马伏里奥被骗得系上十字交叉的袜带，出尽洋相，那些戏弄他的人就躲在暗处偷看他陶醉的模样，带领观众见证这滑稽的一幕。克劳狄奥和克莉奥佩特拉或许以为，惩罚是公开侮辱的唯一目的。但其实不然。就在马伏里奥读着那封信、对奥丽维娅浮想联翩的同时，我们也听到了他心中所想。这道缝隙让我们的心情变得复杂：既然我们自己也害怕被骗出丑，又怎么能心安理得地嘲笑他呢？马伏里奥尽管表面上滑稽可笑，但他心中或许深埋着悲伤，他自卑、易怒、感情脆弱、容易一蹶不振。作者赋予观众双重视角，让我们既可以像玛利娅和托比爵士那样远远地看他笑话，又能走进这个被戏弄的可怜人的心中幻想。

　　试金石在《皆大欢喜》中说："最真实的诗是最虚妄的。"‡演员是习惯性的伪装者，他们的表演比虚妄的诗句更能以假乱真。德尼·狄德罗在1765年观看加里克表演时，惊叹于演员的表情能瞬间从愉悦变成兴高采烈，再迅速变为沉静、沮丧、恐惧，而且是在并未真正体会到所表现的情感的前提下。在莎士比亚戏剧中，

---

* 《一报还一报》第一幕，第三场。

† 《安东尼与克莉奥佩特拉》第五幕，第二场。

‡ 《皆大欢喜》第三幕，第三场。

这种被狄德罗称为"演员悖论"的现象显得更加微妙：无论是在心理还是行为层面，都比单纯的"假扮"要复杂。这些戏剧揭示了一个道理：人在最言不由衷的时候往往是最真实的，因为我们总是躲在各自的面具背后，把真心话藏进弦外之音。

《麦克白》中的人物也以自己迂回的方式诠释着狄德罗的悖论。马尔康在英国法庭上夸张地自我揭露，痛斥自己是狼心狗肺的卖国贼，为的是试探麦克德夫是否"真诚"。他能伪装得这么细致、这么逼真，恐怕并不是全凭想象：既然他能如此绘声绘色地细数自己的堕落，就肯定也能"以种种方式做到"一切。所以当他收起自责、露出"真我"时，麦克德夫就没理由再相信他了。随后麦克德夫发现妻儿惨遭杀害，马尔康劝他节哀，麦克德夫回答说："我要拿出男子气概来，可是我不能抹杀我人类的情感。"但他并没宣泄悲伤，而是开始吹嘘自己的表演才能："我可以一方面让我的眼睛里流着妇人之泪，一方面让我的舌头发出豪言壮语！"然后摆出复仇者应有的坚毅模样。"这几句话说得很像个汉子。"[*]马尔康评价道，对麦克德夫的修辞技巧十分满意。当被麦克德夫置于险境时，他的夫人有理由认为他无情无义吗？她临死前说他"没有天性之情"[†]，只是在扮演丈夫和父亲的角色罢了。

麦克白自认"有魔法保护"[‡]，相信女巫们能让自己刀枪不入。

---

[*] 《麦克白》第四幕，第三场。

[†] 《麦克白》第四幕，第二场。

[‡] 《麦克白》第五幕，第八场。

但其实演员的工作才是真正的魔法,他们从不必真的死去。麦克德夫能破除这魔法,是因为他"并非妇人所生"*,而是"没有足月就从他母亲腹中剖出来的"†:剖宫产免除了他的痛苦,也让他感受不到痛苦,从而把他变成了高超的杀手。对这些角色而言,表演就像麻醉剂,能强化他们的职业属性,却压抑了他们的人性。

然而透过层层伪装,我们依然相信,莎士比亚笔下的人物个个都像哈姆莱特一样,深怀着"郁结的心事"‡。我们不仅能听见他们的心里话,而且鉴于大脑是个实实在在的器官,我们还能潜入神经网络,追踪他们飞速流转的思绪。年老体衰的安东尼号称自己的大脑依然"滋养着神经"§,把头上时有时无的白发看作自己活力不减的标志。这些情绪在人物胸中激荡,如同他们体内的天气变化,时而温暖和煦,时而风雨交加。爱诺巴勃斯把克莉奥佩特拉的眼泪与叹息比作极端的天气¶,以此呼应相思的风和托起她画舫的爱的水波**。朱丽叶的父亲受不了女儿整日以泪洗面,说她小小的身体里有一片眼泪流成的汪洋,那里"有船,有海,也有

---

* 《麦克白》第四幕,第一场。
† 《麦克白》第五幕,第八场。
‡ 《哈姆莱特》第一幕,第二场。
§ 《安东尼与克莉奥佩特拉》第四幕,第八场。
¶ 《安东尼与克莉奥佩特拉》第一幕,第二场。爱诺巴勃斯语:"我们不能用风雨来形容她的叹息和眼泪;它们是历书上从来没有记载过的狂风暴雨。"
** 《安东尼与克莉奥佩特拉》第二幕,第二场。

风"*。血肉之躯难以承受哈姆莱特口中那围困我们皮囊的"千万重躲不过的打击"†。麦克白感到自己的心"全然失去常态，怦怦地叩击胸膛"‡，心脏在他魁梧的身躯里剧烈地跳动，几乎冲破胸腔。在《李尔王》中，爱德伽以为葛罗斯特已经坠下悬崖，说他就算是"一根蛛丝、一根羽毛、一阵空气"，跌下千仞悬崖也必定粉身碎骨，更别说这位孱弱的老人还"身体沉甸甸的"§。这句话既是物理规律也是道德训诫：肉身和它承载的生命一样，是我们永恒的负担。

我们只能自行揣测，爱德伽为什么要让父亲演这一出悲喜交加的戏中戏、开这个恶意的玩笑。对此他始终没做解释。这在莎士比亚戏剧中十分常见。剧作家不同于小说中全知全能的叙述者，无法在页边加以说明。可能的话，莎士比亚人物的行为只能靠他们自己解释。所以演员必须为人物补充背景，还得具备点心理学知识，能下简单的结论。伊阿古不明白自己为什么厌恶奥瑟罗，他罗列了一大堆理由，却没有一条能说服自己。《皆大欢喜》中的奥列佛承认他打心眼里讨厌弟弟奥兰多，却"自己也说不明白为什么"¶。或许我们根本就不该使用"动机"这个字眼：它仿佛暗示

---

* 《罗密欧与朱丽叶》第三幕，第五场。
† 《哈姆莱特》第三幕，第一场。
‡ 《麦克白》第一幕，第三场。
§ 《李尔王》第四幕，第六场。
¶ 《皆大欢喜》第一幕，第一场。

我们,每个人身上都有个开关,一拧就能启动体内的马达。

又或许,我们甚至都不能将他们归入人物范畴,因为他们不像简·奥斯汀或乔治·艾略特笔下的女主人公,一举一动都伴随着作者的观察与分析。在莎士比亚这里,"人物"一词顶多是个隐喻。它可以指文字*,就像《一报还一报》中公爵提到的"铜柱上的铭文"[†],或是《泰尔亲王配力克里斯》中玛丽娜墓碑上"灿烂的金字"[‡];如果指人,它会让人误以为此人心思单纯,一眼就能看穿。《维罗纳二绅士》中的朱利娅说露西塔"就像一块石板一样,我的心事都清清楚楚地刻在上面,能给我指教"[§]。在这里,"文字"被刻上了石板,就像哈姆莱特想把那句关于笑着行凶的格言抄在"写字板"或本子上一样。同样,刻在石板上的文字也比写在纸上的更持久,一般用于记录那些隽永而高尚的品质。麦克白夫人也用过类似的比喻,不过更具欺骗性。她说麦克白的脸"正像一本书,人们可以从那上面读到奇怪的事情"[¶],好在这本书上的文字都经过加密,不容易被发现或破解。总好过《亨利四世》中毛顿的胸无城府,诺森伯兰说他的前额就像"一本书籍的标题页","预示着它的悲惨的内容"[**]。勃鲁托斯在《裘力斯·凯撒》中向鲍西娅许

---

* "人物"的英文为character,也可指"文字"。

† 《一报还一报》第五幕,第一场。

‡ 《泰尔亲王配力克里斯》第四幕,第三场。

§ 《维罗纳二绅士》第二幕,第七场。

¶ 《麦克白》第一幕,第五场。

** 《亨利四世》下篇,第一幕,第一场。

诺，会向她解释自己的秘密计划，道尽"藏在我愁眉间的一切言语"，但最后还是打发她"赶快进去"[*]，什么也没说。

莎士比亚塑造了许多难以捉摸的人物，他们个性多变、可塑性强，改变名字、阶层和性别就像换衣服一样轻松。"我现在不再是爱德伽了。"[†]葛罗斯特之子这样感叹，然后彻底改头换面，沦为一个说话语无伦次的乞丐。在《驯悍记》中，路森修命令特拉尼奥"快快脱下衣服"[‡]，然后主仆二人互换装束。同样，克莉奥佩特拉也给安东尼穿上自己的"衣帽"[§]，而她则佩带上他的佩剑，在卧室里大摇大摆地巡视。奥兰多在森林里保护老亚当时，把自己比作喂养农牧神的母鹿[¶]。麦克白夫人在动手杀人之前请求那些帮助她攫取权力的恶魔："解除我女性的柔弱。"[**]毕萨尼奥在《辛白林》中告诉伊摩琴，她要想得救，就"必须忘记（自己）是一个女人"。她则回答说："（自己）差不多已经变成一个男人了。"[††]第二十首十四行诗中那个带斜杠的"君临我诗中的情妇/情郎"，更是集两性于一身，或者干脆就是可男可女。后来，莎士比亚在另一首十四行诗中批判那些情感的守财奴，说他们看起来像是在

---

[*] 《裘力斯·凯撒》第二幕，第一场。
[†] 《李尔王》第二幕，第三场。
[‡] 《驯悍记》第一幕，第一场。
[§] 《安东尼与克莉奥佩特拉》第二幕，第五场。
[¶] 《皆大欢喜》第二幕，第七场。
[**] 《麦克白》第一幕，第五场。
[††] 《辛白林》第三幕，第四场。

"主宰着自己的美貌":自己"冷漠不动",却已"让他人动心"。*这样的人物绝不会出现在莎士比亚戏剧里。他的人物必须是流动的,时刻都处在变化之中,能瞬间幻化成各种形态。或许身份(identity)——这个词源于拉丁文中的"同前"(idem),可见它指望人能始终如一——这东西,我们还是不要的好。

古典戏剧用面具固定人物的表情,以此划分人物类型。每张面具都咧着嘴,不是耷拉着嘴角,就是露出空洞的笑容。莎士比亚则为同一个人物注入悲、喜两种特质。《哈姆莱特》中的克劳狄斯是名政客,也因此是一名高明的演员,他宣称自己"让幸福和忧郁分据了两眼"[†],那张灵活的面孔能做到半是快乐半是悲伤。《威尼斯商人》中的安东尼奥总是莫名伤感,成了困在喜剧中的悲剧人物。萨拉里诺试着理解朋友的忧郁,说:"我凭二脸神雅努斯起誓……老天造下人来,真是无奇不有。"[‡] 莎士比亚戏剧中最具"二脸神"特色的情节都由目击者转述,仿佛那种高度混杂的情感是任何演员都无法独立胜任的。在《冬天的故事》中我们得知,里昂提斯在与潘狄塔重逢时"悲喜交加"[§]。在《李尔王》中,我们又听说葛罗斯特的心"太脆弱了,载不起这样重大的喜悦和悲伤",于是他"在这两种极端情绪的猛烈冲突"之中,平静地坐在一棵

---

[*] 《莎士比亚十四行诗》第九十四首。
[†] 《哈姆莱特》第一幕,第二场。
[‡] 《威尼斯商人》第一幕,第一场。
[§] 《冬天的故事》第五幕,第二场。

树下,"含着微笑死了"*。同样,考狄利娅得知李尔消息时的心情也是由他人转述,那段文字把她的表情比作天气:她脸上"同时出现阳光和雨点"†,下起一场悲喜交加的太阳雨。

我们对这些转述的反应,能检验我们入戏的程度。而且这些戏剧还提醒我们,观众可以任意选择自己想戴的面具。或许,我们可以像巴萨尼奥跟他的威尼斯朋友们开玩笑时那样,问一句"咱们什么时候该笑"。又或者,我们中那些"终日皱着眉头"的人,即使听了笑话也不肯露出笑容,而另一些人又时刻满脸堆笑,落下"年深日久的皱纹"‡,就像变着法子逗安东尼奥开心的葛莱西安诺。米兰达同情暴风雨中的人,说:"唉,我瞧着那些受难的人们,我也和他们同样受难!"§听到爱丽儿说"如果我是人类"¶时,普洛斯彼罗心中也泛起同情,可怜那些迷路的侍臣。爱丽儿的这句假设,对我们而言也同样是个考验:他的法力突出了风暴的视觉效果,把灾难化为奇观,就像埃尔西诺的那位演员,把赫卡柏的绝望演绎成"一个虚构的故事,一场激昂的幻梦"**。我们不会过多地惊叹精灵法术高强,却会不由自主地关注船上乘客本不必经受的苦难。若非如此,则世界随时可能化作一戳就破的泡泡,里

---

* 《李尔王》第五幕,第三场。

† 《李尔王》第四幕,第三场。

‡ 《威尼斯商人》第一幕,第一场。

§ 《暴风雨》第一幕,第二场。

¶ 《暴风雨》第五幕,第一场。

** 《哈姆莱特》第二幕,第二场。

面除了普洛斯彼罗的"空气……透明的空气"[*]，就什么也没有了。

* * *

在莎士比亚戏剧中，人生往往等同于表演。类似的话，杰奎斯在纵览人生各阶段时曾嘲讽地说过，迫克退场时曾难为情地提过，普洛斯彼罗打断化装舞会时也虚无地表达过。我们所谓的现实会不会只是一场游戏，一种蛊惑人心又令人失望的假象？剧院，正像普洛斯彼罗提醒的那样，能呈现高塔倾圮、宫殿坍塌、庙宇崩毁的场面——就像《末日尽头》描绘的景象。随后，或许"地球自身……都将同样消散"[†]。莎士比亚变着创造与毁灭的戏法，就像他笔下的人物：出现，演变，最终消失在我们眼前。

博尔赫斯认为莎士比亚在"轻微的幻觉"中写作。《仲夏夜之梦》的情节正符合这种说法，譬如忒修斯就认为，爱情与诗歌和癫狂一样，都出自那制造"成形的幻觉"的"纷乱的思想"[‡]。迫克用错误百出的魔法制造了严重的混乱，却只敷衍地道了个歉。普洛斯彼罗用"法力无边的命令"[§]撼动大地，把树木连根拔起，惊醒坟墓中的长眠者，但他事后至少还肯请求大家宽恕。迫克却建议观众要是觉得戏不好看，就当自己打了个瞌睡，把戏里的一切看

---

[*] 《暴风雨》第四幕，第一场。

[†] 《暴风雨》第四幕，第一场。

[‡] 《仲夏夜之梦》第五幕，第一场。

[§] 《暴风雨》第五幕，第一场。

作梦中的幻觉。

在喜剧中,这套理论常被用来解释混乱的场面。在《驯悍记》结尾,面带猪相的斯赖抱怨自己还做着"这辈子最美的梦"*就被吵醒了,也就是说他乐见彼特鲁乔殴打妻子,代替他行使男权压迫。"所有的人们都疯了吗?"[†]西巴斯辛在《第十二夜》中高声质问,火冒三丈的同时又对伊利里亚深深着迷,因为奥丽维娅一见面就拥抱了他。大安提福勒斯认为《错误的喜剧》中会出现那场错乱的闹剧,是因为:

这地方有很多骗子,有的会玩弄障眼的戏法,
有的会用妖法迷惑人心,
有的会用咒符伤害人的身体。[‡]

公爵见到安提福勒斯和他的双胞胎兄弟时说:"这两个人中间有一个是另外一个的灯神。"[§]这里的"灯神"指的是能替人实现愿望的精灵,不过人在别的方面也不需要借助超自然的力量。刚意识到西巴斯辛或许尚在人间时,薇奥拉说:"但愿想象的事果真不错。"[¶]在《安东尼与克莉奥佩特拉》中,查米恩问预言者自己将来

---

* 《驯悍记》第五幕,第二场。《驯悍记》现存两个版本,通行本名为"The Taming of the Shrew",这句话出现在另一个名为"The Taming of a Shrew"的版本中。

† 《第十二夜》第四幕,第一场。

‡ 《错误的喜剧》第一幕,第二场。

§ 《错误的喜剧》第五幕,第一场。

¶ 《第十二夜》第三幕,第四场。

啊,世界,世界,世界! 65

会生几个孩子,对方回答:"要是你的每一个愿望都会怀胎受孕,你可以有一百万个儿女。"[*]由此可见,生育上的多子多福能对应理查二世在狱中思考时那种精神上的高产。

有时,这种幻想照进现实的情节会把我们正在观看的表演变成斯特林堡口中的"梦剧"。酝酿刺杀凯撒时,勃鲁托斯意识到自己已经在脑海中预演了那尚未发生的"危险的行动",仿佛做了"一场可怖的噩梦,遍历种种的幻象"[†]:他看着未来的自己做下那件禁忌的事,几乎像看电影一样。奥瑟罗对伊阿古替凯西奥捏造的梦话深信不疑,自认掌握了苔丝狄蒙娜不忠的证据,甚至在伊阿古令人啼笑皆非地提醒他说"这不过是他的梦"、劝他不要太过轻信时,依然执迷不悟。奥瑟罗把这些虚幻的妄想看作"预演的结局",仿佛人只会梦见发生过的事和必将发生的事,他好像忘了自己说过要"眼见为实"[‡],而伊阿古不过是道听途说而已。

麦克白的罪行源自他所谓"想象中的恐怖",即使他在战场上因制造"死亡的悲惨景象"而备受称颂。他心里有一把"想象中的刀子"[§],用他妻子的话说就是"空中的匕首"[¶]。这部戏中的尸体都以诗句呈现:麦克唐华德被麦克白"从肚脐上刺了进去……胸膛

---

[*] 《安东尼与克莉奥佩特拉》第一幕,第二场。
[†] 《裘力斯·凯撒》第二幕,第一场。
[‡] 《奥瑟罗》第三幕,第三场。
[§] 《麦克白》第一幕,第三场。
[¶] 《麦克白》第三幕,第四场。

划破，一直划到下巴上"*，这绝非粗暴的宰割，而是手术式的杀戮。或者，这道将麦克唐华德一分为二的伤口，是否就像布料上的接缝，让睡眠无法缝合"忧虑的衣袖"†（这是麦克白打的一个过于精细而女性化的比方）？同样令人匪夷所思的是，麦克白居然说邓肯"白皙的皮肤上镶嵌着一缕缕黄金的宝血"‡：贵重的黄金美化了凝固的血迹，而"镶嵌"更平添了几分虚假的华丽。随后，一名雇佣刺客同样做作地说自己给班柯"头上刻了二十道伤痕，最轻的一道也可以致他死命"§。这绝对属于过度伤害。

麦克白夫人也拥有狂野的想象，曾幻想在喂奶时杀死怀中的婴儿。当然，她绝不会知道"一个母亲是怎样怜爱那吮吸她乳汁的子女"，因为他们夫妇没有子嗣；她想象这种暴行只是为了激麦克白动手。她就像演员那样，借虚假的回忆唤起一种情绪，再用语言赋予它某种真实：她的话既有"我曾哺乳过婴孩"式的口无遮拦；又描绘了婴儿"柔软的嫩嘴"咬住乳头时那种无害的感觉；既反映了她突如其来的厌恶，视怀中婴儿为任她生杀予夺的赘生之物；也凸显了她邪恶的偏执，非要"在他看着我的脸微笑的时候"¶砸碎他的脑袋。她这番幻想所展现的创造力，正是博尔赫斯

---

* 《麦克白》第一幕，第二场。

† 《麦克白》第二幕，第二场。

‡ 《麦克白》第二幕，第三场。

§ 《麦克白》第三幕，第四场。

¶ 《麦克白》第一幕，第七场。

眼中莎士比亚最可贵的品质：他随意出入他人身心的本领，体现了"生存、幻想和表演的本质"。

所谓幻觉，就是心灵的海市蜃楼映入诗意的双眼，这双眼睛就像忒修斯说的，"在神奇的狂放中转动"[*]。列奥纳多·达·芬奇认为人类的眼睛比"上帝任何别的造物"都要伟大，因为这颗莹润的小球能容纳整个世界，"让人看遍宇宙的每个角落"。多亏有这种在《李尔王》中被人从眼眶里挖出来的"可恶的浆块"[†]，莎士比亚的人物才能浪迹天涯。在《辛白林》中，波塞摩斯乘船前往流放地时，伊摩琴的眼睛也做了一场远距离的冒险。她要让眼睛"飞出眼眶"去追随丈夫的身影，直到他缩得像针尖一样小，或是"从蚊蚋般的小点到完全消失在空气中"[‡]；然后她才会收回视线，把眼睛重新安回脸上，用它们流泪。叙事长诗《维纳斯与阿多尼》写到了另一种情况，维纳斯把目光从被杀的阿多尼身上移开，眼睛立刻缩回"头上幽暗的深处"，就像一只蜗牛"急忙缩回壳中"。莎士比亚的隐喻中最奇特、最有探寻精神的一批深入了那个编织梦境与诗意幻想的秘境。阿埃基摩望着睡梦中的伊摩琴，感到烛火仿佛：

想从她紧闭的眼睑之下窥视那收敛了的光辉，它们现在虽然

---

[*] 《仲夏夜之梦》第五幕，第一场。
[†] 《李尔王》第三幕，第七场。
[‡] 《辛白林》第一幕，第三场。

被眼睑所遮掩,还可以依稀想见那净澈的纯白和空虚的蔚蓝,那正是太空本身的颜色。*

他带着令人毛骨悚然的迷恋,绕到她紧闭的眼帘背后,用自己的幻想涂抹她梦中的天空。

这些场景是非凡想象力的结晶,正是有了它们,莎士比亚戏剧才会显得——套用《雅典的泰门》中诗人对画师的赞美来说——"比活物更生动"。这句评语适用于一切表演,连哑剧也不例外:

瞧这姿态多么优美!

这一双眼睛里闪耀着多少智慧!这一双嘴唇上流露着多少丰富的想象!†

生命是鲜活的,所以哈姆莱特才会把死亡比作"把人紧紧攫住的衙役"‡:被攫住意味着停滞,意味着必须待在原地;而对两次向霍拉旭说"我死了"却依然滔滔不绝的哈姆莱特来说,停滞就是沉默的前奏。纸上的图画或大理石的雕塑,正像《雅典的泰门》中诗人暗示的那样,只有栩栩如生才会充满魅力。克莉奥佩特拉听说自己的对手、古板的奥克泰维娅"是个没有生命的形体、不

---

* 《辛白林》第二幕,第二场。

† 《雅典的泰门》第一幕,第一场。

‡ 《哈姆莱特》第五幕,第二场。

会呼吸的雕像"*，顿时生出一种幸灾乐祸的喜悦。但在《维纳斯与阿多尼》中，女神对那名羞怯的少年产生了审美之外的情感，所以骂他是：

你这画中虚影，冰冷石雕，
徒有其表的泥胎，呆板的塑像，
一尊好看却毫不中用的木偶。

宝丽娜在《雅典的泰门》中诗人的那句赞美的基础上，又加了个伤感的限定条件，说赫米温妮的雕像"比活人更生动，睡眠之于死也没有这般酷肖"†。随后那尊雕像走下底座开口说话，让我们不得不重新审视艺术与真实的区别、表现与再造的界限。

《辛白林》的结尾同样借起死回生解决问题，但比《冬天的故事》疯狂得多。波塞摩斯怪自己害死了伊摩琴，但求一死。伊摩琴起死回生、走出坟墓，波塞摩斯却以为有人冒充妻子，又把她打倒在地，第二次杀死了她。针对她的再次复活，她父亲不禁感叹："或许神明是要叫我在致命的快乐中死去。"波塞摩斯自称"站立不稳"，辛白林则问："世界是在旋转吗？"‡的确，世界是在旋转，而且在莎士比亚戏剧里转得更快。这正应了《无事生非》中培尼狄克抛开成见之后说的那句话："人本来是晕头转向的东

---

* 《安东尼与克莉奥佩特拉》第三幕，第三场。
† 《冬天的故事》第五幕，第三场。
‡ 《辛白林》第五幕，第五场。

西，这就是我的结论了。"*

不过，要真正得出结论还需假以时日，等到：

思想是生命的奴隶，生命是时间的弄人；
俯瞰全世界的时间，想必会有它的停顿。

虽说霍茨波在《亨利四世》中说完这句话就死了，但他还是谨慎地用了"想必"，而不是"必将"——他这番话只是一种理论上的假设，世界最终的结局依然只能靠猜测。霍茨波在句末指出，时间始终在从容甚至庄严地从事一项不容干扰的事业，那就是"观察整个世界"†。这里再次出现俯瞰的视角——时间从高处俯视世界、丈量空间。作者还向霍茨波投去辛酸的最后一瞥：这个人曾许下多少豪言壮语，如今却只能默默面对自己微不足道的死，这正遂了时间的意，因为在永恒的时间面前，人类短暂的一生不过是个笑话。霍茨波用死前最后一口气息，向我们展示了莎士比亚恢宏而宽广的全景视野。

---

* 《无事生非》第五幕，第四场。
† 《亨利四世》上篇第五幕，第四场。

3

******

了不起的杰作[*]

"我"是谁

狗与鳄鱼

"东西"本身

变形者

---

[*] 《哈姆莱特》第二幕,第二场。

见到衣衫褴褛、胡言乱语的可怜人汤姆，李尔提了个问题：
"难道人不过是这样一个东西吗？"[*]这个恼人的问题在莎士比亚戏剧中反复出现，而戏剧之所以存在，就是为了挑起这个疑问，然后让观众自己去寻找答案。剧院成了人审视自身的地方。

作为人文主义者，哈姆莱特相信是文明完善了自然，所以他会把人类奉为"了不起的杰作"。他的赞誉——既是美学上的，也是精神上的——可以解释米兰达为什么觉得人类美丽。在哈姆莱特眼中，人类堪为"宇宙之精华"，而且"在智慧上……像一个天神"。人类虽然拥有"伟大的力量"，却不过是泥塑木雕，所以我们仍不清楚造物主究竟采用了怎样的工艺。人本质上会不会远没有这么伟大？当哈姆莱特开始嘲笑眼瞎腿软的老人，"万物的灵长"[†]顿时化为老弱病残；而郁利克那颗曾充满"美妙想象"[‡]的脑袋，也已被蛆虫蛀穿。

笨重的躯壳无法匹配轻盈的思想。围绕这对矛盾，莎士比亚创造了一种全新的戏剧。与反映灵魂得救的中世纪道德剧不同，它更关注现实世界的矛盾；它也不同于高度概括的古典悲剧，后者往往只强调决定性的时刻，而且通常是命运攸关的那种。

亚里士多德认为，戏剧审视的对象是那些无可挽回的决定。例如，阿伽门农踏上红毯的那一刻，或是俄狄浦斯在改变命运

---

[*]《李尔王》第三幕，第四场。

[†]《哈姆莱特》第二幕，第二场。

[‡]《哈姆莱特》第五幕，第一场。

的十字路口与生父的相遇。亚里士多德认为,生存的目的是"行动",戏剧也一样:它只需阐释命运、警醒世人,而不必去反映人物的特质与个性。但莎士比亚的舞台属于他笔下生龙活虎的人物,套用哈姆莱特形容地球的那句话说,它就是他们"美好的框架"*,没有什么神明能决定他们的生死。克莉奥佩特拉施展出"变化无穷的伎俩"†;理查三世一人分饰多角,把自己比作狡猾的普罗透斯‡和能改变肤色的变色龙;茂丘西奥天生反复无常§。尽管哈姆莱特曾赞美人"在行动上像一个天使"¶,但莎士比亚笔下那些最出色的人物往往行动迟缓,沉迷于对自身复杂个性的思考:哈姆莱特责怪自己在懒惰中走向遗忘,愧对"行动之名"**;福斯塔夫本质上是个游手好闲的人。在《李尔王》的荒野上或《皆大欢喜》的森林中,人们花大把时间谈论彼此的身份与处境:他们在悲剧中模拟审判,在喜剧中玩起情爱游戏,直到台下传来行动的召唤,重新推动陷入停滞的情节。

尽管亚里士多德曾坚称,戏剧的节奏容不下洋洋洒洒的叙述,但我们依然乐见这些人物像理查二世所提议的那样,在舞台上席地而坐,与我们分享各自的悲伤与喜悦,因为故事中的悲喜属于

---

* 《哈姆莱特》第二幕,第二场。

† 《安东尼与克莉奥佩特拉》第二幕,第二场。

‡ 希腊神话中一位早期海神,能预知未来、变幻外形。

§ 茂丘西奥原文写作Mercutio,与"反复无常"(mercurial)一词同源。

¶ 《哈姆莱特》第二幕,第二场。

** 《哈姆莱特》第三幕,第一场。

我们每一个人。理查二世曾提到那顶"戴在一个凡世的国王头上的空王冠"*，但并非只有帝王将相才会陷入他所处的困境，这一点与只反映大人物处境的古典戏剧截然不同。我们每个人头上都有一顶空洞的临时王冠，我们戴着它，直到体内滋生的腐朽摧毁神殿，嘲笑那个高贵的字眼——我们曾用它向世人宣告，自己的头颅神圣不可侵犯。

"谁能让我知道我是什么人？"[†]李尔这样问。人的身份取决于"借来的衣服"，也就是我们身上披挂的破衣烂衫或锦衣华服。衣衫之下，每个人都是赤裸的假人模特儿、木头傀儡，就像没穿戏服的演员。"解开这颗扣子。"精神失常的李尔大喊。后来，他在临死前又一次命人替自己解开扣子。他讨厌衣物，因为它是一种伪装，是我们从无辜的动物身上偷来的毛皮。不过可怜人汤姆是个例外，他"不向蚕身上借一根丝，不向野兽身上借一张皮，不向羊身上借一片毛"[‡]。肯特奚落奥斯华德时扩展了这个概念，他说："造化不承认他曾经造下你这个人，你是一个裁缝做出来的。"[§]这绝不仅仅是个玩笑：莎士比亚戏剧探讨我们来自哪里，或者说由谁创造，他总是把人物拆得七零八落，根本不管能不能还原。

奥森·威尔斯说，演员应该属于"男女之外"的"第三种性

---

* 《理查二世》第三幕，第二场。

† 《李尔王》第一幕，第四场。

‡ 《李尔王》第三幕，第四场。

§ 《李尔王》第二幕，第二场。

了不起的杰作

别"。他甚至称自己的同行"都是骗子"。他们欺骗性太强,就像那些靠演技撑起整个职业生涯的政客。这句玩笑话道出了莎士比亚笔下众多人物都曾表达过的担忧。邓肯在被考德的领主背叛时,曾遗憾地说:"世上还没有一种方法,可以从一个人的脸上探察他的居心。"*表演应该就是这样一种方法。但它不光把思想变得透明可见,还重构了我们的表情,让我们不至于被一眼看穿。表情是一种遮挡、一种自卫。哈姆莱特就对化妆深恶痛绝;在《第十二夜》中,当奥丽维娅亮出她称为"图画"的妆容时,薇奥拉略带迟疑地评价说:"真是绝妙之笔,仿佛一切都出于上帝的手。"†理查三世夸口说,自己"能扮演老练的悲剧角色"‡,这句话或许能概括哈姆莱特哀悼父亲时夸张的举止:他身披一袭漆黑的斗篷,做出痛不欲生的样子。

弄人回答了李尔的问题,告诉他:"你是李尔的影子。"§ "影子"既可以指因遮挡光线而投下的扁平的身体轮廓,也可以指一个自以为是国王或曾经"当过"国王的演员。演员是我们的影子,我们的替身,就是他们——套用心理学家荣格的话说——"让阴影有了意识"。就像哈姆莱特说的那样,莎士比亚对着自然举起了镜子。但我们能相信镜中的影像吗?又或者,我们真能在镜中认出

---

* 《麦克白》第一幕,第四场。

† 《第十二夜》第一幕,第五场。

‡ 《理查三世》第三幕,第五场。

§ 《李尔王》第一幕,第四场。

自己装模作样的脸吗?

* * *

安东尼在《裘力斯·凯撒》的最后向勃鲁托斯致敬,说他身上集中了如此多的美德,"足以使造物肃然起立,向全世界宣告:'这是一个真正的人!'"*这句赞美有种刻意制造的距离感,透出莎士比亚戏剧中少见的淡漠:造人没有固定的配方,如果只是按一定比例调配泥土、空气、火焰和水就能造出人来,那我们每个人应该都是完全一样的,而那些反映人类参差多态的戏剧,也就不会存在了。

安东尼太高看卢克莱修的自然女神了,后者的哲理长诗《物性论》在16世纪重新受到重视。那个哈姆莱特想用镜子去映照的自然界,极有可能是人类自己的造物,因为它体现了我们每个人的喜好。安东尼就曾用"温良"来形容勃鲁托斯,是指他温文尔雅(那是邓肯对狡猾的考德领主的评价)吗,还是单纯说他很有教养?但这个形容词很难解释他刺杀凯撒的行为。相比之下,《特洛伊罗斯与克瑞西达》中的赫克托则更真实地道出了人类混乱的族系或起源。他不得不与埃阿斯对决,而对方碰巧是他"父亲妹妹的儿子,伟大的普里阿摩斯的侄儿",在他们身上"混合着希腊和特洛伊的血液",谁也说不清自己究竟哪只手"属于希腊"[†],哪

---

[*]《裘力斯·凯撒》第五幕,第五场。
[†]《特洛伊罗斯与克瑞西达》第四幕,第五场。

条腿属于特洛伊。由于无法判定彼此的归属，双方陷入僵局，因为赫克托不愿对自己的手足举起屠刀。我们喜欢把自己看作"个体"，也就是一个不可分割的整体，但我们无论是在身体还是精神上都是组装拼凑的产物——就和这两个人是希腊与特洛伊的结合体一样。正因如此，《辛白林》中的伊摩琴才会错把弄人克洛顿被斩首的尸体，当成自己的爱人波塞摩斯的，这是莎士比亚笔下最诡异，也最令人揪心的一幕。她爱抚着他的遗骸，列举他身上的部位分别酷似哪位天神或英雄——他的脚像墨丘利、腿像马尔斯、肌肉像赫拉克勒斯，但是因为少了头颅，这些零件无论如何也拼不成一个完整的人。即便人与人真像《裘力斯·凯撒》中那些罗马人希望的那样可以互相替换，也仅限脖子以下的部位。

安东尼借缅怀勃鲁托斯之机，说了几句关于造物的套话，想

一幅创作于19世纪中叶的莎士比亚人物巡游图，其中包括《维罗纳二绅士》里的小狗克来勃。这幅作品曾被认为出自丹尼尔·麦克利斯之手。

找回自己因克莉奥佩特拉而动摇的正直。在《安东尼与克莉奥佩特拉》中，安东尼的伙计莱必多斯在庞贝大船的宴会上出于好奇，打听埃及的鳄鱼"是怎么一种东西"。然而酒过三巡的安东尼只知道"它的形状就像一条鳄鱼；它有鳄鱼那么大，也有鳄鱼那么高；它用它自己的肢体行动"*。这番笨拙的描述却意外地真实：我们每个人不都这样独一无二吗？卢克莱修认为造物主很有娱乐精神，不断创造各式各样的新物种。这个评价也同样适用于莎士比亚。本·琼森甚至不客气地指出，莎士比亚塑造的根本不是我们身边的人物，他的"诙谐"让"造物害怕"。琼森说这番话时，眼前浮现的或许是奥瑟罗提过的某种怪物，因为他还说莎士比亚喜欢"把自己的脑袋安在别人身上"。但文艺复兴时期的艺术家却为这种打破陈规的创新自豪：列奥纳多·达·芬奇认为绘画是一种高

---

* 《安东尼与克莉奥佩特拉》第二幕，第七场。

尚的人文艺术，因为画家能描绘"自然界不曾有过的奇异事物"。

安东尼还补充了鳄鱼死后的情形，再次提到了赞美勃鲁托斯时引用的那套亚里士多德理论："它体内的元素衰竭以后，它就转世了。"[*]同样的过程也发生在许多莎士比亚创作的人物身上。波顿一夜之间变成驴头人身的怪物，也正因如此，他与仙后的爱情才会显得如此不合常理而令人捧腹，第二天早上醒来时，波顿认定昨晚的一切是一场梦，暗自感激那种百无禁忌的怪诞。葛莱西安诺把毕达哥拉斯[†]的灵魂转世学说——认为意识能在不同生物间流转——作为惩罚夏洛克的依据：既然大家都说夏洛克有着人的身体、"畜生的灵魂"[‡]，那他就活该被看成一条杂种狗。在《第十二夜》中，痴狂的马伏里奥也遇到过类似的问题，小丑费斯特问："毕达哥拉斯对于野鸟有什么意见？"马伏里奥则坚决维护人类的崇高地位，咬定他祖母的灵魂绝不可能"在鸟儿的身体里寄住过"[§]。《皆大欢喜》中的罗瑟琳毫不讳言自己前世的生活，她说："在毕达哥拉斯那会儿，我是一只爱尔兰的老鼠，现在简直记也记不起来了。"[¶]《维罗纳二绅士》中的朗斯对着自己那条抢戏的宠物狗克来勃陷入沉思，玩味起毕达哥拉斯的理论，"我就是狗。"朗斯说，"不，狗是它自己，

---

[*] 《安东尼与克莉奥佩特拉》第二幕，第七场。

[†] 毕达哥拉斯（约前570—约前495），古希腊前苏格拉底哲学家、伦理学家、数学家，毕达哥拉斯定理即以他命名。

[‡] 《威尼斯商人》第四幕，第一场。

[§] 《第十二夜》第四幕，第二场。

[¶] 《皆大欢喜》第三幕，第二场。

我是狗——哦，狗是我，我是我自己。"朗斯自认普普通通，跟"朗斯一族里的人"*没什么区别，但那条狗却不是一般的狗，它还会模仿人的姿态。

莎士比亚的人物是罕见的人类样本，就像克来勃——伊莎贝拉口中那只"盛怒的猴子"†——一样善于模仿，并且有过之而无不及。不过这些人物是否与我们同属一个物种，还有待商榷。这让人联想到奥斯卡·王尔德在《道连·格雷的画像》中提出的那个问题：凯列班会在莎士比亚的镜子里看到什么呢？

譬如说奥瑟罗看到的就是一个字谜。他危险地高估了自己和爱人苔丝狄蒙娜的人格，又按这个标准把同类相食者称为"食人猿"：这个称谓在一定程度上剥夺了这类"食人猿"做人的资格。因为按理说，我们只能食用比我们低等的动物。物种间的高低贵贱是文化的产物，自然界并不存在这样的划分。奥瑟罗甚至认为只有来自异域的器物——手帕、宝剑之类——才配得上自己。他的手帕是女巫用天上的蚕丝织成的，"曾在用处女的心炼成的丹液里浸过"‡；他自刎用的那把宝剑来自西班牙，"用冰泉的水所浸炼"§而成。他宁可在地狱中万劫不复，也不愿承认自己受了愚弄，所

---

* 《维罗纳二绅士》第二幕，第三场。
† 《一报还一报》第二幕，第二场。
‡ 《奥瑟罗》第三幕，第四场。
§ 《奥瑟罗》第五幕，第二场。

以才骂伊阿古是"顶着人头的恶魔"[*]，尽管看过伊阿古的脚趾之后，他不得不承认，偶蹄的恶魔只存在于神话中。几乎眨眼间，奥瑟罗虚妄的自恋就化作极端的自我厌恶。刚开始怀疑苔丝狄蒙娜时，他曾说自己"就是一只愚蠢的山羊"，又说："我宁愿做一只蛤蟆。"[†]这些都是跟自恋不沾边的动物。被伊阿古刺杀时，罗德利哥嚷着："没有人心的狗！"[‡]这句同义反复或许能稍稍抚慰他遭人利用、被人抛弃的心情。雅典的泰门一眼就看穿了这种逻辑的破绽。遭遇背叛之后，他给希腊语中的"人"（anthropos）加了个前缀，自称"恨人者"（Misanthropos）；被昔日同僚艾西巴第斯搭讪时，他说："我倒希望你是条狗，那么我也许还会喜欢你几分。"[§]

麦克白夫妇也按自己的心意改造了"人"这个难以把握的概念。为了打消疑虑、坚定谋杀邓肯的决心，麦克白说："只要是男子汉[¶]做的事，我都敢做。"[**]他妻子则认为男人就该敢作敢为，而他瞻前顾后，实在不够有男子气概。见麦克白不肯回房间往邓肯的侍卫身上涂抹鲜血，她怪他"意志软弱"[††]，这是对一个男人最严厉的斥责。后来，麦克白对自己雇来对付班柯的杀手说，"按说你

---

[*] 《奥瑟罗》第五幕，第二场。

[†] 《奥瑟罗》第三幕，第三场。

[‡] 《奥瑟罗》第五幕，第一场。

[§] 《雅典的泰门》第四幕，第三场。

[¶] 原文为man，亦可指人类。

[**] 《麦克白》第一幕，第七场。

[††] 《麦克白》第二幕，第二场。

们也算是人"*，就像在说猎狗、狼狗等各犬种都算是狗一样。这是一种狡猾的自我开脱：把没有人性的脏活都交给别人。

哈姆莱特在对比父亲和克劳狄斯的肖像时，把父亲比作亥伯龙神，把克劳狄斯比作萨提尔†。这对比喻无端地把一个人捧得极高，又把另一个贬得极低。问题是，人与人真能这样天差地别吗？哈姆莱特的父亲和克劳狄斯是亲兄弟，他却把其中一个说成了太阳神（尽管先王的鬼魂昼伏夜出，太阳刚露头它就缩到地下），把另一个说成长满茸毛的森林神（尽管新国王似乎从不像萨提尔那样淫荡）。在一些时候，哈姆莱特明显流露出阿波罗的气质，但在另一些时候，譬如当他用下流的语言谈论国事，或拿死去的波洛涅斯开涮，说蛆虫正在啃食他发臭的尸体时，他就彻底成了另一个人，倒没有萨提尔那么不堪，但绝对是个尖酸刻薄的家伙。莎士比亚的人物时而高大，时而低贱，在"人"这把标尺上最大限度地伸缩。而这尺度对他们而言，就是文字铸就的雅各之梯。

* * *

安东尼称颂勃鲁托斯时曾顺带盛赞了自然女神，但她并不是莎士比亚戏剧中唯一的造物主。洛斯把身穿铠甲的麦克白和考德领主看作两个没有面孔的机器人，两个"势均力敌"、可以互换的对手。

---

* 《麦克白》第三幕，第一场。

† 亥伯龙神（Hyperion）属于希腊神话中的十二提坦（大地之神盖亚与天空之神乌拉诺斯之子），萨提尔（satyr）是希腊神话中半人半羊的神，以淫荡著称。

了不起的杰作 85

麦克白尽管有"贝罗娜的准新郎"之称,却并不是这位战争女神的伴侣:他不过是具有好战天性的人类男性化身,而且还"披甲戴盔"[*],被金属外壳弄得动作有些机械。麦克白夫人恶狠狠地说,班柯和他的儿子"并不是长生不死的",因为"大自然的复制品不会永存"[†]。他们不是原件,而是易于替换和销毁的翻印本和基因复制品。

伏尔斯人恭敬地称科利奥兰纳斯是"连造化也造不出来的东西"[‡]。"东西"(thing)这个突兀的词,呼应了考狄利娅被迫表白孝心时那句迟钝的"没有"(nothing),也让人联想到哈姆莱特担心自己死后将要面对的"某物"(something),促使我们重新思考人的本质。在一次暴怒的咆哮中,科利奥兰纳斯说,他不会让平民赞叹自己在战场上落下的伤疤,因为不愿让别人把"一些微不足道的小事信口夸张(nothings monster'd)"[§]。这句显然是脱口而出的话,充满诗意的暗示,揭示了人物的内心。科利奥兰纳斯承认自己的勇猛毫无意义,像语言一样空洞,但他这样说绝非出于自谦。他珍视那些伤口,它们是他一个人的财富,而且他脸皮薄,担心人们会把他的伤口当作一种畸形,就像麦克德夫号称要拿来跟麦克白一起展览的"异兽"(rare monsters)[¶]或所谓的鸡蛇

---

[*] 《麦克白》第一幕,第二场。
[†] 《麦克白》第三幕,第二场。
[‡] 《科利奥兰纳斯》第四幕,第六场。
[§] 《科利奥兰纳斯》第二幕,第二场。
[¶] 《麦克白》第五幕,第八场。

拉尔夫·费因斯在自导自演的电影中饰演科利奥兰纳斯一角。

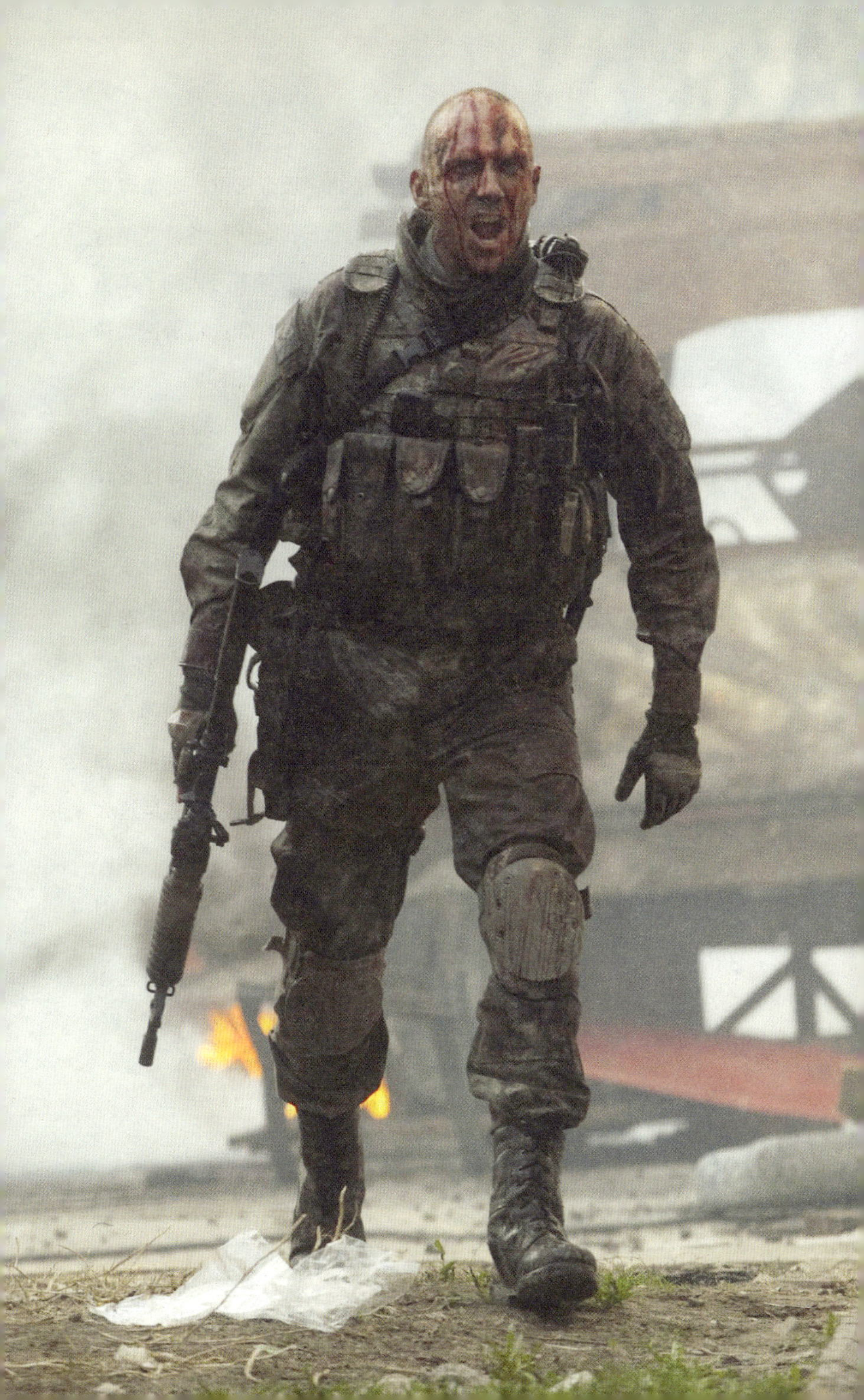

一样——那是传说中一种鸡头蛇身的怪物,理查三世的母亲曾带着厌恶宣称,自己腹中孕育的正是这么个东西。从科利奥兰纳斯使用的动词来看,"信口夸张"(monstering)意味着夸大到了笨重变形的地步。不过从词根来看,这个词还透着自恋:暗示他会像弥撒中展示圣体的圣体匣(monstrance)那样供人瞻仰。

科利奥兰纳斯的畸形(monstrosity),就是他极端特立独行的个性。他行事的态度就仿佛"人是自己的创造者,不知还有什么亲族"[*],而且他极端自我膨胀,威胁要"把全城人吃掉,自己一人称霸"[†]。与他类似的还有怪胎凯列班,但后者并不打算荡平一座城池,只是想逼迫米兰达为他生儿育女,让子孙后代遍布普洛斯彼罗的岛屿。《奥瑟罗》中的爱米利娅把嫉妒称作"怪物"(monster),因为它是人心蒙尘的产物,纯属人造,"凭空而来,自生自长"[‡]。那么,什么样的比喻能形容演员对不同角色的创造和演绎呢?《约翰王》中的庶子认定"无论是谁生的,我总是这么一个我"[§],但当赫伯特在黑暗中询问他是谁时,他却回答:"随你以为我是谁都行。"[¶]这两句话标志着存在之恶(或存在之虚空)的边界,因为那些标榜自我创造的人却乐于摧毁与他们不相干的人。

---

[*] 《科利奥兰纳斯》第五幕,第三场。
[†] 《科利奥兰纳斯》第三幕,第一场。
[‡] 《奥瑟罗》第三幕,第四场。
[§] 《约翰王》第一幕,第一场。
[¶] 《约翰王》第五幕,第六场。

理查三世吹嘘他能把自己的肖像"挂在任何场合"*，只有在面临威胁的时候才会变回个体。比如，他曾一面驱赶死在他刀下的冤魂，一面断言自己将在世间孑然一身：

> 怎么！我难道会怕我自己吗？旁边并无别人哪。
> 理查就是理查。那就是说，我就是我。†

可见唯名论是自我最后的避难所。

同样擅长自我歪曲、自我否认的伊阿古也表达了类似的意思，尽管措辞不同。他对罗德利哥说："我并不是实在的我。"‡ 薇奥拉在《第十二夜》中也说过一模一样的话，只比伊阿古多了几分内疚。这句共同的台词也道出了他们身为演员的天职：伊阿古表演的是公然的道德败坏，薇奥拉则是良心不安。薇奥拉认为"假扮（戏剧表演之本）并不是一件好事"§，它会破坏人与人的关系，动摇人类社会的基石，在最坏的情况下，表演甚至能像巫术一样篡夺身份，取代那个——用玛利娅冒充奥丽维娅给马伏里奥写信时的那句话说——"一看就知道演的是他自己"¶ 的人。在《特洛伊罗斯与克瑞西达》中，俄底修斯一面向阿伽门农转述帕特洛克罗斯"夸

---

* 《亨利六世》下篇，第三幕，第二场。

† 《理查三世》第五幕，第三场。

‡ 《奥瑟罗》第一幕，第一场。

§ 《第十二夜》第二幕，第二场。

¶ 《第十二夜》第二幕，第三场。

张可笑"*的表演,一面拿阿伽门农开涮,说帕特洛克罗斯为博阿喀琉斯一笑而"表演着你的庄严的神态"†。克莉奥佩特拉最怕年轻的男演员尖着嗓子假扮自己,那想必正是莎士比亚剧院中的情形:这些演员会在表演中抱怨人物的缺陷或衣着。哈姆莱特曾批评某些演员"既不会说基督徒的语言,又不会学着基督徒、异教徒或者一般人的样子走路"‡,可他一开始装疯卖傻,就把自己说过的话全忘了。哈姆莱特假装厌恶的这种表演癖,恰恰是迫克的长项:他声称自己曾变作一只烤螃蟹,馋得一位主妇口水直流;还曾变作嘶鸣的母马去招惹发情的公马——谢天谢地,这些场面都没出现在《仲夏夜之梦》的舞台上。

莎士比亚戏剧揭示了一个道理:我们每个人都是演技派,是用一生去扮演一个或几个角色的业余演员,社会就是我们的舞台,供我们施展与生俱来的表演天赋。《裘力斯·凯撒》中的凯歇斯为表现自己刚正不阿,赫然引用他"自个儿"的话,说自尊不允许他对凯撒顶礼膜拜,因为他不能向一个"跟我自己一样的人"§俯首称臣。他把自己想象成一个完整体,从中寻求安慰。戏剧诱使我们内心暗藏的人格显现出来,而这可能会让人发疯。对特洛伊罗斯而言,双重性只能是表里不一的代名词。当他发现克瑞西达背

---

* 《特洛伊罗斯与克瑞西达》第一幕,第三场。

† 同上。

‡ 《哈姆莱特》第三幕,第二场。

§ 《裘力斯·凯撒》第一幕,第二场。

叛了自己,跟狄俄墨得斯打得火热,便哀叹着"不愿相信"。他先问自己那是不是克瑞西达,又说那"不是她";他无法接受情人已经变心,认定"这是克瑞西达,又不是克瑞西达"*。她的分身越多,他就越是孤独。

类似的情形也发生在《错误的喜剧》中,结局却大相径庭。大安提福勒斯在以弗所人生地不熟,却巧遇双胞胎弟弟的妻子阿德里安娜,后者误以为他就是自己的丈夫,他却口口声声说不认识她。她只得相信丈夫中了邪,在担心他精神失常的同时深感词穷。"我说'你自己'。"†她告诉他,用这个词指代一种精神体,它与灵魂类似,却能从一个人身上转移到另一个人身上。不久,安提福勒斯爱上了阿德里安娜的妹妹露西安娜。姑娘劝他多把心思用在阿德里安娜身上,他却坚持追求"我自己,我纯洁美好的身外之身"‡。与特洛伊罗斯不同,这两个女人的困惑多于痛苦:与悲剧人物相比,喜剧人物在自我认知方面更加灵活。"我已不再是从前的我啦。"§培尼狄克轻描淡写地道,以此解释自己为什么过去讨厌贝特丽丝,现在却对她欲罢不能。《皆大欢喜》中的奥列佛幡然悔悟,决定放奥兰多一马。"那是从前的我!不是现在的我。"他这样解释自己的决定,语气介于伊阿古的沾沾自喜和薇奥拉的心

---

* 《特洛伊罗斯与克瑞西达》第五幕,第二场。

† 《错误的喜剧》第二幕,第二场。

‡ 《错误的喜剧》第三幕,第二场。

§ 《无事生非》第三幕,第二场。

神不安之间，他对"做我自己"*这件事感到心安理得。

享受自我的复杂与多面或许是个更好的办法。在《冬天的故事》中，里昂提斯和波力克希尼斯回忆起他俩从前曾一同欢快地嬉戏，就像"一对孪生的羔羊"。随后里昂提斯又说，自己跟儿子迈密勒斯"像两个蛋一样相像"[†]。在《仲夏夜之梦》中，海丽娜与赫米娅过去曾"生长在一起，正如并蒂的樱桃"[‡]，如今却开始争风吃醋。《第十二夜》中那对双胞胎就像"一只苹果切成两半"，当两个人同时出现，分开的苹果顿时合二为一，但大惑不解的安东尼奥却问西巴斯辛："你怎么会分身呢？"[§]这是个尖锐的问题：到底是造物的哪个疏漏让人变得各不相同，从而造就了戏剧？人类不是羔羊、鸡蛋和水果，我们会迷恋独特的个性，而戏剧就是这种迷恋的副产品。在《辛白林》中，当伊摩琴以斐苔尔的身份复活时，阿维拉古斯说两人就像两颗砂粒一样相似。见有人"死而复活"，更加年长睿智的培拉律斯却并不惊讶。"人的面貌或许本就彼此相似。"[¶]他满不在乎地耸耸肩道。

《错误的喜剧》里，大安提福勒斯先是把自己比作"一滴水，要在这浩瀚的大海里找寻自己的同伴"，随后认定这不可能实现；

---

[*] 《皆大欢喜》第四幕，第三场。

[†] 《冬天的故事》第一幕，第二场。

[‡] 《仲夏夜之梦》第三幕，第二场。

[§] 《第十二夜》第五幕，第一场。

[¶] 《辛白林》第五幕，第五场。

接着,阿德里安娜提醒他说:"把一滴水洒进了海洋里,若想把它原样收回,不多不少,是办不到的,因为它已经和其余的水混合在一起,再也分不出来。"这部戏剧证明了他们都是错的。阿德里安娜相信她和丈夫"结合一体,不可分离"*,所以两人自然处在同一片水域之中,而这片水域——多亏了那让伊勤一家相聚又分离的潮汐——就类似于弗洛伊德所说的"海洋般的感受"†,那是一种无边无际、全知全能之感,据说我们每个人早在婴儿时代就已经失去了它。经历了荒诞的剧情,剧中人不再相信人应该受制于任何框架或界限,它们只是阻止人们彼此融合或融入外界的手段而已;他们先是被错乱的身份弄得一头雾水,随即又为之欣喜,因为它实际上消除了人与人之间的界限。安东尼也做过类似的自我评价,当时他刚刚兵败阿克兴,准备赴死。他凝视着一片不断变幻的绵绵白云,看着它从熊变成狮子,再变成城堡,说它"用种种虚无的景色戏弄我们的眼睛"。"现在我还是一个好好的安东尼。"他对爱洛斯说,"可是我却保不住自己的形体。"‡人时刻都处在变化之中,从来没有固定的形态,死亡也只是其中一次变化而已。

有些人物急于改变现状,想像唐·彼德罗在《无事生非》中说的那样"改头换面"§,或彻底变成另一个人。"你是不是神明,要

---

* 《错误的喜剧》第一幕,第二场。
† 指一种海洋般无边无际的感觉,近似于全知全能。这个概念最初由罗曼·罗兰于1927年在写给弗洛伊德的信中提出,后来由弗洛伊德发扬光大。
‡ 《安东尼与克莉奥佩特拉》第四幕,第十四场。
§ 《无事生非》第五幕,第一场。

了不起的杰作

把我从头创造？"安提福勒斯问露西安娜。随即又恳求说，"那么我愿意悉听摆布，唯命是从。"*科利奥兰纳斯回忆起米尼涅斯从前"简直把我当天神一样崇拜"†，这句话在语言上的不拘一格，不亚于在含意上的别出心裁：把"天神"（god）这么个名词当作动词使用，本身就给人一种听觉上的冲击，更何况还是用作及物动词‡。神往往占据着一个固定不动的位置，就像凯撒自比的北极星；把"神"用作动词，意味着神性源于凡人的崇拜——这是莎士比亚颠覆既有观念的又一个例子。造神可能导致我们崇拜德不配位的偶像，就像凯列班崇拜醉醺醺的斯丹法诺。庞贝在《安东尼与克莉奥佩特拉》中把凯撒、安东尼和莱必多斯三人称作"宰制天下的元老，神明意旨的主要执行者"§，这个评价实在是一针见血：元老属于政客，而安东尼、凯撒和莱必多斯三人投机取巧的联盟很快就分崩离析。在《辛白林》中，阿埃基摩起初把波塞摩斯称作"谪降的天神"，后来又改口说波塞摩斯是个"神奇的巫师"¶，把他的魅力归结为魔法。苔丝狄蒙娜则伤心地告诉爱米利娅："我们不能把男人当作完善的天神。"**

在历史剧中，莎士比亚推翻了一套政治（而非宗教的）等级

---

* 《错误的喜剧》第三幕，第二场。

† 《科利奥兰纳斯》第五幕，第三场。

‡ 原句为"godded me, indeed"。God（神）原本是名词，在这里作动词使用。

§ 《安东尼与克莉奥佩特拉》第二幕，第六场。

¶ 《辛白林》第一幕，第六场。

** 《奥瑟罗》第三幕，第四场。

观念。他所做的不过是把一个崇高的名词和一个尊贵的形容词变成动词[*]。理查二世意识到,国王只能在头戴空王冠的短暂岁月里"君临万民"[†];理查三世回忆起自己如何暗中帮同党铲除异己,"尊贵"[‡]他们的血统。既然莎士比亚可以奉人物为神明,那么把一个人封为君王,或让他像理查二世自哀自怜时说的那样"失去王冠"[§],自然也不是什么难事。某种号称"神授"的绝对权力被动摇或削弱了:在《约翰王》中,国王临死前说,自己不过是"一堆朽骨,毁灭尽了它的君主的庄严"[¶]。从本质上来讲,语言就是一堆模块(modular),多音节词可以无限分割,从土块变成沙砾,再变成尘埃。约翰口中这个"堆"(module)字的拉丁文词根"mod-"[**]的运用十分广泛,时刻提醒我们世间万物无不处在永恒的"量变"(modulating)、质变与腐朽之中,最终被时间"打败"(outmoded)。凯德在《亨利六世》中跪地自封骑士[††],借此嘲笑某些头衔不过是一句空话;圣女贞德也同样大言不惭地宣称"圣母忽然向我显灵""把圣洁的光辉注射在我的身上,把我变成一个美

---

[*] 分别是"君主制"(monarchy)和"皇家的"(royal),后文有说明。
[†] 《理查二世》第三幕,第二场。"君临万民"(monarchize)是名词monarchy的动词形式。
[‡] 《理查三世》第一幕,第三场。"尊贵"(royalize)是形容词royal的动词形式。
[§] 《理查二世》第四幕,第一场。"封为君王"(kinged)是名词"君王"(king)的动词形式。"失去王冠"(unkinged)是"君王"(king)的否定动词形式。
[¶] 《约翰王》第五幕,第七场。其中"一堆"的原文为module。
[**] module的词根mod-源于拉丁文词modulus,意为"尺度"。
[††] 《亨利六世》中篇,第四幕,第二场。

了不起的杰作

好的女子"*。虚荣,是她的神授权利。

莎士比亚喜剧中的人物,要么对人类彻底失望,要么担心遇上奥斯华德那类为他们量身定制的、虚伪的衣冠禽兽。《威尼斯商人》中的鲍西娅被无数来自英格兰、苏格兰、德国、那不勒斯和摩洛哥的追名逐利之徒纠缠,这让她对人类失去了信心,不再相信我们是上帝照着自己的模样造出来的。"上帝造下他来,就算他是个人吧。"†她这样评价一位法国追求者,言语间是对上帝造人技艺和眼光的不敢恭维。在《第十二夜》中,奥丽维娅对人属及其古旧的变体更感兴趣。"他是怎样一个人?"得知薇奥拉乔装的西萨里奥求见时,奥丽维娅问。"呃,就像人那样的。"‡马伏里奥假装无动于衷地回答。他轻蔑而模糊的表述十分巧妙,这里使用的"人"不带性别色彩:既能泛指智人,又恰好不是男性的同义词。§不过马伏里奥口中的这个复合词,也并不总能引起同情和共鸣。当《科利奥兰纳斯》中的伏伦妮娅对护民官慷慨陈词时,后者就用这个词斥责她:"你是人吗?"¶"善"(kind)是"人"(mankind)的一部分,它要求我们遵守那份写在我们基因里的、令我们彼此相似的契约。不过伏伦妮娅拒绝承认自己跟西西涅斯是同类,反

---

* 《亨利六世》上篇,第一幕,第二场。

† 《威尼斯商人》第一幕,第二场。

‡ 《第十二夜》第一幕,第五场。

§ 原文中的"人"使用了中性的"mankind"一词,而非可以指代"男人"的"man"。

¶ 《科利奥兰纳斯》第四幕,第二场。

骂他是"狐类"*。验明正身是最粗暴的手段,因为需要下流地搜身。潘达洛斯给特洛伊罗斯牵线搭桥时,问克瑞西达:"你难道光凭眼睛就能看出对方是一个'人'吗?"†

人们在另外一些情况下提出这种问题,是因为意识到人或许并不是衡量一切的准绳。班柯小心翼翼地问女巫:"你们是活人吗?"接着又问,"你们能不能回答我的问题?"‡哈姆莱特那种全才,因为处在自己世界的中心,自然有资格质疑一切,并期待合理的回答,但班柯缺乏这种自信。而那些更富于娱乐精神、思想更开明的人物,则十分清楚,物种之间是可以相互渗透的。"这是一个人还是一条鱼?"§被凯列班绊倒时,特林鸠罗问。"啊,你这块肉呀,是怎样变成了鱼的!"¶茂丘西奥如此惊呼道,还以为罗密欧昨晚与爱人共度了良宵:因为与女性缠绵也许会软化他身为男性的阳刚。

这类问题中最经久不衰的一个,出现在配力克里斯与失散的女儿重逢时。他惊异地问她:

你是不是血肉之躯?
你有没有脉搏?是不是仙女?

---

* 《科利奥兰纳斯》第四幕,第二场。
† 《特洛伊罗斯与克瑞西达》第一幕,第二场。
‡ 《麦克白》第一幕,第三场。
§ 《暴风雨》第二幕,第二场。
¶ 《罗密欧与朱丽叶》第二幕,第四场。

了不起的杰作

你会动吗？说话吧。

你生在哪里，为什么要叫玛丽娜？ *

这串疑问始于一种带有医学色彩的警惕，就像医生为梦游的麦克白夫人做检查那样。同时配力克里斯对此目瞪口呆，就像班柯问女巫"你们是幻象吗？"[†]一样，或者像《温莎的风流娘儿们》中的爱文斯一样将信将疑，在一片住满精灵和妖精的森林中问："哪里来的生人气？"[‡]配力克里斯的前几个问题都是科学上的分类问题，类似于莎士比亚在第五十三首十四行诗中问美丽非凡的爱人的那句"你究竟是由什么材料构成的"。接着，配力克里斯又问女儿："会不会动？"这或许有些奇怪，不少版本都把这句话结尾的问号印成了感叹号。但正如哈姆莱特那句"人类在行动之中多么优美文雅"[§]所言：我们为行动而生，并且，在压力之下还能加快速度。为确保自己没有看错，配力克里斯认定，人之所以被归类为"动物"，是因为人会"活动"。短期来看这是一种优势，但却意味着，我们的存在注定会比植物或矿物短暂，更比不上华兹华斯笔下死去的露西，他在诗歌《安眠封闭了我的灵魂》中写道：她虽然"纹丝不动""全无力气"，却依然"与岩石和树木一道，随地球转动不息"。配力克里斯最后的落脚点在人的身份上，

---

* 《泰尔亲王配力克里斯》第五幕，第一场。

† 《麦克白》第一幕，第三场。

‡ 《温莎的风流娘儿们》第五幕，第五场。

§ 《哈姆莱特》第二幕，第二场。

提了两个关于出生和姓名的问题,玛丽娜的回答是,她"生在海上"[*]——借词源学证明了自己的身份[†]。

就算我们对人的身份(或本质),做再多诘屈聱牙、咬文嚼字的探讨,答案其实就藏在一句朴实无华的台词中。战斗前夜,亨利五世微服私访,在军营中跟士兵们打成一片,对他们说:"皇上就跟我一样,也是一个人罢了……把一切荣衔丢开,还他一个赤裸裸的本相,那么他只是一个人罢了。"[‡]人们被剥去衣物,赤身裸体挤在一起取暖;人与人不再有高低贵贱之分,都成了福斯塔夫在《亨利四世》中形容那些衣不蔽体的士兵时所说的"凡人,凡人"[§],都注定要化为尘土,烟消云散。在《无事生非》中,贝特丽丝先是嘲笑培尼狄克像个大饭桶,然后又说:"我们都不过是凡人。"[¶]在《辛白林》中,克洛顿以讽刺的语气叫嚷着"死真是莫名其妙的东西"[**],结果不出几分钟,就在台下被草草杀死了事。《一报还一报》中的酒鬼巴那丁,尽管"不把死当一回事",却依然是个"彻头彻尾的凡人"[††],不肯接受剧情为他安排的死亡,就像与奥

---

[*] 《泰尔亲王配力克里斯》第五幕,第一场。

[†] 玛丽娜的名字为Marina,词根Mar指海洋。

[‡] 《亨利五世》第四幕,第一场。

[§] 《亨利四世》上篇,第四幕,第二场。"凡人"原文为mortal,指必死的生命,与后文的"死亡"(mortality)相呼应。

[¶] 《无事生非》第一幕,第一场。

[**] 《辛白林》第四幕,第一场。

[††] 《一报还一报》第四幕,第二场。

了不起的杰作 99

瑟罗据理力争的苔丝狄蒙娜一样。人性是我们的追求,死亡是我们的宿命。

暴露与隐藏,是两种对立的戏剧规则。莎士比亚人物在二者的撕扯下,带着疑惑或痛苦寻求理解。在他这里,自我审视取代了卡尔德隆笔下那位"作者"的凝视,但认识自我却是个艰难的过程。我们只能在反思中认识自己,就像凯歇斯提出要当勃鲁托斯的镜子,"如实地把您自己所不知道的自己揭露给您看"[*]一样。阿喀琉斯在《特洛伊罗斯与克瑞西达》中也表达过类似的意思:人只会在别人眼中寻求认可,而且

> 视力不能反及自身,
> 除非把自己的影子映在
> 自己可以看见的地方。[†]

不过,这种有利视角是正面、肤浅而不透彻的,因为它渴望回应。《科利奥兰纳斯》中的米尼涅斯,希望护民官能"转过眼睛来看看你们自己的背后,把你们自己反省一下"[‡]。与对视相比,这一要求既诡异又苛刻。无论我们如何扭动脖子,总之,这就是观看莎士比亚戏剧的最佳视角。

---

[*] 《裘力斯·凯撒》第一幕,第二场。"反思"(reflection)一词也指"镜中的影像"。
[†] 《特洛伊罗斯与克瑞西达》第三幕,第三场。
[‡] 《科利奥兰纳斯》第二幕,第一场。

4

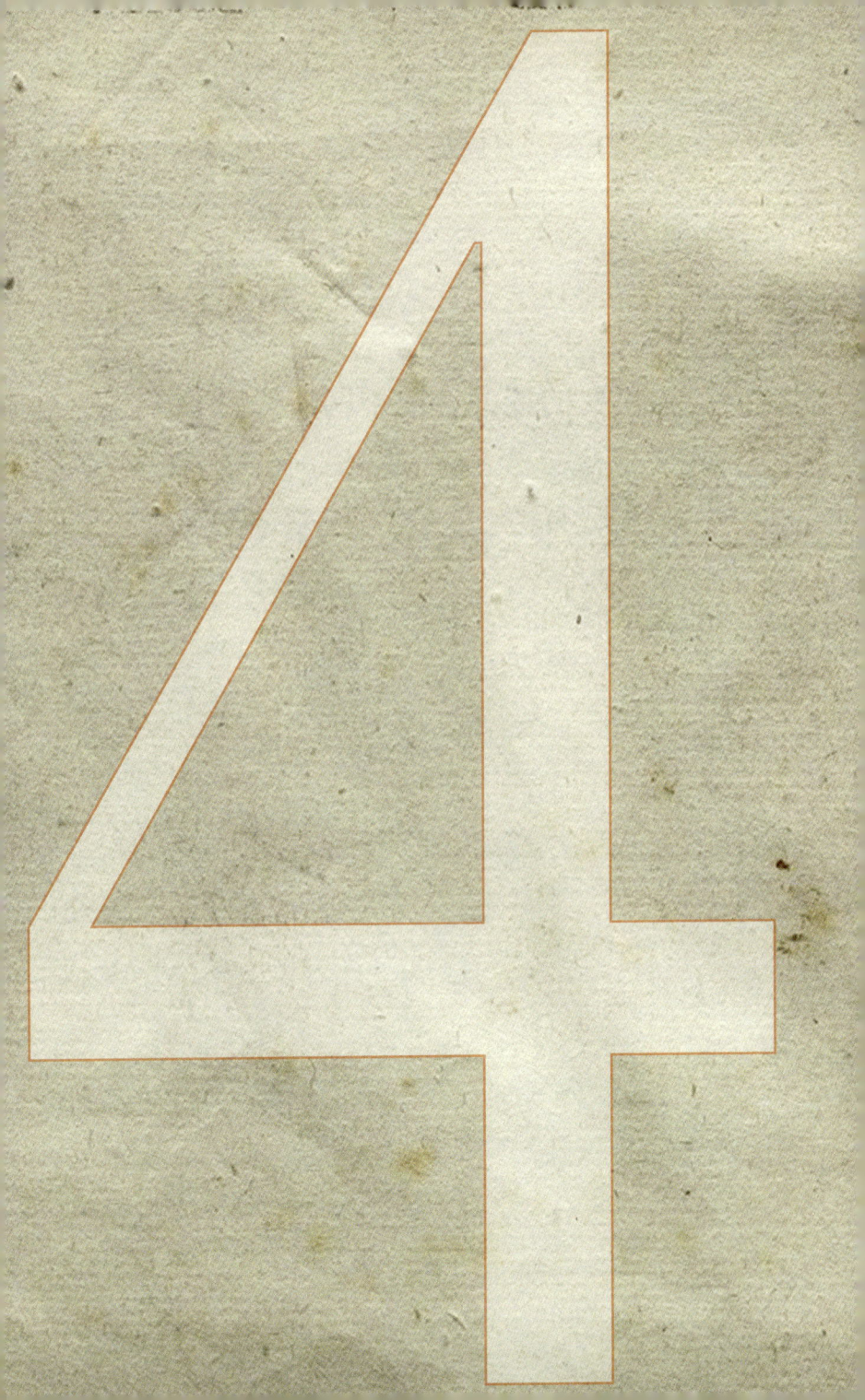

* * * * * *

不变的场面,或不羁的诗篇 *

悲喜剧

历史田园剧

短暂又乏味

不同的季节与体裁

杀戮与死亡

构成一个微缩宇宙

---
* 《哈姆莱特》第二幕,第二场。

带着风趣友爱的同志情谊,莎士比亚分别让两班人马去定义自己那难以驾驭的剧作。无论是在埃尔西诺还是在雅典,每一组都大肆炫耀自己才是原汁原味的莎士比亚戏剧。《哈姆莱特》里的那批演员用融合了"悲剧—喜剧—历史剧—田园剧"[*]的大杂烩满足观众们各异的口味;《仲夏夜之梦》中粗鲁的工匠则诉诸悖论或矛盾修辞法,带来"悲伤的趣剧"[†]——而非上面那种庞杂的"四不像",忒修斯从工匠的表演中选了一出皮拉摩斯和提斯柏的杂乱闹剧,而没有选择更高深的题材,譬如醉酒的女侍疯狂地撕碎俄耳甫斯——尼采认为这则传说关系到古希腊悲剧的起源。

造访埃尔西诺的剧团声称他们"不嫌塞内加的悲剧太沉重、普劳图斯的喜剧太轻浮"[‡]。莎士比亚早期曾模仿过塞内加和普劳图斯:《泰特斯·安德洛尼克斯》写到塔摩拉吃下用她儿子的肉做的馅饼,这段情节曾出现在塞内加的《堤厄斯忒斯》中;《错误的喜剧》亦步亦趋地模仿普劳图斯的《孪生兄弟》,后者讲述的也是一模一样的孪生兄弟被认错的故事。但莎士比亚的与众不同之处在于,他能把悲剧的沉重与喜剧的轻浮更紧密地结合在一起。《泰特斯·安德洛尼克斯》中血腥的场面引出一段带有泛神论色彩的奇特论述,揭示了自然的吃人本质和它享用我们时狼吞虎咽的可笑模样;《错误的喜剧》里,喜剧在人物陷入致命的癫狂时变得严

---

[*] 《哈姆莱特》第二幕,第二场。

[†] 《仲夏夜之梦》第五幕,第一场。

[‡] 《哈姆莱特》第二幕,第二场。

肃，那种癫狂就像伊勤说的，是他们"暮景的余年"*。

《哈姆莱特》中的剧团还号称会演"场面不变的正宗戏，或是摆脱束缚的新派戏"†。古典戏剧分类严格，限制繁多，剧中情节只能发生在一天之内的同一地点。莎士比亚突破了戏剧对单一时间、单一地点的限制，即使在看似符合这一规则的《错误的喜剧》和《暴风雨》中，他也是"阳奉阴违"。在以弗所或普洛斯彼罗的岛屿，他用几小时的情节再现了过去二十年的往事，把漂泊四海的人们重新聚到一起。在后来的作品中，莎士比亚便不再刻意追求地点上的统一。《泰尔亲王配力克里斯》的场景"散处各国"‡，遍布地中海东部；《安东尼与克莉奥佩特拉》的故事发生地则在亚历山德里亚和罗马之间来回切换，此外还有一场发生在爱奥尼亚海、但难以在舞台上呈现的海战，那是全剧的转折。

莎士比亚的诗剧之所以不受束缚，是因为其中总有一部分以散文写成。在凯撒的葬礼上，勃鲁托斯恳请同胞们"静静地听我解释"，安东尼随后也请求同一批人"允许我借用你们的耳朵"§。这句话说得极其委婉迂回，却比勃鲁托斯的号召更有亲和力，也更讨喜：面对勃鲁托斯温柔的散文语体，听众固然能够做到冷静地应允；而安东尼诗意的请求，却能触动他们的心弦。相反，奥

---

* 《错误的喜剧》第五幕，第一场。
† 《哈姆莱特》第二幕，第二场。亦是本章标题的出处。语句有改动。
‡ 出自《泰尔亲王配力克里斯》中的地点说明。
§ 《裘力斯·凯撒》第三幕，第二场。

奥瑟罗自认拥有"灵明的理智"*，但他满口的诗句在伊阿古和爱米利娅面前却黯然失色：前者以俏皮话回击，后者则毫不留情地用一句俗语骂他是"泥土一样愚蠢的家伙！"†

波顿和同伴打破了固有的悲喜剧二元对立，承诺要演一出"沉重的喜剧"，而且它还会"短得令人生厌"‡。莎士比亚戏剧从不令人生厌。就像《亨利五世》的开场白中说的，戏剧是把许多年代的事迹塞进一个时辰。悲剧给人一种紧迫感，譬如麦克白那种"急如星火"§的迫切，或麦克白夫人想要"一眼望见未来"¶的急不可耐。剧中人物不着边际的漫长回忆中和了这种急迫，赋予戏剧另一重节奏。波洛涅斯总是喋喋不休，奶奶滔滔不绝地讲述朱丽叶婴儿时代的故事，桂嫂会没头没脑地谈起福斯塔夫在"圣灵降临节后那个星期三"**向她求婚的情形。"计谋，"伊阿古向凯西奥解释道，"得等待时机成熟。"††喜剧也把麦克白不感兴趣的一个个明天变得有滋有味。在《皆大欢喜》中，当试金石迎娶奥德蕾时，杰奎斯开玩笑说："在你的爱情旅途上，你只带了两个月的粮

---

* 《奥瑟罗》第一幕，第三场。

† 《奥瑟罗》第五幕，第二场。

‡ 《仲夏夜之梦》第一幕，第二场。

§ 《麦克白》第一幕，第六场。

¶ 《麦克白》第一幕，第五场。

** 《亨利四世》下篇，第二幕，第一场。

†† 《奥瑟罗》第二幕，第三场。

草。"[*]这句预言带着几分讥诮,不过他起码相信两人的感情会撑过剧终。同样,苔丝狄蒙娜也恳求奥瑟罗:"明天杀我,让我活过今天!"[†]哪怕多活一天也要争取。尽管可以想见,那一天她并不会过得快乐。

无论他们的一生是喜是悲,是像福斯塔夫说的那样被"时间浸渍"[‡],还是戛然而止,莎士比亚塑造的人物都具有历史价值。在《第十二夜》中,一位牧师被要求证明他主持了奥丽维娅和西巴斯辛的婚礼。他先是用华丽的辞藻描绘了他们"永久相爱的盟约",继而又从永恒退回到普通的时空和孑然一身的孤独之中。婚礼结束后,他说:"我的表显示,到现在为止,我不过向我的坟墓走了两小时的行程。"[§]这段大气、伤感、繁复到有些矫情的台词,让他给观众留下了深刻的印象。相比之下,《李尔王》结尾处的那次询问时间,更让人不寒而栗。爱德伽说他"约半小时前"[¶]刚向父亲道出真相,这在舞台上不过几分钟而已。种种细节提醒着我们:戏剧乃是高度浓缩的人生。

历史剧中的人物忧心生命短暂。《亨利四世》中那名密谋起兵的大主教在对比了过去、现在和未来之后说:"过去和未来都是好

---

[*] 《皆大欢喜》第五幕,第四场。

[†] 《奥瑟罗》第五幕,第二场。

[‡] 《亨利四世》下篇,第一幕,第二场。

[§] 《第十二夜》第五幕,第一场。

[¶] 《李尔王》第五幕,第三场。

的,现在的一切却令人憎恶。"他偏爱逝去的过往和尚未诞生的明天。因为如果像演员那样活在当下,就意味着我们必须面对生命的短暂,接受"我们每做一件事都可能是最后一次"这一事实。海司丁斯哀叹:"我们是受时间支配的,时间命令我们立刻离去。"[*]历史是个杀手,它总是急于处置这些脆弱而焦虑的人,把他们写进那本记录着溃退与失败的名册。

在《理查二世》开头,国王尊称叔父为"高龄的刚特"[†];随后,当诺森伯兰略去这些礼数,对国王直呼其名的时候,后者感到自己的权威受到了挑战,尽管诺森伯兰解释说,自己"只是因为说起来简便一些,才略去了他的尊号"[‡]。理查大权在握时可以随意延长刑期,他判处波林勃洛克流放十年,然后又一拍脑袋把刑期减到六年。"一句短短的言语里,藏着一段多么悠长的时间!"波林勃洛克这样感慨,惊叹"君王的纶音"能把"四个沉滞的冬天,四个轻狂的春天"[§]一笔勾销。继位成为亨利四世之后,波林勃洛克发现自己只是在出演早已注定的历史。他懊悔地想起理查曾"预言了今天的局面",又问:"这些事实都是必然的吗?"[¶]哈尔亲王缺乏波林勃洛克那种自律,整天跟浑噩度日的福斯塔夫一

---

[*] 《亨利四世》下篇,第一幕,第三场。

[†] 《理查二世》第一幕,第一场。

[‡] 《理查二世》第三幕,第三场。

[§] 《理查二世》第一幕,第三场。

[¶] 《亨利四世》下篇,第三幕,第一场。

起虚掷光阴。被首席大法官问到年龄时,福斯塔夫只回答了自己出生的时辰,却没给出年份,号称自己还长着婴儿般浑圆的肚皮。然而决心洗心革面的哈尔,心思早已飞到了自己"一反旧辙"*的时刻。他在一场游戏中预演了驱逐福斯塔夫的情形,后者却以为那只是假扮或玩笑,还假装求饶。哈尔重申自己的判决,就好像它已写入历史、不容更改。"我偏要。"他说,然后升级到预示着因果报应的将来时态,发誓说"我会的"[†]。

历史人物处在战事或政治斗争带来的动荡中,往往会持宿命论。"啊,朋友们!生命是短促的。"霍茨波这样感叹,拒绝拆阅那些可能早已失效的信件。他还说生命"随着时钟的指针飞驰,到了一小时就要宣告结束"[‡]。戏剧有限的篇幅要求人物迅速行动,在前进的道路上闪转腾挪。理查三世更为这场激烈的赛跑增添了趣味,在自己的跑道上设置了重重障碍,只为体验跨越的乐趣。他在追求安夫人时承认自己杀死了她的丈夫和公公;等终于得到自己用杀人换来的王位时,他的第一反应却是对支持者说:"我不能,也不愿,听从你们的要求。"[§]我们总认为历史中没有新鲜事,他却用鲁莽和无法无天打破了这种认识。在一幕短剧中,他出席了一场会议,与人商议为他外甥加冕的事宜,他姗姗来迟,称自

---

* 《亨利四世》上篇,第一幕,第二场。

[†] 《亨利四世》上篇,第二幕,第四场。

[‡] 《亨利四世》上篇,第五幕,第二场。

[§] 《理查三世》第三幕,第七场。

己睡过了头,对勃金汉口中的"加冕盛典"避而不谈,顾左右而言他,让一位主教从自家园子里给他摘些草莓,接着就短暂离开了舞台。重新上场时,他假装勃然大怒,把一个刚刚还视作盟友的人骂成叛徒。"砍下他的头来!"他厉声说,还发誓,"我不看到他的头颅落地绝不进餐。"* 然后他夺门而出——很可能是去吃那些草莓了。

要想一次性塞这么多剧情进去,最好的办法就是使用田园剧,它是埃尔西诺那群演员罗列的大杂烩中排在最末,也是最平淡的一种戏剧体裁。在田园剧中,时间单调而缓慢,遵循农耕的节奏,恰如亨利六世向往的牧人生活:

> 这样,一分、一时、一日、一月、一年地安安静静度过去,一直活到白发苍苍,然后悄悄地钻进坟墓。†

尽管《亨利四世》中的克莱伦斯取笑"那些饱阅沧桑的老年人,时间钟爱的记录者"‡,但他其实应该羡慕他们才对:他们记录的不是历史书中风云变幻的时局,而是季节、庄稼和天气这些周而复始、令人心安的事物。在葛罗斯特郡的一处农场上,夏禄的仆人台维问:"我们要不要在田边的空地上种些小麦?"§ 然后又提

---

* 《理查三世》第三幕,第四场。
† 《亨利六世》下篇,第二幕,第五场。
‡ 《亨利四世》下篇,第四幕,第四场。
§ 《亨利四世》下篇,第五幕,第一场。

不变的场面,或不羁的诗篇

醒主人吊桶该修补了。夏禄问表亲塞伦斯,公牛在斯丹福市集上可以卖多少钱。塞伦斯没去过那里,所以答不上来。不过夏禄大概早料到了。要么就是并不惊讶——这是熟人间的闲聊,不为交换信息,只为打发时间,就像夏禄那句"正是,一点不错;对得很,对得很"[*]一样。当时他正跟塞伦斯谈论那些先走一步的朋友,是人类必死的命运让他点着头,用如此笃定的语气,心满意足地说出这番话。在这偏远的域外,人们突然痛苦地意识到,别处还有另一片天地。听夏禄回忆自己五十多年前在城里寻欢作乐的日子,台维轻声说:"我希望未死之前见一见伦敦。"[†]这个愿望大概终究没能实现。

我们的身体是最可靠的精密时计。克莉奥佩特拉那句"时间已在我额上留下深深皱纹"[‡]并不是感叹韶华易逝,相反,皱纹舒舒服服盘踞在她脸上,纪念那些让她生出皱纹的欢笑。福斯塔夫问现在几点,哈尔却怪他"多此一举"[§],因为他只在餐前和睡前觑见,自有辘辘的饥肠和昏沉的睡意提醒。罗瑟琳也问过奥兰多同样的问题,他的回答是"树林里哪儿来的钟"。是的,我们会成熟、变老,正像杰奎斯描述人生不同阶段时说的那样,这一切都自然发生,无须时钟甚或福斯塔夫的夜半钟声提醒。不过罗瑟琳明白,

---

[*]《亨利四世》下篇,第三幕,第二场。

[†]《亨利四世》下篇,第五幕,第三场。

[‡]《安东尼与克莉奥佩特拉》第一幕,第五场。

[§]《亨利四世》上篇,第一幕,第二场。

莎士比亚笔下的时间是相对的，它可以既漫长又短暂，缓慢行进的同时又挥舞着弥尔顿在田园挽歌《利西达斯》中提到的那把"暴怒的剪刀"。时间，正像罗瑟琳对奥兰多解释的那样，"对于各种人有各种的步法"[*]，可以徐行，可以小跑，可以飞奔，也可以停滞不前。在《皆大欢喜》中，我们能看到以上各种节奏。

罗瑟琳责怪奥兰多迟到了一小时，说热恋中的人会"把一分钟分作一千份"，并因时间过得太慢而备受煎熬：她或许想到了朱丽叶，后者答应第二天早上九点给罗密欧送信，转头就抱怨自己仿佛还要等上二十年。罗瑟琳看得更远，奥兰多声称要殉情时，她提醒他"这个可怜的世界差不多有六千岁了"[†]，也就是说天底下早已没什么新鲜事，该发生的都已发生。然后她飞快地回顾历史，发现史上从不曾有人"殉情"而死。这出田园剧回溯了混沌初开的古老岁月，戏剧以奥兰多那句"我还记得，亚当"[‡]开头，就好像他还记得伊甸园里的事似的。这种写法悄然颠覆了莎士比亚以往的戏剧结构：我们的呐喊既不独特也不新鲜，所以又何必小题大做呢？

* * *

埃尔西诺剧团的戏单，从一开始就把悲剧和喜剧列在一起。

---

[*] 《皆大欢喜》第三幕，第二场。
[†] 《皆大欢喜》第四幕，第一场。
[‡] 《皆大欢喜》第一幕，第一场。

根据古典戏剧理论,这两种体裁对人性有着截然不同、互不相容的看法,剧作家必须在两个极端之间做出选择。这俨然一种哲学上的站队:他们塑造的人物只能是不完美的君子或卑鄙无耻的小人。新古典主义学者认为,这种差异本质上是阶层问题。伏尔泰认为,悲剧的主题应该是王公贵族的鸿鹄之志,喜剧反映的则是资产阶级微不足道的发财梦。

莎士比亚却从不理会这些条条框框。悲剧与喜剧在他的戏剧中交织、融合、碰撞,甚至互换位置。塞缪尔·约翰逊在自己编辑的莎士比亚戏剧集扉页上说:"狂欢者纵情豪饮之时,亦是送葬者泪别友人之日。"喜剧往往紧随悲剧之后。在《仲夏夜之梦》中,即将步入婚姻殿堂的忒修斯想"把忧愁驱到坟墓里去"*,伊吉斯打乱了他的计划,叫嚣着要处死"不肖"的女儿赫米娅。同样地,在《错误的喜剧》开头,伊勤也沮丧地接受了法庭的判决,指望它能"让我一死之后解脱一切烦恼"†。在《皆大欢喜》中,公爵下令放逐罗瑟琳,威胁说,她要是胆敢拖延,就把她"处死"‡。《第十二夜》中的薇奥拉和奥丽维娅都刚刚失去哥哥。《终成眷属》则始于守寡的伯爵夫人的一句话,说儿子勃特拉姆的离去"无异于使我重新感到先夫去世的痛苦"§。

---

* 《仲夏夜之梦》第一幕,第一场。

† 《错误的喜剧》第一幕,第一场。

‡ 《皆大欢喜》第一幕,第三场。

§ 《终成眷属》第一幕,第一场。

凯普莱特发现朱丽叶不省人事,于是下令把结婚庆典改成"悲哀的殡礼"[*]。《哈姆莱特》刚刚拉开帷幕,婚礼就不凑巧地碰上了葬礼,后来奥菲利娅"没睡成婚床,反倒睡进了棺材"——这是乔特鲁德往她坟上抛撒鲜花时说的。当理查三世的母亲诅咒她自己的肚腹是"死亡的苗床"[†]时,悲剧与喜剧强烈融合,而另一次更骇人、更令人反胃的融合,发生在理查劝说王嫂把侄女许配给他时。他满不在乎地承认是自己杀死了她的几个儿子,还扬言:

我要在你女儿身上繁茂你的血统,同时传下我的种;有爱孙称你为祖母和有爱子叫你一声慈母,并无丝毫差异。[‡]

奥瑟罗婚礼上的"纵情狂欢"[§]却造成凯西奥名誉受损。所以宴会上那个扫兴的家伙,究竟应该算喜剧中的恶魔还是悲剧中的反派呢?马伏里奥怪托比爵士"把小姐的屋子当作一间酒馆"[¶];高纳里尔厉声呵斥李尔的侍卫,说他们把她的宫廷变成了"喧嚣的客店"和"酒馆妓院"[**]。马伏里奥的责骂招来了恶意的捉弄,高纳里尔的恶言则使她遭到断子绝孙的诅咒,并加速了她的毁灭。

莎士比亚的喜剧也可以像他的悲剧一样致命。夏洛克在控诉

---

[*] 《罗密欧与朱丽叶》第四幕,第五场。

[†] 《理查三世》第四幕,第一场。

[‡] 《理查三世》第四幕,第四场。

[§] 《奥瑟罗》第二幕,第三场。

[¶] 《第十二夜》第二幕,第三场。

[**] 《李尔王》第一幕,第四场。

那几个基督徒时,质问他们:"你们要是搔我们的痒,我们不是也会笑起来的吗?"[*]这种无奈的笑代表不适或极度的苦闷,正如《无事生非》中希罗说的"挠痒也能致命"[†]。贝特丽丝先是半开玩笑地问培尼狄克在战场上杀死过多少个摩尔人,紧接着又正色问他敢不敢"杀死克劳狄奥"[‡]。在《驯悍记》中,彼得见彼特鲁乔虐待凯瑟丽娜,并故意让她挨饿,评价说:"这叫作以其人之道,还治其人之身。"[§]艾伦在《泰特斯·安德洛尼克斯》中吹嘘自己曾掘出死尸,还恶作剧地将其摆放在他昔日亲朋的门口。他为这种暴行沾沾自喜,说自己"几乎把肚子都笑破了"[¶],迫克听到被逼走投无路的凡人发出的"吵闹声"[**]时也是这个反应。同样的笑声还出现在伊阿古取笑癫痫发作的奥瑟罗,弄人嘲笑落魄的李尔,还有费斯特在昏暗的房间里模仿马伏里奥的丑态时。这种笑就像群体性歇斯底里一样易于传染,而且应该是能让人感到疼痛的,这样才能惩罚我们的残酷。亚里士多德认为,在喜剧狰狞的笑面背后不存在真切的痛苦。莎士比亚可不会这么绝对。

在《爱的徒劳》中,公主之父驾崩的噩耗突然传来,打断了轻佻的调情和浅薄的空谈。为了弄清笑话能否"打动一个痛苦的

---

[*] 《威尼斯商人》第三幕,第一场。

[†] 《无事生非》第三幕,第一场。

[‡] 《无事生非》第四幕,第一场。

[§] 《驯悍记》第四幕,第一场。

[¶] 《泰特斯·安德洛尼克斯》第五幕,第一场。

[**] 《仲夏夜之梦》第三幕,第二场。

灵魂",俾隆被派去给医院里的病人解闷。这个实验要持续一年，他说这"对一出戏来说太长了"[*]。在这场实验里，他先是脱离了喜剧，接着又触及戏剧篇幅的极限。在结尾的一首歌颂春日百花齐放的歌谣中，剧中人纷纷散去。随后，舞台上又响起了吟咏严冬的歌曲，歌词中提到冻红的鼻头、桶里结冰的牛奶，还有在干枯的枝头徘徊的鸟儿。不同体裁的戏剧彼此衔接，像季节流转一样自然，形成一个永恒的循环。

喜剧和悲剧同样起源于田园剧，二者的区别却有如蓬勃青春之于风烛残年。莎士比亚曾在《热情的朝圣者》里的一首十四行诗中对比过这两者：

青春如盛夏晨光，衰老如严冬寒气；
青春夏日般艳丽，衰老冬日般荒凉。[†]

《温莎的风流娘儿们》中那个热情似火的范顿"会说漂亮话"，身上还有"春天的香味[‡]"。尽管像潘达洛斯说的，特洛伊罗斯为克瑞西达哭得像个"四月里出生的泪人儿"，她却对他的眼泪无动于衷，还说："那么我就像一棵盼望五月到来的荨麻一样，在他的泪雨之中长了起来。"[§]理查三世把改朝换代比作季节更替，他兄弟即

---

[*]《爱的徒劳》第五幕，第二场。
[†]《热情的朝圣者》诗文引自屠岸译本（《莎士比亚诗歌全编：长篇叙事诗》，北方文艺出版社，2016年7月版）。
[‡]《温莎的风流娘儿们》第三幕，第二场。
[§]《特洛伊罗斯与克瑞西达》第一幕，第二场。

位就相当于温暖的夏日驱散了冬日的严寒,他呼唤"明亮的太阳照耀万物",又说要先"买一面镜子"*,好在阳光下欣赏自己那畸形身体的影子。但加速季节轮回就等于加速死亡,就算这死亡不是他自己的。得知年轻的侄儿早已开始为日后登基做打算,理查咬牙切齿地说:"开春过早,往往使夏令短促。"†果然,这位少年不久便殒命高塔。克莉奥佩特拉把自己比作植物,笑着说起那些"年轻识浅的青葱岁月"‡;爱诺巴勃斯则祝愿她的生命永不凋零、永不枯萎。麦克白感到自己的"生命已经日渐枯萎,像一片凋谢的黄叶"§,就像莎士比亚在第七十三首十四行诗中说的,消逝的秋日,就是"你在我身上或许会看见"的时节。"冬天最好讲悲哀的故事。"¶迈密勒斯在考虑要给赫米温妮讲哪个故事时这样说。他选得没错,因为他俩很快就双双殒命。后来赫米温妮在春天死而复生,尽管这春天迟到了十六个年头,而迈密勒斯却再也没能重返人间。

冬日悲、夏日喜的模式并非绝对。提泰妮娅在《仲夏夜之梦》中说"季节反了常",她与奥布朗之间的宿怨激怒了月神,导致"天时不正",于是,季节改换了"素来的装束",冰霜摧残了玫瑰,本该光秃秃的树梢却讽刺地缀满新芽;当迫克把恋人们

---

* 《理查三世》第一幕,第二场。

† 《理查三世》第三幕,第一场。

‡ 《安东尼与克莉奥佩特拉》第一幕,第五场。

§ 《麦克白》第五幕,第三场。

¶ 《冬天的故事》第二幕,第一场。

从喜剧带向悲剧,时间开始以天而不是年为单位飞速循环;奥布朗的魔法就是他"夜的统治",而迫克只有在"横死的幽灵"都"早已向重泉归寝,相伴着蛆虫国"*时才最活跃。不过,日光并不能驱散这些夜的精灵,哈姆莱特"阴郁的神气"†令乔特鲁德心惊。《理查三世》中丧夫的王后决心跟随爱德华四世走进"他的新王国里永恒的黑夜"‡,她愿意效仿珀耳塞福涅§,随冥王普鲁托进入他的国度——只是她没有得到定期的赦免,不能在春回大地时重返人间。

《李尔王》中落魄的人物相信,总有一天悲剧会化悲为喜,并以此安慰自己。戴足枷的肯特忍受着痛苦,等待黎明:"晚安,命运。求你转过你的轮子来,再向我们微笑吧。"¶爱德伽义无反顾地投身荒野,过着潦倒的生活,因为"对于穷困的人,命运的转机却能使他欢笑"!不过后来遇到了失明的父亲,他才意识到,命运之轮已经再次逆转:"谁能够说'我现在是最不幸的'?我现在比从前才更不幸得多啦。"**谈到人该如何生活、如何死去,爱德

---

* 《仲夏夜之梦》第三幕,第二场。

† 《哈姆莱特》第一幕,第二场。

‡ 《理查三世》第二幕,第二场。

§ 希腊神话中,宙斯与农业女神墨忒耳的女儿珀耳塞福涅,被冥王哈得斯(意为"隐身之神";也称"普鲁托",意为"财富之神")掳走,后来成为冥后。失去女儿的得墨忒耳十分悲伤,致使万物停止生长,宙斯遂命冥王向得墨忒耳归还女儿。最终,珀耳塞福涅每年在人间与冥界各度过一半时间,她与母亲团聚时万物复苏,返回冥界时则万物凋零。

¶ 《李尔王》第二幕,第二场。

** 《李尔王》第四幕,第一场。

伽和哈姆莱特都说过类似的警句。哈姆莱特说："随时准备着就是了。"[*]而爱德伽相信痛苦能使人更丰富、更成熟，所以换了个更好听的说法，他告诉葛罗斯特："你应该耐心忍受天命的安排。"[†]在《暴风雨》中，水手长给那些以为自己就要葬身大海、吓得魂不附体的乘客提了个实用的建议："谢谢老天让你活得这么久。"他说，"……等待着万一会来的厄运吧！"[‡]这幕精心安排的悲剧其实是种假象，正应了赫克托在《特洛伊罗斯与克瑞西达》中说的那句："什么事情都要到结局方才知道究竟。"[§]在莎士比亚的戏剧中，死亡总是来得毫无征兆，生命往往戛然而止，让人来不及留下什么传世遗言。

* * *

死亡是人的宿命，但悲剧不是。莎士比亚戏剧中的悲剧常常是可以避免的。罗密欧没收到消息，不知朱丽叶是假死，于是绝望之下服毒自杀，而她又恰好在他无谓地死去时醒来。令李尔和考狄利娅陷入绝境的奥本尼大呼："我把一件重要的事情忘了！"[¶]这种事与愿违、阴错阳差，打破了悲剧人物的执念，他们总是打定主意要自己摆脱困境：索福克勒斯笔下的安提戈涅选择自缢，

---

[*] 《哈姆莱特》第五幕，第三场。
[†] 《李尔王》第五幕，第二场。
[‡] 《暴风雨》第一幕，第一场。
[§] 《特洛伊罗斯与克瑞西达》第四幕，第五场。
[¶] 《李尔王》第五幕，第三场。

因为她不承认国家有权把她处死;在尤金·奥尼尔的《悲悼》中,拉维妮娅选择把自己关在阴森森的家里。

面对不祥之兆和妻子那个预示危险的噩梦,凯撒淡定地指出,死亡是"一个人免不了的结局",它意味着生命的终结,"要来的时候谁也不能叫它不来"*。但当死亡真正来临时,他却失去了先前的淡然,一心只想名垂青史。临死前,他先是用一句从后世编年史中截取的拉丁语斥责勃鲁托斯,然后才允许自己倒地。"那么倒下吧,凯撒!"†他这样说,俨然自导自演。这种做作的罗马人姿态,就像鲍西娅为向勃鲁托斯展示勇气而"给了自己一刀"‡一样,透出高贵者对生命的不屑,看似古典,实则冷血且愚蠢。勃鲁托斯告诉凯歇斯,鲍西娅已经吞火而死,但随后,当听到梅萨拉提起她的死,他却装作毫不知情,还轻描淡写地耸耸肩说:"那么再会了,鲍西娅!我们谁都不免一死,梅萨拉。"§他的冷静中透出莎士比亚戏剧特有的含糊其词:他这样说究竟是因为早已知情,还是虚荣使然?又或者,这种冷静是否暗示,在一个毫无隐私可言的国家里,人们必须压抑内心的情感,因为在那些国度,私生活也属于公共范畴,这正是"共和"¶一词的含义?

---

* 《裘力斯·凯撒》第二幕,第二场。
† 《裘力斯·凯撒》第三幕,第一场。
‡ 《裘力斯·凯撒》第二幕,第一场。
§ 《裘力斯·凯撒》第四幕,第三场。
¶ 原文为republic,其中public指"公开"。

可能的话，莎士比亚悲剧里的人物其实更希望他们的生活能在喜剧中延续。哈姆莱特的确思考过自杀问题，却并不打算实践：他深深沉浸在自己的故事情节与表演之中，享受得很。李尔但愿自己比那些"朋比为奸的党徒"*都活得长，他跟考狄利娅一起坐牢，并甘之如饴。理查三世迫切地想阻止悲剧，竟把带来噩耗的信使打了一顿。他和喜欢乌鸦那嘶哑、凶恶叫声的麦克白夫人不同，而是嚷着："滚开，猫头鹰！一个个都来叫丧吗？"† 麦克白也想"把现状巩固起来"‡。他攫取了王位，又有女巫的魔法护身，结合了实在的作为与无形的神力，想借此超越时间，逃脱惩罚。他在思考女巫的预言时提到了"时间这大海的浅滩"，也就是我们不知不觉中蹚过的这片叫作"现在"的浅水地带，希望自己能"不顾来生"§ 跨过时间的河流，逃过最终审判。的确，在某个时候，他也曾假惺惺地希求死亡。谋杀邓肯一事被人发现后，他说："要是我在这件变故发生前一小时死去，我就可以说是活过了一段幸福的时间。"¶ 这实属厚颜无耻地惺惺作态：因为他曾在去往女巫洞穴的途中坦言，自己真正希望的是"享尽天定的租期，在寿数告终的时候向时间与死亡的海关上缴气息"**。在《亨利四世》中，女

---

* 《李尔王》第五幕，第三场。

† 《理查三世》第四幕，第四场。

‡ 《麦克白》第三幕，第一场。

§ 《麦克白》第一幕，第七场。

¶ 《麦克白》第二幕，第三场。

** 《麦克白》第四幕，第一场。

装裁缝弱汉最终答应入伍,是因为——正如他那句与凯撒异曲同工的话所说的——人"死了一次不死第二次,我们谁都欠着上帝一条命"[*]。麦克白的那句话措辞如同法律文件,提到租期、海关,还把呼吸比作债务,表明他认为时间与造物欠他一次生命,而且还得让他长寿才行。

唯有奥瑟罗全心全意投身悲剧,甚至可以说爱上了悲剧。与苔丝狄蒙娜在塞浦路斯重逢后,他说:"要是我现在死去,那才是最幸福的。"跟麦克白假惺惺地希望自己先邓肯而去不同,他这番话是真心的。苔丝狄蒙娜可不想在幸福中骤然死去,于是许愿说:

但愿上天眷顾,

让我们的爱情和欢乐与日俱增![†]

奥瑟罗曾在自杀前憧憬着"旅途的终点",接着又把它拔高成"航程的最后的目标"[‡]。莎士比亚以外的剧作家总会在悲剧中抬高这种虚荣的死亡。在亨里克·易卜生笔下,《建筑大师》中的那位建筑师从教堂的尖塔上一跃而下,海达·高布乐干脆用一把决斗枪打爆了自己的脑袋,布拉克法官[§]得知后目瞪口呆,说:"没人会

---

[*] 《亨利四世》下篇,第三幕,第二场。

[†] 《奥瑟罗》第二幕,第一场。

[‡] 《奥瑟罗》第五幕,第二场。

[§] 海达·高布乐与布拉克法官均为易卜生剧作《海达·高布乐》中的角色。

这么干。"赞叹着这位女主人公对平庸幸福的不屑。相比之下,奥瑟罗从不曾掌握自己的航向或决定自己的目的地。不过他确实讲过一个故事,说自己杀死了辱骂威尼斯的土耳其人*。但他最后却是自刎而死,这种懦弱的解脱方式,与他在故事中维护国家利益的英勇举动,实在是天差地别。

有时,莎士比亚戏剧中的演员会以夸张的表演诠释死亡。1959年,在斯特拉特福的一次公演中,劳伦斯·奥利弗饰演的科利奥兰纳斯在被奥菲狄乌斯刺伤后,被倒挂在一处高高的平台上。在黑泽明的电影《蜘蛛巢城》中,三船敏郎饰演的武士麦克白身中几十支利箭,其中一支直插脖颈,又在他骂骂咧咧地挣扎着挪下楼梯时刺穿了他的喉咙。但原剧其实并不鼓励这样疯狂地炫技,安东尼得知克莉奥佩特拉自杀后,命令随从爱洛斯杀死自己,结果爱洛斯飞快地抽刀自刎。安东尼无人帮忙,无奈之下只好自己动手,却以一个错误的角度倒在了剑上。伤而不死的他恳求卫兵杀死自己,他们不但拒绝了他,反而称颂这位伟人,尽管他的行为丝毫谈不上英勇。后来,狄俄墨得斯告诉安东尼,克莉奥佩特拉根本没死,她假传死讯只是为了激起他的愧疚。他这才意识到,自己最后的行为其实毫无必要。"太迟了。"安东尼说,这又是一出阴错阳差的莎士比亚式悲剧。接着,他被连拖带拽地抬到克莉

---

* 《奥瑟罗》第五幕,第二场。

劳伦斯·奥利弗饰演的科利奥兰纳斯与安东尼·尼科尔斯饰演的奥菲狄乌斯,1959年于斯特拉特福。

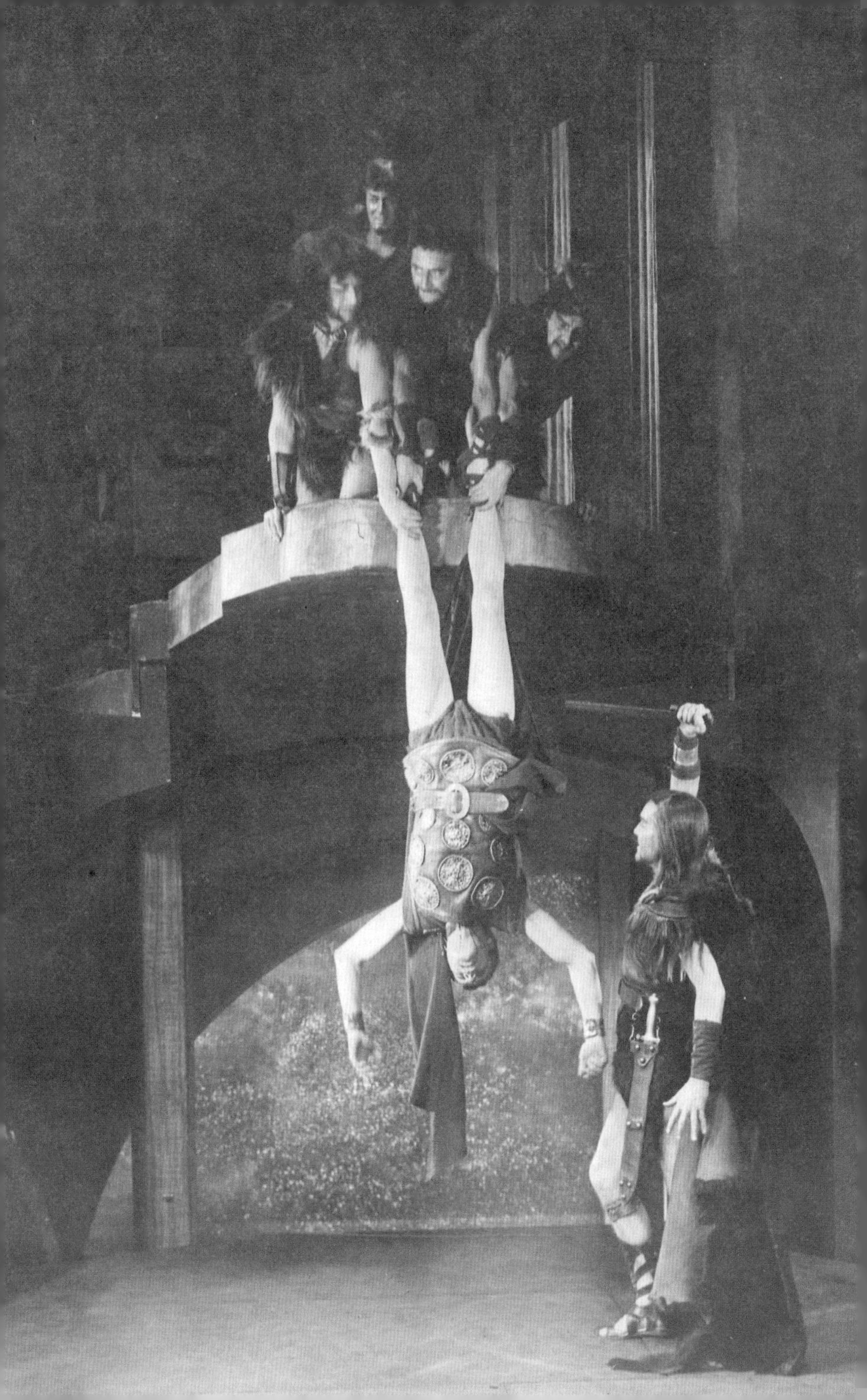

奥佩特拉的陵墓前,她在那儿忙着哀悼和控诉,而安东尼则被她晾在一旁,可怜巴巴地讨要一口红酒,想再"说几句话"[*]。等消息传到奥克泰维斯耳朵里时,这一连串事故早已被包装成罗马式悲剧。而让奥克泰维斯感到奇怪的是,这么大一件事,居然没把"山林中的猛兽震到市街上"。德西塔斯带着安东尼的佩剑,生硬且漏洞百出地复述了那个他并未亲眼看到的场面:

> 是他那曾经创造了许多丰功伟绩、留下不朽的荣光的手,
> 凭着他的心所借给它的勇气,亲自用剑贯穿了他的心胸。[†]

亲眼看着安东尼苦苦挣扎的克莉奥佩特拉,决定选择一种不那么可怕的死法。但她也不是什么省油的灯,跑去研究"易死的秘方"[‡],想知道毒蛇咬伤是不是只会带来欣悦,不会造成痛苦。

有人认为,死亡是某一类人的特权,这些人必须具备 A. C. 布拉德利口中那种"精神价值",而且不会没出息地担心身体不适。莎士比亚推翻了这种观念,以精确到可怕的笔触,一步步呈现出死亡造成的生理痛苦。在《哈姆莱特》中,鬼魂在死后做证,说克劳狄斯从他的耳朵这座"门户"灌入的毒液,像水银一样流遍他身上的"大街小巷"。借着这个意象,他将自己变成一座遭到入侵的城市。然后又借一个既有医学色彩又涉及烹饪的隐喻,描绘

---

[*] 《安东尼与克莉奥佩特拉》第四幕,第十四场。
[†] 《安东尼与克莉奥佩特拉》第五幕,第一场。
[‡] 《安东尼与克莉奥佩特拉》第五幕,第二场。

毒液对他的器官造成的影响，说它"就像酸液滴进牛乳一般，急于把淡薄而健全的血液凝结起来"，使之变成浓稠的糨糊。这种毒草汁立竿见影的效果令人不寒而栗。"急于"一词代表这种药刺激难闻，也意味着它毒性强烈。这个词赋予毒草汁以气味（或味道），仿佛它会为自己致命的毒性而骄傲。鬼魂还谈到他的皮肤起了癞子，变得像鳞片或"树皮"[*]。奥维德曾在寓言中把一个宁芙[†]变成了一棵树，让她经历了同样的蜕变。只不过在《哈姆莱特》中，让人变形的不是魔法，而是极度的痛苦。

另一些角色也提到过可怕的死亡前兆。《理查三世》中的克莱伦斯在头朝下栽进酒桶的那一刻，记起了一个关于溺水的噩梦。梦中他曾听到"浪涛声在耳朵边响着"[‡]，看见身上沾满黏液的海鱼噬咬着人体。《一报还一报》中的克劳狄奥更是堕入了暗淡的虚空：

是的，可是死了，到我们不知道的地方去，长眠在阴寒的囚牢里发霉腐烂、让这有知觉的温暖的、活跃的生命化为泥土……[§]

他继续侃侃而谈，幻想那种我们感受不到的痛苦。这简直令人难以忍受。他把诗句筑成炼狱，描绘"被幽禁在寒气砭骨的冰

---

[*] 《哈姆莱特》第一幕，第五场。

[†] Nymph，古希腊神话传说中的女性自然神，通常被视作自然的人格化，多以貌美少女的形象出现。

[‡] 《理查三世》第一幕，第四场。

[§] 《一报还一报》第三幕，第一场。

山"之中,或是被"回绕着上下八方的风肆意狂吹"[*]地折磨的感觉。这正应了维克多·雨果对莎士比亚的评价:拥有这样的想象力是件让人不安、令人担忧的事情。这种想象力就像住在你脑海中的敌人,它制造白日的噩梦,再用语言去保存它们,让它们在美丽的文字中永不褪色。

在戏剧里,杀人问题比死亡问题更复杂。黑格尔认为悲剧有义务拷问并促进道德,但莎士比亚戏剧很难一面表现肮脏的谋杀,一面担负起这样的责任。勃鲁托斯和他的同谋有志成为"献祭的人"或"恶势力的清扫者",而非"屠夫"或"杀人的凶手"[†]。亚里士多德在论述悲剧的净化作用时,曾断言悲剧能像药物一样净化整个国家。鲍西娅也和他一样,笃信药物的疗效,还责怪勃鲁托斯不注重身体健康,在湿冷的清晨呼吸"潮湿的空气"。尽管勃鲁托斯的同谋恨不得把凯撒"当作一盘祭神的牺牲而宰割",而不是"当作一具饲犬的腐肉而脔切"[‡],但宰割和脔切——前者对应祭坛上的贡品,后者对应喂狗的残渣——充其量也只有字面上的区别。面对苔丝狄蒙娜的反抗,奥瑟罗竟怪她"激起了我的屠夫的恶念",害他不能像最初设想的那样,把她"作为献祭牺牲!"[§]在他眼中,用于献祭的牺牲应该为自己神圣的使命感到荣幸。宰

---

[*]《一报还一报》第三幕,第一场。
[†]《裘力斯·凯撒》第二幕,第一场。
[‡]《裘力斯·凯撒》第二幕,第一场。
[§]《奥瑟罗》第五幕,第二场。

割和脔切他都瞧不上,他选择把苔丝狄蒙娜扼死,不见一滴鲜血。但这种"讲究的"祭祀并不能抵消他那句野蛮的誓言:"我要把她剁成一堆肉酱!"[*]

"杀呀,杀呀,杀呀,杀呀,杀呀,杀呀!"[†]李尔高喊着,想象自己见人就杀。但幸好他只是想想而已。急红了眼的赫克托对阿喀琉斯说:"我要在你身上每一处地方杀死你。"[‡]凯德在《亨利六世》中威胁要把赛伊大人砍头十次[§]。他俩都比李尔更能切中要害。或许他们只是表面上泄愤或开开玩笑,但肯定都动过这种念头。人只能死一次,这是凯撒和弱汉的共识;心理变态的艾伦和理查三世或许会对这种次数限制感到恼火,因为杀人能让他们像神祇一样,掌控着对他人生杀予夺的大权,就像葛罗斯特在《李尔王》中提到的那样,那些天神以杀人为乐,捏死我们人类就像捏死苍蝇一样。布拉德利在阐释黑格尔的美学时曾说,悲剧表现的是"道德载体的内在挣扎"。在莎士比亚戏剧中,这个"内在"[¶]可没那么抽象。"我要把这堆肠子拖到隔壁去。"[**]哈姆莱特在不道德地处理波洛涅斯的尸体时这样说。

罗森格兰兹大谈"君主的薨逝",吉尔登斯吞拐弯抹角地提

---

[*] 《奥瑟罗》第四幕,第一场。

[†] 《李尔王》第四幕,第六场。

[‡] 《特洛伊罗斯与克瑞西达》第四幕,第五场。

[§] 《亨利六世》中篇,第四幕,第七场。

[¶] 原文intestine意为"肠子"。

[**] 《哈姆莱特》第三幕,第四场。

不变的场面,或不羁的诗篇　127

到一种悲剧理应带来的"圣明的顾虑"[*]。不过，他们这么说只是为了讨好克劳狄斯而已，而这位国王最终死得毫无君主的尊严，被哈姆莱特刺伤后呜咽着说："啊！帮帮我，朋友们！我不过受了点伤。"[†]在发出这句令他威信扫地的临终呼喊前，他曾泰然自若地总结道："活着的人都要死去。"还问哈姆莱特，为什么对父亲的死"特别耿耿于怀"[‡]。这里的"特别"二字用得十分巧妙，因为哈姆莱特追求特立独行、无拘无束，不屑与庸众为伍。夏禄在《亨利四世》中引用了赞美诗里的一句话，提醒福斯塔夫"人生不免一死"[§]。这句话同样适用于亨利四世本人，华列克在他的悼词开篇就宣布："他已经踏上了人生必经之路。"[¶]

在悲剧里，每次提到动植物死去，都是为了谴责人类的妄自尊大。这种情形在源自田园剧的戏剧中尤为常见。为了讽刺他人，杰奎斯在《皆大欢喜》中哀悼雄鹿之死：他嘲笑一群途经此地的"肥胖而富于脂肪的市民"[**]，谴责他们没停下来抚慰那头受伤的野兽。不懂悲喜难道是动物的错吗？忒耳西忒斯在《特洛伊罗斯与克瑞西达》中讥笑水面上的飞虫，说它们是"可厌的渺小的生

---

[*] 《哈姆莱特》第三幕，第三场。
[†] 《哈姆莱特》第五幕，第二场。
[‡] 《哈姆莱特》第一幕，第二场。这句话并非克劳狄斯所说，而是王后乔特鲁德的台词。
[§] 《亨利四世》下部，第三幕，第二场。
[¶] 《亨利四世》下部，第五幕，第二场。
[**] 《皆大欢喜》第二幕，第一场。

物"*。生物在自然界当中的确有高下之分，不过这取决于它们的体形和捕食能力，而非道德体系。玛克斯打死飞蝇时，泰特斯·安德洛尼克斯却在一旁赞美它"可爱的嗡嗡的吟诵"†和纤薄的翅膀，同情它家人的丧亲之痛。玛克斯很快告诉他，那苍蝇是黑色的，就跟艾伦一样。泰特斯听了，顿时恨不得再杀死它一次。这段情节警示我们，人应该克服自私与愚蠢，不得迁怒无辜的生灵。尽管哈姆莱特把人类奉为"万物之灵长"，但其实这个观点很值得怀疑，因为我们眼中的低等生物——它们要么是食物，要么是害虫——具备一种令人艳羡的蒙昧：它们并不把死亡看作侮辱，也不会把短暂的生命浪费在抗议死亡的不公上。

伊莎贝拉在《一报还一报》中质疑悲剧为什么不能对痛苦一视同仁，死亡为什么有高低贵贱之分，并宣称：

> 被我们践踏的一只甲虫，它的肉体上的痛苦，和一个巨人在临死时所感到的并无异样。‡

她说这话是指望克劳狄奥帮她摆脱被安哲鲁蹂躏的痛苦，但她没说自己更像甲虫还是巨人，而是让观众自行判断。在《罗密欧与朱丽叶》中，决斗受伤的茂丘西奥审视自己的命运，展现出

---

* 《特洛伊罗斯与克瑞西达》第五幕，第一场。
† 《泰特斯·安德洛尼克斯》第三幕，第二场。
‡ 《一报还一报》第三幕，第一场。

一种超然的大无畏精神:"狗、耗子、猫儿,都会咬得死人!"*别人眼中的悲剧,在伊阿古看来,不过是一场灭虫行动罢了。他说自己的计划就像一张小小的蛛网,要用它捕捉一只巨大的苍蝇,从凯西奥开始,到奥瑟罗为止。这种动物类比让李尔发狂,他抱着死去的考狄利娅质问:"为什么一条狗、一匹马、一只耗子,都有它们的生命,你却没有一丝呼吸?"†他的问题或许可以用一句反问来回答——尽管在场的人都不敢提——那就是:有何不可?

尽管莎士比亚戏剧诚实得不留情面,有时甚至让人难以接受,但它的确超越了单纯的悲剧。演出结束后,演员总会顽强地死而复生,让人不禁怀疑戏剧到底是不是真演完了。在《亨利四世》中,福斯塔夫先是假装战死沙场,听完哈尔的悼词后又爬起来拖走霍茨波的尸体,声称这人是他杀的。普洛斯彼罗的白魔法让长眠者走出坟墓,而黑魔法大概就是艾伦在《泰特斯·安德洛尼克斯》中的恶意掘尸。在《无事生非》中,里奥那托得知希罗的死讯,后悔自己没能让克劳狄奥"把我的女儿救活过来",因为"那当然是不可能的"‡。相反,《泰尔亲王配力克里斯》中的泰莎却被移出棺材,好让她"又绽放起她的生命之花"§,接着她丈夫把她紧

---

* 《罗密欧与朱丽叶》第三幕,第一场。
† 《李尔王》第五幕,第三场。
‡ 《无事生非》第五幕,第一场。
§ 《泰尔亲王配力克里斯》第三幕,第二场。

紧地抱在怀中，又把她"第二次埋葬"[*]在他的臂弯里。在《终成眷属》中，狄安娜出了个哑谜，问大家"死去了也活着"[†]的是谁。随后她立即揭晓答案，说这个人就是海丽娜：大家都以为她死了，可她依然健在，还孕育着勃特拉姆的骨肉。

在《冬天的故事》里那场乡村盛会上，人们谈起杂交的花卉，认定艺术能为自然增姿添彩，从而"改良天然，或者可说是改变天然"[‡]。在安放赫米温妮塑像的小教堂里，完美的艺术让病态且漏洞百出的自然无所遁形，鼓动我们去相信雕刻家缔造的美好世界。宝丽娜领着里昂提斯在生死间打了个来回，然后说："你们必须唤醒你们的信仰。"这与普洛斯彼罗的情况恰恰相反，他是在欢宴结束后失去的信仰。面对毫无知觉的亡妻雕像，里昂提斯痛苦万分，愤然说："我们遭到了艺术的嘲笑。"因为没有任何图画或形象能取代逝去的爱人。但当他凑近观察，却感到"她不动的眼睛在我们看来似乎在转动"[§]，这句话呼应了《雅典的泰门》中诗人对画家的赞美。接着他又问，赫米温妮的"在天之灵"能否"重新以肉身出现在罪恶的人间"[¶]。考狄利娅没能像李尔希望的那样在玻璃上哈出雾气；里昂提斯却发现，冰冷的石头其实是活生生的肉体，

---

[*] 《泰尔亲王配力克里斯》第五幕，第三场。
[†] 《终成眷属》第五幕，第三场。
[‡] 《冬天的故事》第四幕，第四场。
[§] 《冬天的故事》第五幕，第三场。
[¶] 《冬天的故事》第五幕，第一场。

大呼:"啊!她是温热的!"

即便如此,他依然把眼前的一切当作魔法,还祈祷这种法术能"像吃饭一样合法"*。这句匪夷所思的话揭示了一个道理:我们赖以生存的日常,周而复始、不值一提,却是生命必须遵守的法则,而在宗教仪式中,象征性的吃喝能让我们与神灵沟通。但宝丽娜提到的信仰会否只是柯尔律治所说的"搁置怀疑"?她是否只是想让我们放下戒心,心甘情愿被艺术欺骗?戏剧中的魔法不能抹去生死间的鸿沟,我们与其相信宝丽娜神秘的咒语,不如好好活下去,充分利用有限的生命。爱德伽见葛罗斯特坠下悬崖却毫发无伤,万分惊讶地说:"你的生命是一个奇迹。"†喜剧能创造像呼吸一样自然的奇迹,保护它不受悲剧中那些有自毁倾向的疯子破坏——比起幸福,这些人更偏爱黑格尔所谓"幸运的不幸"。

* * *

舞台上固定的场景不但能容纳历史纷繁的纠葛,还能展现远方的冒险,带我们领略世界的面貌。尽管莎士比亚应该从没踏出过国门,但他笔下的人物永远在拓展舞台的疆域。为了把哈姆莱特送到英格兰,克劳狄斯甚至装模作样找了个理由让他旅行,说想让他"到海外各国游历一趟,时时变换环境"‡,好治愈他的疯狂。

---

* 《冬天的故事》第五幕,第三场。
† 《李尔王》第四幕,第六场。
‡ 《哈姆莱特》第三幕,第一场。

莎士比亚的历史剧从不拘泥于某个固定的地点，而是发生在整个王国。至于他的悲剧和喜剧中的人物，即使他们从没踏上幻想中的旅程，视野却比这还要广阔。"英国以外也是有人居住的。"伊摩琴在《辛白林》中说，仿佛在谈论外星生命，毕萨尼奥也乐意看到她打算去"别处"[*]避难。不安分的人物四处闯荡，用《维罗纳二绅士》中潘西诺的话说，就是去"远远的海岛上探险发财"[†]。《终成眷属》中的海丽娜解释自己对勃特拉姆的痴迷时，说自己就像印度人那样，"虔信而执迷"[‡]地崇拜太阳，却得不到回应。在《温莎的风流娘儿们》中，福斯塔夫以专横的口吻把培琪的妻子比作"圭亚那的一个地方，有取之不竭的金矿"[§]。培尼狄克在《无事生非》中夸夸其谈，提出："我现在愿意到地球的那一边去，给您干无论哪一件您所能想得到的最琐细的差使。"中途还要在"亚洲最远的边界上"[¶]停一停，取一根牙签作为纪念。这样的旅行完全可以在想象中进行，无须迈出一步。

罗瑟琳以空间丈量时间，她催促西莉娅说："你再耽延一刻不说出来，就要累我在汪洋大海里做茫茫的探索了。"[**]仿佛等待就像在无边的海上航行一样令人生厌。《暴风雨》中的安东尼奥则与她

---

[*] 《辛白林》第三幕，第四场。
[†] 《维罗纳二绅士》第一幕，第三场。
[‡] 《终成眷属》第一幕，第三场。
[§] 《温莎的风流娘儿们》第一幕，第三场。
[¶] 《无事生非》第二幕，第一场。
[**] 《皆大欢喜》第三幕，第二场。

不变的场面，或不羁的诗篇

相反，认定在"新生婴孩柔滑的脸上长满胡须"[*]之前，自己的罪行都不会从那不勒斯传到突尼斯。人的身影仿佛被透视法拉长，延伸到遥远的空间。就像霍尔拜因的画作《大使们》中那个变形的骷髅一样。马伏里奥露出沾沾自喜的笑容时，"脸上的皱纹多过添了东印度群岛的新地图上的线纹"[†]。伊丽莎白时代制图学的发展，给莎士比亚出了道难题，因为那些美丽的新世界必然有未知的居民，就像赫伯特·乔治·威尔斯的科幻小说中的那些月球人和火星人一样。贡柴罗对普洛斯彼罗身边丑陋的随从见怪不怪，因为他自幼就相信世上"有一种人的头是长在胸膛上的"[‡]。而不伦不类的凯列班则被归入"畸胎"——完全由莎士比亚一手创造的物种——之列。

在莎士比亚戏剧这座拥挤的舞台上，还有另一些形象，他们被描绘得如此生动，甚至都无须出场。在诗歌《鲁克丽丝受辱记》中，女主人公欣赏一幅特洛伊战争绘画时发现，画面上的阿喀琉斯"不见尊容"，只露出一柄长矛，而别处想必还有：

一手一足，一耳一目，
　　想象便可见微知著，窥其全貌。[§]

---

[*] 《暴风雨》第二幕，第一场。

[†] 《第十二夜》第三幕，第二场。

[‡] 《暴风雨》第三幕，第三场。

[§] 如无特殊说明，本书所引《鲁克丽丝受辱记》诗文皆出自曹明伦译本（《莎士比亚诗集》，外语教学与研究出版社，2016年4月版），根据上下文略有改动。

罗密欧面前可没有这样一幅图画，所以他只好用语言去刻画那位衣衫褴褛、骨瘦如柴的曼多亚药师：他开了家狄更斯式的店铺，里面挂着乌龟和鳄鱼标本，还有"几张形状丑陋的鱼皮"*。霍茨波模仿一位用鼻烟壶遮盖战场尸臭的大臣，把那人矫揉造作、香气熏人、衣冠楚楚的模样学得惟妙惟肖。同样，在《亨利四世》中，莎士比亚一句话就概括了马夫罗宾的生与死，说他"没有快乐过一天，就被这件事情急死了"†。有时，剧中人只需动动嘴皮，就能重现一场发生在舞台之外的史诗级鏖战。在《麦克白》中，军曹向国王报告麦克白和班柯的作战表现，说他们"好像拼着浴血负创，非让尸骸铺满原野"‡。对他们而言，战争是一场恐怖而冒渎的狂欢。波塞摩斯描述了辛白林与罗马军队最后的对垒，在这场战役中，培拉律斯和他的两个儿子——那支隐形大军仅有的成员——挥舞着双臂，迸发出惊人的力量，仿佛幻化出无数分身，最终力挽狂澜：

（在军心涣散的时候）这三个人振臂一呼，简直抵得过三千壮士。§

在《亨利八世》中，绅士丙转述了加冕礼的情形。他并不是

---

* 《罗密欧与朱丽叶》第五幕，第一场。
† 《亨利四世》上部，第二幕，第一场。
‡ 《麦克白》第一幕，第二场。
§ 《辛白林》第五幕，第三场。

简单地描绘观礼人群,而是从各个角度刻画一种舞台无法呈现的拥挤。他说威斯敏斯特教堂挤得水泄不通,令人无法喘息,"连插一个手指头的缝儿都没有",欢呼的人群把帽子和斗篷抛向空中,"如果他们的脸能够摘下来,恐怕到现在还没有找回来呢"[*]。正由于他模糊了人群的面目,把他们看作一个整体,所以才会认为男人们来不及招呼老婆,是因为"人群密得奇怪,就像织成的一块布一样",而人不过是壁毯上连成一片的人形图案。"窒息、变形、失散",和(绅士丙补充说)"臭烘烘的气味",这一切无不证实了"加冕"带来的是一场集体狂欢,让观众得以走出个人困境,透过上帝视角俯瞰面目模糊的人群,看他们像水滴里的浮游生物那样,疯狂涌动不休。

莎士比亚既能展现这种激动人心的大场面,又能瞬间聚焦最微小的细节。米尼涅斯在《科利奥兰纳斯》中缩小了地球的尺寸,把自己的脸比作"微缩的地图"[†],提醒平民注意察言观色,小心他脸上出现烦躁的沟壑、震怒的断层。莎士比亚的语言不会错过哪怕最不起眼的细枝末节。在《泰尔亲王配力克里斯》中,旁白高尔说玛丽娜刺绣时用"针尖刺透薄纱","刺透"这个动词暗含疼痛的意味,所以他接下来才会说:"伤痛更添锦绣。"[‡]克莉奥佩特拉不像玛丽娜那么温婉殷切,只幻想把"弯弯的钓钩"投进河中,

---

[*]《亨利八世》第四幕,第一场。
[†]《科利奥兰纳斯》第二幕,第一场。
[‡]《泰尔亲王配力克里斯》第三、四幕,幕间诗。

钓起"嘴巴滑溜溜"*的鱼儿。莎士比亚用语言放大观众看不到的细节,甚至不惜给人物的头皮来个特写。安东尼头皮上的毛囊再现了罗马与埃及的骂战:

> 我的头发都在造反,
> 白发埋怨黑发的粗心鲁莽,
> 黑发埋怨白发的胆小痴愚。[†]

鬼魂吐露真相前曾提醒哈姆莱特,他接下来要讲的事会"使你纠结的鬈发根根分开,像愤怒的豪猪身上的刺毛一样森然耸立"[‡]。鬼魂在乔特鲁德房间里再次现身时,王后看见儿子"整齐的头发一根根都像有了生命似的竖立起来"[§]。人的想法要么像尖刺一样穿过头皮倒竖起来,要么就扭曲蠕动着,以令人作呕的方式模仿生命的活力。因为这团肮脏的秽物,正如乔特鲁德在一场表现"哈姆莱特式生理厌恶"的戏中所说,是从床上长出来的。

这种微观视角把人化作碎片,让我们看到世界是无数碎屑的松散结合。在盛怒之下,特洛伊罗斯曾痛骂克瑞西达身上只剩下:

> 破碎的忠心、残余的爱情、狼藉的贞操。[¶]

---

[*] 《安东尼与克莉奥佩特拉》第二幕,第五场。
[†] 《安东尼与克莉奥佩特拉》第三幕,第十一场。
[‡] 《哈姆莱特》第一幕,第五场。
[§] 《哈姆莱特》第三幕,第四场。
[¶] 《特洛伊罗斯与克瑞西达》第五幕,第二场。

  这一连串近义词像拳头一样落在她身上，不停捶打着她，直到她像约翰王说的"只剩一堆朽骨"[*]。在《雅典的泰门》中，一位元老——也是泰门的债主——怪他"打破了时间"[†]，被撕毁的承诺化作破碎的日子，仿佛时间被剁烂切碎。同样的破碎还发生在麦克白的幻想中，他想象"自然孕育的一切胚芽"[‡]，也就是卢克莱修口中的"种子"，在一场灾难中毁灭殆尽。弗罗利泽在《冬天的故事》中也持同样的末世论调，他发誓绝不背叛潘狄塔，否则"就让天把地球的两边碰了拢来，毁灭一切的胚芽"[§]。至于喜剧，《终成眷属》中的臣甲希望勃特拉姆能把他那个同伴"剖析清楚"[¶]，这里的"剖析"指的是一种解析，也就是把整体拆分成各个部分。在悲剧中，李尔更是直接提到了外科手术。"叫他们剖开里根的身体来。"他说。想知道"究竟出于什么天然的原因，她们的心才会变得这样硬"[**]。

  解剖（anatomy），意味着从原子（atom）层面进行观察，起码从词源学上讲是这样：人们凑在一起，全神贯注地凝视构成物质的基本粒子。而它们之所以叫作"原子"，就是因为不可再分。

---

[*] 《约翰王》第五幕，第七场。
[†] 《雅典的泰门》第二幕，第一场。
[‡] 《麦克白》第四幕，第一场。
[§] 《冬天的故事》第四幕，第四场。
[¶] 《终成眷属》第四幕，第三场。
[**] 《李尔王》第三幕，第六场。

茂丘西奥说，春梦婆的车子由几匹"蚂蚁大小的细马"[*]牵引；《皆大欢喜》中的菲苾注意到，细嫩柔软的眼睛要是进了灰尘，就会"胆小地对细小的微尘关起门来"[†]；《李尔王》中的凭崖远眺也是另一种解剖，爱德伽说乌鸦变得还没有甲虫大，海滩上的渔夫变得像老鼠一般，一个悬在山腰采摘金花草的人，"全身简直抵不上一个人头的大小"[‡]，泊在岸边的帆船小得像一个舢板，而舢板则像浮标。

这些怪异的精确缩放是种魔法，它把人和物系统性地缩小，就像茂丘西奥缩小了春梦婆和她的随从。或者，会不会是生命本身在收缩，为躲避风险而费力地钻进了自己的躯壳？《李尔王》中的弄人建议李尔学蜗牛缩进壳里，免得女儿们拉扯他的触角。类似的意象在莎士比亚戏剧中反复出现，时刻提醒我们生命易逝、地球易碎。爱德伽料定坠下悬崖的葛罗斯特会"像鸡蛋一样跌成粉碎"[§]；刺客在动手杀麦克德夫的小儿子前，管他叫"你这颗鸡蛋"[¶]。更有说服力的例子是，茂丘西奥说罗密欧脑袋里塞满激情与争执，就像"鸡蛋里装满了蛋白蛋黄"[**]。当看到福丁布拉斯为一块一文不值的土地奔赴战场，哈姆莱特想不通为什么有人肯为"一

---

[*] 《罗密欧与朱丽叶》第一幕，第四场。

[†] 《皆大欢喜》第三幕，第五场。

[‡] 《李尔王》第四幕，第六场。

[§] 《李尔王》第四幕，第六场。

[¶] 《麦克白》第四幕，第二场。

[**] 《罗密欧与朱丽叶》第三幕，第一场。

块碎蛋壳"*去送死。哈姆莱特自己的世外桃源,也就是他脑海中的精神世界,有着坚固的外墙,堪称另一个"木头圆框"。"即使把我关在一个果壳里,"他告诉吉尔登斯吞,"我也会把自己当作一个拥有无限空间的君王。"†头脑这颗胶囊,或者说容器,也像舞台一样灵活多变,可以时而熙攘,时而空荡,时而是一个王国,时而是一座监狱。而对于莎士比亚,头脑既是一个喧嚣熙攘、充满矛盾的大世界,也是他心中不为人知的微缩宇宙。

卡莱尔替莎士比亚惋惜,不忍看他"为活得体面"而沦为"剧院经理"。崇拜莎士比亚的浪漫主义者巴不得他的创作体裁不是戏剧,而是长篇史诗、口头交响乐或宏大的幻想曲,像拜伦的《曼弗雷德》或雪莱的《被缚的普罗米修斯》那样——总之,除了戏剧什么都行。他们认为,莎士比亚选择的体裁束缚了他的手脚。查尔斯·兰姆认为《李尔王》是一部"无法搬上舞台"的戏剧,因为台上"可笑的机关"会削弱戏剧的跌宕起伏。歌德甚至提出:"莎士比亚从来看不上舞台,它太小了,容不下他伟大的心灵。不,对他的心灵而言,就连我们目之所及的整个世界都嫌太小。"

事实上,莎士比亚不羁的诗句,不但能完美地再现风暴、人群,和两军对垒的场面,还能急剧收缩,聚焦一只昆虫、一粒原子,或是针刺的伤口和某人的头发。对于这样伟大的头脑,戏剧是最合适的创作体裁。因为在舞台上,我们能听见并目睹活生生

---

* 《哈姆莱特》第四幕,第四场。

† 《哈姆莱特》第二幕,第二场。

的人用语言构筑他们的世界,看到人类以人性的光辉装点我们栖身的天地,感受自己对艺术的渴望,并洞悉艺术虚无的本质。"无论演出规律的或是自由的剧本,他们都是唯一的大家。"*这是埃尔西诺剧团演员的自我评价。莎士比亚无视古典戏剧的束缚,他塑造的人物中也不乏嘲弄书面权威和规范语言的角色。而要论自由的创作——那种结构多变、兼具悲喜、不遗余力去反映人生中种种矛盾的创作,他就是唯一的大家。

---

* 《哈姆莱特》第二幕,第二场。

5

* * * * * *

空话，空话，空话[*]

生造词

以词为角色

思想的工场

人声

听和看

莎士比亚式的沉默

---

[*] 《哈姆莱特》第二幕，第二场。

在约翰·马登执导的电影《莎翁情史》开头，年轻的剧作家在一张碎纸片上写写画画，然后苦恼地把它揉成一团扔开，这个场景有些出人意料，因为众所周知，莎士比亚写作向来一气呵成。但其实他并不是在为戏剧或诗歌绞尽脑汁，而是在尝试"莎士比亚"的各种写法：莎士比押、莎士比雅、莎士比牙和沙士比亚，到底哪个更好？这些都是他那个时代常见的名字，性格多变的他完全可以任选其一。或者他还可以选个更有趣的名字，譬如本片编剧汤姆·斯托帕德为他提供的几个选项：莎士扁豆、莎士比蜂、莎士笔和莎格斯胡子[*]。他的语言可塑性极强，就像他笔下的人物——丰满、灵活，易于塑造和延展。

电影中的莎士比亚之所以删删改改，绝不是因为文思枯竭。他从不为单个字眼搜肠刮肚：如果没有词语能表达他的想法，那就生造一个。他总共造了大约1700个词，有些大概是妙手偶得，另一些则是他为阐述某种新思想而专门设计的。他还喜欢改变词性，这样做往往是为了展现人物纷乱的思绪和激荡的情感。

"殷红"（incarnadine）就是其中一例。麦克白在想象自己洗去手上的血污、染红"大洋里所有的水"[†]时用到了它。它的独特在于一词多用：既能替麦克白脱罪，又能证实他的罪孽。它通过美化罪证来淡化他的谋杀罪行。在另一场戏中，麦克白把

---

[*] 原文分别为：Shakesbean、Shakesbee、Shakepen、Sgagsbeard。
[†] 《麦克白》第二幕，第二场。

空话，空话，空话

邓肯的鲜血比作黄金；而在这里，他为一种颜色安了个花哨的名头，强调它"康乃馨"（carnation）般的色泽，这种颜色在我们今天的室内设计师眼中是鲜亮而奢华的，不带一丝杀戮的腥气。他这样做是为了净化自己，借委婉的诗意排出污秽的罪行。但他还是不慎说漏了嘴，用了个近义词，想象殷红的海水连成一片"血红"。而且，尽管他竭力把重点放在图像和色彩上，但肉体相残的血腥依然露出了马脚，因为"殷红"的词根"carn-"能追溯到拉丁文中的"肉"（carnem）字。这个词还讽刺了耶稣的"化身"（incarnation），因为麦克白残害的肉体本是灵魂的寓所。他越想洗去那不堪回首的一幕，他的语言就越能勾起邪恶阴沉的联想。

"殷红"一词融合了如此丰富而自相矛盾的含义，自然十分考验演员的台词功底。这个词正如哈姆莱特在指导演员吐字时所言，绝不能轻飘飘地说出来，它必须脱口而出，而且好的演员能用它展现人物内在的精神世界与道德状态。英国戏剧评论家兼作家哈罗德·霍布森回忆起，演员奥利弗曾用一种"既油腔滑调又透出难言的嫌恶"的腔调说出这句台词。他的表演把这个词带向隐喻的国度，借它表现出人物在骤然良心发现时所感受到的那种晕船似的反胃。

麦克白夫人自己也有一句难念的台词，她创造了它，却不肯把它用在自己身上。她抗拒一切妨碍她杀人的心慈手软，轻蔑地提到"良心歉疚的造访"*。"歉疚的"（compunctious），这个拗口的形容词陌生而突兀，演员必须小心翼翼地发出其中的辅音——因为它后面还跟了个嗞嗞作响的"造访"（visitings）——方可确保她能完全抵御自己所鄙视的内疚。这个词还暗含一个见不得人的小小威胁，弱化了它字面的含义，进一步铲除了滋生同情的土壤。"歉疚"是具有攻击性的：它的第二个音节"-punct-"源自拉丁文中的"指"或"戳"（punctum），因此，这个生造词其实跟观众开了个恶毒的玩笑，暗示人只有被指指戳戳时，才会产生麦克白夫人耻笑的那些道德顾虑。它修饰的那个名词，"造访"，更拉开了麦克白夫人与人性的距离。因为人性并不是她内在的品质，而是外来的入侵者，就像邓肯遇害后城堡大门上响起的敲门声。在这里，一整部戏剧再次浓缩为一个小小的词，它承载了如此丰富的含义，几乎快要因为顶不住而炸开。

莎士比亚的创造从不受制于词典：他是语言的缔造者，而不是单纯的使用者。作为词典编纂人，塞缪尔·约翰逊致力于为词语寻找最精准的释义，一词多义在他看来是不可饶恕的。为莎士比亚戏剧做注时，他常常批评作者标新立异、语言粗俗。文字游戏的确可以具有很强的煽动性，它就像一张口头的通行证，允许人物在戏剧中自由发表意见。《亨利八世》中的老太婆用一个淫

---

* 《麦克白》第一幕，第五场。全句为"不要让愧疚钻进我的心头"（That no compunctious visitings of nature/ Shake my fell purpose）。

第148–149页图
约瑟夫·费因斯在电影《莎翁情史》中。

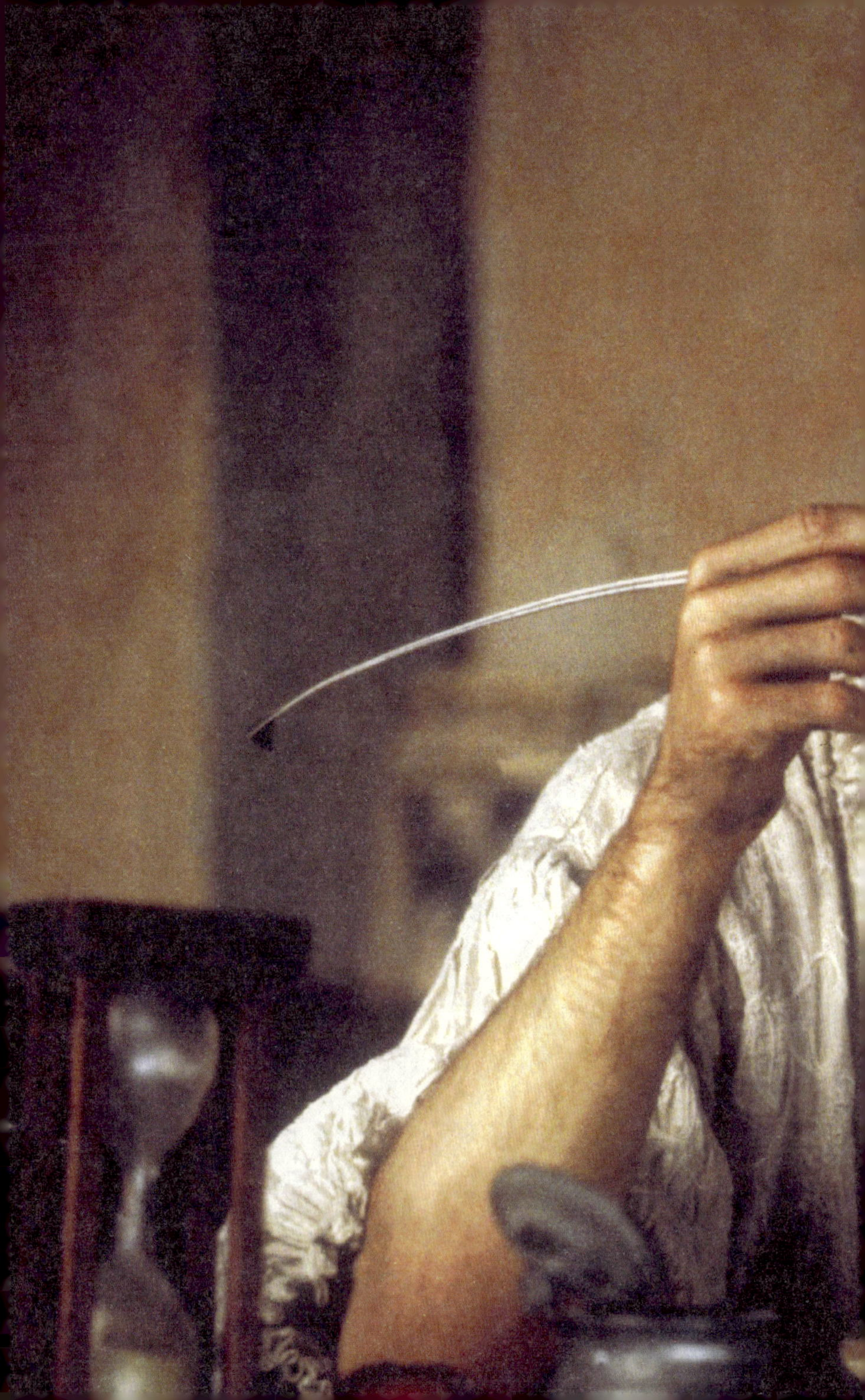

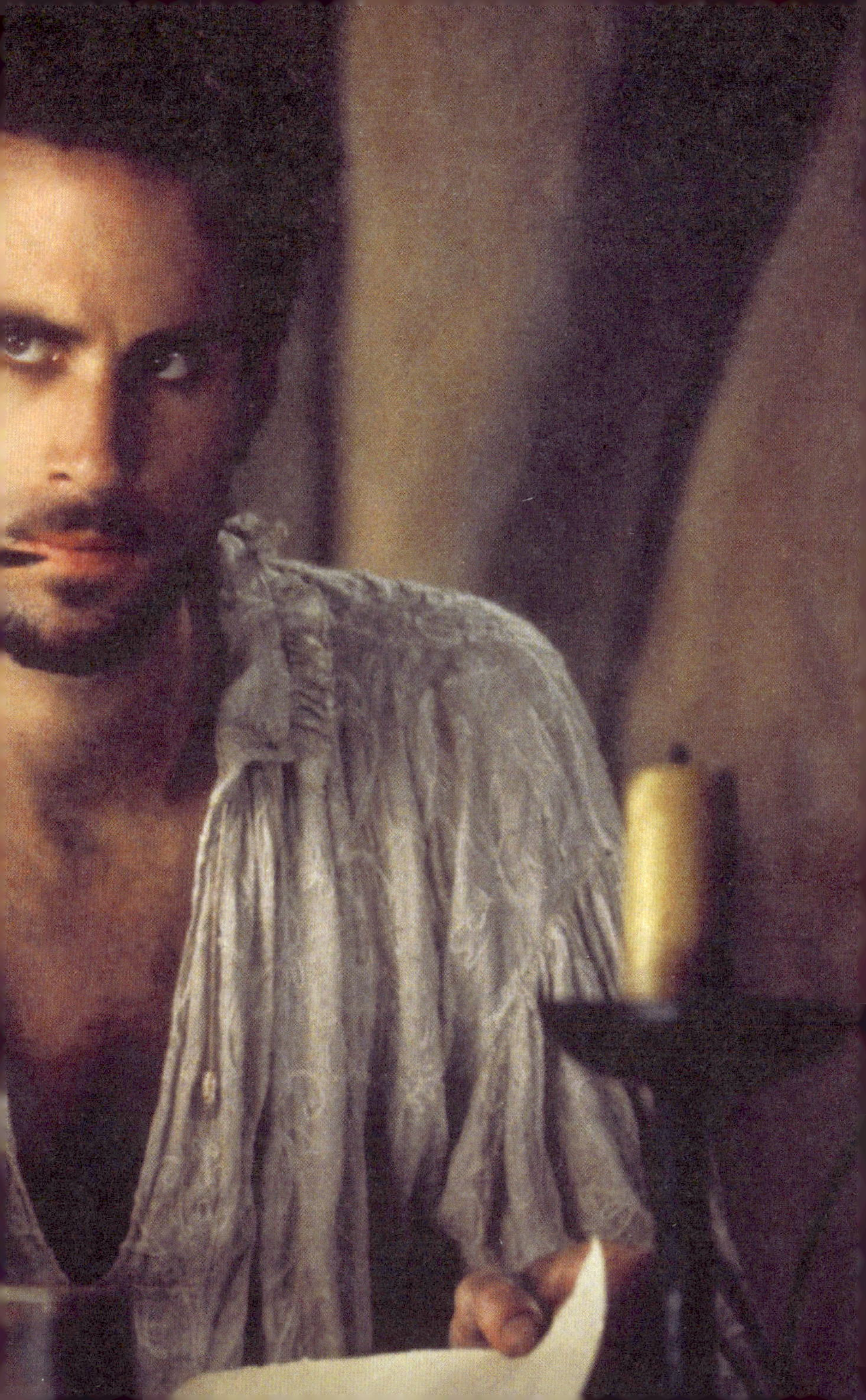

秽的生造词开安妮·博林的玩笑,安妮发誓,就算"把全世界给我",她也不愿当这个王后,老太婆听罢却挖苦说:"我看只要把小小的英格兰给您,您就会愿意手里攥个球儿(emballing)啦。"[*]在18世纪,句末这个词的拼写一直困扰着编辑们,其中一些人倾向于把它写作"empalling"(覆盖),仿佛安妮正披着隆重的皇袍;另一些人则认为应该写作"embailing"(环抱),表示她正被国王抱在怀中,很可能并没同房。"手里攥个球儿"(emballing)一语双关,不但包含上述每种意思,而且还有更多含义,因为它可以同时指"加冕"和"洞房"(后者是既定事实)。王国缩小成一张婚床,安妮在上面诱人地蜷作一团,等待被授予象征王权的宝球。但在这里,她得到的只不过是一个阴茎模样的粗劣仿制品。宝球,是《亨利五世》里提到的一个王室象征,国王在剧中回忆自己加冕时曾被授予"圣油、权杖和宝球"[†]。

在同一部戏剧中,当亨利五世在阿金库尔战役前夕陷入冷静的沉思时,语言又开始兴风作浪。说完刚才那句话以后,他又列举了几样象征王权的宝物,包括"那剑、那御仗、那皇冠",又说加冕仪式让他头上多了"长长一连串荣衔"(farcèd title)[‡]。在这句话中,那个把他推上王位的词,指的是法国厨子常说的"farcie"(带肉馅的),形容某样东西里填满了肉馅。这位风趣的

---

[*] 《亨利八世》第二幕,第三场。

[†] 《亨利五世》第四幕,第一场。

[‡] 同上。

国王几乎是在自比香肠。此外，这个词还暗指他的王位来得荒谬（farcical）。那种插科打诨的表演之所以被称作滑稽剧（farce），是因为它在中世纪常被胡乱塞进两场宗教剧之间，用来填补幕间空白。莎士比亚的语言从不拘礼，无论它面对的是国王还是上帝。

语言即人物。奥瑟罗在杀害苔丝狄蒙娜前——或者按照他一贯爱唱高调的说法，在"熄灭她的生命之光"前——曾提醒自己，就连"普罗米修斯的神火"也无法让即将被他掐灭的火花"重新发光"（relume）*。这个古怪的动词呼应了前文的普罗米修斯，他曾盗取天神的火种赠予他创造的人类。生命是光，能带来温暖，苔丝狄蒙娜就是这光明（luminosity）的化身。如果说前缀"re-"（重新）听上去有些别扭，那也是因为它所暗示的第二次机会根本不可能来临。在《特洛伊罗斯与克瑞西达》中，俄底修斯在强调社会等级的重要性时说，等级制度一旦被打破，"一切都会相互抵触（oppugnancy）"†。其实这里用"冲突"（opposition）也未尝不可，但它不如"抵触"（oppugnancy）有力。"抵触"的拉丁文词根（pugnare）为这个新词注入了一丝争强好胜（pugnacity），词中的塞音，正如那个具有侵略性的"g"，更强化了这种特质，把他的观点化作了行动。

这类词汇能让人听出话语背后的动机，推动剧情发展。还是以《特洛伊罗斯与克瑞西达》为例，赫克托拒绝继续与亲戚埃阿

---

* 《奥瑟罗》第五幕，第二场。
† 《特洛伊罗斯与克瑞西达》第一幕，第三场。

空话，空话，空话　　151

斯格斗，沾沾自喜地用第三人称自夸说："即使是最负盛名的涅俄普托勒摩斯，也不能指望从赫克托身上夺得荣光。"[*]涅俄普托勒摩斯（Neoptolemus）是阿喀琉斯和仙女得伊达墨亚所生的儿子，他这个名字本身就是个生造词，意为"新的战争"。前面那个形容词，"最负盛名的"（mirable），也同样精彩：它比"令人钦佩"更进一步，把他抬高到"mirabilis"（伟大、令人惊叹）的地步，变成了人们惊叹的对象，从而间接抬高了赫克托自己。"Mirable"或许是个昵称，在戏剧《如此世道》中，康格里夫[†]就给他的男主人公起名为"米拉贝尔"（Mirabell），一位深受伦敦上流社会美人们的青睐也相当自恋的公子哥儿。

莎士比亚笔下的人物也和他本人一样才藻富赡。波洛涅斯问哈姆莱特在读什么书，王子回答说："文字、文字、文字。"[‡]仿佛它们由谁写就、讲了什么，都不重要。哈姆莱特也爱玩文字游戏，例如他会把"仙逝"（quietus）和"锥子"（bodkin）放进同一个句子[§]。quietus是个高级的拉丁文词，指安详地死去；bodkin是件不起眼的工具，却能带来这崇高的结局。在奥克泰维斯连哄带骗地迫

---

[*] 《特洛伊罗斯与克瑞西达》第四幕，第五场。

[†] 威廉·康格里夫（1693—1700），英国王政复辟时期辉格党剧作家、诗人，作品以机智、讽刺的对白著称，对当时的风尚喜剧（comedy of manners）影响甚巨。

[‡] 《哈姆莱特》第二幕，第二场。

[§] 《哈姆莱特》第三幕，第一场。原句为："谁愿意忍受人世的鞭挞和讥讽……要是他只用一柄小小的锥子，就可以结束自己的生命？"（"When he himself might his quietus make/With a bare bodkin? Who would these fardels bear"）

使克莉奥佩特拉束手就擒后，后者诉苦说："他用好听的话骗我，姑娘们。"[*]其实她根本不必担心被人蒙骗或被起哄声赶下舞台，她自己的语言就无所不包，其中既有崇高的字眼，也有下流的俚语。在《第十二夜》中，费斯特愤然澄清说自己不是奥丽维娅府上的弄人，而是"给她说说笑话的人"[†]，他认为自己的职业是高尚的。对此，任何一个视语言为思想的载体，而不仅是表意符号的写作者，或许都会同意。文字很容易偏离轨道，并不再效忠于它们所指代的事物。"它们"正如费斯特所言，"自从有了约束，也就变成很危险的家伙了"[‡]。他的意思是，自己不屑订立书面的合约，人应该说到做到。比起死板的书面语，莎士比亚更偏爱生动的口头表达，他打破了语言的枷锁，让它们愉快地变成了"危险的家伙"。

* * *

莎士比亚"无所不在的创造力"通过他的语言迸发出勃勃生机，柯尔律治赞其开创性堪比"斯宾诺莎[§]的上帝（Spinozistic deity）[¶]"。把莎士比亚的创造力与斯宾诺莎眼中丰富多彩的大自然

---

[*] 《安东尼与克莉奥佩特拉》第五幕，第二场。

[†] 《第十二夜》第三幕，第一场。

[‡] 《第十二夜》第三幕，第一场。

[§] 巴吕赫·斯宾诺莎（1632—1677），17世纪荷兰哲学家，是荷兰黄金时代最重要的哲学代表人物之一。

[¶] 斯宾诺莎认为，宇宙间只有一种最高实体，即作为整体的宇宙本身，上帝就等同于宇宙。斯宾诺莎的上帝不仅包括物质世界，还包括精神世界。

相提并论，不可谓没有道理。《圣经》里说："道就是神。"*造物开口说话，混沌化作万物，在那之后，则由莎士比亚笔下的人物接管这个世界。他们铆足劲地吹胀地球，又用哈姆莱特那种"风一般的长叹"†加速它的旋转。他们用精彩的描述创造世界，然后用滔滔不绝的语言维系它的存在。语言是生命的标志，精神的象征。这正应了王后对哈姆莱特说的那句话："言语来自呼吸，呼吸来自生命。"‡

莎士比亚丰饶的语言让死亡和灾难都变得更加生动。在《错误的喜剧》中，伊勤说，那艘害得他妻儿葬身大海的船"眼看就要沉没"§，这场灾祸为日后的圆满结局埋下了伏笔，等到时机成熟，那些他原以为早就不在世的人，又会活着回到他身边。在《威尼斯商人》中，萨拉里诺拿安东尼奥那艘沉了的商船打趣，说它肯定已经船底朝天，高高的桅樯"亲吻着它的葬身之地"¶。另一段相对平静的文字同样写到航海，其中，隐喻成了催情的春药。提泰妮娅在《仲夏夜之梦》中记起自己曾和一位女伴站在沙滩上，笑看海上的帆船"因狂荡的风而怀孕，一个个凸起了肚皮"**。她描摹的画面充满了悲伤：这位女伴后来死于难产。不过《亨利八世》中那些"大肚子女人"却都毫发无伤，她们挤进人满为患的教堂，

---

* 《圣经·新约·约翰福音》，原文为 the word was God。

† 《哈姆莱特》第一幕，第二场。

‡ 《哈姆莱特》第三幕，第四场。

§ 《错误的喜剧》第一幕，第一场。原文为 sinking-ripe，ripe 也有"成熟"之意。

¶ 《威尼斯商人》第一幕，第一场。

** 《仲夏夜之梦》第二幕，第一场。

把硕大的肚子当作"古代打仗用的撞城锤"[*]，这些圆乎乎的撞城锤无声地拨开了人群。

莎士比亚的语言能为它所代表的一切事物增光添彩。《维罗纳二绅士》里的凡伦丁取笑落魄的修里奥，说他唯一的财富就是那间"专门收藏言语的库房"[†]；随后，他又在西尔维娅身上挥霍语言，说：

> 我有了这样一宗珍宝，
> 就像是二十个大海的主人，它的每一粒泥沙都是珠玉，
> 每一滴海水都是天上的琼浆，每一块石子都是纯粹的黄金。[‡]

一段爱情是否伟大，取决于它能否激起天花乱坠的艳逸文章。初见朱丽叶时，罗密欧朗诵了一段事先准备好的溢美之词，朱丽叶回以自己作的四行短诗；接着，两人你一句我一句地吟诵起对仗完美的诗句，共同创作了一首十四行诗；最后，以"亲吻《圣经》"[§]作结。表达憎恨或轻蔑，同样需要出众的口才。为了描绘莱必多斯的谄媚嘴脸，爱诺巴勃斯甩出一长串排比，还不时发出轻蔑的哼声，这比他的语言本身更生动、更不客气：

> 哼！他对于安东尼的友情，是思想所不能容、言语所不能尽、

---

[*] 《亨利八世》第四幕，第一场。
[†] 《维罗纳二绅士》第二幕，第四场。
[‡] 《维罗纳二绅士》第二幕，第四场。
[§] 《罗密欧与朱丽叶》第一幕，第五场。

计数所不能量、文士所不能抒述、诗人所不能讴吟的。哼！*

诗人威廉·卡洛斯认为，莎士比亚的语言有种"难以名状、前无古人的自由"。"难以名状"这个词指的可能是莎士比亚的唯名论，即让名称脱离事物而存在，这正是《莎翁情史》中出现那一连串签名的原因。我们始终很难分清罗森格兰兹和吉尔登斯呑，这两个得过且过的人物好像一模一样，只有名字不同。克劳狄斯和乔特鲁德似乎也分不清他俩，只好客气地轮流给他们加上尊称，免得怠慢了谁。国王说："谢谢你们，罗森格兰兹和善良的吉尔登斯呑。"接着，王后又说："谢谢你们，吉尔登斯呑和善良的罗森格兰兹。"†"罗密欧啊，罗密欧！为什么你偏偏是罗密欧呢？"朱丽叶这样质问，希望他"抛弃姓名"‡，那是他作为她的家族敌人的标志；罗密欧则问劳伦斯："我的名字是在我身上哪一处万恶的地方？"§不肯承认它属于自己。《辛白林》中的预言家不是罗密欧这样的本质主义者，他在奉命解读"雄狮之幼儿……为一片柔情的空气所笼罩"¶这则预言时，耍了个词源学上的花招。他先说，雄狮的幼儿就是里奥那托斯，这自然是因为他的名字写作"里奥

---

* 《安东尼与克莉奥佩特拉》第三幕，第二场。
† 《哈姆莱特》第二幕，第二场。
‡ 《罗密欧与朱丽叶》第二幕，第二场。
§ 《罗密欧与朱丽叶》第三幕，第三场。
¶ 《辛白林》第五幕，第五场。

（Leo）-那托斯（-natus）"*。接着，他又打了个阐释学上的擦边球，更让人如坠五里雾中。他说"柔情的空气"就是伊摩琴，因为：

> 柔情的空气
> 读来就像女子，这女子便是
> 最忠贞的妻子。†

辛白林听了，将信将疑地回答："这倒有几分相像。"至于他的语气和表情，就全凭演员自己拿捏了。

生造词[coinage，这个词本身便是个很有意境的隐喻：把词语比作有价值的货币（coin）]可以凭空出现，就像爱诺巴勃斯祈求潮湿的黑夜把毒雾"降"在他身上‡。鉴于当时的语言尚不规范，莎士比亚可以任意改变词性，名词作形容词，形容词又成了动词，比如阿喀琉斯被"困囿"§了，又比如克瑞西达说她的悲伤是如此"暴力"¶。形容词修饰的名词有时会被省去，比如米尼涅斯让市民们"拿出一丁点你们所不具备的"**——暗指耐性。指小词通常意味着轻蔑或居高临下，在米尼涅斯的这句话中，贵族将市民身上

---

* 里奥那托斯（Leonatus）的拉丁文词根Leo指狮子。
† 《辛白林》第五幕，第五场。"柔情的空气"在拉丁文中写作mollis aer，与拉丁文的"女子"（mulier）谐音。
‡ 《安东尼与克莉奥佩特拉》第四幕，第九场。
§ 《特洛伊罗斯与克瑞西达》第二幕，第三场。原文为kingdom'd，名词作动词。
¶ 《特洛伊罗斯与克瑞西达》第四幕，第四场。原文为violenteth，名词作形容词。
** 《科利奥兰纳斯》第一幕，第一场。

空话，空话，空话　　157

本就极度缺乏的品质变得更少，以此贬低平民的自尊。克莉奥佩特拉把名词变成了过去分词，发誓绝不允许奥克泰维斯把她"作为向人夸耀的胸针（brooched）"*，意思是不愿被他当作装饰品或战利品带到罗马。借此，克莉奥佩特拉重新挖掘出了一个尘封已久的隐喻，话中带刺："胸针"（brooch）一词来自"串"（broach）字的一个中世纪变体，后者指串肉的扦子甚或哈姆莱特的锥子，因为胸针上带有别针，这个词在法语中也有"扦串"之义，写作brochette，进入英语后，依然保留了"穿、刺"的意思，比如，"开启"（broach）一个艰难的话题，意味着从某个角度切入它。所以，克莉奥佩特拉其实是想借这个词，象征性地"刺穿"她不得不归顺的那个人。约翰逊曾恰如其分地把这句遁词称作"莎士比亚甘愿为之舍弃世界的、致命的克莉奥佩特拉"。其实克莉奥佩特拉本人就是一位经验丰富的狡辩专家。

语言似乎能自行生长，就像哈姆莱特说蛆虫会在阳光下的死狗身上滋长那样。克劳狄斯对雷欧提斯说，法国骑士拉摩德"骑在马上，好像和他的坐骑化成了一体（incorpsed）似的"，这句双关语令人不寒而栗。正在筹划谋杀哈姆莱特的克劳狄斯，本想说骑士与马水乳交融（incorporated），却不小心说漏了嘴，在这个生造词中夹带了一具尸体（corpse）。然后他继续形容雷欧提斯高

---

* 《安东尼与克莉奥佩特拉》第四幕，第十五场。

强的武艺，说这位骑士"使哈姆莱特中了嫉妒的毒"*。或许正是这个隐喻启发了雷欧提斯，促使他往剑上抹点毒药；又或者，这是否意味着脑子飞快的莎士比亚想在了人物前头？无论如何，这句话并没打破虚假的表象：表面上，克劳狄斯的意思只是嫉妒心毒害了哈姆莱特。

雅典的泰门在刨土时谈起大地"肥沃多产的子宫"†，这个比喻也适用于莎士比亚的头脑，和那里面的连珠妙语、奇思妙想。他笔下的人物总是想到哪儿就说到哪儿，莎士比亚自己写作时很可能也是这样。奥瑟罗刚向元老们形容了"顶峰高耸入云的山峦"‡，就立马掉转方向，把目光投向地面，声称自己见过"肩下生头的化外异民"，仿佛这片土地上到处是魑魅魍魉。阅读或聆听这些语言，我们会感到，一个词语牵出另一个词语，一个画面触发另一个画面。特洛伊罗斯想用一个词形容两人紧紧拥抱的动作，就说他跟克瑞西达"偎抱"§（embrasures）在一起；没过多久，赫克托就跟埃阿斯郑重其事地来了一次更为正式的"相拥"¶（embracement）。在《安东尼与克莉奥佩特拉》中，莎士比亚说海

---

* 《哈姆莱特》第四幕，第七场。原文为did Hamlet so envenom with his envy。"envenom"一词有"下毒"的意思。

† 《雅典的泰门》第四幕，第三场。

‡ 《奥瑟罗》第一幕，第三场。

§ 《特洛伊罗斯与克瑞西达》第四幕，第四场。原文为生造词：embrasures。

¶ 《特洛伊罗斯与克瑞西达》第五幕，第一场。原文为生造词：embracement。

盗驾驶舰船"划开这片麦浪，留下累累伤痕"*，把龙骨比作犁铧，假设海面能感受疼痛，描绘了一幅与前文风马牛不相及的农忙景象。很快，阿格立巴就把同样的比喻用在了凯撒、克莉奥佩特拉和他们的儿子凯撒里昂身上——"他耕耘，她便发出芽苗"†，抚平了刚才那支舰队留下的伤痕。

这类句子看似莫名其妙，却往往能反映人物的内心，因为它们揭示了人物的心境如何影响他们对客观事物的看法。麦克白夫人杀人前，号称要磨快她那把"锐利的刀"，却又神经质地希望它"瞧不见它自己切开的伤口"‡。她以拟人手法把刀子视作目击证人，仿佛它杀人是出于自己的意志，却又不敢面对，这正揭示了她内心的矛盾。她还祈祷上苍，不要用那种能"穿透黑暗的重衾"§的目光来阻止她，这同样是胆怯的表现：重衾，也就是被褥，既能安抚人心又能掩盖她即将实施的血腥恶行。波塞摩斯临行前，伊摩琴说，自己嫉妒他挥舞的那块"没有知觉的布片"；毕萨尼奥则认为，波塞摩斯的手套和帽子也发出了信号，表现出"他内心的冲动"¶。这些衣物成了身体的延伸，不然两个相距遥远的人又该如何交流？约翰·罗斯金曾提出"感情误置"（pathetic fallacy）的概

---

* 《安东尼与克莉奥佩特拉》第一幕，第四场。原文为：ear and wound。
† 《安东尼与克莉奥佩特拉》第二幕，第二场。
‡ 《麦克白》第一幕，第五场。
§ 同上。
¶ 《辛白林》第一幕，第三场。

念,指人因自身情感而改变对外部事物的看法。以上这些想象正是感情误置的例子,只不过在莎士比亚笔下,这些幻想的画面传达的是真情实感,而不是感情用事造成的认知失调。乔特鲁德说,奥菲利娅落水而死,是因为她倚靠的树断了一根"心怀恶意的树枝",然后她干渴的衣物"吸饱了水,变得沉重"*,把她拖入水底。乔特鲁德一路从树枝责怪到衣物,把奥菲利娅的自杀装扮成一场意外,想以此安抚姑娘的兄弟雷欧提斯,又或者——鉴于句中那些文绉绉的矫饰——她是在准备一套避重就轻的公开说辞。这些细腻幽微的感情误置,比客观事实本身更能反映她身为共犯的罪恶感。

* * *

在《爱的徒劳》中,情绪化的西班牙人唐·亚马多以擅长发明"崭新的字句"[†]自居,这些字句,或许就是从《亨利五世》开场白中提到的那座"活跃的思想工场"[‡]里刚弄到的新产品。莎士比亚的语言正像这个工业化的隐喻所喻示的那样,近乎火山爆发,能够炙烤和灼烧万物。在《鲁克丽丝受辱记》中,女主人公愤怒的呼声,既像埃特纳火山升腾的浓烟,又像炮口的烟焰。培尼狄克说,幸好贝特丽丝呼出的气息不像她说的话那么恶毒,否则,"她

---

[*] 《哈姆莱特》第四幕,第七场。

[†] 《爱的徒劳》第一幕,第一场。

[‡] 《亨利五世》第五幕,开场白。

的毒气会把北极星都熏坏"[*]。霍茨波从生理学角度嘲笑"发声"这一动作,说葛兰道厄喘息的声音,就像"我们的老祖母大地"喷出"在她的腹内作怪的顽劣的风"[†]。

从形式上来看,莎士比亚为使语言服从他的戏剧节奏,常常对它们进行军训。在《雅典的泰门》中,元老们期待着一场喧嚣的盛典,把语言想象成昂首阔步的军队,告诉泰门"这些话从您嘴里说出来时会化为您的双唇",为他增光添彩;与此同时,他们会等待他的话语"进入我们的耳中,也像得胜荣归的勇士,在夹道欢呼声中返师国门"。泰门却不肯照做,因为说假话"会让舌根烂穿(cantherizing)"[‡],也就是让它灼痛、干枯。见两个姐姐争相表白孝心,考狄利娅用沉默打破剧本的节奏,打断了语言滔滔不绝的行军。她觉得喋喋不休就像呕吐,所以才会宣称"不会把我的心涌上我的嘴里"[§]。

涌上嘴里,再溢出唇外。这个过程对莎士比亚而言,几乎是一场能激发语言的戏剧色彩的蜕变。费斯特说:"请准许我疯声疯气。"[¶]不肯规规矩矩地读马伏里奥的信,非要阴阳怪气地学他的样子。在《亨利六世》中,葛罗斯特用白纸黑字记下一个两面三刀

---

[*] 《无事生非》第二幕,第一场。

[†] 《亨利四世》上部,第三幕,第一场。

[‡] 《雅典的泰门》第五幕,第一场。

[§] 《李尔王》第一幕,第一场。

[¶] 《第十二夜》第五幕,第一场。

的主教犯下的罪行,还坚称:"不要以为我笔底下写出的东西,我口里就背不出来。"*《亨利八世》中的伍尔习听说国王龙颜震怒,立即要求对方拿出证据,因为"事关重要,空口不足为凭"†。这个要求暴露了他的软弱:在莎士比亚笔下,口头的宣言永远比白纸黑字更有分量。亨利五世用浑厚的嗓音宣称,只有当后人"连篇累牍地把我们的武功夸耀",人才能青史留名,否则就会像他说的,"我的葬身之地连一纸铭文都不会有——就像土耳其的哑巴,有嘴没有舌头"‡,可见对他而言,默默无闻无异于自我阉割。亨利王相信,参加过阿金库尔战役的老兵会感到,指挥官和战友的名字就像"家常话一样熟悉"§。随后,他又在追求法国公主时拿散文开涮,讥笑那些懂得押韵的人是"在舌尖上用功夫的家伙",而且"会说话的人无非是个会瞎扯的人"¶。这其实是假意谦虚,正像奥瑟罗开口前提醒元老们"我的言语是粗鲁的"**一样。

李尔在悼词中令人心碎地说,考狄利娅的声音"总是那么柔软温和"††,现在却永远地安静了。科利奥兰纳斯管自己那位毫无存

---

* 《亨利六世》上部,第三幕,第一场。
† 《亨利八世》第三幕,第二场。
‡ 《亨利五世》第一幕,第二场。
§ 《亨利五世》第四幕,第三场。
¶ 《亨利五世》第五幕,第二场。
** 《奥瑟罗》第一幕,第三场。
†† 《李尔王》第五幕,第三场。

在感的妻子叫"我静默的好人儿"[*]（她所有的台词都由伏伦妮娅转述），后者曾许诺，只有等到罗马被大火吞噬的那一天"才会说几句话"[†]。在《奥瑟罗》中，伊阿古让爱米利娅小声点，"别嚷得给外边都听见了"[‡]，但后来，她在观众的注视与聆听下找到了自己的声音。最终，或许是苔丝狄蒙娜口中那种"无所顾忌的言辞"[§]给了她勇气，她把自己的气息比作寒冷肆虐的狂风，决定"像北风一样自由地说话"，怒斥奥瑟罗、揭露伊阿古，主导了戏剧的结尾。被刺伤的她，忍痛重复着苔丝狄蒙娜的一段歌谣，在终于引起人们的注意之后，她决定用语言而不是歌声，做一番最终陈词："我说的是真话。我的话是跟我的思想一致的。我死了。"[¶]

话语即力量。在《亨利六世》中，发起暴动的杰克·凯德与知识为敌，他骂一名书吏是叛徒，只因此人会拼写自己的姓名；他谩骂语法学家，说他们"大谈什么名词呀、动词呀，以及这一类的可恶的字眼儿，这都是任何基督徒的耳朵所不能忍受的"；他还指责律师们为制作羊皮纸而屠杀羔羊，痛斥赛伊勋爵"想出印书的办法，还……设立了一座造纸厂"，他把所有档案和法律文件都付之一炬，宣布"我的一张嘴就是英国的国会"。[**]从词源学

---

[*] 《科利奥兰纳斯》第二幕，第一场。

[†] 《科利奥兰纳斯》第五幕，第三场。

[‡] 《奥瑟罗》第四幕，第二场。

[§] 《奥瑟罗》第三幕，第四场。

[¶] 《奥瑟罗》第五幕，第二场。

[**] 《亨利六世》中篇，第四幕，第七场。

的角度来看，他的话也不无道理：国会（parliament）是进行磋商（parley）的场所，换言之就是谈话的地方。科利奥兰纳斯要想当上执政官，需要的不是选票而是"呼声"，也就是平民的拥戴。他招募那两位护民官，正因为看中他们是公认的"平民大众的喉舌"。见两人的呐喊助威毫无收效，科利奥兰纳斯进一步拓宽了这个隐喻，把它从喉咙延伸到牙齿：这副秘密武器镶嵌在每个人脸上，专门用来撕咬和啃食。"你们既然是他们的嘴巴，为什么不把他们的牙齿管住？"*他没好气地问。

得胜归来后，科利奥兰纳斯再也无须任何人推举，护民官勃鲁托斯说："所有的舌头都在讲他，眼光昏花的老头子也都戴了眼镜出来瞧他。"†反映人们群情沸腾的细节，也同样遵循这种先听后看的新次序：先是交口称赞，然后才轮到"亲眼"（尽管是在眼镜的帮助下）所见。勃鲁托斯先是注意到一名奶妈在"讲他"，把他的事迹当作闲聊的谈资；然后才提到一个灶下丫头爬上墙头去"望他"‡。同样，伏伦妮娅也出于倨傲的理由认同这个顺序。她在教科利奥兰纳斯如何在民众面前表现自己时，说："行为往往胜于雄辩！愚人的眼睛比他们的耳朵聪明得多。"§她教导科利奥兰纳斯要像结满果实的桑树一样谦卑，以此打造当今政客口中的"公众形

---

* 《科利奥兰纳斯》第二幕，第一场。

† 同上。

‡ 同上。

§ 《科利奥兰纳斯》第三幕，第二场。

象",而不要在群氓身上浪费口舌。

另一些角色的听众则不这么愚钝,所以他们可以完全依赖文字。在《泰尔亲王配力克里斯》中,龟奴并没让他妓院里新来的姑娘当众亮相,只说:"我已经用嗓音描摹了她的美貌。"*这或许是因为,这些形容词在语言中起着挑起情欲的作用。奥瑟罗记得,自己刚开始去苔丝狄蒙娜父亲家见她时,她会用"贪婪的耳朵……吞下"[†]他在旅途中的见闻。在这里,耳朵也有了胃口:不再是被动的接收器官,而是变成了一张长错地方的嘴,贪婪地搜寻可供吞咽的字句。

画家列奥纳多·达·芬奇主张"视觉比听觉高贵",因为耳朵留不住声音,但眼里的画面却能变成绘画永久留存。莎士比亚眼中——更确切地说,是耳中——的世界却截然不同。李尔让葛罗斯特读一封信,想"瞧瞧它是怎么写的"[‡]。失去双眼的葛罗斯特说自己什么也"瞧"不见,但李尔丝毫不觉得这是个问题,还说:"那就用你的耳朵瞧着吧。"[§]当爱德伽站在平坦的空地上,描绘多弗那令人胆寒的万丈悬崖时,我们正是用耳朵去看的。就连莎士比亚的叙事长诗都更注重口头表达和声音效果,而不是字面行文。维纳斯笑一本正经的阿多尼"形同须眉但不像是由女人生养",接

---

* 《泰尔亲王配力克里斯》第四幕,第二场。

† 《奥瑟罗》第一幕,第三场。

‡ 《李尔王》第四幕,第六场。

§ 《李尔王》第四幕,第六场。

着又诧异地问:"怎么,你还会出声?舌头还会活动?"阿多尼却打定主意绝不动摇,就算这位女神用"两万条舌头"来求他。于是她只好用"萦回周旋、往来传送"的长吁短叹安慰自己,二十声哀鸣在回音中扩大了二十倍。被塔昆奸污后,鲁克丽丝要来笔墨纸砚,想写信向丈夫求援,但她最终还是决定不写这封信,因为它说不定会给她招来非议。书写是一种亵渎,于是:

为避这种猜疑,她书未尽言,
只等最后用行动把心里话说出。

话语会毫无危害地随风消散,可一旦被人付诸笔端草草记下,就会变得威力十足。哈姆莱特一提笔,就等于给罗森格兰兹和吉尔登斯吞判了死刑。他说自己从前的字迹有种上流阶层的漫不经心,但现在,他耐着性子把字一个个写清楚,连标点符号也写得一丝不苟,坚持认为处决昔日的朋友能让英国与丹麦"沟通彼此的情感"*,搁置一切分歧。

对于这样的人物,"书写"这一行为轻则令人难受,重则害人性命。"我爱好书籍。"†普洛斯彼罗带着一丝懊悔说。正因为他潜心阅读,别人才有了可乘之机,从他手中窃取了公国。死气沉沉

---

* 《哈姆莱特》第五幕,第二场。原文为Stand a comma,字面意思指和平会像逗号一般出现在两个国家之间。
† 《暴风雨》第一幕,第二场。

空话,空话,空话　　167

的约翰王说自己是"一张用笔写在羊皮纸上的文书"[*]，笔尖留下划痕，就像一场徒劳的手术；他的皮肤被毒药灼烧得皱缩焦枯，那毒药，他抱怨说，把他的五脏六腑都化成了灰。"他们的脸成了一张白纸。"[†]亨利五世这样形容那些面色苍白的落网叛贼。奥瑟罗看着苔丝狄蒙娜，感觉她的皮肤就像"一张皎洁的白纸，一本美丽的书册"，又陡然诬蔑她："是要让人家写上'娼妓'两个字。"[‡]在《无事生非》中，里奥那托认定女儿已经失贞，说她"落进了注满墨汁的坑里"[§]。奥丽维娅拒绝了薇奥拉替奥西诺转达的单方面爱意，并把那番表白称作"经文"[¶]，还说这些内容她已经读过了。培尼狄克责怪一向"直接爽快"的克劳狄奥，说他自从坠入爱河就"变成了个老学究"[**]。培尼狄克和贝特丽丝都不在乎词语的标准写法，莎士比亚本人显然也是如此，这代表两人心有灵犀。希罗说，贝特丽丝绝口不提追求者身上显而易见的优点，只顾指责对方的短处，非要"正话反说"[††]。在《爱的徒劳》中，纳森聂尔说，可惜治安官德尔"没吃过纸张，喝过墨水"[‡‡]，若是能躲过这样一餐，不

---

[*]《约翰王》第五幕，第七场。
[†]《亨利五世》第二幕，第二场。
[‡]《奥瑟罗》第四幕，第二场。
[§]《无事生非》第四幕，第一场。
[¶]《第十二夜》第一幕，第五场。
[**]《无事生非》第二幕，第三场。
[††]《无事生非》第三幕，第一场。
[‡‡]《爱的徒劳》第四幕，第二场。

识字倒也不见得是件坏事。福斯塔夫躺在临终的病榻上,鼻子变得特别灵敏,"像笔那样尖"。这或许只是临终前的回光返照,不过他依然滔滔不绝,桂嫂说他一直"嘟囔着什么绿色的田野"[*]。

不过,莎士比亚言语间依然对书信充满感情。在《李尔王》中,爱德伽私拆哥哥信件时,对信上的封蜡说:"对不起,好蜡,我要把你拆开了。"[†]他知道自己不该这样做,所以才向曾被熔得发软的封蜡道歉,以弥补心中的愧疚。这句话彻底改变了这段过渡性的表演,让观众窥见了他性格中的一个侧面。相比之下,奥本尼把那封证实高纳里尔罪行的信交到她本人手中时,就显得镇定、敏锐多了。"不要撕,太太。"[‡]他提醒道。

无论是在悲剧的激辩还是喜剧的骂战中,舌头都是莎士比亚人物最宝贵的工具。贝特丽丝在培尼狄克眼中是"嘴尖舌快的小姐"[§]。哈姆莱特看到郁利克的骷髅,最先留意到的不是黑洞洞的眼窝或空荡荡的颅腔,他脱口而出的第一句话是:"那个骷髅里面曾经有一条舌头,它也会唱歌哩。"[¶]见忒耳西忒斯血口喷人,埃阿斯威胁要割掉他的舌头,忒耳西忒斯却面不改色地回答:"我被割下了舌头还比你会说话些。"[**]凯特警告彼特鲁乔,说黄蜂的刺长在舌

---

[*] 《亨利五世》第二幕,第三场。

[†] 《李尔王》第四幕,第六场。

[‡] 《李尔王》第五幕,第三场。

[§] 《无事生非》第二幕,第一场。

[¶] 《哈姆莱特》第五幕,第一场。

[**] 《特洛伊罗斯与克瑞西达》第二幕,第一场。

头上,但他驯服她,就是为了"对付她的长舌"[*]。唐·彼德罗说培尼狄克是个直爽的人,"那颗心就像一只好钟一样完整无缺,他的一条舌头就是钟舌"[†]。福斯塔夫随口便修改了自己的身体构造,号称自己的"肚子上长着几百条舌头"。他明白,舌头不光是发音器官,还掌管味觉,所以才会说美酒一旦激发了头脑中敏捷的才思,就能"把意象形之于舌",化作"绝妙的词锋"[‡]。在《爱的徒劳》中,罗瑟琳被鲍益的伶牙俐齿所吸引,觉得他的谈吐充满魅力,说他的"善于抒述种种奇思妙想的舌头","会用灵巧而隽永的字句把意思表达出来"。[§]

《泰特斯·安德洛尼克斯》对这句恭维做出了黑暗的呼应:奸污拉维妮娅的恶人担心被指认,于是割掉了她的舌头。玛克斯把她的舌头比作一只鸟儿,说它被关在她的嘴——这个"美好的笼子"里,是个"善于用巧妙敏捷的辩才咿咿呀呀地宣达她的思想的可爱器官"[¶]。"咿咿呀呀"这个词,就像福斯塔夫念念不忘的绿色田野一样,动人地勾起了幼时牙牙学语的回忆。无奈之下,拉维妮娅只能选择书写,她在玛克斯帮助下学会用嘴含住树枝——相当于有了条树枝做的舌头——在泥地上写下凶徒的名字。其实

---

[*] 《驯悍记》第四幕,第二场。
[†] 《无事生非》第三幕,第二场。
[‡] 《亨利四世》下篇,第四幕,第三场。
[§] 《爱的徒劳》第二幕,第一场。
[¶] 《泰特斯·安德洛尼克斯》第三幕,第一场。

泰特斯早就开始观察她的动作，试图解读她的叹息、眨眼和点头，想从中"读出个ABC来"*。

泰特斯试图解读的字母是无声的，而《罗密欧与朱丽叶》中那些醉心于抒情的人物则高声念出了每一个字母。罗密欧用字母"O"作了一首咏叹调，它既可以是叹息声"哦"，也代表虚无，他相信爱、恨、欢笑和艺术都从这虚无中来：

> 哦，吵吵闹闹的相爱，亲亲热热的怨恨！
> 哦，无中生有的一切！
> 哦，沉重的轻浮，严肃的狂妄，整齐的混乱！†

相应地，朱丽叶也在一场戏中为字母"I"增加了另外两重含义。她用"I"‡指代自己，又说，如果奶妈用同一个字的另一种拼法§宣布那则不幸的消息，她就终止自己的生命：

> 罗密欧是把他自己杀死了吗？你只要回答我一个"Ay"，
> 这一个"Ay"字就比毒龙眼里射放的死光更会致人死命。
> 如果有这个"Ay"，"I"就不会再在人世，
> 抑或那叫你说声"Ay"的人，从此就要把眼睛紧闭。¶

---

* 《泰特斯·安德洛尼克斯》第三幕，第二场。
† 《罗密欧与朱丽叶》第一幕，第一场。
‡ "I"也是英文中第一人称单数代词"我"。
§ 指"Ay"，意为"是"。
¶ 《罗密欧与朱丽叶》第三幕，第二场。

奶妈自己也用一个辅音字母玩起了文字游戏。她指出："罗丝玛丽花和罗密欧是同一个字母开头。"又补充说，字母R"是狗的名字"*。本·琼森在他的《英语语法》中把R称作"狗的字母"，因为它的发音"带有嗷嗷的嚎声"，那是低沉的怒吼，无言的警告。可见奶妈其实暗中回应了罗密欧的取笑。喉音和沉重的呼吸，不但在犬类的语言中代表警告，在人类的语言中也警示着某种莫名的冒犯。在《冬天的故事》中，里昂提斯说赫米温妮尽管"值得赞美"，却已遭受了无声的诽谤："耸耸肩，鼻子里一声哼，嘴里一声嘿，这些小小的烙印都是诽谤所常用的。"†

如此可口的文字几乎堪称养料，像托比爵士在《第十二夜》中品尝的生姜一样"辣口"‡。就连虚无缥缈，与饮食毫不搭界的音乐，也先后被奥西诺§和克莉奥佩特拉比作恋人的食物¶。培尼狄克表白后，贝特丽丝问他："您不会食言而肥吗？"在此，这句陈腔滥调被用出了难得的新意。他回答说，无论给它调上什么酱料，他都不愿把今天说过的话吃下去**。在《爱的徒劳》中，纳森聂尔和霍罗福尼斯用好几种语言卖弄学识，一个男孩惊叹于他们的渊

---

* 《罗密欧与朱丽叶》第二幕，第四场。罗丝玛丽花（Rosemary，即迷迭香）和罗密欧（Romeo）都以字母"R"开头。

† 《冬天的故事》第二幕，第一场。

‡ 《第十二夜》第二幕，第三场。

§ 《第十二夜》第一幕，第一场。

¶ 《第十二夜》第二幕，第五场。

** 《无事生非》第四幕，第一场。

博,说他们肯定"刚从一场文字的盛宴上回来"[*]。不过这盛宴也可能造成消化不良,让人大倒胃口。泰门说:"忘恩负义的人类,用酒肉填塞了他的良心。"[†]在这部戏开头,诗人曾假装谦虚地说,自己的诗歌"就像树脂一样,会从它滋生的地方分泌出来"[‡]。诗歌变成了一种黏稠的汁液,如同高纳里尔和里根奉承李尔时吐出的那些"油腔滑调的言语"[§]。

在一些人物眼中,诗歌是烹调过度的语言,是甜点而不是正餐。《特洛伊罗斯与克瑞西达》中有个仆人对潘达洛斯的一句"陈词滥调"[¶]皱起眉头;还是在这部戏中,阿喀琉斯"用傲慢塞住了自己的心窍"[**],就像浑身涂满了猪油。相比之下,科利奥兰纳斯显得更加节制,他拒绝"大量吞食掺和着谎话的赞美"[††]。安东尼用味觉形容自己的失势,他先把自己的追随者比作卑躬屈膝的猎犬,又说他们"都融化成甜言蜜语,向势力强盛的凯撒献媚去了"[‡‡]。他们的献媚是流淌的口水、黏稠的唾液,不过与此同时,安东尼自己也在逐渐消融。"融化"这个动词的发音很容易让人联想到"念

---

[*]《爱的徒劳》第五幕,第一场。

[†]《雅典的泰门》第四幕,第三场。

[‡]《雅典的泰门》第一幕,第一场。

[§]《李尔王》第一幕,第一场。

[¶]《特洛伊罗斯与克瑞西达》第三幕,第一场。原文为stewed phrase,字面意思是"炖烂的话语"。

[**]《特洛伊罗斯与克瑞西达》第二幕,第三场。

[††]《科利奥兰纳斯》第一幕,第九场。

[‡‡]《安东尼与克莉奥佩特拉》第四幕,第十二场。

念有词"[*]：理查三世说自己"口中念念有词，埋怨我这废体残形"[†]，这句话与安东尼形成呼应，再次重申了后者依然眷恋着生命的甜美的、青春的朝气蓬勃，尽管他已经做好了告别的准备。

值得玩味的不仅是"捕风捉影"[‡]这种花哨的字眼——伊阿古刚开始暗示苔丝狄蒙娜不忠时，奥瑟罗曾用这个词形容对方毫无根据的谗言。在《理查三世》中，安夫人气得说不出话来，直接把一口唾沫啐在她那位阴险的追求者脸上。莎士比亚戏剧中出现的许多口语词汇也起着同样的作用，堪称液态飞镖。《亨利五世》中的法国贵族，嫌英国这地方"湿答答的"，嘲笑它崎岖的边界"犬牙交错"[§]、破破烂烂。《奥瑟罗》中的公爵说，自己不得已，只能"坏了"[¶]奥瑟罗的蜜月，辛苦他去塞浦路斯抗击土耳其人。苔丝狄蒙娜同样出言无状，她暗示爱米利娅的丈夫整天操心国家大事，脑袋都被"搅浑"[**]了。伊阿古"侵吞"[††]了罗德利哥本打算交给苔丝狄蒙娜的珠宝，罗德利哥发觉自己"上了当"[‡‡]，被当成傻子耍弄了。这些词语像一枚又一枚微型炸弹，能瞬间释放出足以削弱或

---

[*] "融化"原文为discandy，"念念有词"原文为descant，二者发音相近。
[†] 《理查三世》第一幕，第一场。
[‡] 《奥瑟罗》第三幕，第三场。原文为生造词exsufflicate。
[§] 《亨利五世》第三幕，第五场。
[¶] 《奥瑟罗》第一幕，第三场。
[**] 《奥瑟罗》第三幕，第四场。原文puddled是名词"水洼"（puddle）的动词用法。
[††] 《奥瑟罗》第五幕，第一场。原文bobbed是"先令"（bob）的动词用法。
[‡‡] 《奥瑟罗》第四幕，第二场。原文fopped是"傻子"（fop）的动词用法。

摧毁对方的能量。这正应了凯列班那句话：他向普洛斯彼罗学习语言最大的收获，就是学会了骂人。

尽管《圣经》中的"道"[*]是抽象且不言自明的，但人类的语言却不免会疲惫衰弱，威胁着莎士比亚维系其上的戏剧世界。管家弗莱维斯责怪泰门张口就送人钱财，败光了家产，他只略去了一个辅音字母，就把"腰缠万贯"变成了"身无分文"：

啊，我的好大爷！整个的世界也不过是一个字。只要您一开口，也可以把它很快地送给别人。[†]

麦克白放眼未来，感到人生在世有如在狱中服刑，时间即是刑罚。于是，他开始用零零散散、断断续续的话语衡量时间的流逝，那无谓重复的话音就像时钟单调的嘀嗒声。他说，空洞的日子会一直持续，"直到世界发出最后一个音节"[‡]。注意，他说的是"最后一个音节"，而不是"最后一秒"。语言的终结，就是世界的终结。

* * *

莎士比亚戏剧中的语言和声音比俄耳甫斯的音乐还要丰富。

---

[*] 即逻各斯（logos），它在古希腊语中指"话语"，在古希腊哲学中表示支配世界万物的神圣规律或原理，在基督教神学中是"上帝"的代名词。

[†] 《雅典的泰门》第二幕，第二场。这句话中的"世界"（world）只比"文字"（word）多了一个辅音字母"l"。

[‡] 《麦克白》第五幕，第五场。

《亨利八世》中，侍女在为凯瑟琳王后表演时，唱到俄耳甫斯的歌喉能融化冰峰，让树木也拜倒在他的脚下。在俄耳甫斯神话里，毫无生机的大自然始终一言不发，而莎士比亚却给最不可能说话的事物也安上了舌头。

哈姆莱特想象鬼魂会"对着石头说话"，还相信自己惨淡的模样能"让石头也开窍"[*]，至于能在哪方面开窍，他没有明说。犯下罪行的麦克白希望脚下的大地不要听见他的脚步声，怕"路上的砖石会泄露（prate）我的行踪"[†]。这句话格外有力，因为"prate"指喋喋不休、乱嚼舌根，仿佛脚下传来了一声声口语化的责难。后来，在指认凶手的过程中，麦克白深陷比俄耳甫斯经历过的更为疯狂的噩梦场面，说"石头曾经自己转动，树木曾经开口说话"[‡]。安东尼巴不得"凯撒的每一处伤口里都长出一条舌头"[§]。《麦克白》开头的一个比喻实现了他的愿望，一名军曹晕厥时说："我的伤口喊着救命。"[¶]这不仅是一种修辞，更彰显了这名军人的职业素养：他自己不可能去呼喊救命，只好让伤口代劳。《安东尼与克莉奥佩特拉》中的斯凯勒斯却并未任其哭喊，而是把伤口看作字母，把皮肤当作粗糙的羊皮纸，解读其中的信息。"我这儿有个伤

---

[*] 《哈姆莱特》第三幕，第四场。

[†] 《麦克白》第二幕，第一场。

[‡] 《麦克白》第三幕，第四场。

[§] 《裘力斯·凯撒》第三幕，第二场。

[¶] 《麦克白》第一幕，第二场。

口,本来像个'丁'字形。"他耸耸肩说,"现在却已经裂成了个'工'字"*。约翰·多恩描写姑娘脸上的红晕,说它"在她的脸颊诉说,能言善辩","让人几乎以为她的身体会思维"†。莎士比亚则更加大胆,直接把原本只属于唇齿的语言赋予离嘴巴最远的器官。俄底修斯说克瑞西达"眼睛里、面庞上、嘴唇边都有话",每一处都透露出风流,接着,他又补充说,"连她的脚都会讲话呢"‡。

在《一报还一报》中,伊莎贝拉想救克劳狄奥,却说不过安哲鲁,只好悻悻地说:"我只有一片舌头。"§肯特就比她老谋深算得多,他在《李尔王》中用"改变了的口音隐去本来面目"¶,以此伪装自己。《维罗纳二绅士》中被放逐的凡伦丁也和肯特一样,有着强大的适应能力,强盗问他会不会"讲外国话",他俏皮地回答:"我因为在年轻时就走远路,所以勉强会说几句。"强盗们听了,觉得留着他肯定有用,因为他"会说各国的语言"**。在《理查二世》中,波林勃洛克可悲地只懂一种语言,他抱怨说,流放到法国,就意味着必须放弃"我的本国的英语",这不啻为"绞杀语言的死刑"††。他的儿子哈尔比他多才多艺,在《亨利四世》中,华

---

* 《安东尼与克莉奥佩特拉》第四幕,第七场。

† 出自约翰·多恩诗歌《悼女友伊丽莎白·德鲁丽小姐》。

‡ 《特洛伊罗斯与克瑞西达》第四幕,第五场。

§ 《一报还一报》第二幕,第四场。

¶ 《李尔王》第一幕,第四场。

** 《维罗纳二绅士》第四幕,第一场。

†† 《理查二世》第一幕,第三场。

空话,空话,空话 177

列克深信,哈尔亲王之所以与福斯塔夫和那些下流的随从做伴,只是为了观察这些人的行为和秉性,"正像研究外国话一样"直到"精通博谙",为了吃透这门语言,他连"最秽亵的字眼"[*]都必须学会。

莎士比亚的语言犹如一座由交叉重叠的习语和谚语构成的巴别塔,丰富了他那融悲剧、喜剧、历史剧、田园剧于一体的戏剧创作。在《亨利四世》下篇中,"流言蜚语"化为人形,脸上画满舌头[†];与之相对的,是科利奥兰纳斯鄙视那些手握选票的暴民,恨不得"拔去群众那无数条舌头"[‡]。斯宾塞的《仙后》以中世纪语言为蓝本,风格十分复古,本·琼森不喜欢这种风格,说斯宾塞"不通文墨"。相比之下,莎士比亚或许会自诩"精通文墨",要么干脆宣称自己是在创造语言,而不必费心去学——在《终成眷属》中,围捕帕洛的士兵就说起了一种特意编造的"鸟语"。"奥斯考皮都尔却斯,伏利伏科。"其中一人说。"波勃利平陀,契克未哥。"[§]另一个人回答。这几句话就像意大利喜剧歌剧中的呓语,观众不必听懂也能欣赏。

在《泰尔亲王配力克里斯》中,高尔的旁白向观众道歉,因为他不得不让剧中那些来自地中海以东的流民说英语,假装没意

---

[*] 《亨利四世》下篇,第四幕,第四场。

[†] 《亨利四世》下篇,楔子。

[‡] 《科利奥兰纳斯》第三幕,第一场。

[§] 《终成眷属》第四幕,第一场。

识到偶尔会被莎士比亚无视的语言鸿沟。《亨利五世》中的法国公主在英语课上学习人体各部位的说法时，会用法语打趣：她改变元音，又把辅音读成擦音。于是"脖子"（neck）成了"凹痕"（nick），"指甲"（nails）成了"邮差"（mailès），"下巴"（chin）成了"罪过"（sin）。随后，或许是受够了这些难听的洋腔怪调，又或许是终于开始为自己厚脸皮的玩笑害臊，总之她——像费斯特一样——意识到这些词"难听，不正派，粗俗，不害臊"[*]。在《温莎的风流娘儿们》中，店主为讨好福斯塔夫而给他安了个德不配位的称号，又补充了它的拉丁语、日耳曼语和埃及语说法。"你就像个皇帝。"他说，"像个凯撒、像个土耳其宰相。"还把名词"土耳其宰相"化作一声嗤笑[†]。后来，牧师爱文斯讲了一堂课，操着浓重的威尔士口音分析拉丁文法[‡]；桂嫂更是添乱，非说"名词"（nouns）就是"伤口"（wounds），而"猪"（hog）这个字——其实是爱文斯带着口音讲出来的"hoc"[§]——指的是熏猪肉。

桂嫂可笑的近音误用，有种绝妙的古怪诗意，唯一能够与之媲美的，是狄更斯《马丁·翟述伟》中的那位满头大汗的接生婆甘普太太口中的胡言乱语。在《亨利四世》中，桂嫂责怪福斯塔夫把福德大娘迷得"跳起了卡那利舞"，意思是福德大娘已经乱了方

---

[*]《亨利五世》第三幕，第四场。

[†]《温莎的风流娘儿们》第一幕，第三场。"土耳其宰相"本应写作vizier，在剧中却被拼成pheezer，以模拟嗤笑的声音。

[‡]《温莎的风流娘儿们》第四幕，第一场。

[§] 拉丁文指示代词单数主格"这，这些"。

寸,"卡那利"这个词——既是一种舞步,又是一种发黄的酒——给她添了几分跌跌撞撞、醉意蒙眬的疯癫。桂嫂又提到,福斯塔夫和他那个下流的桃儿·贴席,"'风湿'得厉害,就像两片烘干的面包"*。从原文来看,其实她本想说"火性燥热"(choleric),却弄反了体液的性质†。热病才会让人像烘干的面包一样燥热,而风湿属湿冷性质。不过风湿病其实更适合这两个下流的老混球,没抹黄油的面包则让人联想到疏松脆弱的骨头。被激怒后,桂嫂用一纸"诉状"(exion)把福斯塔夫告上了法庭:这个词岂不让人想到希腊神话中的伊克西翁(Ixion)?他因觊觎宙斯的妻子赫拉而被逐出奥林匹斯,又被绑在火轮上受刑。另外,桂嫂还说福斯塔夫:"欠我的东西是算也算不清的(infinitive)。"‡虽然这或许也是事实,但她这么说,绝不仅仅是为了讨债,她实际上是在向福斯塔夫层出不穷的花样致敬,或是在影射他数不清的借口和托词,而且无意间还玩了个巧妙的语法游戏:动词不定式(infinitive)尚未成为动词,它处于静止的中间状态,等待着一个不知是否会发生的动作。不定式的最好例子就是"生存还是死亡"(To be, or not to be)§。福斯塔夫之所以像不定式,是因为他惰性十足,他没精打采的程度堪比哈姆莱

---

* 《亨利四世》下篇,第二幕,第四场。"风湿"的原文为rheumatic。

† 体液学说是一种医学理论,起源于古希腊,它认为人体由四种体液(血液质、黏液质、黄胆汁质、黑胆汁质)构成,体液失衡会诱发疾病。这里提到的"火性燥热"对应黄胆汁质,"风湿"对应黏液质。

‡ 《亨利四世》下篇,第二幕,第一场。

§ 《哈姆莱特》第三幕,第一场。

特优柔寡断的程度。而句中的"东西"(thing)一词——它既可以指科利奥兰纳斯、凯列班或安东尼的鳄鱼,又可以指福斯塔夫——也带有某种感情色彩:像他这样先天畸形,或者说丑陋可怖的生灵,不属于任何阶层、任何种群,他是如此独一无二、不可复制、无可救药,带有如此鲜明的莎士比亚烙印。

剧中人常对眼前的一切惊讶不已,不断把语言推向极致,并超越极致。爱德伽认为葛罗斯特得以生还,是因为"无所不能的神明在暗中默佑你,创造人间的奇迹"*;科利奥兰纳斯不敢相信一向专横的母亲竟会跪在自己面前,感觉就像看见了卵石射向星辰、连根拔起的大树击打太阳,"一切不可能的事都要变成可能,一切不会实现的奇迹都要变成轻易的工作"†;泰门把黄金奉为"有形的神明",羡慕它能在不同的语言中通行无阻,说它"会使冰炭化为胶漆,让仇敌互相亲吻"‡。而对莎士比亚来说,实现不可能之事根本不必动用金钱,只需随手打个比方,因为比喻能让人超越自身。"我就是海。"泰特斯说,他在拉维妮娅遇袭后深陷无边的苦海。"我亦大地。"他补充道,略去了系动词,并以此结束了这组类比。他就是饱经苦难的大地,必须承受"她流不尽的眼泪"§,因为现在,拉维妮娅就是破碎、哭泣的天空。收到波塞摩斯从米尔福德港寄

---

* 《李尔王》第四幕,第六场。
† 《科利奥兰纳斯》第五幕,第三场。
‡ 《雅典的泰门》第四幕,第三场。
§ 同上。

来的信，伊摩琴许了个不会实现的愿望："啊！但愿有一匹插翅的飞马！"*这个幽默动人、充满诗意的愿望，能解释人们为什么会认为这种有飞天骏马的神话传说是真的存在。

哈姆莱特在奥菲利娅的葬礼上怒斥雷欧提斯，用种种不可能的壮举大逞口舌之快。"你会喝一大缸醋（eisel）吗？你会吃一条鳄鱼吗？"他叫嚷着。又夸口说："我两样都做得到。"[†]"eisel"指的是醋，哈姆莱特能瞬间从喝醋比赛扯到另一场更荒谬的比拼，最后落脚在自吹自擂上。他这番自夸尽管幼稚可笑，却展现了他发散纵深的思维，和他表演中那种不知疲倦、不计后果的蛮勇。说完这最后一句大话，向来口若悬河的哈姆莱特终于陷入沉默，至少在1603年的四开本（Quarto）中是这样——尽管后来的第一对开本里又加了一段装饰音，让他不断重复着"啊，啊，啊，啊"这个元音。而由于每位演员的诠释不同，这声音可以有多种解读：它可以是临终前的喉音，可以是痛苦的呻吟，也可以是温柔的王子临别时的叹息。泰门宣读自己的墓志铭时，就比他安静多了。"让怨怼不挂唇，让言语消灭。"[‡]他言简意赅地说道。

但就算语言湮灭，莎士比亚的戏剧也照样演得下去。巴萨尼奥从鲍西娅眼中接收到"脉脉含情的流盼"[§]，懂得了她发出的鼓励

---

* 《辛白林》第三幕，第二场。

[†] 《哈姆莱特》第五幕，第一场。

[‡] 《雅典的泰门》第五幕，第一场。

[§] 《威尼斯商人》第一幕，第一场。

的信号；特洛伊罗斯提醒克瑞西达，希腊人有"不动声色的狡猾的"[*]做派和腔调。弗吉尼亚·伍尔夫1933年在老维克剧院初次观看《第十二夜》时，被其中热烈的诗句和绝妙的语言深深打动。不过，她认为，莎士比亚的文字"有着人类的舌头无法驾驭的密度"，人们更应该去阅读他写下的台词，而不是听演员朗诵。尽管如此，全剧最令她感动的，却是一阵剧本中不存在的短暂沉默：重逢的双胞胎停下所有动作，"站在舞台上彼此凝望，流露出无声的狂喜"[†]。最伟大的作家，那些向来不惜把自己天花乱坠的语言倾注在人物身上的人，最懂什么是"此时无声胜有声"。

---

[*] 《特洛伊罗斯与克瑞西达》第四幕，第四场。

[†] 引自弗吉尼亚·伍尔夫《飞蛾之死：伍尔夫散文集》(*The Death of the Moth, and Other Essays*)，首次出版于1942年。

6

* * * * * *

这儿就是亚登森林*

从乌鸦到天鹅

变形的莎士比亚

小说家莎士比亚

一个人的音乐会

---

* 《皆大欢喜》第二幕,第四场。

莎士比亚这个名字首次印成铅字，是作为被抨击的对象。1592年，罗伯特·格林[*]撰文说他是"万金油"——一个什么都会一点儿的人，这在剧团绝不是什么坏事——和"暴发户式的乌鸦"，把他塑造成一个狂妄的乡巴佬，只会盗取羽毛，模仿"非凡的智者"，也就是格林本人和他所在的"大学才子派"。莎士比亚去世后，本·琼森把他比作另一种鸟，说他是"埃文河上一只迷人的天鹅"。但前者刺耳的丑化或许比后者动听的恭维更接近事实：格林用在年轻的"莎风景"[†]身上的那个意象，准确概括了这位作家在戏剧界掀起的风浪，尽管琼森曾谄媚地称他为"我温柔的莎士比亚"。而在琼森优美的讣告中，天鹅已然飞上云端，去追随带着西格尼斯升上天空的阿波罗[‡]，它发出的声音也逐渐远去，最终归于宁静。毕竟，赞美一个不再具有威胁的对手是最容易的。

罗瑟琳在《皆大欢喜》中说："好，这儿就是亚登森林了。"[§]显然很嫌弃这偏僻的乡野。莎士比亚走出斯特拉特福，凭借一门市井艺术功成名就、飞黄腾达，尽管这门艺术已经进入宫廷，却依然根植于城市里那些声名狼藉的街道，一众剧院就坐落在这些街

---

[*] 罗伯特·格林（1558—1592），英国伊丽莎白时期著名剧作家、戏剧评论家，常攻讦同时代作者。

[†] 原文为Shake-scene。

[‡] 西格尼斯与阿波罗的儿子法厄同是挚友。法厄同驾驶太阳神的马车时失去控制，被阿波罗用雷击落，法厄同坠入艾里达奈斯河。西格尼斯跳入了河中寻找好友，阿波罗见状深受感动，把他变成一只天鹅带到天上。

[§] 《皆大欢喜》第二幕，第四场。

道上，紧挨着青楼和熊圈*。然而后世的挽歌作者，却把莎士比亚当成了田园诗人，而非剧作家，越俎代庖地替他怀念那个位于英格兰中部的故乡。弥尔顿承认"美好的莎士比亚"曾在"城市鳞次栉比的楼群"和"喧嚷的人声"中写作，但他依然称莎士比亚为"幻想的子孙"，还用琼森的一个鸟类学比喻来形容他"啼声婉转"，"展开他地道的歌喉，在林间欢快地歌唱"，就好像他没什么话可说似的。萧伯纳瞅准机会，夺过这个描绘鸟儿在林间歌唱的句子，让《皮格马利翁》中的希金斯教授，用"林中鸟鸣"来形容清洁工杜立特尔那段押头韵的废话。可再怎么说，杜立特尔至多是个城里无赖，而不是什么没心没肺、无知无畏的乡巴佬。希金斯为自己"弥尔顿式的思维"自豪：莎士比亚与弥尔顿之间的差异，是快乐与美德的差异，是人间喜剧与复乐园的差异。

1637年，威廉·达文南特曾想象埃文河为这位生于斯长于斯的子弟垂泪，就连岸边的花朵都悲伤地低垂着头。加里克在莎士比亚诞辰庆典上朗诵了一首《颂歌》，诗中写到缪斯们环绕着莎士比亚，在"仙灵出没的埃文河畔"踩着"青草织成的天鹅绒地毯"翩翩起舞。最后他提出一个请求，希望埃文河畔的草地能被留作公共用地，"不设边界，就像你宽广无垠的思想"。这个愿望相当讽刺，因为莎士比亚自己就是城郊几块土地的联合持有人。这些地块在1614年被圈起来用作放羊的牧场，利润可观。弗兰奇·劳

---

* 在中世纪的英国，斗熊比赛一度非常盛行，人们会将比赛用熊养在圈中。

伦斯*曾为小托马斯·林利谱曲的《咏莎士比亚剧中的精灵、飞仙与女巫》配了一段文字，将"幻想"视作莎士比亚的另外一个守护神，认为它是奉朱庇特之命，保护这位青年不受"庸众卑劣的期望"侵扰。为此，他必须留在斯特拉特福，到"亚登森林深处"，去跟"众多欢快的"精灵做伴，这些精灵正是林利音乐创作的主题。加里克每每谈起莎士比亚，总是亲切地称他为"沃里克郡的威尔"，仿佛在谈论自己亲密的朋友；卡莱尔在1841年称他为"沃里克郡的农民"，也就是自耕农，这个形象比弥尔顿笔下那位

《自然与激情照料下的幼年莎士比亚》，乔治·罗姆尼作，约翰·博伊德尔1797年刻。

---

* 弗兰奇·劳伦斯（1757—1809），英国法学家，文人。

返璞归真的田园隐者更接地气。

而莎士比亚信徒心目中最崇高的圣物,乃是斯特拉特福莎士比亚故居中一棵据说由他亲手栽种的树,加里克称之为"神圣的桑树",说它像莎士比亚一样长焕生机。其实早在1750年,这片土地的主人就对痴痴凝望树木的游客忍无可忍,挥刀砍掉了桑树,把木材卖给了一名承包商,这名承包商用它雕刻了许多纪念品,包括一套高脚杯,后来被当作文学的"圣杯"为人收藏。在别处,伪田园式的莎士比亚纪念物依然层出不穷。纽约中央公园里有一处园圃,里面种满了莎士比亚戏剧中写到的花草树木,包括苔丝狄蒙娜歌里那棵忧伤的垂柳,和一株据说是从斯特拉特福那棵"母树"上移栽过来的白桑。强调一下莎士比亚的乡下出身,或许就能解释他的戏剧为什么会引起伦敦上流社会的不满。1660年,长达二十年的清教审查终于结束,剧院重新开门迎客,这些伦敦人认为他的喜剧粗陋鄙俗,悲剧血腥残暴。日记作家塞缪尔·皮普斯曾不屑地批评《仲夏夜之梦》枯燥乏味,还说《罗密欧与朱丽叶》是他看过的最糟糕的戏剧,只有对这些剧本进行大幅修改,才能提高莎士比亚的档次,让他重新上得了台面。

1663至1664年,达文南特改编了《麦克白》,给女巫加了几首歌谣,又用吊机让她们高高飞起,把这部探讨罪恶及自我惩罚的戏剧生生改成了一场诡异的马戏。麦克白宫廷中的陈设也变得粗制滥造,完全是中产阶级的样式。在莎士比亚的剧本中,当班柯的鬼魂出现在宴会上时,麦克白夫人曾嘲笑她那精神错乱的丈夫："瞧着的不过是一张凳子罢了。"*达文南特却让那个无形的鬼魂正儿八经地坐在一张"椅子"上。台词也必须摆脱同样的粗俗，所以达文南特改动了问句里的一个形容词，那是当邓肯看见一名军曹步履蹒跚地走下战场时，脱口而出的第一个问题："那个血淋淋的人是谁？"†这句话被他改成："那个上年纪的人是谁？"的确变得斯文多了，只是上了年纪的人多半也不会再上战场。而且这处改动还让麦克白后来那句"隐藏最深的嗜血之人"‡变得没头没脑，这句拐弯抹角的话其实是他的认罪宣言，尽管他妻子早已替他洗脱了罪名。莎士比亚戏剧把人视作盛满血液的容器（当然，麦克白夫人除外，她体内流淌的不是血液，而是胆汁和奶水的混合体），相比之下，复辟§时期的观众更愿意把人看作文明人，而不是良心泯灭、花言巧语的野兽。

在达文南特版的《麦克白》中，利诺克斯说那名饱受煎熬的弑君者"胸中天人交战"。1667年，达文南特与德莱顿联手创作了改编自莎士比亚戏剧的《暴风雨，或魔幻岛》，以类似的手法告诉观众，历史总是惊人地相似。剧中，爱丽儿提醒普洛斯彼罗，说那些吵闹的幸存者"把你的岛屿变成了内阁"。这让人不禁想起1649年查理一世被处决后，英国政坛纷纭的思想之争。现在，反派安东尼

---

* 《麦克白》第三幕，第四场。

† 《麦克白》第一幕，第二场。

‡ 《麦克白》第三幕，第四场。

§ 指1660年斯图亚特王朝复辟，查理二世结束流亡重登王位，结束了克伦威尔执政的共和时期。

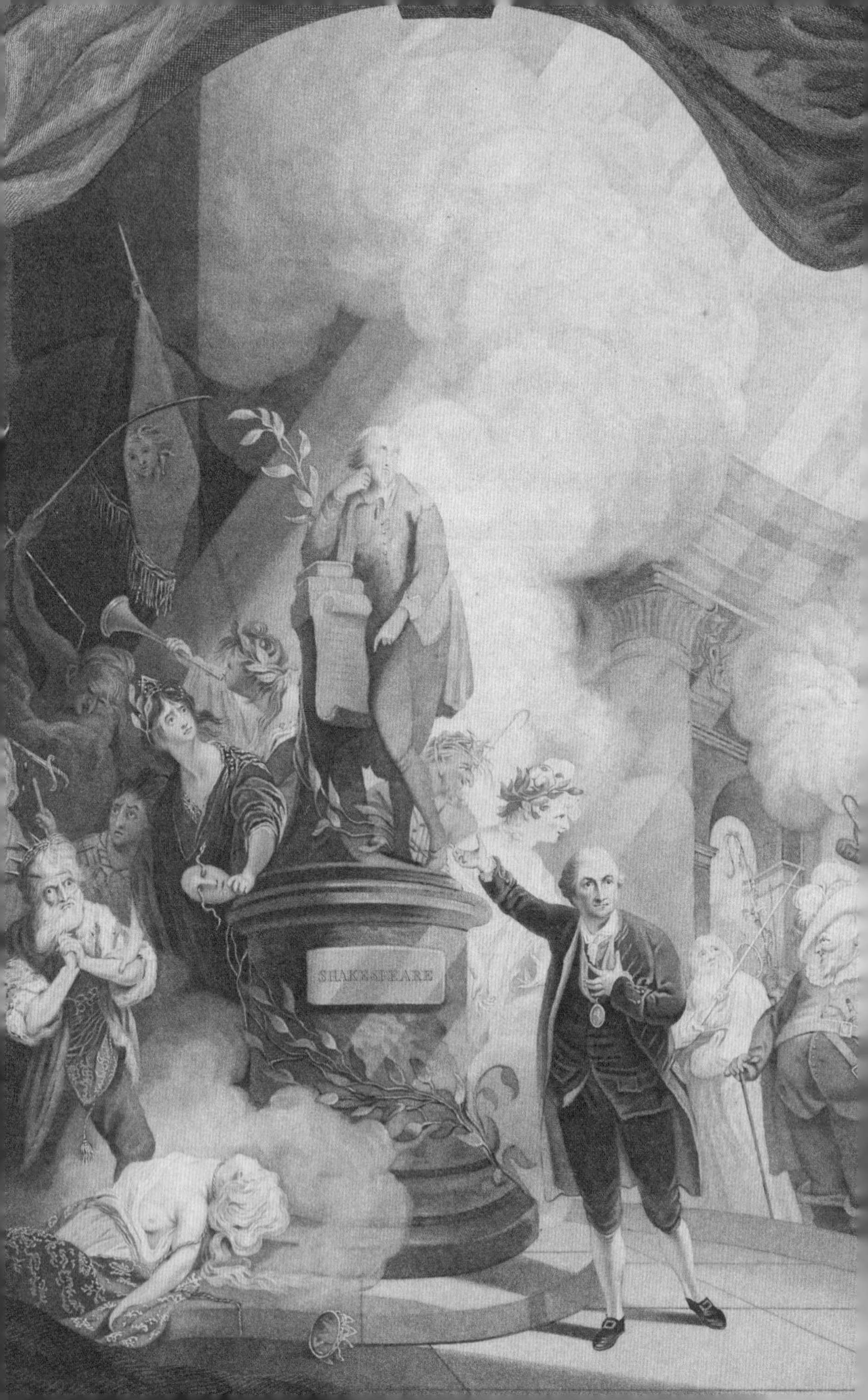
SHAKESPEARE

里程碑文库

本文库由未读与英国宙斯之首联手打造，邀请全球顶尖人文社科学者创作，撷取人类文明长河中的一项项不朽成就，深挖社会、人文、历史背景，串联起影响、造就其里程碑地位的人物与事件。作为读者，您可以将文库视为一盒被打乱的拼图。随着每一辑新书的推出，您将获得越来越多的拼图块，并根据自身的兴趣，拼合出一幅属于您的独特知识版图。

第三辑

活的中国园林：从古典到当代的传统重塑

中华文明的宝贵遗产，该如何应时而变、应运而变？
著名建筑师唐克扬带你追古抚今，寻找中国人的安心之所

莎士比亚：悲喜世界与人性永恒的舞台

澳大利亚著名文学评论家品评莎士比亚现象，
在快餐文化当道的年代，带你追问继续阅读莎翁的理由

萨尔珀冬陶瓶：一只古希腊陶瓶的前世今生与英雄之死

区区希腊小陶瓶，何以称得上"里程碑式文物"？
剑桥大学古典艺术专家以小博大，带你沉思西方经典英雄形象的演变

凡尔赛宫：路易十四的权力景观与法兰西历史记忆

从穷奢极欲的皇家园林，到供人参观的历史遗迹，
著名法国史专家带你走近真正的凡尔赛，
见证波旁王朝的荣耀与君主专制的陨落

春之祭：噪音、芭蕾与现代主义的开端

资深古典音乐学者详解 20 世纪音乐史上影响极其深远的作品，
带你共赏"死亡之舞"的最原始咆哮，拉开现代主义的序幕

权力之笼：1215 年《大宪章》诞生始末与 800 年传世神话

著名历史学者丹·琼斯妙笔写春秋，带你再闯"金雀花王朝"，
看一纸文书如何塑造现代西方政治

第一辑

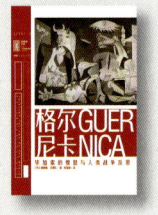

已上市

第二辑

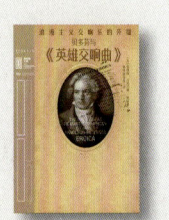

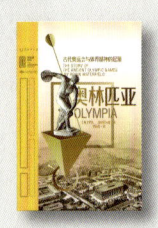

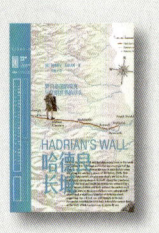

里程碑文库
THE LANDMARK LIBRARY

人类文明的高光时刻
跨越时空的探索之旅

奥和阿隆佐必须弥补当年在米兰废黜普洛斯彼罗的错误,可达文南特和德莱顿居然把他们塑造成了信仰的卫道士:贡柴罗回忆起他们"趁夜乘船驶入葡萄牙",帮当地人击退了"西班牙的摩尔人"。为表明本剧的文化师承,剧本中的莎士比亚登上了王位,在共和国覆灭后与复辟的斯图亚特王朝结盟。这部剧在开场白中向莎士比亚致敬,因为"他,像君王一般……立规定制",为本·琼森和另一些追随者制定了行为准则——尽管琼森听了肯定会奋起反驳;这段开场白还说本剧绝对也必须忠于原作,因为"莎士比亚的权力如君权般神圣"。

内厄姆·泰特[*]也想弥合这道政治裂痕,所以在1681年那部《李尔王的历史》中,给莎士比亚的悲剧安排了一个大团圆的结局。泰特让考狄利娅活下来,嫁给爱德伽并继承了王位;李尔默默搬进一座修道院,住进一个"凉爽的房间";葛罗斯特也幸存下来,整部剧只差为他安排一台眼球移植手术了。除了这些滥情的慈悲之外,为安抚尚未走出动荡阴影的社会情绪,泰特还引入了制度约束:高纳里尔和里根向"贫苦的农民"征税,结果引发起义,下议院提请李尔复位;私生子埃德蒙被爱德伽打败,不得不承认"正统的继承人到底笑到了最后";葛罗斯特则热烈欢迎"帝国重生",国王"光荣复位"。

泰特认为《李尔王》是"一大堆散落在地、未经雕琢的珍

---

[*] 内厄姆·泰特(1652—1715),爱尔兰诗人、作词家,1692年获英国"桂冠诗人"称号。

加里克在1769年于斯特拉特福举办的莎士比亚诞辰庆典上激情演讲,他身旁围绕着莎剧中的不同角色。由约翰·博伊德尔在罗伯特·埃奇·派恩绘画基础上雕刻。

珠"；18世纪的伏尔泰可没这么客气，他说莎士比亚戏剧就像"一堆粪便"，其中夹杂着"零星几颗珍珠"。这些珍珠中并不包括《哈姆莱特》——伏尔泰斥之为"残暴"之作，说它充斥着连"法国和意大利最下流的刁民"都看不下去的离奇情节。伏尔泰指出，剧中的男主角杀人如同灭鼠一般，不费吹灰之力，女主角唱完淫秽的小曲就一头栽进河里，然后演员们开始在舞台上掘墓，并以一个骷髅头为道具，大讲愚蠢粗鄙的笑话。亚历山大·蒲柏赞赏莎士比亚独特的创造性，但依然把他比作"哥特建筑"的遗迹：虽庄严华丽却年久失修。蒲柏曾为1725年版的《莎士比亚全集》订正语法。原剧中，当安东尼形容勃鲁托斯在凯撒的尸体上留下的伤口时，他把两个最高级形容词叠加在一起，说："这是最冷酷、最无情的一剑。"*蒲柏却把这句话改成："这，是最无情的一剑。"这样一来就改变了句子的重心，而且并不比原文更好。蒲柏笔下这句结结巴巴的台词指向身体上的伤口，而莎士比亚那个夸张的形容却暗暗强调了其中隐含的冷酷无情和背信弃义，唤起了一种同志情谊，正是这种情谊让麦克白不忍对邓肯下手。因为——用麦克白的话说——"我毕竟是他的亲族"。†

  对这句话而言，语法正确并不是最重要的：这种不规范的用法似乎还原了过去那些蒙昧的岁月。1731年，伏尔泰以同情的口吻谈到莎士比亚是自学成才，说他"连拉丁文都不懂"，更为雪上

---

* 《裘力斯·凯撒》第三幕，第二场。
† 《麦克白》第一幕，第七场。

加霜的是，他还生活在"一个蒙昧的时代"。照这么说，亚登森林应该就是一处粗陋的巢穴，是那个"烂醉如泥的野人"最完美的家，而这位野人——据伏尔泰推测——正是在宿醉状态下写就了《哈姆莱特》。

* * *

到了1765年，塞缪尔·约翰逊终于原谅了莎士比亚所有的小错误。他说莎士比亚戏剧是"人生的舆图"，还认为其中悲喜交加的情节，也就是伏尔泰眼中那种兼具壮美与恶俗的特质，恰好印证了人生的"无常"。约翰逊说，莎士比亚当然有资格藐视三一律这类人为制定的规则，因为他"投身了……眼前更广阔的世界"。

这句话几乎与《失乐园》的结尾异曲同工。弥尔顿写到亚当和夏娃离开伊甸园时，说："他们面前是整个世界。"但这并不代表两人前途一片光明，因为他们就要走上人类漫长的赎罪之路。不过，史诗沉重的结尾，同样可以是流浪汉小说轻松愉快的开头，这些小说的主人公和莎士比亚一样，离开家乡，走进被放逐的亚当和夏娃不得不踏入的世界，去探索它，或者幸运的话，去征服它。约翰逊曾指出，莎士比亚的戏剧情节"大多借鉴自小说"，这句话揭示了戏剧与小说的关联。不过这里的"小说"是个便利的笼统概念，涵盖了从古到今的各种叙述类型，包括：普鲁塔克的名人列传；霍林斯赫德、蒙茅斯的杰佛里和博学者萨克索等人的编年史；阿里奥斯托、斯宾塞和托马斯·洛奇等人的小说；还有各种选集,像薄伽丘的《十日谈》和钦提奥的《百则故事》,后者曾写到苔丝狄蒙娜与威尼斯的摩尔人的故事,并且收录了另一则后来被莎士比亚改编成《一报还一报》的故事。现在看来,这句评价把莎士比亚塑造成了小说创作的先驱。而在约翰逊那个时代,小说还是一种全新的文学体裁。

早期小说家也承认这种传承。塞缪尔·理查逊在《查尔斯·格兰迪森爵士》里安排了一段讨论,对比了危言正色的弥尔顿和莎士比亚,结论是,后者"写作风格更轻松、明快、易懂",具有"简单明了……的优势",尽管在道德严肃性方面略逊一筹。缺乏古典教育的熏陶依然是莎士比亚的硬伤,为弥补这个短板,理查逊说他"精通最高等的学问,那就是人的本性"。理查逊的小说《克拉丽莎》中的人物经常引用莎士比亚的戏剧,仿佛它们是世俗的《圣经》。在洛夫莱斯的攻击下,冰清玉洁的女主人公克拉丽莎搬出了哈姆莱特指责乔特鲁德行为不检的那段话,尽管她是无辜的,但内心充满了自责,把这些难听的话全用在了自己身上。洛夫莱斯奸污她之后,料定她就算再自责也不会学奥菲利娅一死了之,以为克劳狄奥在《一报还一报》中描绘的死亡的恐怖足以让她退缩。但是,克拉丽莎的悲剧却不像舞台剧那样,有个突如其来的澎湃高潮:她患了一种不知名的慢性病,在理查逊这部篇幅极长的小说里缓缓走向死亡。

劳伦斯·斯特恩照着哈姆莱特的样子塑造了《项狄传》中那个优柔寡断的男主角,又在《多情客游记》中复活了死去多时的弄臣郁利克，把他变成了游历法国的、多情好色的牧师。在这两部小说中，莎士比亚的悲剧都松弛下来，变成了两段枝节横生的旅程，探讨了精神缺陷和道德弱点。在亨利·菲尔丁的《弃儿汤姆·琼斯的历史》中，恩塞·诺塞顿抱怨自己被人强制去读《荷马史诗》——他还把诗人的名字"Homer"读成了"Homo"[*]——这正应了《亨利四世》中盖兹希尔的一句话："人都是'homo'，何分彼此。"[†]借此，亨利·菲尔丁为自己笔下平凡的主人公找了个莎士比亚式的源头。汤姆·琼斯实在是平凡无奇，可见小说其实并不需要那些活跃在舞台上的装腔作势的自恋狂。书中的一段情节印证了这种表现手法上的进步：汤姆带着他的乡下仆人帕特里奇，去看加里克主演的《哈姆莱特》。这位演员也和莎士比亚一样，被誉为"能同时驾驭悲剧与喜剧的大师"。等到鬼魂登场时，帕特里奇吓得语无伦次，"哈姆莱特内心轮番上演的情感也同样在他胸中交替"，但他并不觉得这位演员演技超群，还以为"台上那个小人儿"是真的吓坏了。他更欣赏哈姆莱特安排的那出戏剧里的那位演说家式的"国王"，和他充满表演痕迹的趾高气扬。在这里，精湛的演技反而弄巧成拙：如果表演丝毫看不出艺术加工的痕迹，那又何必用艺术去模仿生活？

1769年，在斯特拉特福，加里克决定不在莎士比亚的诞辰庆典上安排任何戏剧。相反，他策划了一场莎士比亚戏剧人物化装

---

[*] Homo，"人"的拉丁文种属名。

[†]《亨利四世》上篇，第二幕，第一场。

游行。总共有170位人物,其中包括几位罗马贵族、福斯塔夫及其卑贱的党羽、加冕礼华盖下的安妮·博林、躺在停尸架上的朱丽叶、若干形态各异的女巫和仙子,这些人会排成一列纵队,穿城而过。詹姆斯·鲍斯韦尔称赞加里克朗读的《颂歌》,说它具有"古朴的奇思,希腊式的妙想",因为这首诗把莎士比亚奉为"异教神话中凡人修成的半神"。这次游行最终因下雨而搁置。它属于一个打破了国界的现代世界,这个世界正逐渐成为小说的领地:街道取代了舞台,人物随时可以离开队伍,去讲述莎士比亚所不知道的、属于他们自己的故事。

同年晚些时候,老乔治·科尔曼*的喜剧《男人与妻子》上演。剧中,纨绔子弟马夸特要去斯特拉特福参加诞辰庆典,有人问他会不会"打扮成莎士比亚的某个角色"参加游行。马夸特表示,这种想法冒犯了自己。他说,在这个平庸乏味的时代,像自己这种"富于独创精神的人"简直就是"凤毛麟角"。这种虚荣固然可笑,却也标志着人们对莎士比亚戏剧的看法发生了转变。如今,人们会把莎士比亚笔下那些自成一个世界的人物奉为榜样,这些人往往自诩独一无二,绝非人群中面目模糊的等闲之辈。哈姆莱特就是这种全新自我意识的代表,而帕特里奇质朴的感同身受,成了那些比他更有思想的莎士比亚信徒的习惯反应。在歌德的小说《威廉·麦斯特的学习时代》中,主人公准备扮演哈姆莱

---

* 老乔治·科尔曼(1732—1794),英国剧作家、散文家。

特，决心要"追随着他（哈姆莱特），穿过他用多变的心思、古怪的个性修筑的迷宫"。这座迷宫藏在大脑之内，如同奥利弗电影版《哈姆莱特》中那布满幽暗通道和弯曲楼梯的灰色的埃尔西诺。为了扮演"自己的主人公"，威廉·麦斯特索性住进了人物的大脑。

评论家奥古斯特·威廉·施莱格尔*认为，《哈姆莱特》是一出"思想的悲剧"。他只关注哈姆莱特深沉的遐想，却选择性地无视哈姆莱特间歇性的暴力。"我想我自己也带点哈姆莱特的味道，如果我可以这么说的话。"柯尔律治曾这样说。他认为自己无法按时成稿是因为身上有种哈姆莱特式的优柔寡断。根据这番个人感悟，黑兹利特得出了一个放之四海而皆准的结论，他说："是我们太像哈姆莱特。"因为我们每个人都多少体会过哈姆莱特经受的精神折磨。这正应了拜伦那句"我们爱哈姆莱特如同爱我们自己"。或许，他们对哈姆莱特的爱，都超过了哈姆莱特对自己的爱：从不曾有鬼魂唆使他们去弑君，所以他们从没像哈姆莱特那样自省、自责，也不必去处理那些棘手的事情，譬如威逼奥菲利娅、手刃波洛涅斯。黑兹利特说，哈姆莱特遭遇的困境由"诗人的头脑"设计，"同我们的思想一样真实"。现在，这面镜子并没像哈姆莱特所希望的那样，忠实地反映自然的全貌†，而是对准了少数几位孤芳自赏的观众，镜中映照的也不是他们的面孔，而是他们的思想。

---

* 奥古斯特·威廉·施莱格尔（1767—1845），德国诗人、翻译家及批评家，德国浪漫主义最杰出的领军人物之一，他翻译的莎士比亚剧作让莎士比亚在德国跻身经典之列。

† 《哈姆莱特》第三幕，第二场。

这成了分析莎士比亚人物的主要思路。黑兹利特曾带着沾沾自喜的智力优越感，写下了那篇可憎的《论仇恨的快感》，还在一部没羞没臊的自传式学术著作中，把科利奥兰纳斯看作艺术家，而非武士。这显然也是受了同一种情绪的蛊惑。他用"诗歌的语言与权力的语言天然相通"来解释科利奥兰纳斯的魅力，那诗人岂不都成了潜在的法西斯分子？黑兹利特很可能并没仔细调研，因为他在这里又犯了浪漫主义评论家的老毛病：把人物与行为割裂开来，想当然地以为，剧中提到的战争只是一种修辞。

查尔斯·兰姆同样把莎士比亚的人物视作"沉思的对象"。他欣赏剧本里麦克白、伊阿古、理查三世身上旺盛的精力和悍勇的心智；可一旦到了舞台上，这些人物就变成了令他反感的罪犯。在柯尔律治看来，埃德蒙·基恩*战战兢兢、一惊一乍的表演，让人感觉就像"在闪电下阅读莎士比亚"。剧院当然会准备雷声板和啐啐作响的闪光，但显然，柯尔律治言下之意是他更愿意待在家里"脑补"这些舞台效果。在十四行诗《坐而重读李尔王》中，济慈就舒舒服服地坐在椅子上阅读这部戏剧，品尝着"莎翁笔下苦甜参半的果实"，仿佛这剧本能吃似的。这部戏，正如布莱希特认为的，面向的是品位高雅的美食家，而不是野蛮的食人族。

理查德·瓦格纳早年曾根据《一报还一报》创作了歌剧《禁爱记》，把它改为一则歌颂恋爱自由的寓言。他曾在家人面前高声

---

* 埃德蒙·基恩（1787—1833），英国著名莎士比亚舞台剧演员，曾在伦敦、贝尔法斯特、纽约、魁北克、巴黎等地演出。

背诵莎士比亚的剧本，独自包揽剧中所有角色，借不同的人物展示自己复杂性格的不同侧面。为了掩盖自己用情不专的事实，他指控苔丝狄蒙娜有罪，并对自己那如奴仆般忠实的妻子说，即便苔丝狄蒙娜和凯西奥是清白的，奥瑟罗也有理由杀她，因为"他知道这女人迟早会对他不忠"；他还把福斯塔夫看作自己的代言人，赞赏他放荡不羁、欠债不还。瓦格纳的自我代入远不止这些。他年轻时曾梦见自己与莎士比亚面谈，当然，是作为平辈；他还曾在一张纸上写下"生存，还是死亡"，又在下方签上姓名，仿佛那是他自己的作品。

当一个人选择阅读剧本而不是观看表演，戏剧也就降格成声情并茂的独白，或者套用亨利·詹姆斯对《暴风雨》的形容，变成了一场"独奏音乐会"。19世纪的小说家把莎士比亚从浪漫主义的唯我论中解救出来，把他笔下的国王、王子们送进城市，削去他们尊贵的封号，让他们不得不像我们所有人一样，去面对生活的摧残。借用詹姆斯对乔治·艾略特《米德尔马契》的评价：如今，悲剧表现的与其说是弑君与逊位，不如说是"拖欠买肉钱"的后果。

在《高老头》中，巴尔扎克用一出"在沉默中上演的……永不落幕的生活剧"，取代了舞台上转瞬即逝的歇斯底里。高老头，一名落魄的面条商人，孤苦伶仃地住在巴黎一栋肮脏的公寓楼上，一个没有王国的李尔。他有两个跻身上流社会的女儿，都嫁了有钱的丈夫，只偶尔前来探望他，顺带炫耀自己优渥的生活。高老头对她们的态度与其说是愤怒，倒不如说是低声下气——他竟连

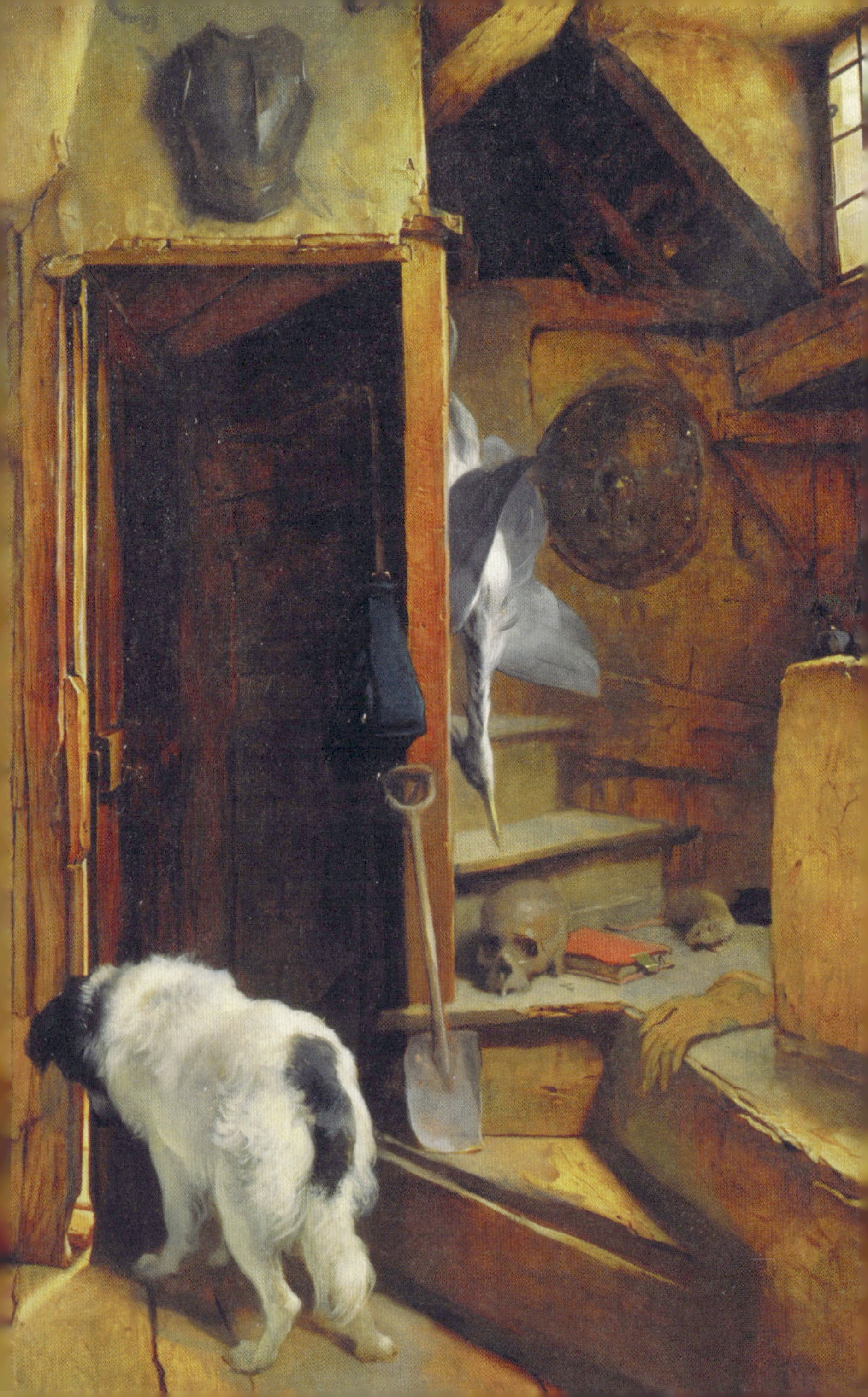

女儿们膝下摇尾乞怜的哈巴狗都嫉妒。和李尔不同,高老头并没有一个爱他的三女儿,因为资产阶级孕育不出慷慨无私、视金钱如粪土的考狄利娅们。剧中的刀光剑影或许只是舞台声效,但在巴尔扎克笔下,无辜的高老头的悲惨遭遇,却促使野心勃勃的青年拉斯蒂涅,跟他那个恶毒的恩主伏脱冷,联手发起了一场反对财产、法律和宗教的哲学运动。"我们已经和他们开战了!"拉斯蒂涅说,同时向眼前的巴黎挥舞着拳头。《远大前程》中的孤儿匹普就是狄更斯的哈姆莱特。他在父母长眠的墓地被长相凶恶的逃犯马格韦契搭讪,后者开始在匹普生活中扮演《哈姆莱特》剧中鬼魂的角色,既是义父又是恩主。他不求复仇,而是给了男孩一大笔钱,让他在伦敦有了一番作为。但那种生活带给匹普的却只有惶恐和悔恨,他最终明白,圆满的结局也可以是悲剧性的。在《罪与罚》中,陀思妥耶夫斯基剖析了一位"麦克白":他犯下一桩毫无意义的罪行,谋杀了当铺的老太婆,不为任何好处,只为证明自己对懦弱的道德体系免疫。在陀思妥耶夫斯基的《群魔》中,年轻的近卫军士兵斯塔夫罗金频繁地参加决斗,用马蹄践踏过路行人,兴高采烈地辱骂素不相识的人。这些为非作歹为他赢得了"哈尔亲王"*的绰号,家庭教师推荐他那忧心忡忡的母亲读一

---

* 亨利四世之子,起初终日与福斯塔夫厮混,以放浪形骸、纵情享乐的形象出现,后来摆脱了福斯塔夫的控制,袒露心声、洗心革面,最终成为亨利五世。

《莎士比亚在埃文河畔斯特拉特福的居所》,
亨利·沃利斯1854年作,楼梯上散落着《哈
姆莱特》和《麦克白》中提到的物品。

这儿就是亚登森林　203

读《亨利四世》。不过与哈尔捉弄福斯塔夫的那些幼稚的恶作剧不同,斯塔夫罗金的所作所为完全属于恐怖行径,最终竟发展到奸淫儿童,而且我们无法指望他改过自新:小说最后,他在悔恨中自杀。

阿道司·赫胥黎认为悲剧只呈现了"部分事实":帷幕落下时,活着的人依然陷于痛苦的麻木之中,顾不上展望未来。而小说则会继续写下去,就像我们每个人都必须走出痛苦、继续生活。赫胥黎为《麦克白》故事续写了一个小说化场景,想象麦克德夫"晚餐时趁着威士忌的酒劲,想起死于非命的妻儿,心情逐渐灰暗起来,想着想着便不胜睡意,睡着时睫毛上还凝着泪珠"。这一切正如里昂提斯所言:"就像吃饭一样自然。"*人都有生理需求,无论我们心中多么痛苦,这些需求都必须先得到满足。

有一本小说——用赫胥黎的话说——打算揭示一部看似轻浮的莎士比亚戏剧中"全部的真相"。泰奥菲尔·戈蒂耶于1835年出版的《莫班小姐》,以《皆大欢喜》为蓝本,展开了一场更加刺激的冒险,写到了深邃的密林,和林中茂密幽暗、令人浮想联翩的灌木丛。莎士比亚的人物只在万不得已时才扮作异性:与薇奥拉和伊摩琴一样,罗瑟琳女扮男装也是为了摆脱危险;福斯塔夫在《温莎的风流娘儿们》中打扮成来自布伦佛德的胖女人,则是为了金蝉脱壳。但《莫班小姐》中,这些人物的欲望却更加神秘、更

---

* 《冬天的故事》第五幕,第三场。

加反常。骑士阿尔贝羡慕"诡状异形的印度神祇",因为"他们有数不清的分身",而且他特别想知道忒瑞西阿斯从男人变成女人会是什么感觉。他的朋友西奥多,也就是乔装改扮的莫班小姐,其实已经几乎是雌雄同体,只不过阿尔贝还不知情。在表演《皆大欢喜》的过程中,两人彻底摆脱了由性别决定、由基督教道德强化的社会角色。阿尔贝饰演的奥兰多饶有兴趣地挑逗西奥多饰演的盖尼米德,也就是女扮男装的罗瑟琳,为对方在自己身上唤起的感觉兴奋不已,同时又倍感困惑。与莫班共度良宵之后,阿尔贝终于解开了心中的谜团,确认了自己的男性身份,此时他如释重负,表现得就像普里阿普斯*一样勇猛。

不过,这个故事还生出另一个枝节,阿尔贝的情妇罗塞特也爱上了西奥多,弄不清自己希望对方是男还是女。她在剧中扮演菲苾,也就是那位爱慕盖尼米德却得知自己"不是到处都有销路的"†牧羊女。戈蒂耶不接受这句傲慢的拒绝,他让罗塞特与莫班共度了一夜,至于她俩谁对谁做了什么,就任由读者自己去猜想了。《皆大欢喜》挑战了社会传统,但最终还是维护了它;《莫班小姐》却没有打着婚姻的旗号回归传统。如今,亚登森林成了一间装饰着软垫的闺房,杰奎斯嘲笑的"乡村姐儿郎儿"也摇身一变,成了探索情爱奥秘的绅士淑女,他们更注重认识自我,而不是生儿育女。

---

* 普里阿普斯(Priapus)是希腊神话中的生殖之神,酒神狄俄尼索斯与阿佛洛狄忒之子。
† 《皆大欢喜》第三幕,第五场。该句暗示盖尼米德可能对女人不感兴趣。

* * *

1887年，朱尔·拉弗格*在他的《寓言》中说，莎士比亚的五幕剧并没完全展现哈姆莱特的思想，也没能穷尽他的经历。在拉弗格创作的续篇中，哈姆莱特采访了几位演员，他们正准备把王子已然十分丰富的人生写成剧本排演。有趣的是，他们中的一个人就叫威廉，另外两个人分别自称奥菲利娅和凯特。在他们的鼓励下，哈姆莱特发现自己热爱表演，决定去伦敦的剧院碰碰运气。可就在他动身前，代表丹麦未来发展方向的改革者雷欧提斯杀死了他。"有没有哈姆莱特，"拉弗格评论说，"人类都将继续存在。"

想要取而代之的"哈姆莱特"还有很多，其中就包括艾丽丝·默多克在《黑王子》中塑造的那位遭遇"瓶颈"的作家。这部小说把原剧当作一则批判艺术之虚荣的寓言。默多克笔下的男主人公将小说中的复仇者——他内心邪恶的天才——视为破坏力极强的幻想家，试图操纵别人却屡屡失败。因此，这出悲剧是一场"在上帝面前进行的自我批判"。在博尔赫斯的寓言†中，莎士比亚向上帝坦承，尽管曾出入无数人的身心，却认不清自己是谁，上帝原谅了他。默多克则让莎士比亚从一位不知是否存在的造物主那里得到了救赎，替莎士比亚打破了戏剧对人物的严格束缚，带他们走进宽松、犹如无底洞一样丰富的小说世界。

---

* 朱尔·拉弗格（1860—1887），法国象征主义诗人。
† 指博尔赫斯出版于1983年的短篇小说《莎士比亚的记忆》（*La memoria de Shakespeare*）。

约翰·厄普代克在《乔特鲁德与克劳狄斯》里重设了《哈姆莱特》的前情，他复原了莎士比亚用作参考的那则丹麦传奇故事，发现在心怀不满的哈姆莱特从大学回来制造麻烦之前，丹麦的情况其实并没那么糟糕。小说以克劳狄斯的加冕礼结束，他在犯下杀人罪行却逃脱法律制裁后，展望未来，相信"一切都会好的"。伊恩·麦克尤恩的《坚果壳》则回溯得更远，可以说是以胎儿的口吻为《哈姆莱特》写了部前传，书中那位尚未出生的哈姆莱特，蜷缩在一个无限的国度——也就是子宫里。玛格丽特·阿特伍德曾以乔特鲁德的口吻写过一篇短小的自白，名为《乔特鲁德的反驳》。在这篇小说中，哈姆莱特的母亲对这场闹剧发表了一番"高论"：她痛斥第一任丈夫自命不凡，号称人是她杀的，与克劳狄斯无关；并责怪老国王当初说什么也不肯给儿子起名"乔治"，害得小哈姆莱特在学校被同学们起了无数个与猪肉有关的绰号[*]。

生活，正像这些小说家揭示的那样，不会随莎士比亚戏剧落幕而结束，也不必等戏剧开场才开始。莎士比亚戏剧并非可望而不可即的珠玉，而是一种激励人们不断向前的动力。福斯塔夫曾吹嘘说："我不但自己聪明，还把我的聪明借给别人。"[†]事实证明，莎士比亚的创造力也同样能感染他人。

---

[*] 哈姆莱特的名字写作"Hamlet"，很容易让人联想到猪肉制成的"火腿"（ham）。

[†] 《亨利四世》下篇，第一幕，第二场。

7

* * * * * *

呈现未知 *

透明世界

工具语言

风暴,小夜曲

幻想作品

刻画隐喻

描绘恶魔

---

* 《仲夏夜之梦》第五幕,第一场。

为了驳斥新古典主义者的诋毁、捍卫莎士比亚的地位,塞缪尔·约翰逊坚称,他的戏剧如实反映了"真正的人间烟火",与"日常生活"密不可分。这种四平八稳的评价,显然无法吸引激情澎湃的浪漫主义信徒。他们希望莎士比亚超凡脱俗,不食人间烟火,甚至疯疯癫癫*。

譬如说,兰姆就很高兴看到疯癫让李尔"脱离了生活俗务",可以大段大段对人类品头论足。在《莫班小姐》中,戈蒂耶特别偏爱莎士比亚那些探索生命中"迷人的未知地带"的剧目,尤其是《仲夏夜之梦》和《暴风雨》。里面不仅有小精灵和恶魔,还有昆虫合奏的管弦乐和无实体的海妖之歌,分别由一个淘气的精灵和一名愤怒的男巫指挥。托马斯·德·昆西在《暴风雨》中看到一个离经叛道的宇宙,认为它预示着种种"崭新的生活方式",既是"超自然的",又"与宗教意义上的灵性生活截然不同"。同样,他在《麦克白》中发现"日常"陷入了停顿:邓肯遇害后,人们习以为常的生活"被攫住——放倒——催眠——陷入可怕的凝滞"或"深度昏迷",只有当敲门声响起,才能重新回到清醒状态。

黑兹利特批评约翰逊不懂欣赏"莎士比亚奔放而欢快的想象",它令人目眩地把语言远远抛在身后。他觉得约翰逊缺少体察入微的头脑和"画家、音乐家不可或缺"的激情,所以才会低估莎士比亚。黑兹利特用在约翰逊身上的修饰语或许有些奇怪,不

---

* "不食人间烟火"原文为lunar,"疯疯癫癫"原文为lunatic,二者词根相同。

过它的确表明莎士比亚戏剧的生命力早已溢出文学，延伸到了其他艺术领域。

莎士比亚戏剧中提到的绘画和雕像必然是栩栩如生的，譬如哈姆莱特向乔特鲁德展示的"两兄弟肖像"[*]，还有《冬天的故事》中那尊据说由"意大利名师裘里奥·罗曼诺"[†]创作的赫米温妮雕像。不过，《仲夏夜之梦》里的忒修斯对艺术有更高的期望，他告诉希波吕忒："想象会把不知名的事物用一种形式呈现出来。"[‡]这也正是后世画家所做的：他们把莎士比亚笔下的场景，化作预示未来的抽象画，或变作圣画，供那些不信上帝的浪漫主义者装点各自的圣坛。欧仁·德拉克罗瓦在1835年创作了《哈姆莱特与霍拉旭在墓地》，画中的哈姆莱特穿着一袭黑袍，托着一只骷髅头站在一块倾斜的墓碑上，身后是日暮时分如血的天空。那块墓碑大概是陷进了掘墓人尚未掩埋的墓坑：暗示着活人正迅速滑向死亡。这一次，哈姆莱特没再拿郁利克开玩笑，而且看上去病恹恹的，不像能跟雷欧提斯单挑的样子。李尔让兰姆想到"米开朗基罗作品中狰狞的人物"；詹姆斯·巴里在18世纪80年代末创作《李尔王在考狄利娅尸体前恸哭》时，参考了米开朗基罗塑造的摩西，给这位被画成彪形大汉的老人又安了张怒目圆睁的脸，再配上狂

---

[*]《哈姆莱特》第三幕，第四场。

[†]《冬天的故事》第五幕，第二场。

[‡]《仲夏夜之梦》第五幕，第一场。

《哈姆莱特与霍拉旭在墓地》，德拉克罗瓦1839年作，与1835年版有所不同。

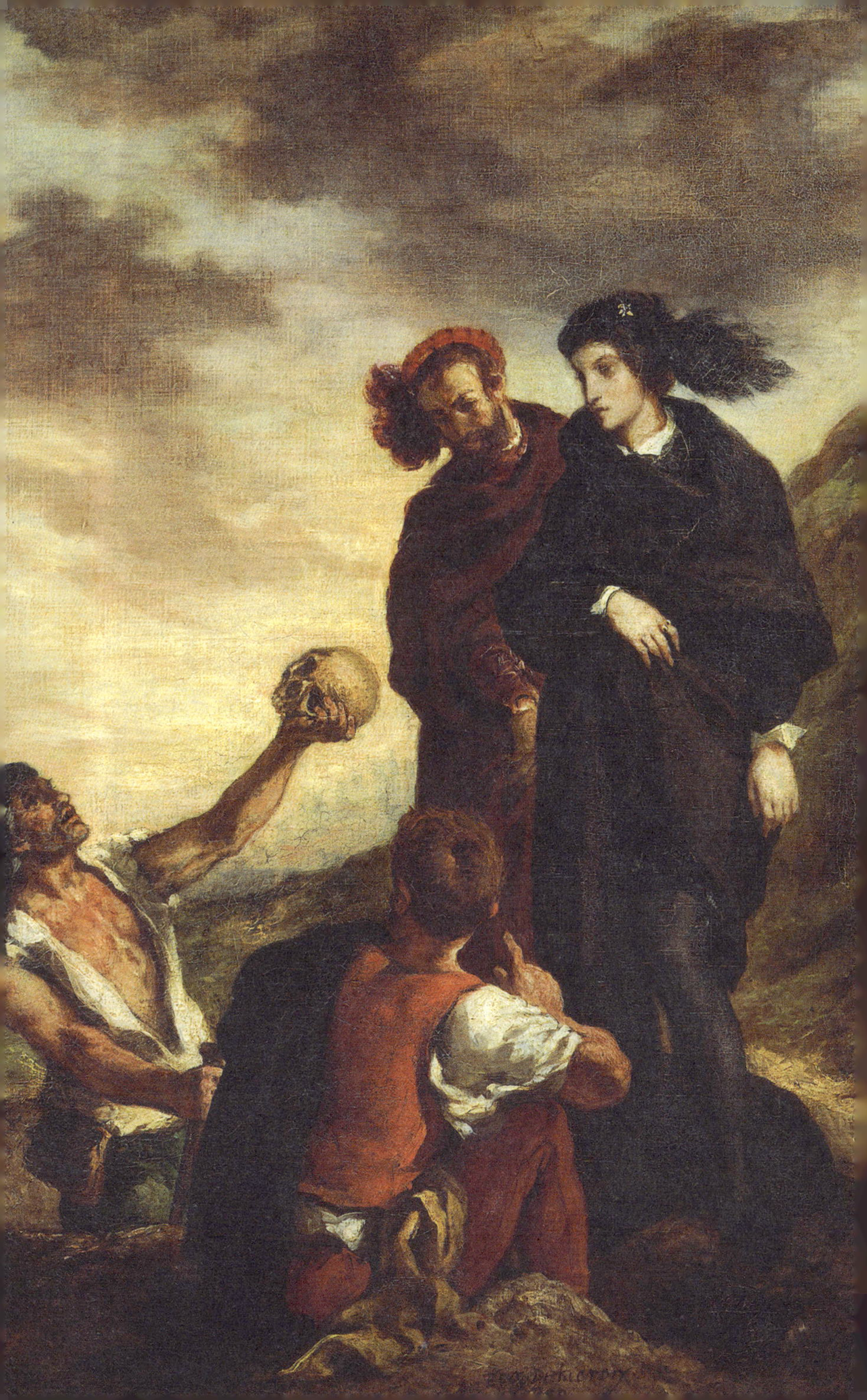

风中凌乱的白发和《圣经》中的族长式胡须。巴里笔下的李尔用一只胳膊就能轻易抱起死去的考狄利娅,后者就像西斯廷教堂天顶画里的亚当一样全身松弛。不过这个画面与《创世纪》刚好相反,它表现了一位悲伤的天神意识到自己无法重新点燃子女生命的火花。

作曲家把莎士比亚戏剧谱写成空灵的音乐,设法捕捉德·昆西形容爱丽儿时提到的那种"空气的幻影"。音乐在莎士比亚戏剧中并不重要,它像自来水一样供人们随取随用。奥西诺雇费斯特来为自己唱歌助兴;波顿在接受提泰妮娅款待时,吹嘘自己"很懂一点儿音乐",还主动提出"敲一下锣鼓"*;酗酒的膳夫斯丹法诺喜欢普洛斯彼罗岛上四处回荡的音乐,因为等他当了岛主,就可以"不花钱白听音乐"†了。有时,音乐会被用在更不堪的地方:伊阿古借一首祝酒歌搅起一阵骚乱,并称这歌是他在英格兰学的‡。

浪漫主义让艺术摆脱了这些讨厌的杂役。维克多·雨果把莎士比亚称作自然之力,说他就像一阵"摧枯拉朽的狂风,扫过世界的海岸"。音乐家用声音展现这种力量,画家则为莎士比亚笔下哀怨的鬼魂、快活的精灵着迷,把普普通通的人类描绘成超凡脱俗、驾着诗意旋风的生灵。

---

* 《仲夏夜之梦》第四幕,第一场。

† 《暴风雨》第三幕,第二场。

‡ 《奥瑟罗》第二幕,第三场。

*　　*　　*

在《爱的徒劳》最后，猫头鹰在夜间不成调的啼鸣取代了杜鹃的啁啾，冬天教堂里此起彼伏的咳嗽声盖过了牧师的布道。这正应了亚马多那句话："听罢阿波罗的歌声，墨丘利的语言是粗糙的。"[*]这类刺耳的噪声时常出现在莎士比亚戏剧中，比如，李尔不断重复的"绝不"[†]，麦克白的那句"住手，够了！"[‡]和宣告《仲夏夜之梦》落幕的午夜"钟声"[§]，还有哈姆莱特死后，福丁布拉斯为平息对丹麦未来命运的窃窃私语而鸣放的礼炮[¶]。但音乐与这些噪声不同，它从太阳神光辉灿烂的国度徐徐降下，那里远比戏剧的世界完美。在那里，音乐就是光芒。

亨利·珀塞尔的歌剧《仙后》首演于1692年，开创了莎士比亚剧本改编歌剧的先河。严格来讲，它并不是歌剧版的《仲夏夜之梦》，因为它参考的是一个没有署名的改编版本。珀塞尔没为莎士比亚的台词谱曲，而是为一系列假面舞会谱写了配乐，那是人们给提泰妮娅助兴，或为奥布朗贺寿时举办的皇家舞会。音乐磨去了这部喜剧的棱角，把莎士比亚打扮得更加文雅、更符合复辟时期的审美。在原剧里，仙界因一场争执而分裂，结果导致季节

---

[*]《爱的徒劳》第五幕，第二场。

[†]《李尔王》第五幕，第三场。

[‡]《麦克白》第五幕，第八场。

[§]《仲夏夜之梦》第五幕，第一场。

[¶]《哈姆莱特》第五幕，第二场。

紊乱，但到了歌剧中，伴随着一段歌颂"我们共同的母亲"——自然——的合唱，四季恢复了往日的秩序，歌者排成"一列纵队"为提泰妮娅歌唱，直到她酣然入梦，保护她和剧中其他人物远离噩梦折磨。与此同时，一个假声男高音以充满诱惑力的嗓音暗示："一个迷人的夜晚，比一百个美妙的日子还要快乐。"不过莎士比亚笔下那些疲于奔命的恋人想必不会同意这句话。珀塞尔的奥布朗并不像昼伏夜出的魔王，倒像个表演艺术家。他一发出"出现吧，通透的新世界"这声指令，复辟时期先进的舞台装置就把一切变为现实：凉亭向两边分开，露出一个洞穴；喷泉里涌出真正的水；巨龙横跨天鹅在其中游弋的溪流两岸，架起一座小桥；猴子翩翩起舞；珍禽拍打着翅膀，在一座仿佛打地底冒出来的中式花园里飞舞。

　　费利克斯·门德尔松为《仲夏夜之梦》创作的序曲就不需要这些精巧的机关。这部首演于1826年的作品，并不拘泥于布景和语言，而是更注重营造氛围。音乐就像魔法，以无形之姿再现表演。门德尔松省去了雅典宫廷中那些冗长的铺垫，改用一句动听的咒语，让人瞬间着魔。木管乐器奏出四组沉郁的和弦，含混而协调的和声，仿若月光下森林的呼吸，音符悬浮在空中，隐隐泛着微光，并不时陷入迷人的沉默。随后，剧中的各个世界开始苏醒，在无法度量的音乐空间中彼此追逐。小提琴轻柔的断奏属于林中精灵，乐队趾高气扬、声势浩大的合奏代表着一言九鼎的公爵，恋人们奉上激情洋溢的抒情曲，而朴实无华的嗡嗡声来自粗笨的工匠，尖锐的大号则呈现了波顿变形的过程，忒修斯和猎人们在号角声中登场。1843年，门德尔松为在波茨坦市进行的一场演出重排了曲目，这一次他重新回到莎士比亚的剧本上，突出了剧中的一些对白。不过，最精华的内容依然浓缩在无言的序曲之中。

德莱顿把莎士比亚称作国王，艾克托尔·柏辽兹将莎士比亚虔诚地尊为圣父，视他为自己的监护人和音乐创作的源泉。作为莎士比亚的"后代"，柏辽兹与众多潜在的兄弟姐妹可谓"情同手足"，他还会在最喜欢的几部剧中寻找自己的影子，变戏法似的切换角色。独唱曲*《雷力欧，或生命的回程》作为自传性交响乐《幻想交响曲》的补充，以哈姆莱特开始，结尾却变成了普洛斯彼罗。雷力欧从交响乐编织的噩梦中醒来，记起自杀前曾给友人霍拉旭写过一封遗书。他是死而复生吗？还是像哈姆莱特父亲的鬼魂一样，在炼狱中徘徊？他开始重新审视哈姆莱特想象中那个死后的世界。看不见的弦乐队和哀恸的唱诗班，在他耳畔奏响挥之不去的旋律。随后他镇定下来，切换到另一重人格，率领一众精灵奏起《暴风雨》的主题幻想曲，敦促米兰达离开这充满幻象的岛屿，扬帆远航，回到意大利阳光明媚的生活中去。当雷力欧沉浸在哈姆莱特式的忧郁中，聆听内心的声音时，音乐声都透着恐惧；当他像持手杖的普洛斯彼罗那样挥动指挥棒，音乐就成了他为自己

---

* 原文为法语。

呈现未知

开出的良方。莎士比亚让柏辽兹感染了浪漫主义的疾病,又为他提供了古典主义的解药。

柏辽兹的配乐拓展了莎士比亚戏剧的空间。在他的《伤感之歌》中,合唱团的歌声伴着奥菲利娅的尸体顺流而下,一位演员以凝重庄严的语调朗诵了一段欧内斯特·勒古韦[*]的文字,哀悼她"甜蜜而温柔的痴愚"[†];紧接着,就是为哈姆莱特谱写的葬礼进行曲,合唱团发出无言的呐喊,表达着悲伤与恐惧,这是葬礼组织者福丁布拉斯绝对不会允许的。在以《无事生非》为蓝本的《贝特丽丝与培尼狄克》中,柏辽兹加了一段剧本中没有的情节:让希罗和她的女仆欧苏拉绕道走进夜幕下的花园,在园中歌咏一种令她们悲伤的幸福。在她们走出观众视线后——莎士比亚原剧的表演就到此为止——管弦乐队继续屏息,聆听渐浓的黑暗里的声响,长达两分钟之久:叶声簌簌,水声淙淙,以及倦鸟归巢的声音,其中夹杂着隐隐的脉动,或许是睡眼蒙眬的大地在调整呼吸的节律。无论是从喜剧还是悲剧来看,音乐都统治着莎士比亚的语言:《伤感之歌》先是任语言溺水,然后又强迫它大张着嘴,双眼瞪着虚空;《贝特丽丝与培尼狄克》则让语言放松下来,化作一曲简短的田园交响乐。

柏辽兹也对莎士比亚的诗歌做过类似的扩写。在他的史诗歌剧《特洛伊人》中,维吉尔的狄多和埃涅阿斯献上了一曲醉人的

---

[*] 加布里埃尔·让·巴蒂斯特·欧内斯特·威尔弗雷德·勒古韦(1807—1903),法国剧作家。

[†] 原文为法语。

情歌对唱，并借用了《威尼斯商人》中的台词，那是罗兰佐和杰西卡之间一段轻浮的诡辩，两人互相指责对方用情不专，借古人喻示他们危在旦夕的爱情*：在一个温柔的夜晚，恰如特洛伊罗斯为负心的克瑞西达哀叹的那一夜，提斯柏来赴与皮拉摩斯之约（根据《仲夏夜之梦》中的描写，两人最终不欢而散）。狄多忍痛挥别埃涅阿斯，看着他消失在地平线上。罗兰佐和杰西卡按自己的心意添油加醋，完全改变了故事的原意；而柏辽兹的狄多和埃涅阿斯则属于古典的神话世界，因为后者是维纳斯之子。他俩并没有拿各自的缺点自嘲，而是带着一种心照不宣的绵绵情谊，讲述天神的爱情。音乐将这份情谊烘托得更加炽热：轻柔和缓的交响乐似在呢喃，乐声飘浮在慵懒的空气之上，仿佛置身让人意乱情迷的迦太基之夜，聆听着海浪拍岸，感受着轻风拂面。相比之下，莎士比亚单用语言去构筑鲍西娅那座月光下的贝尔蒙特花园，竟显得有些贫乏和干瘪了。

柏辽兹在贝多芬《第五交响曲》的第一乐章中，听到了"一个伟大的灵魂陷于绝望"时的情绪起伏，继而联想到《奥瑟罗》第三幕中的一场戏：奥瑟罗受伊阿古蛊惑，被疯狂的暴怒和柔情的悔恨来回撕扯。柏辽兹在为一场音乐会撰写的评论文章中，把莎士比亚剧本节选印在交响乐的主题曲下方，仿佛贝多芬是为剧中那位心烦意乱的主人公谱写了这一曲无言的独白。柏辽兹认为，

---

* 《威尼斯商人》第五幕，第一场。

莎士比亚和贝多芬，尽管从事不同的艺术，却都深入探究了人的内心世界。他在自己的交响曲《罗密欧与朱丽叶》中，辩证地集二者所长，仿照贝多芬的风格，将莎士比亚戏剧浓缩在一部合唱交响曲之内。柏辽兹把这种形式称为"交响音乐剧"。全剧从一个女低音唱段开始，歌者热烈诉说着在意大利明媚的天空下邂逅初恋情人的喜悦，虔诚赞美"我们神圣的莎士比亚"*。全剧在劳伦斯神父的唱段中结束：他紧随一位男高音之后展开歌喉，向另外一位更正统的神祈福。那位男高音的歌声曾力压贝多芬《第九交响曲》中混乱的怒吼，也曾让敌对的蒙太古和凯普莱特家族握手言和。柏辽兹还给茂丘西奥编排了一段独唱，因为在浪漫主义者眼中，茂丘西奥赞美春梦婆及其魔法的片段，正体现了莎士比亚丰盈灵动的思想。不过，罗密欧和朱丽叶的声音依然由管弦乐呈现，他们说着柏辽兹口中那种"器乐的语言，它有别的语言所不具备的丰富、多彩与自由"，代表罗密欧的是圆号和大提琴，代表朱丽叶的则是双簧管和长笛。

在彼得·伊里奇·柴可夫斯基为《罗密欧与朱丽叶》谱写的"幻想序曲"中，器乐的语言吐露了作曲家本人的秘密。柴可夫斯基把原剧改编成一部哀伤的自传性作品，去掉了茂丘西奥轻浮的言语和奶妈老到的经验，着重刻画敌对家族之间的刀光剑影，和一对恋人的爱情煎熬，突出二者之间的反差。音乐始于劳伦斯神

---

* 原文为法语。

父虔诚而忧郁的徘徊：爱情既面临家族仇恨的阻隔，又为宗教所不容。莎士比亚笔下那对恋人死于意外，柴可夫斯基塑造的这对恋人却因为身处一段不被祝福的恋情，只有相约自杀才能圆满。

在交响诗《麦克白》中，理查德·施特劳斯也曾尝试以类似的手法提炼剧情。在原剧中麦克白说，"喧嚣与躁动"[*]没有任何意义，但在施特劳斯眼中，音乐却能放大战争无耻的嘈杂和秘密谋杀的血腥。年轻的施特劳斯很为乐曲中前卫的不和谐音骄傲：军国主义铁蹄般的残暴曲调代表麦克白夫人正阔步向前，管乐尖厉的警报就像麦克白夫人耳中乌鸦的嘶鸣。1847年，朱塞佩·威尔第排演歌剧《麦克白》时，曾半开玩笑地说，想让一位女高音用沙哑的嗓音唱出麦克白夫人的诅咒，而不是诉诸悦耳的咏叹调。施特劳斯正是这样做的。

音乐的任务，原本只是把彼此冲突、互不协调的音符变得"合调"，但在莎士比亚的鼓舞下，音乐超越了它传统的使命。忒修斯在《仲夏夜之梦》中用过"合调"这个词，他说希波吕忒那些猎犬的吠声能奏出八度音阶，"彼此高下相应，就像钟声那样合调"[†]。鉴于他如此偏爱和谐的音符，我们就不难理解他为什么不愿用讲述"醉酒者之狂暴，色雷斯歌人惨遭肢裂之始末"[‡]的戏剧为婚宴上的来宾助兴。从梗概来看，这种戏剧多半会用上带有神话色

---

[*]《麦克白》第五幕，第五场。
[†]《仲夏夜之梦》第四幕，第一场。
[‡]《仲夏夜之梦》第五幕，第一场。

彩的浪漫主义音乐,它挑战着阿波罗[*]独一无二的地位:色雷斯歌人俄耳甫斯被狄俄尼索斯那些疯狂的女侍杀害,她们胜利的欢呼声回荡在众多改编自莎士比亚悲剧的交响乐和歌剧之中。

威尔第的《奥瑟罗》也和施特劳斯的《麦克白》一样,首演于1887年。歌剧由柏辽兹口中那种"崇高的喧嚣"开始——后者初次观看莎士比亚戏剧时,就被这一点深深震撼了。莎士比亚戏剧从威尼斯街头的谈笑开始,而歌剧甫一开场,飓风就把塞浦路斯码头上惊恐的人群刮得四散奔逃,骤然掀起了一阵——或许是歌剧史上最响亮、最具冲击力的——合调噪声。低音鼓模拟着隆隆雷鸣,锣和钹就是咔嚓作响的闪电;管风琴音栓大开,震撼着四壁和地板;铜管乐声滚滚而来,暗示这或许就是末日天谴。合唱团发出惊恐的呼喊,一次又一次被富于节奏感的噪声吞没。等到喧嚣逐渐平息,威尔第便设法用音乐再现莎士比亚登峰造极的语言。歌剧版的苔丝狄蒙娜有着天使般宁谧的歌喉,这美妙的嗓音让她变得崇高,冲淡了她在戏剧中展现的粗俗与固执。抒情是她专属的特权,其他角色不得分享。奥瑟罗癫痫发作,喘息着倒在地上,完全停止了歌唱,口中只剩咆哮和叫嚷。威尔第还让伊阿古不停从旁挑唆,后者一直在龇牙咧嘴,或是狂笑不止,时而干扰破坏,时而极尽讽刺,总之没唱出过一段完整的旋律。

莎士比亚的舞台上一次只能有一个人说话,威尔第却能让所有

---

[*] 阿波罗在希腊神话中主司文艺,是音乐家和诗人的守护神。

人物在紧要关头同时歌唱,从而扩充了戏剧的容量。不同的情绪在他庞大的乐团中交织重叠,听众仿佛能同时倾听所有人的心声。这种音乐表现手法十分符合莎士比亚的风格,因为它尊重每个人的观点、承认每个人表达的权利。在威尔第的《麦克白》中,那场被打断的宴会以角色集体亮相告终。戏剧版的麦克白夫人为掩饰自己的窘迫,霸道地遣散了宾客:"所有人即刻离去,不必按品级顺序。"*威尔第却安排全体演员在台上停留了五分钟之久,其间,麦克白琢磨起撞见鬼魂的事,麦克白夫人嘲笑他优柔寡断,麦克德夫决心逃往国外,朝臣们哀叹自己只能侍奉一位疯癫的君王。在歌剧《奥瑟罗》中,当摩尔人失去理智、当着威尼斯使节的面悍然攻击苔丝狄蒙娜时,音乐让这个场面化作了一场群戏:苔丝狄蒙娜伤心欲绝,爱米利娅安慰着她;奥瑟罗不停发出斥责声,伊阿古喃喃自语,要为凯西奥的意外升迁改变计划;罗多维科极度愤慨;合唱团宣泄着震惊与困惑。渐渐地,苔丝狄蒙娜的歌喉盖过了所有声音,她哀叹着自己明明已经如此痛苦,为何还是得不到宽恕。她的第一句歌词是"我倒了!"因为她确实被打倒在地,但七分钟后,当奥瑟罗打断大家的合唱时,她的声音再次脱颖而出。

《福斯塔夫》是威尔第最后一部歌剧。在歌剧结尾,所有角色都出现在温莎森林——从意气风发的风流娘儿们,到她们垂头丧气的男性俘虏,他们一致同意尽弃前嫌,还合唱了一支欢快的赋格

---

* 《麦克白》第三幕,第四场。

曲，宣称生活就是一个笑话。与歌剧《奥瑟罗》中七嘴八舌的恳求和难以化解的分歧不同，这部歌剧中的人物最终达成了谅解。音乐的节奏逐渐加快，歌手们迸发出一连串高音和有节奏的笑声；地球仿佛在加速旋转，如同陀螺，喜剧的精神就是那条抽动它的鞭子。如此激动人心的效果很难单靠文字呈现，即使是莎士比亚的文字。

加里克曾在诞辰庆典的致辞中向福斯塔夫致敬，说他"一个人就是一台戏！"而且是个肚子里装满智慧、幻想、幽默、奇想和俏皮话的"畸形巨怪"。无论在哪部戏里，这个声如洪钟、自成世界的人物总是一登场就出尽风头，弄得莎士比亚不得不让他处于守势：在《亨利四世》中，他先受排挤后遭驱逐；在《温莎的风流娘儿们》里，他受尽耻笑；在《亨利五世》里，他死在台下。1913年，爱德华·威廉·埃尔加爵士创作了《福斯塔夫》，在这部"交响练习曲"（或音乐小说）中，福斯塔夫终于成了当之无愧的主角。相比约翰逊严厉的道德批判，埃尔加更认同1777年的一篇事实上失之偏颇的文章，作者莫里斯·摩根[*]把福斯塔夫塑造成一名可敬的骑士、勇敢的士兵、亲王最理想的伙伴。埃尔加还赞同并引用了欧内斯特·道登的说法，认为福斯塔夫的复杂性堪比哈姆莱特：这两个人物都狡黠善变，同样日渐郁郁寡欢。交响诗中的福斯塔夫没有汗湿的庞大身躯，他如簧的巧舌也派不上用场，

---

[*] 莫里斯·摩根（1725—1802），英国专栏作家，莎士比亚学者。他在《论戏剧角色约翰·福斯塔夫爵士》（*An Essay on the Dramatic Character of Sir John Falstaff*, 1777）这篇著名的评论文章中反驳了将福斯塔夫视为懦夫的说法。

埃尔加的音乐先是简短地交代了福斯塔夫在酒馆豪饮的场面、他坎坷的征兵之旅，还有他匆匆赶去参加哈尔加冕礼的情形。不过，音乐反映的是情感，而非行为，它延长了福斯塔夫对昔日侍童生涯的悲伤回忆，同情他的秋日忧思，揭示了福斯塔夫的内心世界。这部反映埃尔加所谓"人的一生"——他认为这是莎士比亚历史剧真正的主题——的歌剧，最后以福斯塔夫凄然离世告终。临终前，一幕幕往事闪过他的脑海，直到他失去意识。《亨利五世》没有直接表现福斯塔夫的死，我们只能听到桂嫂颠三倒四的转述；而在交响乐中，埃尔加让我们身临其境地直接体会了他身体衰弱、思想瓦解的过程。

在《威尼斯商人》中，罗兰佐对杰西卡说完那段被柏辽兹用在《特洛伊人》中的话，又发表了一番关于天籁的高见：他怀疑俄耳甫斯并不能感动木石，说这种故事是"诗人编造"的，不过他相信"甜蜜和谐的乐声"对于强化社会道德有一定价值，他还认为音乐能驯服"不服管束"的畜生，安抚"坚硬顽固狂暴的事物"[*]。其实这话放在这里很难让人信服：夏洛克和折磨他的人并没有受到这种美妙乐声的抚慰。1938年，拉尔夫·沃恩·威廉斯在他的《献给音乐的小夜曲》中，请16位当红独奏音乐家分担了这段内容，用高亢悠扬的小提琴和铮铮的竖琴再现人物的声音，中间以小号衔接。原剧中，杰西卡全程乖乖聆听，只说了一句台词：

---

[*]《威尼斯商人》第五幕，第一场。

"我听见了柔和的音乐,总觉得有些惆怅。"[*]这或许是在委婉地抗议,也或许是想让对方知道自己心情不佳。为填补她的沉默,沃恩·威廉斯让8位女高音献上最动人的副歌。与此同时,一个男声咕哝着埋怨那些不懂音乐的人。《小夜曲》把罗兰佐古板的话语从戏剧中提炼出来,并使之升华。

在《仲夏夜之梦》最后,公爵惊讶地发现这对欢喜冤家竟能握手言和,于是问:"这和谐的音符是怎么回事呢?"[†]他也像罗兰佐一样,相信音乐能带来和平。现代作曲家则开始质疑这种美好的愿望,他们常能在莎士比亚戏剧中找到——用阿诺德·勋伯格的话说——"解放不和谐音符"的理由。施特劳斯继1918年在《麦克白》中初次试水前卫音乐后,又根据奥菲利娅疯狂的吟唱创作了一组浪漫曲:不成调的钢琴声断断续续地响起,伴随着歌者令人眩晕的絮语,再现了奥菲利娅疯狂而淫猥的思绪,和间或的哀鸣。

1925年,让·西贝柳斯为哥本哈根一家剧院排演的《暴风雨》谱写了配乐,把莎士比亚的开场白换成了一段序曲,并删去了第一幕中沉船的情节。因为就效果而言,单薄的舞台表演远比不上管弦乐队制造的效果:狂风呼啸,起伏的节奏制造出晕船的感觉,声音环绕全场,让人恍如置身旋涡之中。代表凯列班的音乐缓慢而沉重,稍稍稳住了这个世界的阵脚;分别代表米兰达和爱丽儿的风琴和竖琴,又为整段音乐注入了几分空灵。最后,当演到伊

---

[*] 《威尼斯商人》第五幕,第一场。
[†] 《仲夏夜之梦》第四幕,第一场。

里斯*主持丰收盛典时，西贝柳斯用音乐筑起一道彩虹，嗡鸣声依次奏满一个八度，代表彩虹斑斓的颜色。但太阳与月亮的矛盾依然不可调和：演到普洛斯彼罗放弃魔法时，舞台导演想要"狂乱的音乐"[†]，仿佛突然想起，忒修斯曾把诗歌等同于疯狂。于是，西贝柳斯只得为这一段配上雷霆般暴烈的音乐，让乐队奏响隆隆的鼓点，发出尖厉的嘶吼。普洛斯彼罗不和谐的头脑中，再次响起大自然的喧嚣。

莎士比亚跟随着音乐走进20世纪阴云密布的历史，更多的灾难接踵而至。20世纪30年代，苏联的谢尔盖·普罗科菲耶夫创作了芭蕾舞剧《罗密欧与朱丽叶》。剧中，公爵用一个可怕的声音制止了蒙太古与凯普莱特家族的街头斗殴，乐队奏出一声仿佛能击穿颅骨的巨响：一个尖厉的高音大声抗议着，四散的声波直插受到震荡的大脑。当音乐进行到某段间奏，一支军乐队昂首走下舞台，筑起密不透风的铜墙铁壁；凯普莱特家舞会上的骑士们也都整装待发，穿着铠甲跳起了笨拙的舞蹈。在这部舞剧中，宿敌间的世仇让位于暴虐的极权统治，公爵铁拳一挥就能粉碎个人自由。1978年，阿里贝特·赖曼的《李尔王》在慕尼黑首演，剧中那个四分五裂的国家正是当时欧洲大陆的写照，李尔不等乐队上台，就用一个单调的重复音，宣告国家已经分裂。接下来，另一组铜管和打击乐器发出呼啸和撞击声，刺耳的音乐搅得人心神不宁。随

---

* 虹之女神，罗马神话中的诸神信使。

[†] 狂乱原文为lunatic，词根"luna"指月亮。

后,赖曼口中那种"掀动神经的木管高音器乐",刻画出了高纳里尔和里根尖锐的恶意,弦乐四重奏奏响了弄人的小调。在这里,原本体现古典理性合作精神的器乐组合,却专门歌颂痴愚。为了呈现石楠丛生的荒地,乐队奏出浑厚的和弦,乐声仿佛进入地板之下,如同地震。

凯列班说:"这岛上充满了各种声音。"尽管他随后又补充道,"乐曲和清新的空气……对人没有伤害。"*但这个限定条件,显然没将普罗科菲耶夫剧中那位残暴的公爵,或是赖曼剧中摧枯拉朽的风暴计入在内。罗兰佐谈论天籁时,曾提到一类"感情像鬼域一样幽暗"的人,说他们"善于为非作恶、使奸弄诈",这身"泥土制成的皮囊恶俗易朽"†,麻痹了他们的听觉,让他们对天上传来的仙乐充耳不闻。他们栖身在阴暗的低洼地带,那里正是戏剧的领地,住满了莎士比亚笔下那些虽然出口成章,却往往五音不全的人物。

* * *

长诗《鲁克丽丝受辱记》中,莎士比亚的女主人公在欣赏特洛伊油画时评论说:"艺术凌驾于自然,从无生命中创造生命。"一动不动的静物像是有了生命,能开口说话:死去的特洛伊人风干的眼睛,仿佛盈满热泪;涅斯托"伶牙俐齿的双唇逸出一团团气息",吹动了他的胡须,雕琢着他的"千金之言"。最后,莎士

---

* 《暴风雨》第三幕,第二场。
† 《威尼斯商人》第五幕,第一场。

比亚总结说："画面上有许多出于想象的创造。"观看者必须自己去填补画中的空白，补全艺术家"巧妙的构思"，在脑海中描绘那"没有人能够看见，除非借助于想象"的东西。这正是试图描绘莎士比亚戏剧场面的画家们面临的挑战：他们静默的艺术如何才能与莎士比亚生动的语言媲美？他们真能见莎士比亚所未见、呈现他没有描写的场景吗？

画家们的创作最初只是为了给舞台表演留存"剧照"。一幅1709年的版画，表现了托马斯·贝特顿*扮演的哈姆莱特与父亲的鬼魂一同现身王后寝宫的情形。画中的哈姆莱特头戴华丽的假发，鬼魂身着叮当作响的铠甲，乔特鲁德神色庄严地端坐一旁，三个人都略带惊讶地举着手。画上的一张椅子则显得比他们更激动，直接翻倒在地。在威廉·霍加斯1745年绘制的一幅插图中，加里克饰演的理查三世，被他所害死的冤魂吓得连连后退；战场上有顶带门帘的帐篷，仿佛是加里克的临时小剧场，他摆出庆祝的姿势，等待画面永久定格。1768年，约翰·佐法尼为加里克和他的同僚普里查德夫人画了一幅肖像。当时两人刚演完谋杀邓肯那场戏，身着18世纪的正装礼服，奉命原地不动，表情就像被警察当场逮了个正着。表演，意味着要摆出引人注目的姿态，至少在埃德蒙·基恩出现之前是这样。他在莎士比亚戏剧中的表演爆发力十足，释放出黑兹利特口中那种"灵魂深处的旋风"。而这，非常

---

* 托马斯·帕特里克·贝特顿（1635—1710），英国复辟时期著名男演员、剧场导演。

适合静态的肖像艺术。

约瑟夫·马洛德·威廉·透纳的莎士比亚题材绘画打破了舞台的局限,让剧中人物走出剧院,融入城市里熙攘的人群。透纳的《威尼斯街道》描绘了一幅喧嚣的市井画卷:人满为患的巷道最终汇入运河;人们或是在防波堤上互相推搡,或是坐在凤尾船上左摇右晃;搜寻残羹的鸟儿一头扎入水底,强烈的阳光能把水城烤化。在画面下方,透纳题上了夏洛克和安东尼奥之间的一段对话。要在人群中找到那个面色阴沉、手持锋利匕首的人并不容易,因为本该出庭的他,无论如何也不该现身户外。透纳笔下的杰西卡形象出自夏洛克一句让人摸不着头脑的叮嘱:让她关上窗户。透纳用另一道炫目的光线赞美她的叛逆:她就像燃烧的光环,穿透夏洛克试图用紧闭的门窗制造的黑暗。在《朱丽叶和她的奶妈》中,透纳把剧中场景从维罗纳移到了威尼斯,好描绘烟花绽放的圣马可广场和汹涌的人潮,并让朱丽叶和奶妈从阳台上俯瞰这一切。澄明的天空、潮水般的人群,这个场景本可以像科尔曼的《末日尽头》一样充满悲剧色彩。但透纳化解了这个难题:他打破了悲剧压抑的氛围,用盛大的焰火吞没或遮蔽了个人的困境。

在《春梦婆的洞穴》中,透纳描绘了一处只存在于茂丘西奥想象中的地方——大脑中的一个洞穴。春梦婆,也就是"精灵们的接生婆"*,在洞里编织着梦境。茂丘西奥相信春梦婆昼伏夜出,

---

* 《罗密欧与朱丽叶》第一幕,第四场。

透纳却把她的住所置于日光之下，活动范围也不再局限于罗密欧这种睡眠之人的梦境。透纳笔下的洞穴依水而建，光雾缭绕，四周有人鱼游弋、天鹅展翅，蜜色的城堡在空气中若隐若现，洞穴如火炉般闪烁着光芒。这座承载着莎士比亚非凡想象的秘密洞穴，释放出了巨大的能量。

茂丘西奥承认，这个隐喻有点儿虚无缥缈、难以描绘：从春梦婆那辆榛子壳造的马车，到驾车的蚊虫，再到拉车的蚂蚁。他还坦承地说，这一切都是"痴人脑中的胡思乱想，纯粹出自无用的幻想"*。但威廉·布莱克并不理会茂丘西奥轻率的自我解嘲，打定主意要把这些虚幻的比喻变成图画，譬如麦克白对于"怜悯"的想象：

（怜悯）像一个赤身裸体在狂风中飘游的婴儿，

又像一个天使，

驾驭着无形（sightless）的空气。†

麦克白这番话尽管自相矛盾，却也耐人寻味，就像留待解梦之人仔细辨读的只言片语。婴儿走路哪能大步流星，更何况还是昂首挺胸、御风而行？但是，还不等我们想象出这个画面，那婴儿就变成了带翼的天使。不禁令人怀疑他的坐骑或许并不存在。这个形象兼具孩童的弱小与英雄的强悍，反映了麦克白矛盾的性

---

* 《罗密欧与朱丽叶》第一幕，第四场。
† 《麦克白》第一幕，第七场。"Sightless"既有"无形"之意，也可以指"眼盲"。

第232-233页图
《朱丽叶和她的奶妈》，J. M. W. 透纳1836年作。

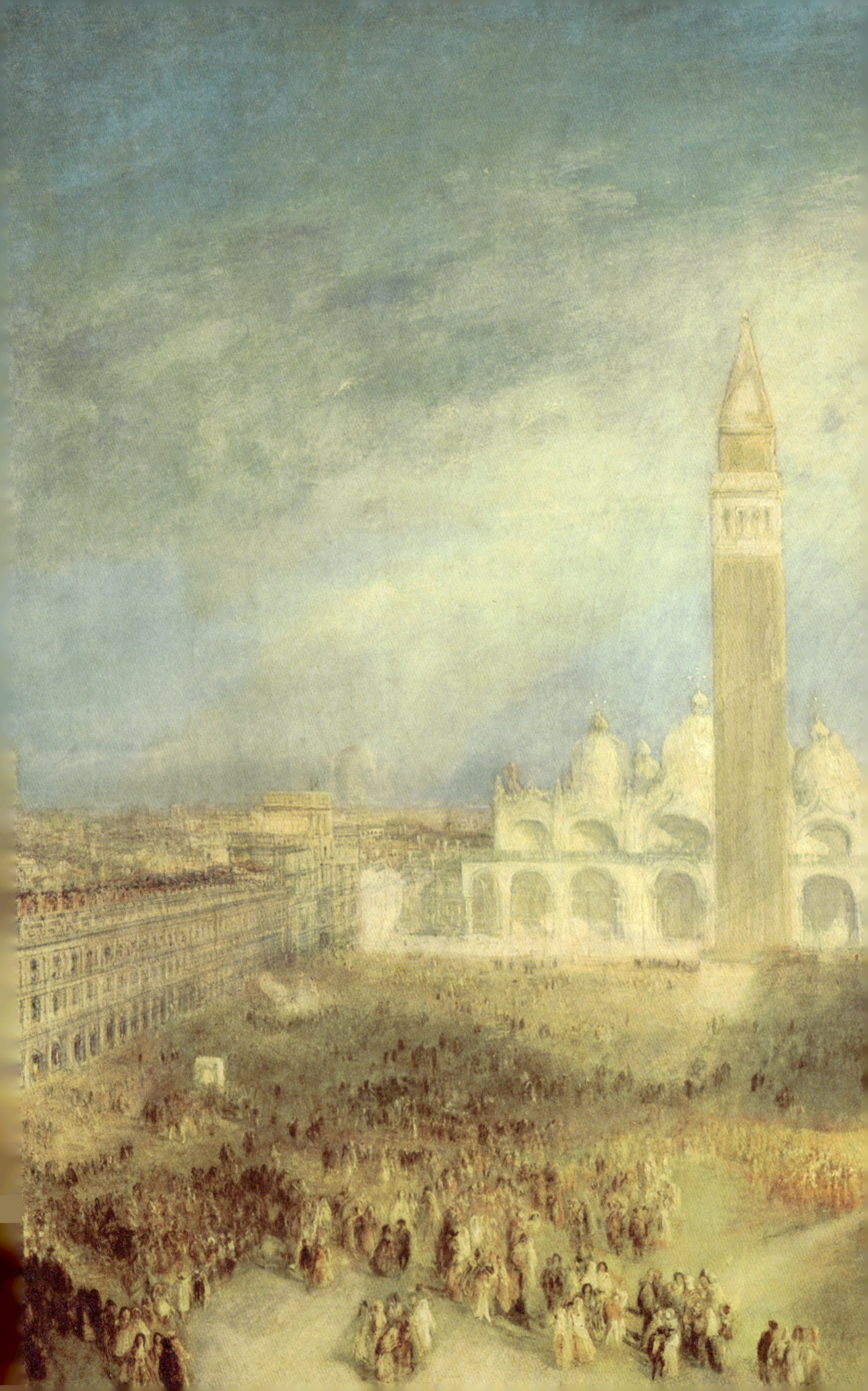

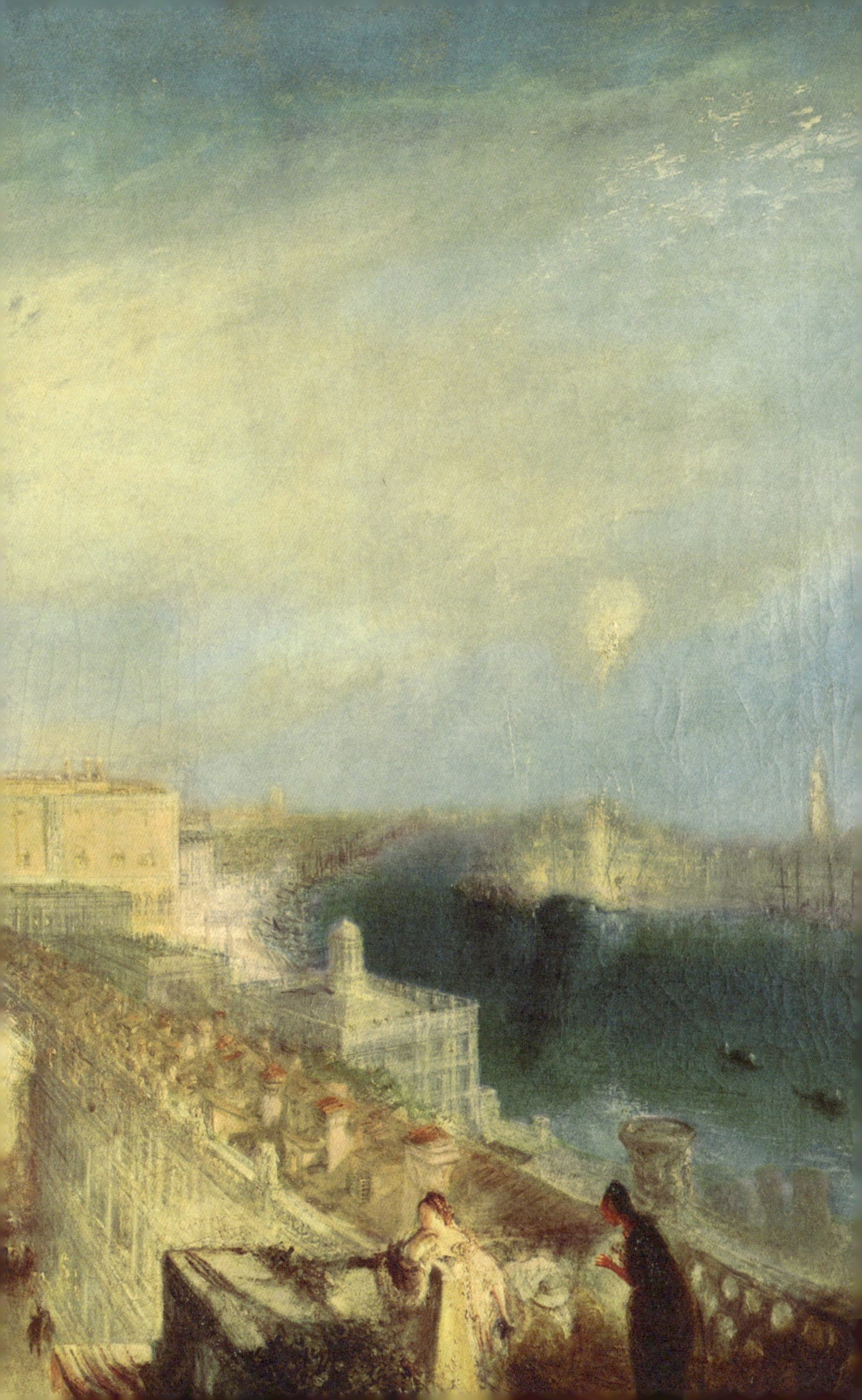

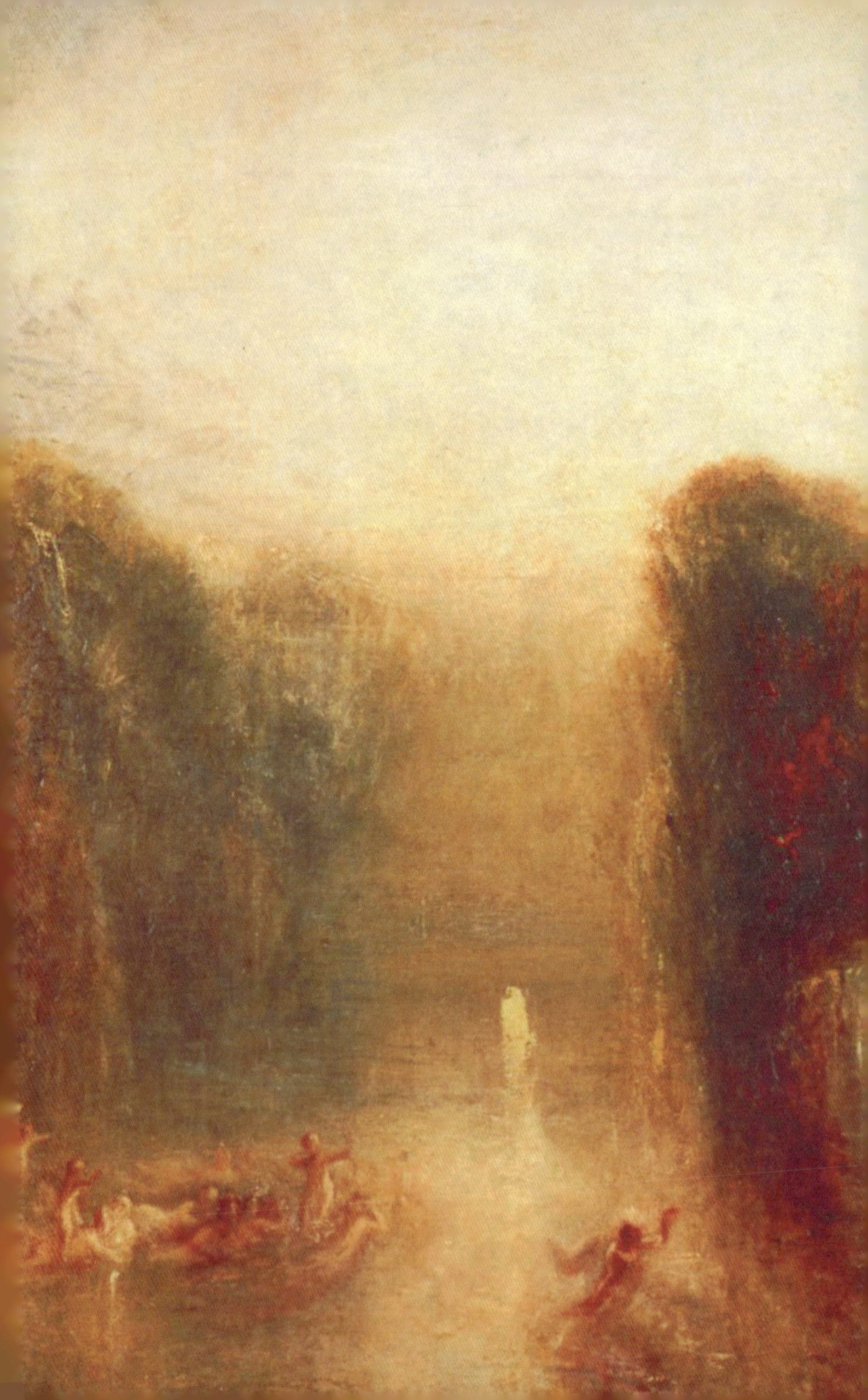

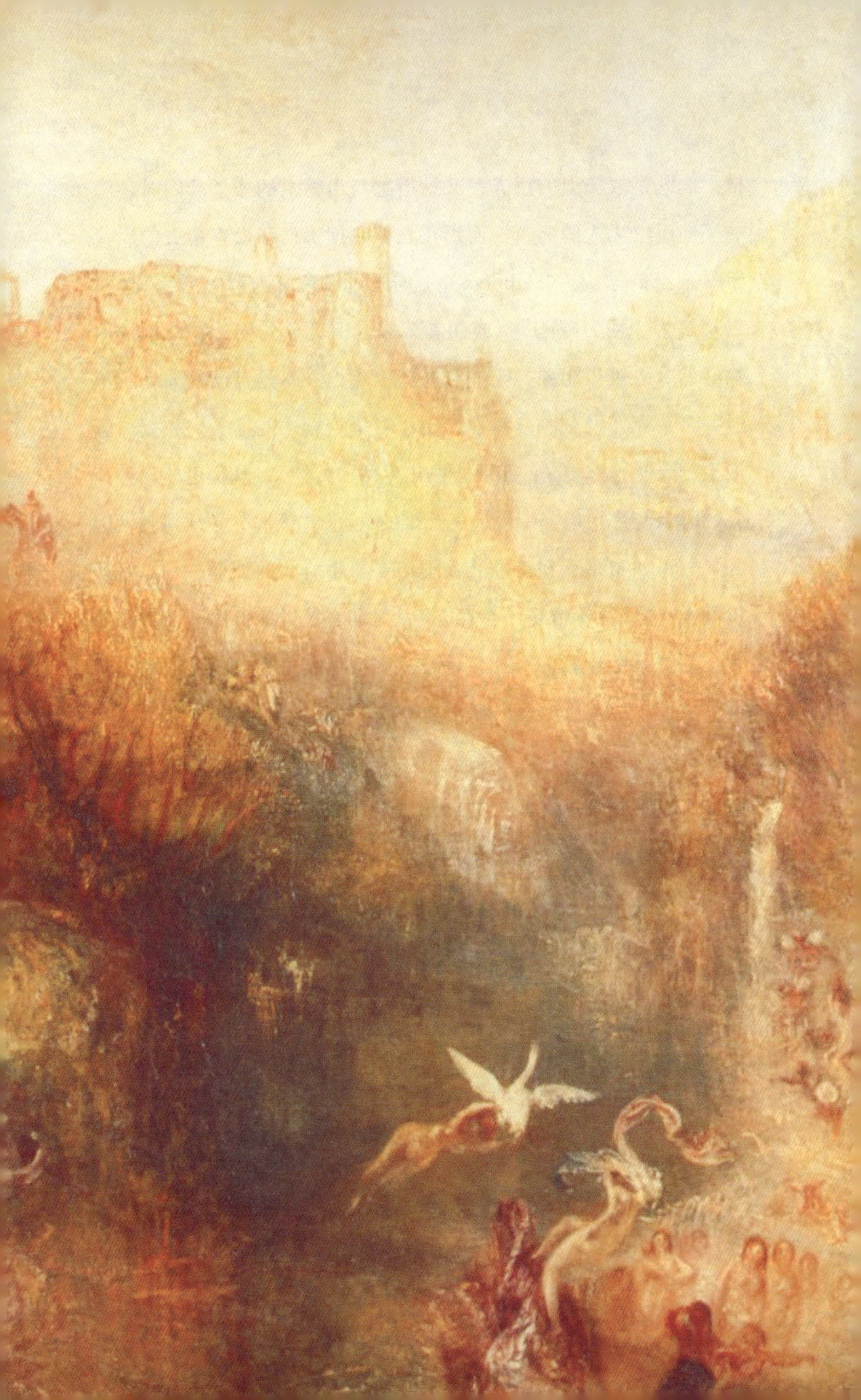

格：他既是战场上的巨人，又是情感与道德上的矮子。同时还隐喻了他后继无人的痛苦，而那正是他要把班柯和麦克德夫的后代斩尽杀绝的原因。"Sightless"一词既可以理解为"无形"，也可以理解为"视力缺陷"，或两者皆是。但无论如何，它修饰的事物必然令人难以想象，正如它能让麦克白看不见自己的罪证。不过，布莱克并没刻画麦克白，也没有描绘剧中的场景。相反，画面上的天使身跨骏马，正要把刚出生的"怜悯"，从很可能已经死去的母亲身边领走，带他远离苦难的人间。"怜悯"必须得救，因为——正如布莱克在诗歌《人类摘要》中所写的那样——"假若世间没有贫困/怜悯也不会存在"。对弱者施以廉价的同情就像施舍乞丐，只会让我们对社会不公心安理得。麦克白混乱的内心写照，成了布莱克阐发个人神学理念的寓言。

在《"如天使降自云端"》中，布莱克对莎士比亚的另一个比喻做了变形处理。这幅画的标题取自凡农对哈尔亲王的形容，当时，全副武装的哈尔亲王正翻身上马准备战斗，而且凡农这样说还是为了激怒霍茨波，后者也的确怒不可遏。借着这句话，布莱克再次脱离剧情，编织了自己的神话：一位赤身裸体的六翼天使，结结实实地从云中跌下，既没全副武装，也不像凡农说的那样骑着"倔强的天马……用他超人的骑术眩惑世人的眼目"*；相反，这匹巨马一跃而起，腾起前蹄去迎接他，后蹄踏着一块岩石；与此

---

* 《亨利四世》上篇，第四幕，第一场。

第234—235页图
《春梦婆的洞穴》，J. M. W. 透纳1846年作。

同时，一轮耀眼的太阳冉冉升起，昭示着宇宙全新的秩序。那块光秃秃的岩石，象征着布莱克眼中枯燥乏味的科学理性；而那匹腾空的骏马，或许就代表莎士比亚有如神助的创造禀赋，还有布莱克对自然科学学者乏味个性的指责。这与《亨利四世》中描写的战场英姿实在相去甚远。

麦克白夫人嘲笑丈夫见了"画中的魔鬼"竟像孩子一样害怕，按她的说法，"睡着的人和死了的人不过和画像一样"*，对人构不成威胁。这种说法冷酷得几乎令人羡慕。由此来看，所谓恶魔，比如约瑟夫·诺埃尔·佩顿爵士绘制的《仲夏夜之梦》中那些小小的精灵和妖怪，全由长相丑陋的尖耳朵"巨人"迫克率领，其实都是人类为克服恐惧而发明的形象，就像原始部落那些横眉竖目的面具一样。在1812年展出的《麦克白夫人争夺匕首》中，亨利·福塞利刻画的麦克白，呆立在他犯下杀人罪行的房间门口，吓得不敢动弹；而他的妻子，一名无比健壮的女子，裙摆高高鼓起，长发一圈圈盘在头上，堆成一顶霸气的王冠，一个箭步冲过来控制局面，将一根手指放在嘴唇上，示意他不要作声。她的姿势如同一道不允许我们分享梦境的禁令，福塞利却罔顾这道禁令，用沉重和有如毒药般的灰绿色，画下了这场梦魇。在福塞利于1793年至1794年创作的《麦克白、班柯和女巫们》中，麦克白手握佩剑，仿佛它能保护自己不受这些虚幻的神婆伤害。画家总是

---

* 《麦克白》第二幕，第二场。

第238—239页图
《怜悯》，布莱克，约1795年作。

呈现未知　237

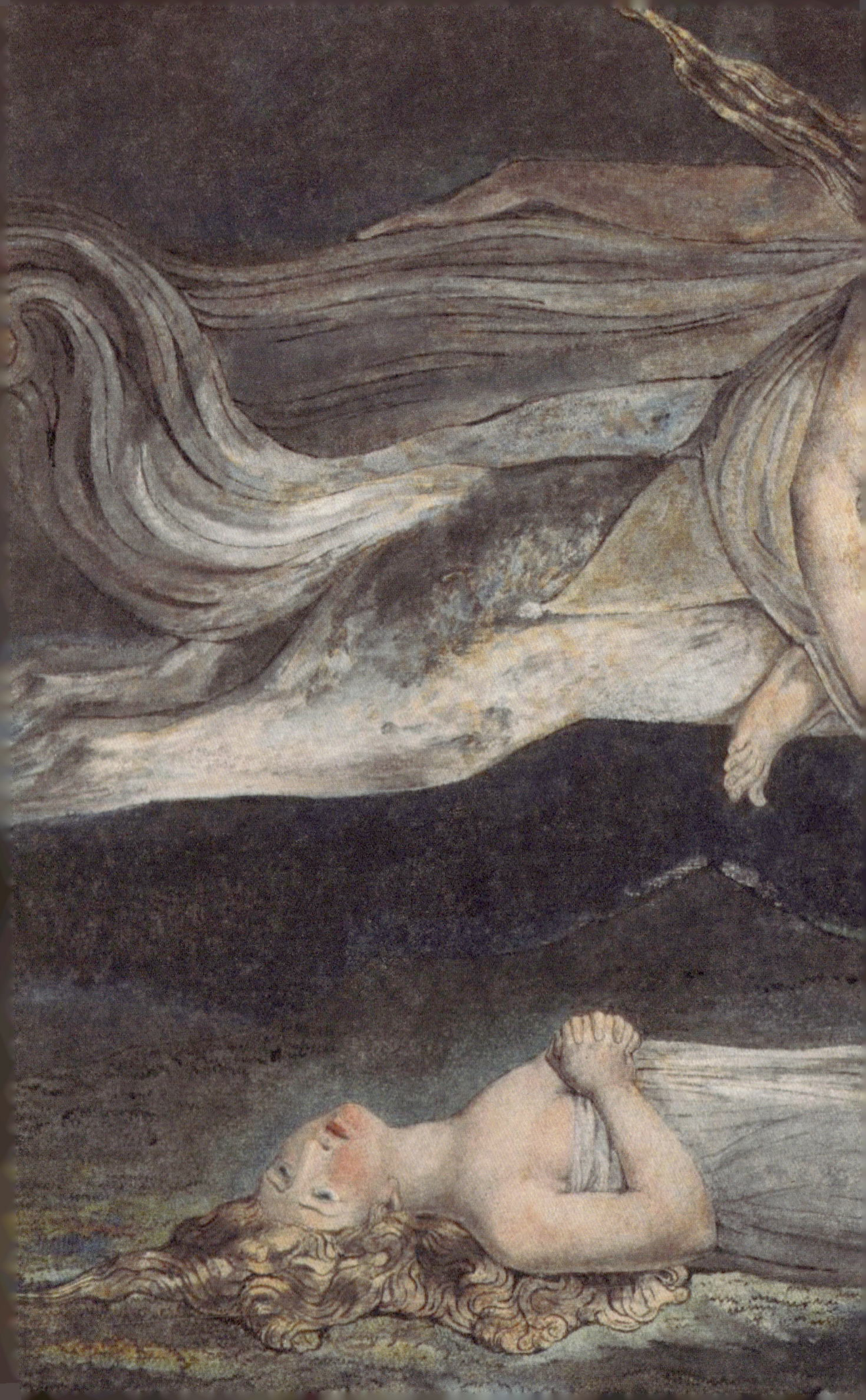

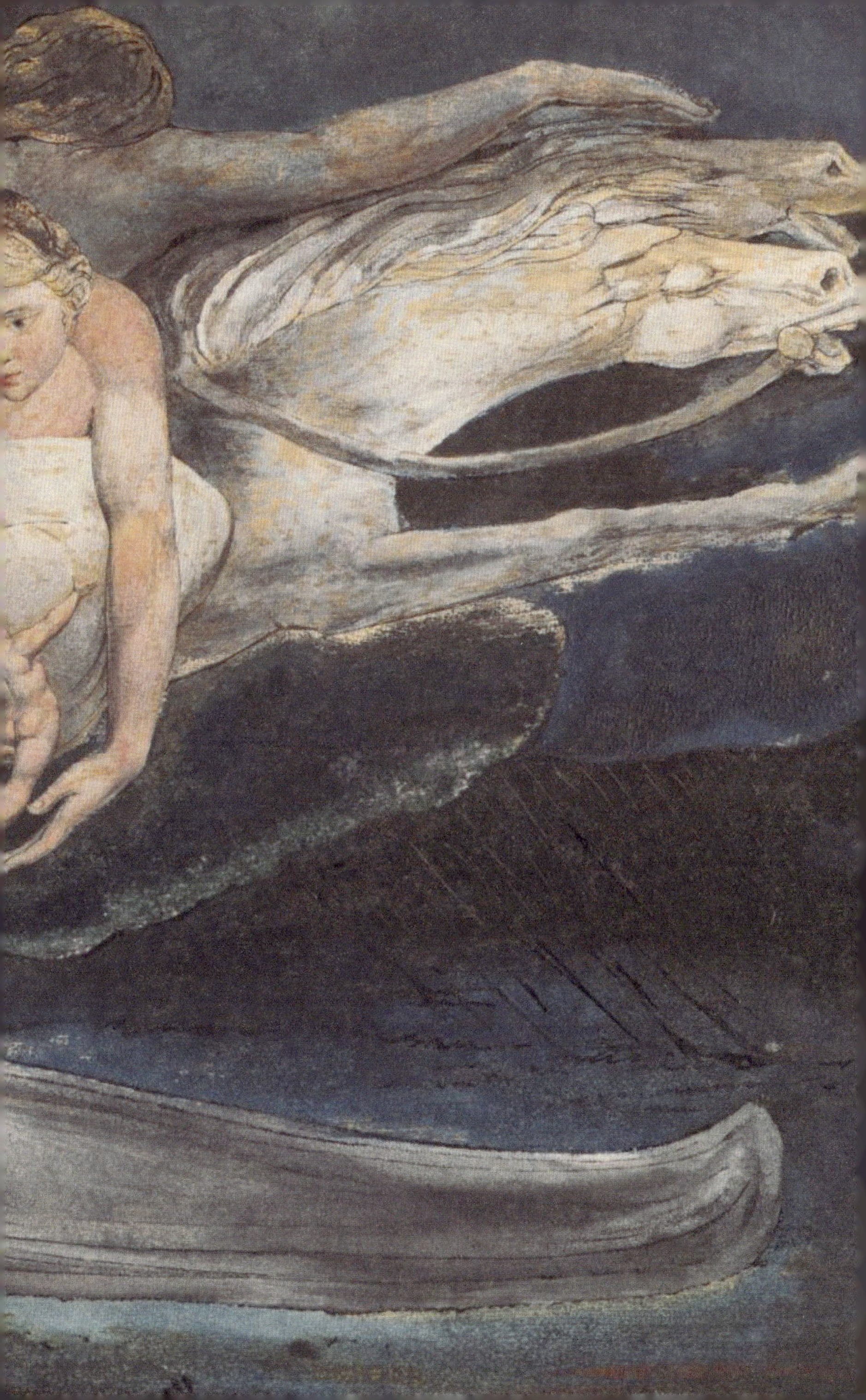

《迫克与精灵们》,约瑟夫·诺埃尔·佩顿,约1850年作

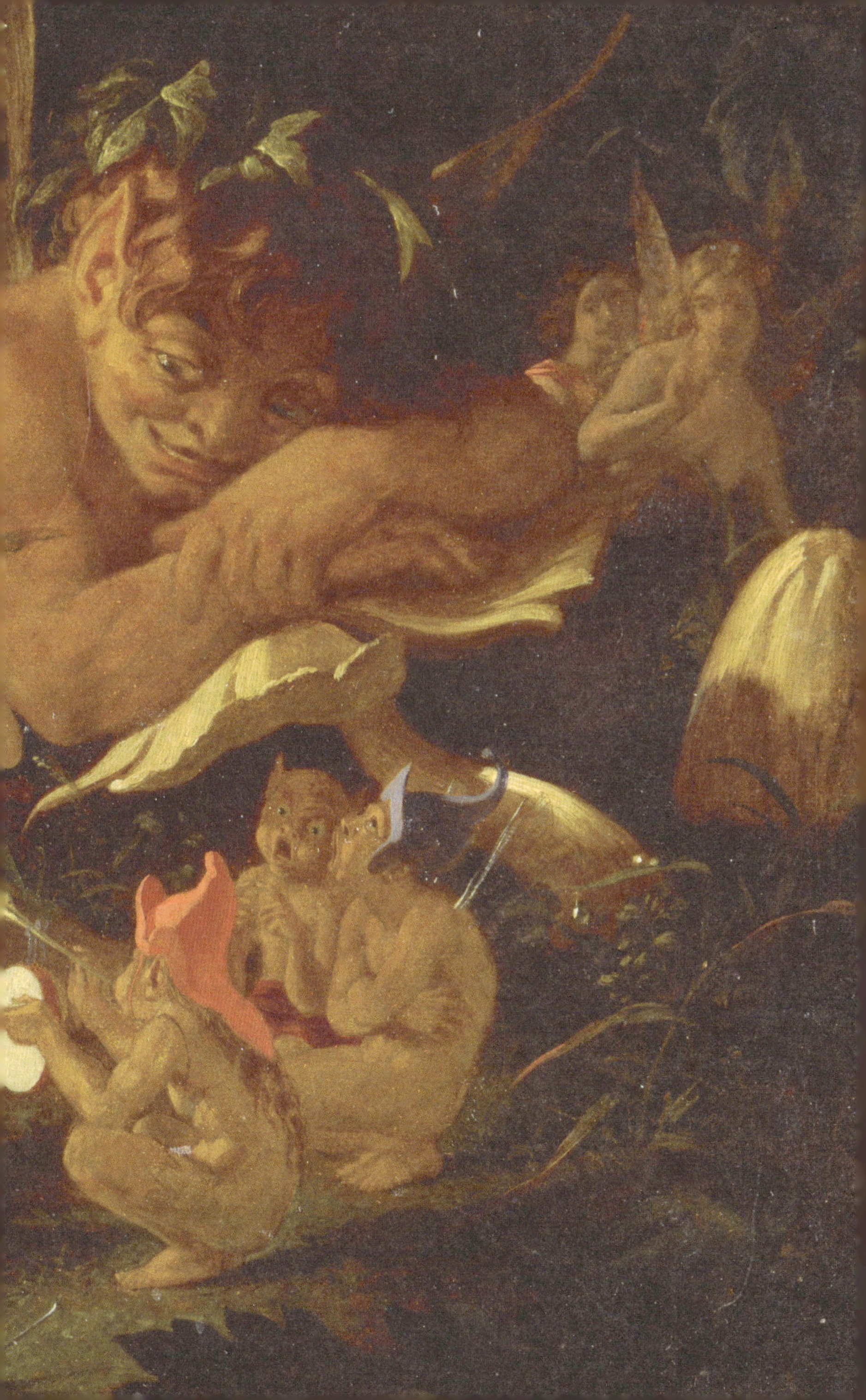

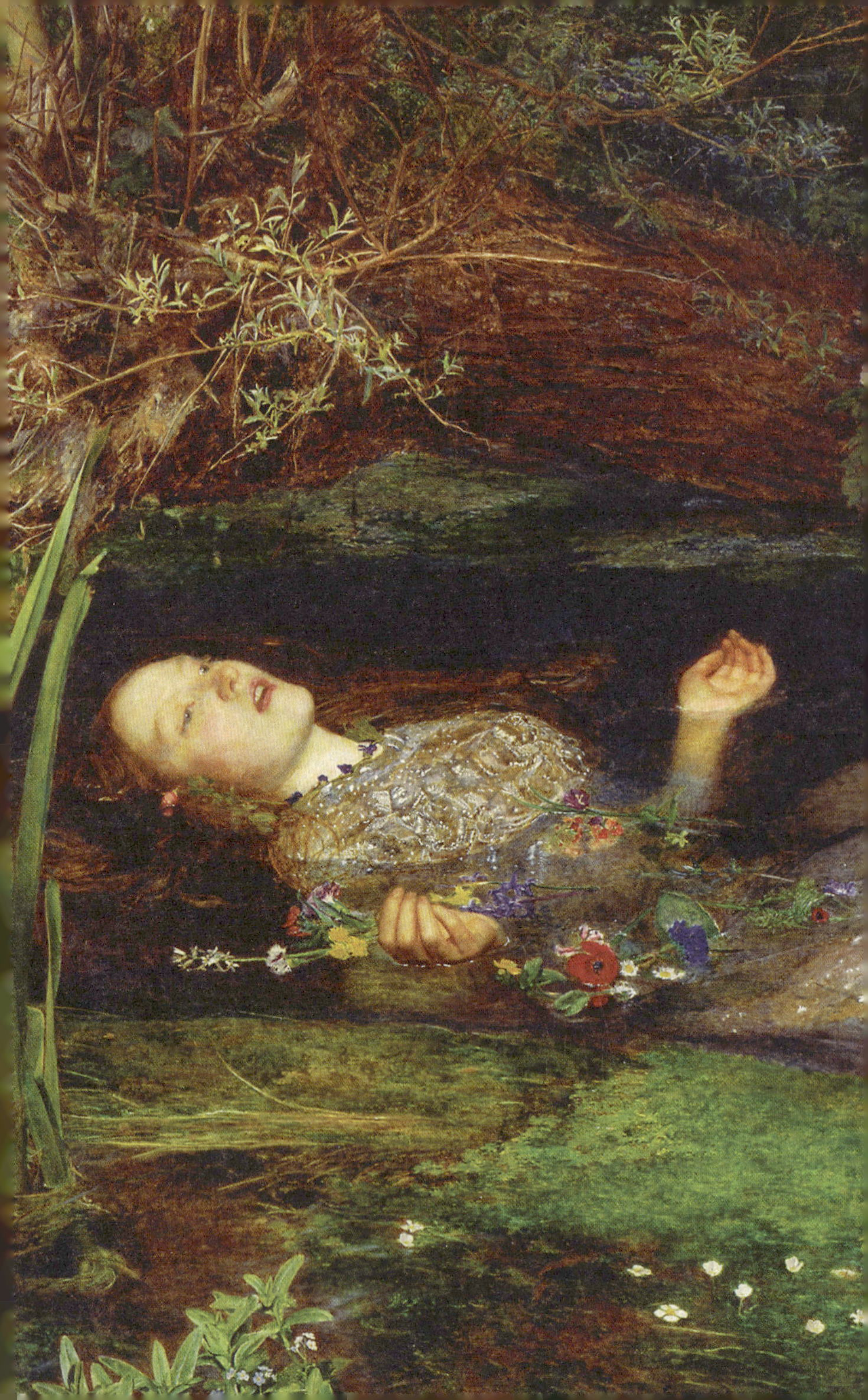

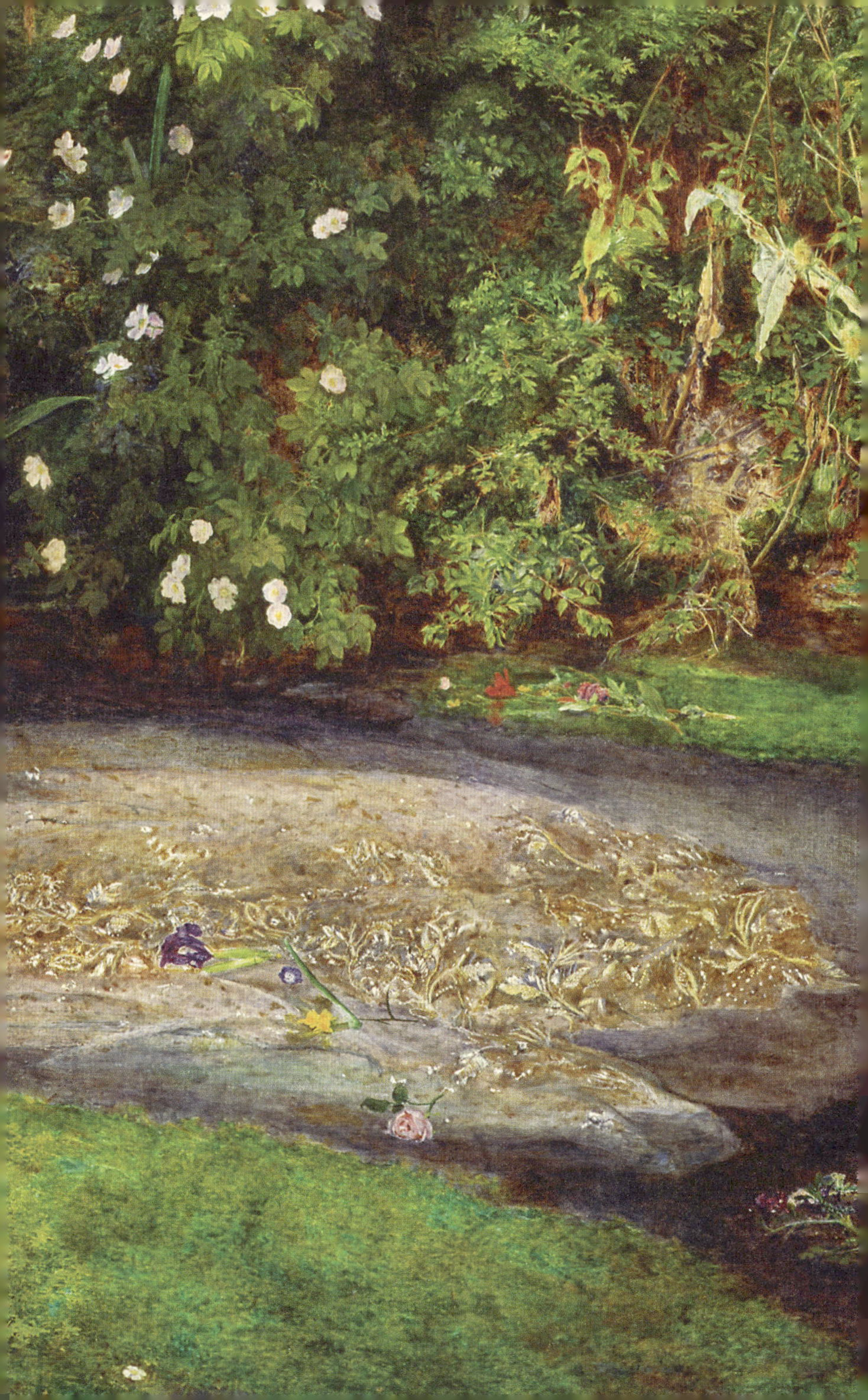

会被女巫吸引，因为她们几乎是不可描绘的：受到逼问时会从人的身体里溜出来，"消失在空气之中，那原本仿佛有形体的东西就像呼吸一样，融化在风里了"*。

  1820年前后，约翰·马丁描绘了麦克白与女巫碰面的情形。他把渺小的莎士比亚人物置于风云诡谲的天地间，天气比这出戏开场时还要阴郁，人物就只是附带画上去的。在一片山崩地裂的景象中，狂暴的天空抽打着拔地而起的山峦，云朵像镰刀一样锋利，山谷里，一支蚂蚁似的队伍正在等待末日降临。女巫们从一个隐喻中现身，班柯说："水上有泡沫，土地也有泡沫。"† 画上的三位女巫被透明的气泡包裹着，尽管气泡一碰就碎，她们却都是身形高大、近乎半裸的女巨人，而非皱巴巴的老妪。天空中某个遥远的地方洒下一道光线，在她们空灵的座驾下方擦出火花，表明她们其实是来自另一个世界的幽灵。麦克白不但像剧中写的那样，惊得目瞪口呆，而且很可能还想从这崎岖的山崖上一跃而下：这已经不单单是极度恐惧了，而是魂飞魄散。

  浪漫主义画家曾争相挑战莎士比亚最虚幻的诗歌。到了维多利亚时代，他们的后辈则选择把莎士比亚戏剧植入历史的土壤，比如，马丁就曾给麦克白和班柯穿上苏格兰裙子。与浪漫主义时代的那些形象不同，这些人物立足现实、扎根自然。约翰·艾佛

---

* 《麦克白》第一幕，第三场。

† 同上。

第242-243页图

《奥菲利娅》，约翰·艾佛雷特·米莱斯，1851年至1852年作。

雷特·米莱斯爵士在画室里准备了一只浴缸，让充当奥菲利娅的模特儿躺进去，还用油灯维持水温。然后他来到伦敦郊外的霍格斯米尔河畔，临摹小河与苔藓覆盖的堤岸，他甚至画了一只在奥菲利娅身旁踩水的水鼠，但最终还是在别人的劝说下用油彩盖掉了它。这幅画1852年亮相时，一位植物学家不顾画上湿漉漉、疯狂的自杀场面，把学生们招呼过来，现场给他们讲解画中的植物。莎士比亚戏剧每每谈及花朵，也就是植物的生殖器，言语间总是隐隐透着一丝挑逗。莎士比亚无论是写兰花，还是写奥菲利娅捧花中的紫色长颈兰[*]，都不是为了展现乡村田野里芜杂、千姿百态的植被——这是前面那位植物学家的视角。这些花朵的名称，就像乔特鲁德还原奥菲利娅自杀场面时，曾暗示这些植物还有"不那么斯文"[†]的名字一样，传达了那些无法直接谈论肉欲和生育的女性心中难于启齿的想法。无论是在画室里还是在野外，米莱斯竭力营造的现实主义，都干扰了他力图表现的超现实场景。浴缸里的水凉了，扮演奥菲利娅的模特儿得了感冒，米莱斯自己也被河边成群的蚊虫叮咬，做出了"牺牲"。

后来，他又描绘了《暴风雨》中腓迪南被无形的爱丽儿用歌声引入歧途的画面，大费周折地把自然与超自然、有形与无形结合在一起。"这音乐是从什么地方来的呢？"腓迪南问[‡]。米莱斯忍

---

[*] 《哈姆莱特》第四幕，第七场。

[†] 同上。

[‡] 《暴风雨》第一幕，第二场。

不住想回答这个问题,尽管把精灵具象化,可能会削弱这次邂逅的神秘色彩。更糟糕的是,爱丽儿在腓迪南耳边吟唱的,还是他父亲去世的假消息。米莱斯让爱丽儿去年轻人耳旁低语,后者竭力想听清精灵在说些什么。一只面色阴沉的蝙蝠捂着耳朵,似乎想隔绝邪恶的谎言。爱丽儿的另一个跟班,把手指放在它皱巴巴的嘴唇上——富赛利描绘的麦克白夫人也做过这个警示性的手势,不过在这幅画中,这个手势不是在掩盖罪行,而是代表,这只精灵决心不对他人口出恶言。这幅画的问题出在哪儿?诗化隐喻会在事实基础上适当发挥,比如,爱丽儿在歌谣中,把阿隆佐的骨头比作珊瑚,眼睛比作珍珠。但米莱斯却听从了约翰·罗斯金的教诲,后者教导画家们要"仔细观察自然",并且"相信一切事物都美好而适得其所,永远热爱真实"。所以,米莱斯来到了牛津郊外的田野上,高度精确地描绘背景,恨不得每根杂草都画上一个月,以为这样,或许就能晚一点再构思虚幻的戏剧情节,而那正是他打算放在这背景之上的。虽说他画《奥菲利娅》时曾明智地去掉了水鼠,这一次,却怎么都忍不住往腓迪南脚边的草丛里添几只逃窜的蜥蜴:爱丽儿绿色的皮肤勉强可以用保护色解释过去,就像腓迪南脚下那种会变色的小型爬行动物。后来,腓迪南也被画了上去。他腿上那双属于15世纪的紧身袜,在膝盖部起了褶皱,几乎要突出画面,让他看上去像在往前迈步,想要逃离这幅图画,同时也逃离诗人抒情的幻想,和画家短浅的道德眼光。

　　罗斯金推崇空气清新、健康的现实世界,现代主义插画家们则摒弃了这种态度,打破了条条框框,自由展现那些莎士比亚曾有意模糊处理的戏剧场面。从邓肯殒命的房间里出来时,麦克德夫想对围观者使用激将法,鼓动他们越过界线,"到他的寝室里去,让你们的视觉昏眩";又警告他们,现场"比头生毒蛇的女妖还要可怖"*。戏剧在这里制造了一个盲点:我们进不了房间,却能在想象中抵达现场。苏联导演谢尔盖·米哈伊洛维奇·爱森斯坦在1931年创作了一系列绘画,过分精细地刻画了房间里的杀戮场景。其中一幅画的是赤身裸体的麦克白和妻子在地板上交欢,上方赫然是国王被缢死后又遭斩首、剥皮的尸体。在另外几幅画中,麦克白夫人不是用切肉刀把邓肯大卸八块,就是在他身上纵向开了道长长的切口,露出心肺和肠子。这些都是爱森斯坦臆想的骇人场面,但它们同时也指向毕加索立体主义对人体的折磨:如今,人成了一件与众不同的杰作,只是太容易散架了。

在为1946年版《麦克白》绘制的插图中,萨尔瓦多·达利用邓肯手下几名酗酒的侍卫象征放松警惕的头脑,他们个个醉醺醺地垂着头,佩剑也从手中滑落。他描绘了邓肯的马彼此吞食的情景,那是洛斯在剧中提到的一个不可思议的征兆。他还将那些把巴南森林里的树枝折下来背在身上的士兵画得像一群怪兽,或某种动、植物杂交的产物。他笔下的女巫在肮脏的洞窟里配制药水,那场景绝不是布景师能搬上舞台的。长着女人头颅的章鱼,牢牢

---

* 《麦克白》第二幕,第三场。

第248–249页图
《麦克白、班柯与三女巫》,约翰·马丁,约1820年作。

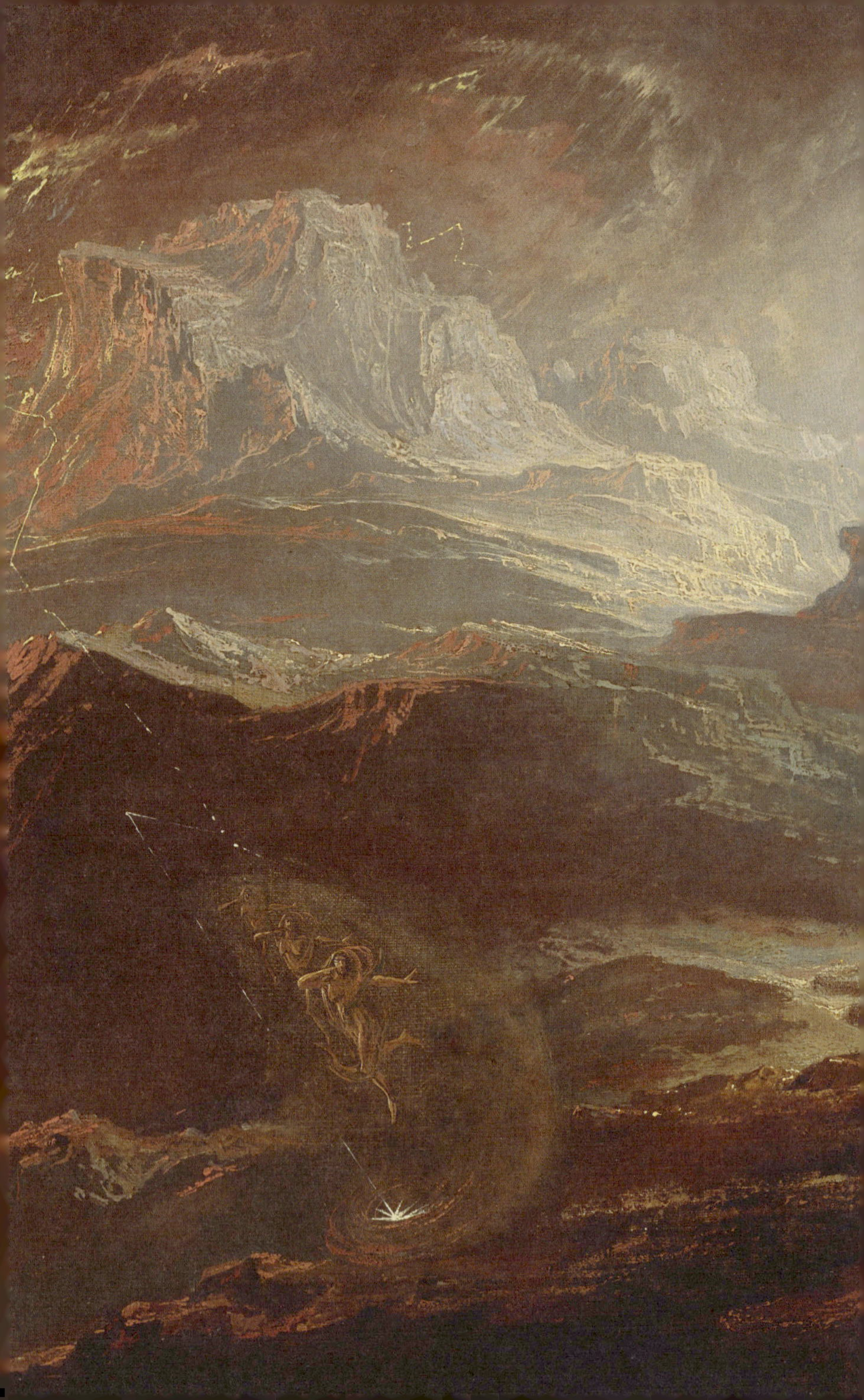

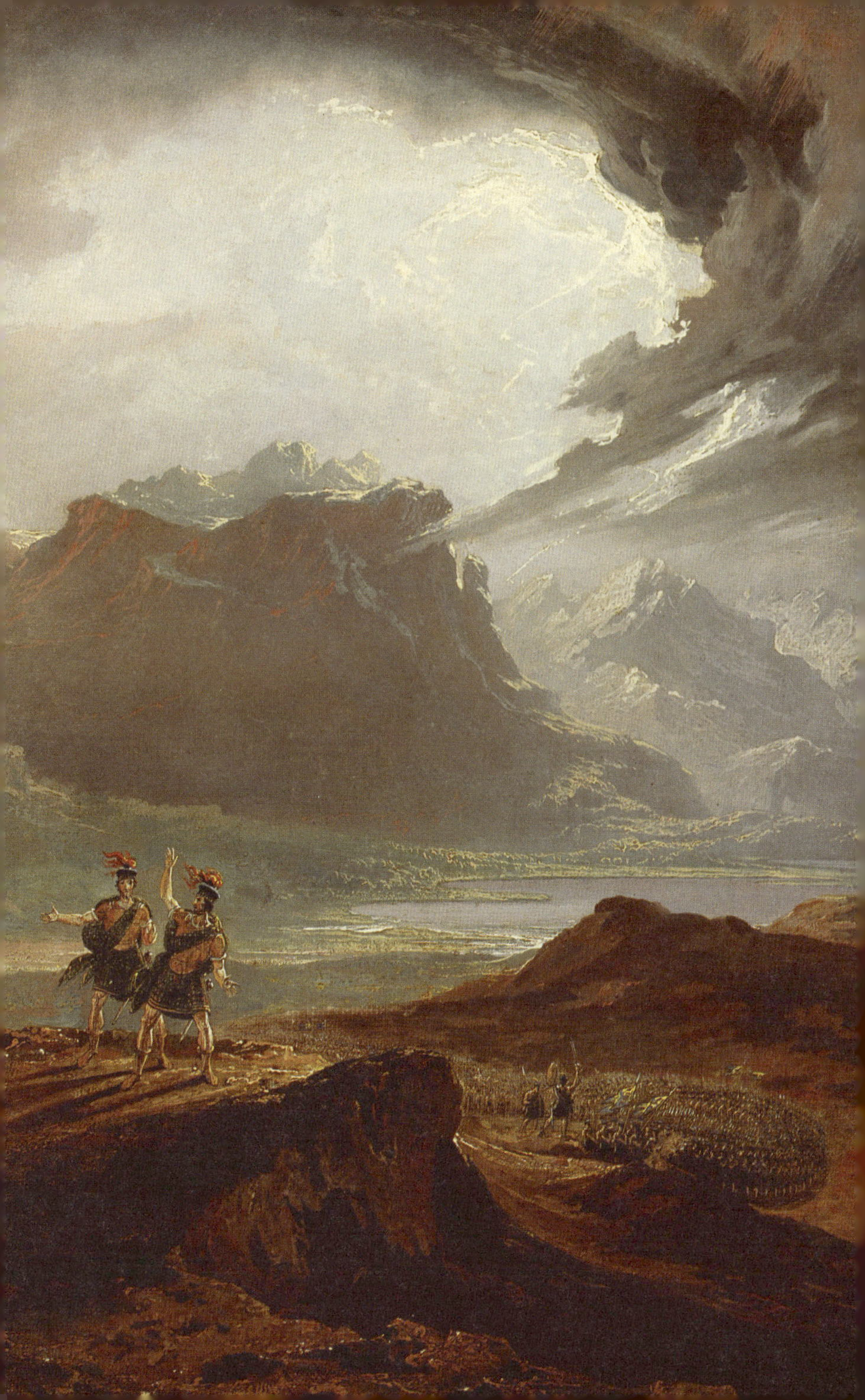

《腓迪南被爱丽儿引诱》,约翰·艾佛雷特·米莱斯,1849年至1850年作。

吸住一只被开膛破肚的牛头怪，用其余的触手缠抱着一只坩埚，里面装满破碎杂乱的人体器官；章鱼的头骨被掀开，仿佛正等着接受大脑移植手术。画面四周还有达利最拿手的那种扭曲的勺子和叉子，告诉我们物质是腐朽衰颓的，无法长久维持固定的形态。在达利笔下，那位精神分裂的麦克白夫人长着分叉的脑袋，两只斗鸡眼互相瞪着，两张嘴分别说着相反的话。从这幅画中，我们不仅能窥见单个莎士比亚人物蕴含的多重人格，还能看到这些人格——按博尔赫斯的说法——在莎士比亚本人脑海中决一雌雄。

1909年，爱德华·亨利·戈登·克雷在莫斯科排演《哈姆莱特与恶魔》的同时，也为该剧创作了一幅木刻版画。他在哈姆莱特身上多画了一个脑袋，代表王子身边那个诡异的幽灵。它倚在王子肩头，眉头紧锁，像米莱斯画中的爱丽儿那样，在王子耳畔低语，把他推向死亡。在王后寝宫里的那场戏中，乔特鲁德问哈姆莱特："为什么你睁眼瞪视着虚无，向空中喃喃说话？"随后，由于无法理解儿子的幻觉，她又补充说，"我什么也没看见。"她看不见的鬼魂，就是克雷画中的幽灵，对她而言，那只是"幻妄的错觉"，是哈姆莱特"脑中虚构的意象"[*]。尽管她不相信鬼魂真的存在，但这句话依然点出了那些最有胆识的莎士比亚插画作者心中的抱负：把无形之物呈现在人们眼前。

---

[*] 《哈姆莱特》第三幕，第四场。

《哈姆莱特与恶魔》，E.G.克雷版画作品。

※ ※ ※ ※ ※ ※

地球上所有的一切[*]

骄傲与荣耀

后帝国时代

内陆与草原上的李尔王

摇晃着的莎士比亚先生的影子

笼罩着我们

---

[*] 《暴风雨》第四幕,第一场。

"凯旋吧，我的不列颠。"本·琼森曾这样呼吁道，指望着"整个欧洲"向莎士比亚诞生的光辉国度致敬。加里克在《颂歌》里把莎士比亚的笔比作亚历山大大帝的征服者之剑，更为这番妄言增添了几分侵略性。《克拉丽莎》中的文人兼浪子洛夫莱斯更进一步，把莎士比亚奉为"我们英国人的骄傲与荣耀"。骄傲暗示力量，荣耀在主祷文中是王权的专利，也是帝国与民族强大的标志。那么莎士比亚能有今天的地位，真是因为他确保了英国的伟大吗？

这是一种伪装成爱国热情的扬扬自得。托马斯·庚斯博罗曾为加里克画过一幅肖像，画中，加里克坐在一处贵族庄园里的树下，倚着一尊莎士比亚胸像。画面极富田园风情。加里克一只手揽着雕像底座，头几乎靠在它的肩上，姿态有如主人般轻松随意，仿佛早就熟识了莎士比亚——因为这尊雕像一直以来就立在灌木丛中那爬满常青藤的底座上。或许加里克的确有理由对莎士比亚熟不拘礼：毕竟是演员在延续着剧作家的艺术生命。而另一些从没为此出过力的人，却也很高兴自己能够享受他带来的世界领先地位。在简·奥斯汀的《曼斯菲尔德庄园》中，埃德蒙·贝特伦说："我们都在谈论莎士比亚。"说得好像他记得波洛涅斯那些真挚的陈词滥调，或《皆大欢喜》中伯爵夫人送别儿子时发自内心念诵的那些老生常谈一样。半罐水响叮当的亨利·克劳福德点头赞同，尽管他自从离开学校之后，就再没翻开过任何一卷莎士比亚戏剧。"莎士比亚嘛，人总是自然而然就熟读了。"他说，"他是英国人生活的一部分。"传承是自然而然的,所以大可不必专门去读。

柯尔律治就比这些人多动了些脑筋。他宣称,莎士比亚写历史剧,是为了"让英国人为自己的祖国自豪"。而且,在1813年的一次演讲中,他还把拿破仑·波拿巴比作麦克白,借莎士比亚批判了当时英国的敌人。柯尔律治希望拿破仑能落得跟这个弑君者一样下场,还放话说,英国可是诞生了霍雷肖·纳尔逊、威灵顿公爵和莎士比亚的国度。在边境线上,国民诗人莎士比亚是一座界标:透纳的画中经常出现位于多佛附近的莎士比亚悬崖,他用大片的空白,把它描绘得像耶稣一样神秘。尽管在《李尔王》中,这座悬崖只是语言构筑的海市蜃楼,透纳却视它为国家堡垒。这印证了伊摩琴在《辛白林》中提到的那种自负的岛国心态:

> 在世界的大卷册中,
> 我们的英国似乎附属于它,
> 却并不是它本身的一部分。
> 她是广大的水池里一个天鹅的巢。*

(当然,只要是读过琼森对莎士比亚的溢美之词的人,就都知道伊摩琴口中的天鹅是谁。)

可惜,辛白林早已不再执着于加里克在《颂歌》中提到的,

---

* 《辛白林》第三幕,第四场。

"不列颠尼亚的富饶与强大":作为藩国的国王,他答应向罗马进贡,尽管他战胜了罗马军团。迈克尔·多布森指出,威廉·霍金斯和加里克曾在18世纪的改编版中,修改了这个不列颠尼亚对罗马俯首称臣的结局,而是让辛白林拒绝了对方的无理要求。后来,等到不列颠自己也成了帝国,正是莎士比亚为殖民行径提供了借口。卡莱尔曾说,莎士比亚统治着"英国版图上的所有民族",无论他们来自哪国。莎士比亚出生地的名字,还常被当作礼物,赠送给新建的白人城镇:安大略有一个斯特拉特福、一个埃文,只不过是在珀斯县;在墨尔本以西的澳大利亚腹地还有另一个斯特拉特福、另一个埃文。1901年,澳大利亚联邦成立时,政府在墨尔本和悉尼之间的草原上选了个地方建都,其中一个备选城市名就是"莎士比亚"(此外还有"天堂""奥林匹斯""康格雷姆""桉树之城"),好在政客们最终决定把它命名为"堪培拉",这样一来,它就不必非得配得上天父、诸神,或是文学教父那光辉的盛名了。

1918年,T. S. 艾略特无意中重复了柯尔律治对拿破仑的警告。他发现,英国公众对于本国全球霸主地位的信心,竟来自由"莎士比亚、纳尔逊、威灵顿"等亡者组成的联盟,他还加上了牛顿的名字。不过,艾略特狡黠的揶揄并没起到什么作用。1924年,在温布利举行的一场皇家庆典上,演出了埃尔加以诗歌《莎士比亚的王国》为蓝本创作的音乐剧。原诗由阿尔弗雷德·诺伊斯*创

---

* 阿尔弗雷德·诺伊斯(1880—1958),英国诗人、短篇小说家、剧作家。

作，讲述一位来自米德兰兹郡的青年在"英格兰征服世界"的时代来到伦敦，行囊里装满"无声的歌谣"，价值超过"整个无敌舰队"装载的黄金。这首诗认定，帝国存在的意义，就是传播莎士比亚的作品，他的创作必将比帝国更加长久。

到了19世纪中叶，卡莱尔一口咬定，如果让英国人在印度与莎士比亚之间选择，他们会毫不犹豫地放弃殖民地。谁知在一个世纪后，反倒是印度人先放弃了莎士比亚。墨香特伊沃里制片公司出品的电影《莎剧演员》，讲述了20世纪50年代，几名英国演员带着莎士比亚戏剧在印度次大陆巡演的故事，感伤地记录了帝国权威瓦解的过程。片中，一位印度王公硬要剧团在他的宫殿里上演被删改得面目全非的《安东尼与克莉奥佩特拉》，还把理查二世被废黜那一幕戏看作献给自己的统治和英属印度的挽歌。片中还出现了一位年轻的印度公子哥儿，情妇是个宝莱坞舞蹈演员，他勉为其难地看了场《哈姆莱特》，看完后表示，他很喜欢剧中的打斗场面，却烦透了优柔寡断的男主角，因为那个窝囊的王子属于一个过时守旧的世界。近年来，莎士比亚又被请回印度，不过是以印度人自己的方式：在维夏·巴德瓦杰的电影《麦克布尔》《奥姆卡拉》和《海德尔》中，麦克白、奥瑟罗和哈姆莱特全都改头换面：一个成了孟买的黑帮成员，另一个是北方邦的黑帮打手，还有一个在克什米尔地区打击恐怖分子。

视线转向加勒比海地区，来自法属马提尼克岛的艾梅·费尔南·达维德·塞泽尔，1969年在巴黎推出了改编自《暴风雨》的电影《一场风暴》。在莎士比亚笔下，愚蠢的凯列班不断地从一个人的奴隶变成另一个人的奴隶，最后只能卑微地乞求恩典；塞泽尔彻底重塑了他，把他变成了一位有苦衷的自由斗士，而不是一个色欲熏心、牢骚满腹的家伙。他不接受普洛斯彼罗给他起的名字，说自己的身份也像祖国一样，被外人窃取了。他自称X，这个名字来源于遭暗杀的马尔科姆·X，这位教士曾谴责美国严重伤害了——用塞泽尔的话来说——"黑人精神"。电影中的凯列班为自己的黑人身份而自豪，用"汤姆叔叔"这个称呼奚落黑白混血奴隶爱丽儿，排斥普洛斯彼罗那套用文明浇灌蛮荒的论调，认为那是投机商人长期以来攫取资源、压榨廉价劳动力的借口。但当他终于有机会杀死专横的主人时，凯列班却没有下手。他说自己是反叛者，而不是杀人犯。那一瞬间，他竟显得比莎士比亚笔下的勃鲁托斯更讲原则，坚决不肯借政治分歧泄私愤、报私仇。

在南非，罗本岛*上的政治犯们会阅读并讨论莎士比亚，从他的作品中学习如何反抗。一本《莎士比亚全集》在狱友中流传：《全集》的主人桑尼·文卡特拉特南†用粥代替胶水，在封面上粘了张贺卡作伪装，还骗那些只懂南非荷兰语的看守说，这是自己的

---

* 罗本岛（Robben Island）是南非开普敦桌湾中的一座小岛，岛上监狱曾在南非种族隔离时代长期关押大批黑人政治犯，纳尔逊·曼德拉1964年至1982年曾在此服刑，后转至其他监狱。如今，监狱已改为罗本岛博物馆。下文提到的比利·耐尔即出现在博物馆说明中，沃尔特·西苏鲁则是南非国民大会元老。

† 桑尼·文卡特拉特南（1935—2019），南非反种族隔离主义斗士，自20世纪70年代起，与纳尔逊·曼德拉等其他政治活动家一同被关进南非臭名昭著的罗本岛监狱。

在电影《莎剧演员》中,白金汉剧团的演员们正在迈索尔皇宫里表演《安东尼与克莉奥佩特拉》。

地球上所有的一切 261

"《圣经》",免得他们干涉。住单人牢房的囚犯们画下喜欢的段落,再传给下一位读者,以这种方式沟通。可想而知,比利·耐尔划下的,自然是凯列班那句"这岛是我的"[*];沃尔特·西苏鲁勾的是夏洛克那句反驳,"忍受迫害本是我们民族的特色"[†];纳尔逊·曼德拉——那是1977年,曼德拉27年的牢狱生涯刚刚过半——选择了不听劝告的凯撒坚持要在三月十五日出门时说的那句话:

懦夫在未死以前就已经死过好多次;
勇士一生只死一次。[‡]

这句话居高临下地嘲讽了那些明哲保身的小人,透露出凯撒一贯的目中无人。当时曼德拉极有可能要在监狱中度过余生,他赋予这句话一种伟大的道义之勇,再加上他只是借空白处的签名默默吟诵,而不是大声疾呼,所以更让人印象深刻。莎士比亚或许不能确保殖民地会永远忠于帝国,但天生反骨的他从精神上武装了那些反抗者,他们奋起抗争,让欧洲的那些帝国自惭形秽。

* * *

莎士比亚从不是哪个国家的祖产。用普洛斯彼罗的话说,"地

---

[*] 《暴风雨》第一幕,第二场。
[†] 《威尼斯商人》第一幕,第三场。
[‡] 《裘力斯·凯撒》第二幕,第二场。

球所有的居民"都平等地享有这颗星球*。从莎士比亚戏剧走向世界的那一天起,英国就丧失了独享它的权利。

在18世纪末的德国,莎士比亚被迫卷入了一场文化之争,交战双方是崇尚希腊传统的南方和思想更活跃、影响更广泛的哥特北方。施莱格尔把索福克勒斯的作品比作符合黄金比例的帕特农神庙,又把莎士比亚华丽的辞藻和自然流畅的悲喜剧比作圣斯蒂芬大教堂,它高耸的尖顶迫不及待要冲破天际,在维也纳上空睥睨众生。英国人徒劳地想留住莎士比亚:乔治·艾略特认定德国人欣赏不了莎士比亚,嘲笑他们居然推崇莎士比亚作品中那些像日耳曼人一样呆笨的文字游戏。司汤达也借自己那本言辞激烈的小册子《拉辛与莎士比亚》批判了法国人的偏见,讽刺自己的同胞在观看"我们可怜的莎士比亚"时,在台下起哄,只因为他来自"不仁不义的不列颠"。有位学者把拉辛比作"优雅的昨日留在当代的一颗彬彬有礼的遗珠",而他的对手,司汤达阵营中的一位浪漫主义者,则把莎士比亚奉为"打破政治和艺术桎梏的解放者"。意大利人无须为莎士比亚的归属担忧,因为莎士比亚曾把戏剧设置在罗马、威尼斯、维罗纳、曼托瓦和西西里,简直堪称意大利荣誉公民。威尔第歌剧《福斯塔夫》的词作者阿里戈·博伊托称,这部歌剧欢快的拉丁风格,让那位终日耽于酒肉的主角,回归了他"明白无误的托斯卡纳源头",也就是薄伽丘的《十日

---

* 《暴风雨》第四幕,第一场。原文 the globe 一语双关,既指地球,又指莎士比亚的环球剧院。

谈》。博尔赫斯也半开玩笑地提出，莎士比亚说不定是意大利人，要么就是犹太人，因为他热情洋溢的个性在阴郁的英国人当中实属罕见。

随着时间的推移，莎士比亚戏剧传遍了"整个欧洲"，甚至更远。每到一处都被重构，以适应当地情况。其中，《李尔王》走得最远，这或许是因为，剧中的矛盾源自高纳里尔所说的"家庭纠纷"*，而有人的地方就有这类争执，例如代际矛盾、手足相残、财产争夺，甚至是家务分工，等等。在戏剧中，国王的身份并不重要，或者可以直接用父权代替。李尔描绘的王国，如同宣传册上无人问津的地产项目：高纳里尔会得到"富庶的河流、广大的牧场"，里根也会得到"同样广大、同样富庶、同样佳美"[†]的土地。这些都很容易替换成别处的风光，或其他城市里的街道。

被削去王位后背井离乡的李尔，最早出现在巴尔扎克《高老头》中的巴黎；随后，他来到位于亚欧大陆的俄罗斯的平原上，走进屠格涅夫那篇《草原上的李尔王》，小说讲述了一位高大魁梧的地主被两个贪心的女儿虐待的故事。莎士比亚戏剧中的李尔，号称要做出一番"使全世界惊悚"[‡]的事来，虽说他并不清楚自己具体想做的是什么。屠格涅夫笔下的哈洛夫则践行了这句豪言：他撬掉屋顶的钉子，把房上的横梁扔到一旁，徒手拆毁了一栋房屋。

---

* 《李尔王》第五幕，第一场。
† 《李尔王》第一幕，第一场。
‡ 《李尔王》第二幕，第四场。

李尔不假思索就拆分了王国,并且毫不在乎随之而来的战争;哈洛夫的思维比起李尔来更像个国王,他愤怒地叫嚣着要消灭邪恶的鞑靼人、杀光偷盗成性的立陶宛人。哈洛夫死后,一个女儿死死看管着他的遗产,另一个女儿加入了某种以鞭笞惩戒自我的邪教。这暗示俄罗斯面临着两种同样险恶的未来:一种是极权主义;另一种是神秘主义。相比之下,莎士比亚剧中的高纳里尔和里根在为埃德蒙争吵时死去,起码还算有个善终。

屠格涅夫笔下的叙述者,一面介绍自己身边这位"李尔",一面跟几个朋友谈起莎士比亚塑造的"原型"人物,历数自己熟人中的哈姆莱特、福斯塔夫、奥瑟罗、理查三世和麦克白。这种分类方式的问题在于,莎士比亚戏剧中并不存在类型化的人物:《仲夏夜之梦》中的菲劳斯特莱特说,工匠们这次要凭脑筋而不是力气干活儿;《裘力斯·凯撒》中的鞋匠和木工,因为在戏剧的一开始不肯亮出自己"职业的符号"*而惹怒了护民官。的确,屠格涅夫提到的那几个人物,如今已代表着永恒的人性,但他们最初都是个性鲜明、内心复杂的人:一个是贵族知识分子,一个是忧郁的胖子,一个是内心敏感的武士,一个是花言巧语的杀手,一个是为探究虚幻的理念,甚或出于精神上的好奇而杀人的凶手。是约翰逊第一个把莎士比亚人物视为"原型",称他们为"普遍人性真正的后裔,世间永远不乏这样的人物,我们总能找到他们的踪

---

* 《裘力斯·凯撒》第一幕,第一场。

迹"。这种分类一经确立,作家们就迫不及待地搜寻或打造新的例证。而随着时间的推移,这些"寓言中的人物"——鲍斯韦尔这样称呼莎士比亚诞辰庆典的参与者——也逐渐派生出远离欧洲的枝干。

  黑泽明电影《乱》塑造了一个与莎士比亚同时代的日本"李尔",把他置于封建领主割据、中央政权积弱的时代背景之下。军阀秀虎隐退,引发三名男嗣手足相残,随着三人麾下武士身着三种不同颜色的战袍投入战斗,影片巧妙过渡到对历史的思考,追问历史为何总是重蹈覆辙。尸体堆积如山的场面,恍如1923年大地震后的东京,或是1945年轰炸后的广岛。黑泽明镜头下那些16世纪的人物,总是忧心忡忡地仰望天空,天上膨胀的云朵就像核爆之后的蘑菇云,饱满得仿佛随时都会炸开。鲜血要么从加压喷嘴中迸射而出,要么滴穿被围困的城堡地板,就像雨滴渗进漏雨的屋顶。炎炎夏日,人们用盐腌渍割下来的人头,当作战利品互相交换。但这场血腥的屠杀是用远景表现的,不会像《李尔王》中可怕的场面那样让人胃里翻江倒海、精神过度紧张。黑泽明用配乐掩盖了喊杀声、枪声和短兵相接的叮当声,麻痹了人的感官,让人觉得冲突会无休止地持续下去、没有尽头。片中有位受害者,她的家人都被秀虎杀害,城堡也被烧毁,可她却对他毫无怨恨。因为她笃信佛教,相信一切都是前世注定,现世的遭际只是前世的业报。或许,她所说的因果报应,就是莎士比亚口中的"宿命决定论"。

凯伦·布里克森的回忆录《走出非洲》把李尔带到了肯尼亚高地，尽管作者此时已经准备离开农场返回丹麦了。她的领地上住着一些不请自来的棚户居民，她很担心他们今后该何去何从。一位驻内罗毕的英国殖民地官员告诉她，他们"不需要"留下来。布里森心里想的是："啊！别跟我说什么需不需要！"*这是李尔被里根嫌弃家臣太多时的回答。她想象着那些非洲土著苦苦思索、设法弄懂那套全新的分配制度，它弄得他们晕头转向、无所适从。这些思绪又触发了另一段关于《李尔王》的回忆：李尔醒来后问考狄利娅，自己是不是在法国，肯特回答："您在您自己的国土之内，陛下。"†《李尔王》的故事与肯尼亚部族被驱赶的遭遇如出一辙，而驱赶他们的人，正是莎士比亚的后世同胞。加里克在《颂歌》中提议，一定要让这批"价值连城的货物"——也就是莎士比亚戏剧——进入那些"为之眼红的国家"，如此一来方不辱帝国使命。

李尔最远曾到过澳大利亚，化身为帕特里克·怀特的小说《风暴眼》中的那位专横跋扈的女家长伊丽莎白·亨特。这里的"风暴"，指席卷昆士兰沿海某座岛屿的热带气旋。与剧中不同的是，这场气象灾害，本身也是拜伊丽莎白所赐。我们通常会亲切地把造物称作"自然母亲"，而她就代表自然母亲身上那种迈那德

---

* 《李尔王》第二幕，第四场。
† 《李尔王》第四幕，第七场。

斯[*]式的疯狂。在她弥留之际,她的儿子巴塞尔——一位知名演员,有志扮演哈姆莱特,却和许多同行一样,心有余而力不足——在陪护期间离开她的床边,走进了路边的一片灌木丛,想看莎士比亚能否适应"澳大利亚日间"炫目的阳光。小说写到他开始背诵《威尼斯商人》中罗兰佐那段月光下的独白,但在荧幕上,弗雷德·谢皮西将其改成了李尔王在荒野上的咆哮。杰弗里·拉什饰演的巴塞尔,蹚进泥泞的水坝开始朗诵,那是他童年假期经常去钓鱼的地方。但骤然间,朗诵被一声不属于莎士比亚的哭喊打断,他喊着:"哦,妈的,妈的,妈的!"原来是被玻璃(或生锈的铁罐)划伤了脚。这时,电影给出一个广角镜头,巴塞尔顿时化作干热荒地上一只微不足道的虫豸,他对着虚空低声吟诵,喜鹊的合唱盖过了他的诗句。怀特或许的确把莎士比亚带到了澳大利亚,却没能把他留在这里。

在美国,《李尔王》留下了更持久的印记。它最早出现在安东尼·曼[†]执导的两部西部片中,他把李尔的故事搬到了新墨西哥。《复仇女神》将李尔塑造成一位养牛大亨,很有国王的派头,甚至在自家规模庞大的农场上发行了货币。他的女儿——由芭芭拉·斯坦威克饰演,集考狄利娅和她那两个邪恶的姐姐于一身——热爱着他,却总带有一股不伦的醋意,会用剪刀攻击她的

---

[*] 迈那德斯是希腊神话中追随酒神狄俄尼索斯的疯狂的女侍。
[†] 安东尼·曼(1906—1967),奥地利裔美国导演,主要活跃于20世纪40年代至20世纪60年代,擅长从黑色电影到西部片再到史诗片等多种类型。

准继母。父亲骂她是"无可救药的败类",作为报复,她决心买断他那些一文不值的借据。片中没有军队,这是一场金钱之战。电影《从拉莱米来的人》的主人公是一位视力日渐衰弱的老农场主,他的两个儿子终日争吵不休。从这个角度来讲,他既像李尔,又像葛罗斯特。戏剧中的葛罗斯特双目失明,而在电影中,同等的厄运却降临在了詹姆斯·斯图尔特饰演的一名退伍军官身上,当时有人向阿帕奇族人非法出售步枪,而他正在调查这起案件。农场主暴虐的儿子钳住军官,命令他伸出胳膊,还对着他用枪的那只手开了一枪。在人人枪不离手的西部,这无异于刺瞎人的双眼。

在田纳西·威廉斯的舞台剧《热铁皮屋顶上的猫》中,李尔成了密西西比河三角洲的一位大家长——波利特老爹。他同样拥有自己的小小王国———片约113平方千米的沼泽地,后来被他改造成种植园。老爹跟李尔不同,他并不打算放弃自己的领地,而是计划建一座纺织厂,好把地里出产的棉花织成布,拿到市场上出售。在李尔行事乖戾、出人意料的地方,威廉斯把老爹塑造成了一个社会的必然产物。在这种社会里,人们普遍崇尚炫耀型消费:据说他之所以贪婪地买下这么多土地、吞下这么多番薯蜜饯,就是为了补偿童年的物质匮乏。我们对李尔的王后——他那几个令人头疼的女儿的母亲——一无所知,威廉斯却补充了老爹的婚史和婚外情史:他的妻子,一位聒噪的胖大婶,为他生了两个儿子,让老爹王朝后继有人。这是因为他的后代绝不能是女儿,那样他就没法把生意传下去了。然后,他又想着找个情妇,要把她捂在貂皮里、埋进钻石堆。儿媳在他眼里就是个"生育工具",不过,与李尔对高纳里尔"产育器官"*的恶毒诅咒相比,这只是小巫见大巫。

当李尔说要解剖里根时,他只是打个比方;电影里的老爹却真的接受了临床手术,还从外科医生那里得知自己的结肠痉挛其实是癌症,而且"开刀也没用"了。精神打击往往是压垮古典悲剧主角的最后一根稻草,在电影中,疾病取代了它,但病痛是可以治疗或至少能得到缓解的。威廉斯也和内厄姆·泰特一样,避开了《李尔王》结尾那种偶然、无以复加的痛苦,让老爹的医生好心留给他一剂吗啡。或许终有一天,美国的医疗研究机构会找到医治悲剧的良方。

* * *

缺乏敬畏之心的美国人常常想不通,莎士比亚为什么这么不走运,竟然出生在另一片大陆。

彼得·马科[†]1787年在费城发表的一首颂歌,堪称"莎士比亚的《独立宣言》"。他把莎士比亚从被"霸道的英国"独占的"狭小领地"中解救出来,让他在"我们西面的海岸"加入美国国籍,声称那里有全世界"最崇高的舞台"。莎士比亚"无畏的精神"移居到美国之后,紧接着便是他的个人财物:1844年,马戏团老板

---

* 《李尔王》第一幕,第四场。

† 彼得·马科(1752?—1792),美国诗人、剧作家,1783年从西印度群岛移民至美国费城。

P. T. 巴纳姆曾想买下斯特拉特福的莎士比亚故居,把它放在自己位于纽约的博物馆里展出——同期展品还包括一条美人鱼、一位留胡须的女士、一对暹罗双胞胎,和一截号称曾荫庇过基督门徒的树干。时至今日,莎士比亚故居依然留在英格兰,但华盛顿特区却坐拥全世界规模最大的莎士比亚作品收藏,它们原本属于亨利·克莱·福尔杰[*],而他在1932年把自己的图书馆捐给了国家。据福尔杰的遗孀透露,他把莎士比亚看作"一口水井,供我们汲取属于美利坚民族的思想、信仰与希望"。对福尔杰这样一位石油公司高管而言,"井"这个意象用得十分贴切:石油钻井在很多方面都与莎士比亚的语言有着共通之处。从井下喷出的黑色黄金让福尔杰标准石油公司的股东们发家致富,至于莎士比亚戏剧是否撑起了一个国家的意识形态,那又是另一回事了。

沃尔特·惠特曼认为,美国人不需要莎士比亚。因为《科利奥兰纳斯》中油腻邋遢的乌合之众和《亨利六世》中追随凯德的那帮目不识丁的暴徒,侮辱了"普罗大众的骄傲与尊严"。1849年,激愤的抗议者打断了威廉·查尔斯·麦克雷迪[†]在纽约排演的《麦克白》,号称要抵制这种虚荣势利的封建残余,当局不得不出

---

[*] 亨利·克莱·福尔杰(1857—1930),纽约标准石油公司总裁、莎士比亚作品收藏家、福尔杰莎士比亚图书馆创始人。

[†] 威廉·查尔斯·麦克雷迪(1793—1873),英国演员、剧场经理、日记作家,是19世纪戏剧表演和戏剧产业技术发展的领军人物。

第272-273页图
在黑泽明执导的电影《乱》中,由一文字家族统领、
秀虎之子次郎领导的军队。

地球上所有的一切　271

地球上所有的一切 273

动民兵，事件造成了多人死亡。然而仅仅时隔一年，在1850年，爱默生就宣称，莎士比亚必将继续滋养"全世界最优秀的民族"，也就是大西洋两岸的"盎格鲁-撒克逊民族"。美国的其他族裔也想沾一沾光：W. E. B. 杜波依斯[*]在1903年出版的《黑人的灵魂》中写道："我与莎士比亚同在，他从不退缩。"

在这句话里，杜波依斯这位致力于倡导高等教育种族平等的活动家认为，莎士比亚代表了他有权学习的高雅文化。不过在美国，莎士比亚最大的幸运是，他可以被一种更通俗、更大众的文化吸纳。《吻我，凯特》是科尔·波特改编自《驯悍记》的音乐剧，其中有一段二重唱，表现的是两个痴迷文学的打手，在一座百老汇剧院的后巷里，一边等着"修理"某人，一边趁机温习莎士比亚。波特灵活的韵脚为莎士比亚的剧名找到了粗鄙的新用途。这两个黑帮成员在"英国大西达夫人"[†]面前引用《特罗洛伊斯与克瑞西达》，模仿那种短促的地道英国腔；如果一个女人因被冒犯而痛骂他们"十恶不赦"，他们就"照准她的科利奥兰纳斯踢下去"[‡]；要是遇到一名"寻求快感"的妓女，他们就让她尝尝什么叫"一报还一报"[§]。这些低俗的俚语深得莎士比亚的真传。语言，就像

---

[*] 威廉·爱德华·布格哈特·杜波依斯（1868—1963），美国黑人社会学家、历史学家、民权活动家、作家。

[†] 原文仿照克瑞西达（Cressida）的拼写，把"大使"（ambassador）写成了"大西达"（embassida）。

[‡] 此处借"科利奥兰纳斯"（Coriolanus）指与其发音相近的"阴蒂"（clitoris）。

[§] 原文"plea for pleasure"与《一报还一报》（*Measure for Measure*）押韵。

费斯特说的,"毫无廉耻,极易堕落"。

在1936年出品的短片《摇摆吧,莎士比亚先生》中,古老的文学人物挣脱了包裹着皮革的书本,开始追求美国式的幸福生活。哈姆莱特把郁利克的几根长骨立在球道尽头,然后用头骨做的保龄球把它们击倒;涂黑脸的白人奥瑟罗忘却了婚姻的烦恼,还上了阿尔·乔尔森的一场滑稽歌舞秀*;克莉奥佩特拉跟两个肌肉猛男表演杂技,蛇一般灵活的身姿暗示着她高超的性爱技巧;朱丽叶的奶妈劝她去"读本好书",可痴情的姑娘却把这话当成耳旁风,转而唱起一首伤感的美式单恋情歌,吃了闭门羹的罗密欧则发誓,要"把那女的从阳台上打下来";莎士比亚自己倒想重振昔日的礼仪,但大腹便便的福斯塔夫劝他不要白费力气,还是来跳吉特巴舞吧。另一组平易近人的莎士比亚人物出现在爱德华·肯尼迪·艾灵顿的《甜蜜雷霆》中。1956年,他在安大略斯特拉特福参加完莎士比亚戏剧节后,创作了这张专辑,曲目包括:一首为麦克白夫人量身打造的拉格泰姆华尔兹,呈现出艾灵顿想象中的往昔,把听众拉回麦克白夫人靓丽迷人的青春时代;在《上上下下》中,代表迫克的小号嘲笑着其他乐器精心制造的混乱;在《伟人的疯狂》中,艾灵顿再次用空灵的小号展现了哈姆莱特癫狂错乱的精神活动,即兴重复的爵士乐片段堪比莎士比亚高超精湛的语言。

在约翰·福特的西部片《侠骨柔情》中,愤怒的悲剧演员格

---

* 阿尔·乔尔森(1886—1950),美国歌手兼喜剧演员,以涂黑脸扮演黑人而知名。滑稽歌舞秀(minstrel show)专指由白人把脸涂黑,以戏仿形式讽刺黑人生活的表演。

兰维尔·索恩代克（阿兰·莫布雷饰）鄙夷地说："酒馆哪是演莎士比亚的地方。"不满有人硬要他在酒吧里朗诵"生存还是死亡"。但他其实不必如此不屑：哈姆莱特迎接刚到埃尔西诺的罗森格兰茨和吉尔登斯吞时，就曾许诺："我们要趁你们未去之前陪你们痛饮几杯。"*酒吧里的顾客朝索恩代克脚边开枪，逼得他跳起了躲避的舞蹈；他退场后，患有肺痨的霍利迪医生继续朗诵那段独白，直到因咳嗽而中断了表演。福特先是让演员一边滑稽地躲避子弹，一边念诵哈姆莱特充满哲学意味的喃喃自语，让这段台词经受了第一重考验；接着，他又让身患绝症、语无伦次的霍利迪结结巴巴地朗读这段话，把它弄得支离破碎。但无论是那位备受折磨的演员，还是这位病入膏肓的医生，他们都比默默掂量自杀利弊的哈姆莱特更接近死亡。所以，福特把电影的发生地安排在一座名为"墓碑"的小镇上，而且还位于堪称"地质坟墓"的纪念碑谷中，岂不是合适极了？

莎士比亚笔下的戏剧冲突，在遥远的美国西部那广袤无人的旷野上激荡，剧中人物也得以挣脱悲剧、远走高飞，去海角天涯展开新的生活。德尔默·戴夫斯执导的西部片《远走高飞》从无辜的凯西奥入手，以他的视角重构了《奥瑟罗》的故事，避免了莎士比亚原本那个无人生还的结局。这里，工头朱巴尔不仅被一名类似伊阿古的雇工构陷，还被老板的老婆、好色的苔丝

---

* 《哈姆莱特》第一幕，第二场。

狄蒙娜——电影中她来自加拿大，或许是在暗示她道德低下的原因？——占了便宜。面对莫须有的指控，他出于自卫杀死了老板，最终被判无罪，因为法官认定这是一场公平的较量。（试想一下，如果凯西奥反抗奥瑟罗，一切将会怎样？）他获释后，一家子摩门教徒刚好经过门前，他就跟他们一道走了。白雪皑皑的大提顿山脉耸立在怀俄明州的平原之上，有如通往应许之地的大门。

视线再转回美国东部。原来，有座城市早已张开怀抱，开放得就像《温莎的风流娘儿们》《仲夏夜之梦》和《皆大欢喜》中那些喜剧人物栖居的边陲或森林。20世纪50年代，杰克·凯鲁亚克和艾伦·金斯伯格会站在纽约百老汇与第四十二街交界的十字路口，向时代广场致敬，并把这里称为"亚登森林"，他们欢快的美国口音取代了罗瑟琳被放逐后的忧郁腔调。凯鲁亚克说，纽约霓虹闪烁的路口就是"生活的十字路口"，"熙攘的人群擦肩而过，为生计而奔忙"；随后，他又加了一句莎士比亚式的双关语，说自己理想的社会就是"亚登花园，里面到处是情侣与蠢材"*。在美国广袤的国土上，每个追梦人都有一席之地，无论他们来自何处。《西区故事》中那对恋人唱道："世上总有个地方属于我们。"这对来自纽约贫民窟的罗密欧与朱丽叶，将会在那里呼吸到莎士比亚笔下充满暴力的维罗纳所没有的"安详、宁静的清新空气"，还有机会过上"崭新的生活"——对于美国式的乌托邦理想而言，这

---

* 原文为"Garden of Arden, full of lovers and louts"，其中"花园"（Garden）与"亚登"（Arden）尾韵相同，可视为双关。

是一个永恒的主题。

莎士比亚在《罗密欧与朱丽叶》里并没解释两个家族缘何结仇：双方的敌对状态是一种设定，无须说明，就像伊阿古无缘无故的恶意。《西区故事》中的帮派斗争则源自社会问题，只要拆除廉价公寓，再开设一堂教授包容与团结的公民课程就能解决。伦纳德·伯恩斯坦和斯蒂芬·桑德海姆*用各种现代城市元素替代了莎士比亚戏剧中的场景：宫廷舞会变成了学校体育馆里的校园舞会，朱丽叶的阳台成了防火楼梯，药剂师的商店成了一家破旧霉烂、存货不足的药店——慈爱的店主多克会用汽水和糖果招待大家，而且柜台里绝不会出现毒药。没有毒药，也就没有了恋人双双殉情的结局。最后，托尼中弹身亡，玛丽却活了下来，用一番感人肺腑的陈词谴责了偏狭与暴力。

莎士比亚悲剧往往局限在狭小的场地内，可选的剧目也不多，所以在这片自由的土地上始终不受欢迎。尽管彼得·马科曾在他的颂歌中不断唤起莎士比亚这个"令人惶然的名字"，对他制造的那种"令人愉悦的恐怖"津津乐道，但他其实只是把莎士比亚悲剧当作弘扬公平正义的寓言，正如他在总结《理查三世》和《哈姆莱特》时所作的那副过于工整的对联：

国仇连家恨，好战的伯爵揭竿而起；
丧父风树悲，侠义的王子如梦方醒。

---

* 斯蒂芬·桑德海姆（1930—），美国作曲家，20世纪美国音乐剧发展史上的关键人物。

此后的美国改编作品也秉持这套"社会向善"的论调,悲剧人物要么像朱巴尔那样暂时得救,要么就低头认罪,被打消了嚣张的气焰。1962年,玛丽·麦卡锡[*]在一篇文章中说,麦克白就是会杀人的巴比特——后者是美国中西部一个令人讨厌的乡巴佬,出自辛克莱·刘易斯[†]的一部讽刺小说。她觉得麦克白刚一开口——闲扯了一句天气——就暴露了他思想的贫乏,认为他听信女巫的预言是极端愚蠢的,批评他"头脑简单",并认定"总的来说,这就是他悲剧的根源"。但造成他悲剧的罪魁祸首,难道不是他噩梦般丰富的想象力和极度敏感的神经吗?它们放大了他犯下的罪孽,让他深信自己不可饶恕。不过麦卡锡其实是在指桑骂槐,借这篇文章批判在亚洲为帝国作战的美军将领中那种循规蹈矩的官僚作风,这些穿军装的笨蛋犯下的愚蠢错误遮蔽了她的双眼,让她只看得见平庸之恶。

最近,本·阿弗莱克出于同样的民粹主义目的,竟把蝙蝠侠称为"美国的哈姆莱特"。不可否认,布鲁斯·韦恩童年时代的确因为目睹双亲被杀而深受创伤,而且,他在哥谭市行侠仗义时,穿的也的确是一件带斗篷和头套的蝙蝠装——换句话来说,就是一件漆黑的斗篷。但装疯卖傻、制造混乱的哈姆莱特,其实更像

---

[*] 玛丽·麦卡锡(1912—1989),美国作家、评论家、政治活动家,著有《一个天主教女孩的童年回忆》。

[†] 辛克莱·刘易斯(1885—1951),美国小说家、剧作家,是首位获得诺贝尔文学奖的美国作家,代表作有讽刺小说《巴比特》。

蝙蝠侠的死对头小丑。在这里，美国人那种不问青红皂白的乐观主义再次影响了阿弗莱克的观点，让他把莎士比亚笔下那位道德可疑、精神惶惑的男主角说成了一位完美无缺的英雄。

* * *

是电影让莎士比亚真正走向全球，成为世界公民。

默片没有对白，因而可以绕过国别障碍，靠肢体语言或面部表情传达情感，而这正是莎士比亚式人物所擅长的，其水准绝不亚于查理·卓别林或葛丽泰·嘉宝：普洛斯彼罗的精灵在布置宴会餐桌时用手势互相沟通，"表演了一幕美妙的哑剧"*；罗密欧解读朱丽叶的眼神，说她"欲言又止，可是她的眼睛已经道出了她的心事"†。早在1899年，有人就以默片形式拍摄了莎士比亚戏剧中的片段，而声画同步的电影直到三十年后才出现。在最早的一个片段中，赫伯特·比尔博姆·特里爵士‡饰演的约翰王在椅子上抽搐着死去；在美国1909年拍摄的缩略版《仲夏夜之梦》中，一位女迫克出现在一场轻松随意的日间野餐会上，表演着无伤大雅的小把戏，丝毫看不出是一个色情狂。

在这些默片中，角色脱离了原始文本，以无声的表演在暗中

---

* 《暴风雨》第三幕，第三场。

† 《罗密欧与朱丽叶》第二幕，第二场。

‡ 赫伯特·比尔博姆·特里（1852—1917），英国演员、剧场经理，于19世纪70年代开始从事表演事业。

添油加醋，或改变剧情。德国1922年拍摄的《奥瑟罗》加了一则幕间旁白，告诉观众：摩尔人（奥瑟罗）向威尼斯元老宣称，自己的父亲是埃及王子、母亲是西班牙公主。失去了莎士比亚诗意的语言之后，他确实需要这种高贵血统的加持：没有了台词支撑的埃米尔·詹宁斯[*]，看上去就像个活宝。他和苔丝狄蒙娜在她的卧室里笨拙地打闹，被爱米利娅撞见后，他就用窗帘把女仆裹住，不让她偷看夫妻俩的嬉戏。默片以过度的演绎填补语言的空白。在戏剧里，伊阿古说自己总能"让傻瓜掏出钱来给我用"[†]。维尔纳·克劳斯[‡]扮演的伊阿古把这句话演了出来，他用一只手吃着午餐，另一只手三下两下就摸走了罗德利哥兜里剩下的钱。有人骂他两面三刀，他就四处乱扔盛满食物的盘子，然后捻着胡须做出歹毒的样子。在戏剧中，伊阿古谎称凯西奥曾梦见与苔丝狄蒙娜做爱；而在电影中，这成了奥瑟罗的幻想。他躺在床上痛苦地扭动身体，饱受嫉妒的折磨，与此同时，他妻子和那位疑似情人的模糊形象，就在他头顶上彼此相拥。尽管他闭着眼，但这是否也算他要求的"目击证据"[§]呢？

---

[*] 埃米尔·詹宁斯（1884—1950），德国演员，活跃于20世纪20年代的好莱坞，他是史上首位获得奥斯卡最佳男主角的演员，也是迄今唯一一名获得该奖项的德国人。

[†] 《奥瑟罗》第一幕，第三场。

[‡] 维尔纳·克劳斯（1884—1959），德国电影及舞台剧演员，20世纪早期曾一度统治德国舞台，但后来与纳粹合作，声誉一落千丈。

[§] 《奥瑟罗》第三幕，第三场。

第282-283页图
在马克斯·莱因哈特的《仲夏夜之梦》中，由维克托·乔里和希拉·布朗分别饰演的奥布朗和印度王子。

地球上所有的一切

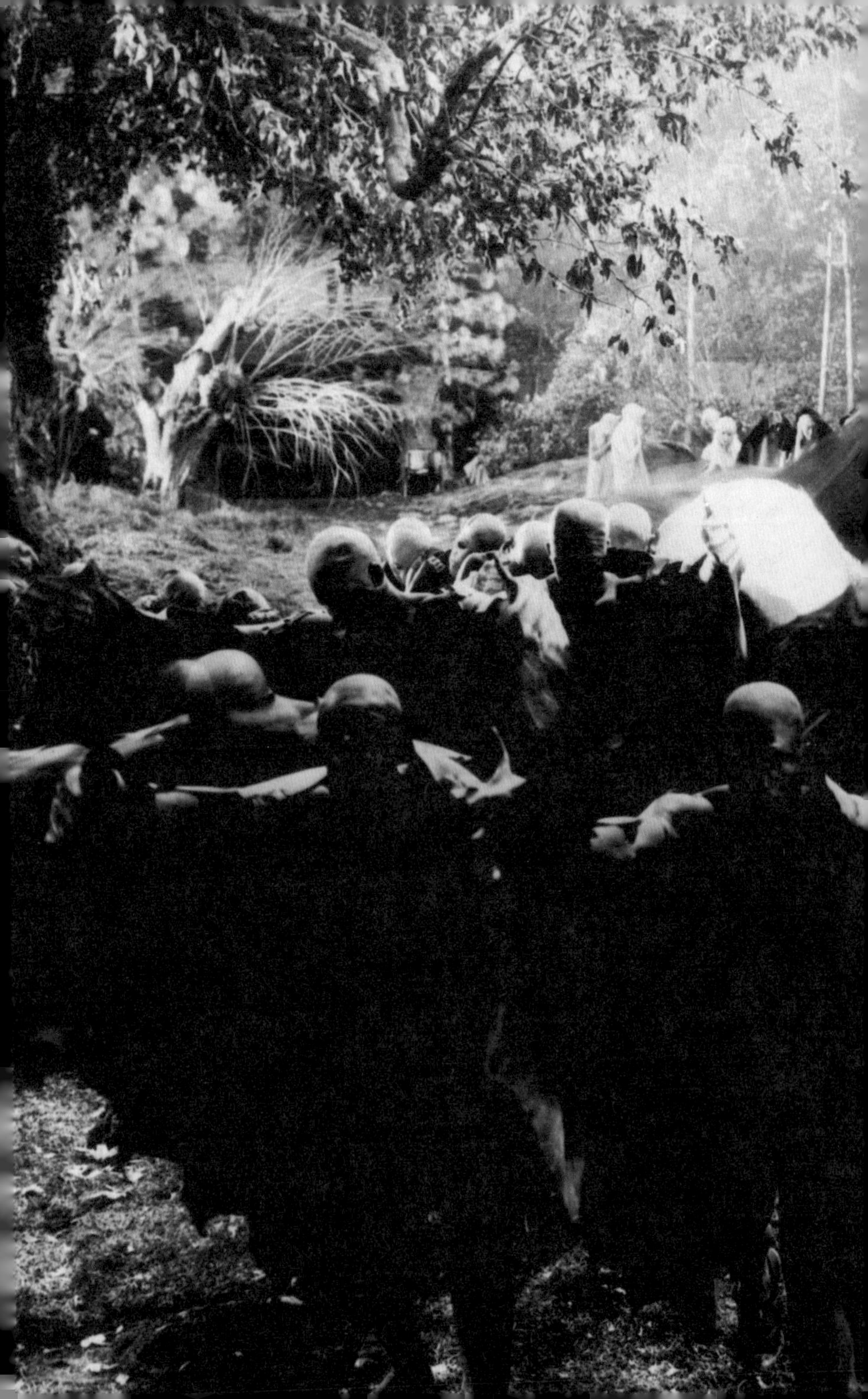

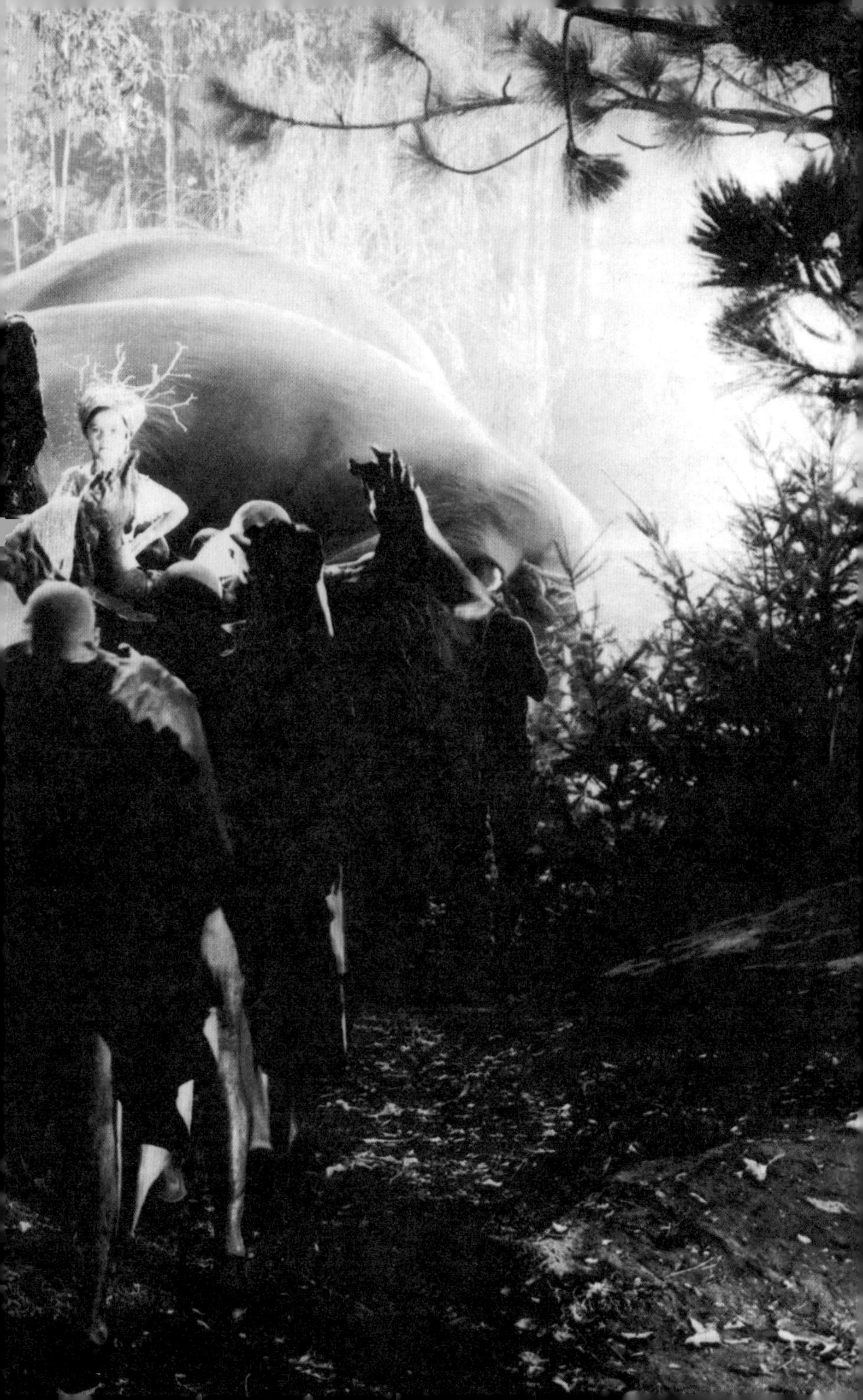

电影的目的，正像电影版《奥瑟罗》中这个片段揭示的那样，就是把幻想化作影像。1935年，马克斯·莱因哈特[*]拍摄他那部布景郁郁葱葱的《仲夏夜之梦》时，把莎士比亚的魔法森林与好莱坞电影工业制造的百变幻景结合在一起。他在摄影棚里的一座机库中——一处运用最新科技打造的春梦婆洞穴——布置了一片森林，林中布满挺拔的人形树木，还有一支由鼓眼地精组成的乐队；池塘里，一只浑身污泥、满面褶皱的蟾蜍浮出水面；成群的萤火虫在薄暮中飞舞；一群躁动不安、皮肤粗糙的蝙蝠把奥布朗围在中间。画面上短暂地出现了一头灰熊和一头公猪，此外还有一只独角兽，那是印度王子的宠物。莱因哈特为影片配了一首没有歌词的夜曲，乐声中，恶魔围住颤动着纤纤蝉翼的精灵，把它们赶到奥布朗翻腾的黑色披风下，又在黎明到来之前将它们驱散。这一系列影片由布洛妮斯拉娃·尼金斯卡[†]编舞，片中肃穆的配乐由埃里希·沃夫冈·柯恩戈尔德[‡]根据门德尔松为原剧创作的音乐重新编排，借助这些手段，影片向我们展现了电影世界里那种摩尼教式的[§]明暗对立，投影的强光刺穿了包裹我们梦境的黑暗，划破

---

[*] 马克斯·莱因哈特（1873—1943），出生于奥地利的戏剧、电影导演，同时也是剧场经理、戏剧制片人。20世纪早期最著名的德语戏剧导演之一。

[†] 布洛妮斯拉娃·尼金斯卡（1891—1972），波兰芭蕾舞蹈家、动作指导。

[‡] 埃里希·沃夫冈·柯恩戈尔德（1897—1957），出生于奥地利的作曲家、指挥家，是好莱坞历史上最有影响力的作曲家之一。

[§] 3世纪中叶由波斯先知摩尼所创立的宗教。摩尼教认为，太初时存在两个对立的世界，即光明的世界与黑暗的世界。

浓重的夜色，投下活动的幻影。迫克在他的最后一句台词中说，精灵是"我辈的影子"*，这个定义也同样适用于胶片上那些幽灵般的不死之身。而我们其余人——用他的话说——则处在半梦半醒之间，脑海中的那块荧幕上闪烁着无数的画面。

《人人莎士比亚》是20世纪30年代由奥森·威尔斯录制的一套广播剧版莎士比亚戏剧。他鼓励业余爱好者"到教室、体育馆、舞厅或后院里"去表演这些戏剧。他的电影则把莎士比亚带到了更遥远的地方。拍摄《麦克白》时，他借用了一处曾被几部小成本西部片当作煤矿的布景，后来又到威尼斯和摩洛哥为《奥瑟罗》实地取景，然后在几座摇摇欲坠的西班牙城堡中拍摄了《午夜钟声》，也就是他的《亨利四世》。在奥利弗为老维克剧院排演的《亨利五世》中，开篇就是环球剧院里一场被雨水浸透、漏洞百出的下午场表演。随后，在一段合唱中——这种唤醒式的表演被评论家詹姆斯·阿吉称为"对白电影"——戏剧开始以影像的形式推进，观众能从高空俯瞰军队开进法国的情景；随后镜头转向户外，呈现出战争的场面，这些画面拍摄于1943年的爱尔兰，由当地士兵充当临时演员。演出最后，我们带着一种异样的震撼重新回到剧院，等到演员谢幕时，我们会发现，法国公主其实是个顶着卷曲假发的笨拙少年。

后来的导演几乎彻底放弃了回归剧院的努力。如今，他们关心的

---

* 《仲夏夜之梦》第五幕，第一场。

是哪些现成的地方能成为拍摄莎士比亚戏剧的绝佳地点。整个世界都是他们的外景地,而地球上的男男女女不过是他们的群众演员。*

自此,曾被奥利弗限制在摄影棚内的《哈姆莱特》,先是被彼得·布鲁克†带到了荒凉的北日德兰,又被格里戈里·米哈伊洛维奇·科津采夫‡带到了爱沙尼亚沿海的一座阴森诡异的古堡。随后,佛朗哥·泽菲雷利和肯尼思·布拉纳又贡献了两个风景如画的版本,拍摄地点分别位于多佛城堡和布莱尼姆宫——一座宏伟的巴洛克建筑。米歇尔·阿米瑞亚德把《哈姆莱特》的场景设置在曼哈顿一栋摩天大楼的高层和楼顶平台上,又让镜头跟随伊桑·霍克降到地面,走入纽约的街道,来到百视达音像店,看他在一排排带有"动作片"字样的货架间漫无目的地游荡,嘟囔着"生存,还是死亡",最终什么也没买,表现出了人物一贯的优柔寡断。理查德·隆克瑞恩的《理查三世》在伦敦选取了几个地标,它们要么是阴郁的哥特建筑,要么属于压抑的法西斯主义风格,譬如圣潘克拉斯火车站酒店和巴特西电站。特雷弗·纳恩来到充满维多利亚色彩的康沃尔郡,在崎岖的海岬上拍摄了《第十二夜》;还有

---

* 原句为:"All the world's a backlot, and all the men and women merely extras." 借用了莎士比亚戏剧《皆大欢喜》第二幕第七场中的"All the world's a stage,And all the men and women merely players."(世界是一个舞台,所有的男男女女不过是一些演员)

† 彼得·斯蒂芬·保罗·布鲁克(1925—),旅法英国戏剧及电影导演,多次获托尼奖及艾美奖,被称为"在世最伟大的戏剧导演"。

‡ 格里戈里·米哈伊洛维奇·科津采夫(1905—1973),苏联戏剧及电影导演,曾多次担任莫斯科国际电影节评审。

比这里更适合沉船的地方吗？布拉纳把《无事生非》放在度假胜地托斯卡纳的一栋别墅中，人物可以在户外野餐、在藤架下漫步、在酒窖里密谋，身材魁梧的年轻士兵还可以一丝不挂地在水池中嬉戏。迈克尔·霍夫曼把《仲夏夜之梦》从雅典半岛移到了山城蒙特普尔恰诺，那里是风靡一时的旅游胜地，他把片中地名改成了蒙特雅典娜，但也只是做做样子而已。科索沃战争爆发前不久，朱丽·泰莫在克罗地亚一座罗马圆形剧场拍摄了《泰特斯·安德洛尼克斯》中那场庆功大会；不久，拉尔夫·费因斯又在贝尔格莱德拍摄了《科利奥兰纳斯》，他的勘景地还包括布加勒斯特、萨格勒布和萨拉热窝*——这几个地方近来都饱受战争创伤，为这一出讲述帝国分裂的戏剧平添了几分真实。

隐喻成了交通工具。只要足够热爱，人们就有理由让莎士比亚长途跋涉。泰莫为《暴风雨》挑选的拍摄地点是夏威夷的一座火山岛，它仿佛刚刚淬火而生，焦黑的岩石在普洛斯彼罗咒语的召唤下冲破了太平洋的海面。而对于巴兹·鲁赫曼的《罗密欧与朱丽叶》中，那些啃着手指、开着改装车、嗑着药、玩着枪的不良少年，空气污浊的墨西哥城则是个火热的理想环境。无论在哪里，我们每个人的莎士比亚都能生根发芽。

---

* 分别为罗马尼亚首都、克罗地亚共和国首都、波斯尼亚和黑塞哥维那首都。

9

* * * * * *

万世流芳 *

庄严表演

古色古香

错置的时代

以从前为序

不过演员而已

---

* 《莎士比亚十四行诗》第十八首。

在斯特拉特福教堂墓地的墓碑上，莎士比亚告诫后人不要掘坟，并对"动我骨头的人"下了诅咒。无论他是否真的想被世人遗忘、图个清净，但他绝对希望自己的十四行诗能流芳百世，超过大理石、镀金的墓碑和"被污浊的岁月弄脏的石头"[*]。莎士比亚曾在第十八首十四行诗中夸耀这首诗持久的生命力，"这诗将长存"，随即又骤然转换成利他主义者的视角，补充说，它也将"赐给你生命"，他的十四行诗常以这种老生常谈的恭维话收尾。不过这次，他说的碰巧是实话。

每位读者都能从这首诗中汲取生命的活力，倘若我们为别人朗诵，这种活力还能感染更多的人。在写作本书的过程中，笔者有幸参加了两位朋友为庆祝他们结婚三十周年办的一场午餐会。鉴于这两位都是莎士比亚迷，午餐会地点选在了斯特拉特福，窗台上还摆放着一尊看家护院的男主人胸像，那副粉嘟嘟、胖乎乎的模样，颇有福斯塔夫风范。男主人在致辞结尾处，借莎士比亚第一百一十六首十四行诗向妻子致意。塞缪尔·科尔曼那幅《末日尽头》的题名就出自这首诗歌，但它的主题并不是世界末日，而是"两颗真心"的结合。他在午餐会上引用的那句是"爱不受时光的播弄"。这句话十分大胆，尤其是当我们想到，霍茨波临终前曾说过，生命是时间的弄人[†]。莎士比亚的观点是主观、相对的，

---

[*] 《莎士比亚十四行诗》第五十五首。

[†] 《亨利四世》上篇，第五幕，第四场。

第292-293页图
伊桑·霍克在米歇尔·阿米瑞亚德执导的电影《哈姆莱特》中现身百视达影视店。

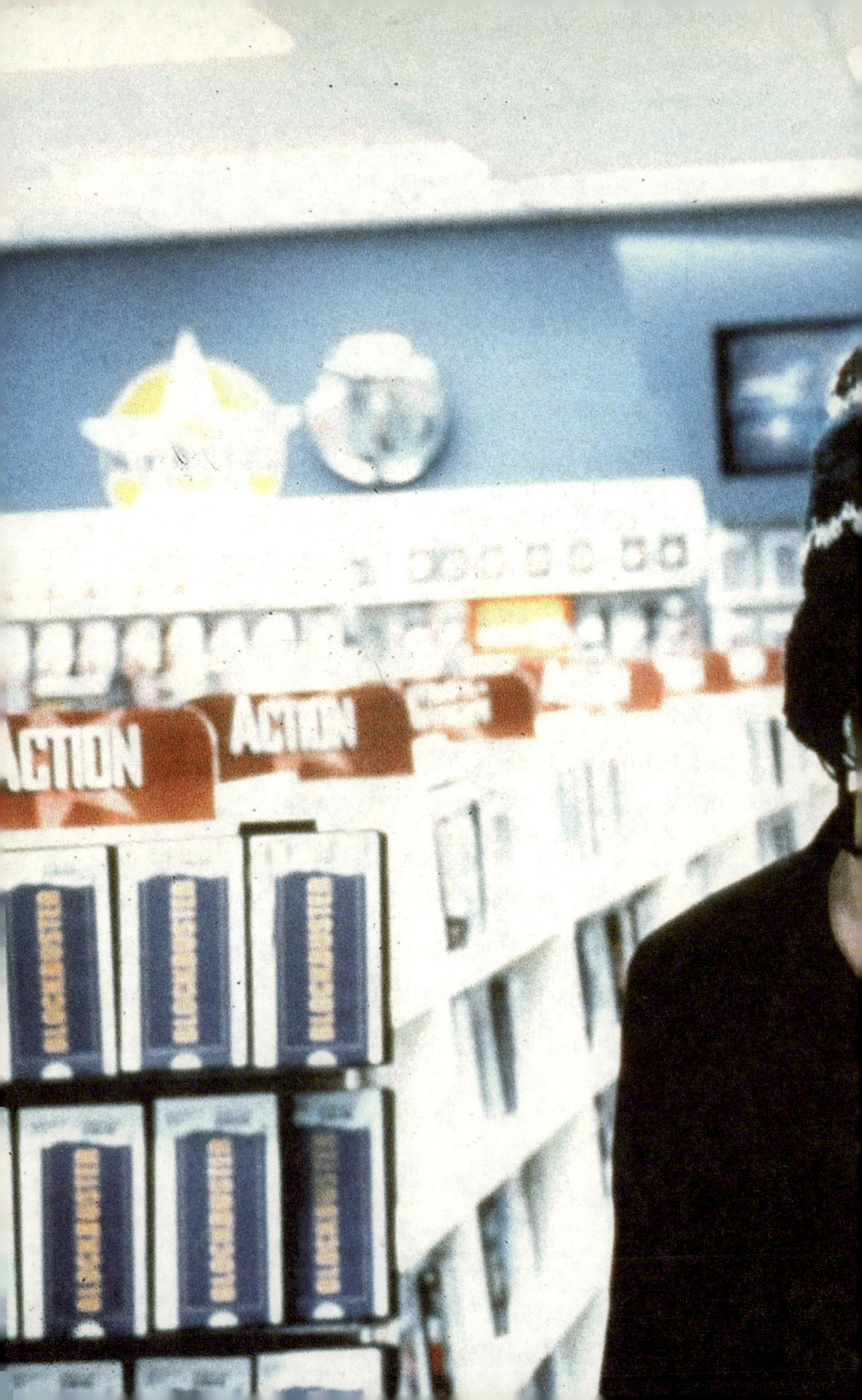
ACTION
ACTION
BLOCKBUSTER

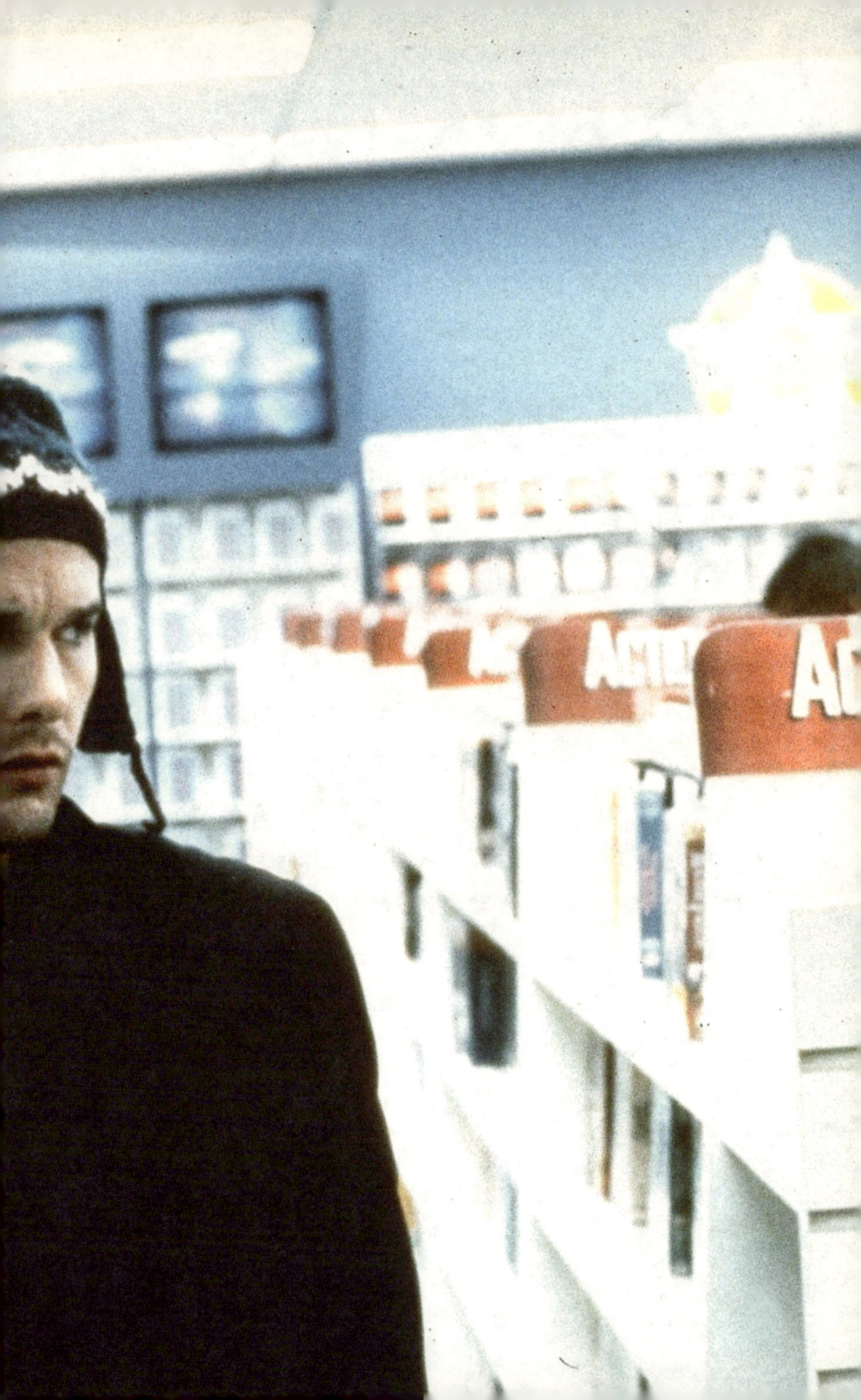

它并非普遍真理，而是一家之言。不过主人依然举起酒杯，邀全体宾客与他一道重复这句格言。我们齐声念诵，仿佛这诗句就是我们的肺腑之言；我们的合唱，以及随之而来的欢笑和掌声，推翻了可怜的霍茨波悲观的论调。

但与十四行诗不同，莎士比亚的戏剧受制于时间。他本人大概也以为，等到剧团不再演出，这些戏剧就会被世人遗忘，像烂在卷轴罐里的或被焚毁的旧胶片。但它们反而成了文化瑰宝，被保护起来。老师们开药似的把它们推荐给一代代学生，不过，尽管为盛名和填鸭式教育所累，但它们始终没有失去令人惊叹、出人意料甚至直击人心的力量。它们启发我们去思考、去感受，而且往往让我们边思考边感受，为我们注入生命的活力；作为回报，我们会仔细审视人物的行事动机，或是回答他们虚设的问题。"哪个情人不是一见钟情？"[*]菲苾在《皆大欢喜》中问。"我有这样的本领，难道一顶王冠还不能弄到手吗？"[†]未来的理查三世，在大肆吹嘘自己毒辣的政治手腕后，这样质问道。前者知道我们会或迟疑或欣然地点头赞同，后者料到我们会心照不宣地支持他再除掉几个碍手碍脚的亲戚。憎恶也像赞许一样，能增强人物的生命力：导演凯蒂·米歇尔[‡]骂哈姆莱特是虐待狂，声称奥菲利娅才是我们该同情的人。你可以不同意她的观点，但无论如何，我们谈论的

---

[*] 《皆大欢喜》第三幕，第五场。

[†] 《亨利四世》下篇，第三幕，第二场。

[‡] 凯蒂·米歇尔（1964—），英国戏剧导演，曾获奥比戏剧导演奖、金面具歌剧及最佳导演奖。

是活生生的人，他们需要我们的支持或保护。

把莎士比亚奉为经典，无异于把他打入某个不存在的"黄金国"*。据不可靠传言，那是亚登森林中那些被放逐的贵族朝欢暮乐的地方。1964年，在斯特拉特福的一场莎士比亚百年诞辰展览上，人们就把他捧上了这样一个光辉灿烂的高位。展品图鉴在开篇介绍了伊丽莎白时代的英国是何等富庶、何等强盛，在全球是何等趾高气扬，还把那个时代奉为早已逝去的"金色黎明"，说当时的英国"比欧洲其他国家领先两百年"。展厅入口处有只挂钟，指针指向四面八方，把参观者带离枯燥的现实。导览手册则令人尴尬地将其生硬地解释为："到达此地的旅人将会穿越时光，回到莎士比亚出生的那一年。"

但在1564年，这种经过岁月沉淀的怀旧情绪尚不存在。对莎士比亚而言，"古老"（antique）一词实在无法不让人联想到它的同音词，"古怪"（antic），后者有混乱、怪诞之意，曾出现在哈姆莱特那句"古怪的举动"[†]中，又被《安东尼与克莉奥佩特拉》中的奥克泰维斯用来形容一场"狂欢"，说它"把我们都弄得奇奇怪怪的"[‡]。在16世纪，古老的东西不见得就崇高可敬，也可能只是荒唐怪异而已，因为它们早已过时；非但如此，它们或许还是陈腐、病态、致命的。正因如此，理查二世在怀想那些早已作古的国王

---

* 《皆大欢喜》第一幕，第一场。
† 《哈姆莱特》第一幕，第五场。原文为：antic disposition。
‡ 《安东尼与克莉奥佩特拉》第二幕，第七场。

时,才会把死亡称作"荒谬的东西"[*]。

然而,每当英国社会在变革中陷入动荡,人们就向传统寻求稳定,指望艺术能重现看似安稳的过去。这正是1660年[†]前后的情形,彼时的英国刚刚走出政治动荡,莎士比亚作品重新成为经典。同样的情况也发生在工业革命时代:当时社会躁动不安,人们把戏剧奉为国家灿烂的遗产,刻意把它们打扮得古色古香。离我们最近的一个例子是设计师约翰·莫伊尔·史密斯[‡]1899年出版的插图版《麦克白》,他把这部戏剧变成了博物馆中的展品:照着奥克尼群岛上的巨石阵绘制了一个督伊德[§]教式的遗址,女巫们聚集其中,用一只"可以上溯至青铜时代末期"的古老丹麦陶罐熬药。描绘被疯癫后的麦克白搅得一团糟的那场宴会时,史密斯为餐桌铺上了刺绣的桌布,还在脚注中指出,自己专门为宾客们配备了"餐刀和叉子",免得他们流于野蛮。

19世纪初,这场令人窒息的把莎士比亚奉为古代经典的运动刚刚开始。建筑绘图师威廉·卡彭[¶]曾为莎士比亚历史剧绘制了一套带有中世纪和都铎风格的舞台背景,画面上有带雉堞的角楼和

---

[*] 《理查二世》第三幕,第二场。原文为: the antic。

[†] 1660年,流亡在外的查理二世在多佛登陆,回到伦敦即位,标志着斯图亚特王朝复辟。

[‡] 约翰·莫伊尔·史密斯(1839—1912),英国艺术家,维多利亚时代著名设计师,以在瓷砖上作画而闻名。

[§] 督伊德,古代高卢和不列颠民族中的牧师阶层,常作为先知、巫师在威尔士和爱尔兰的神话传说中出现。

[¶] 威廉·卡彭(1757—1827),英国艺术家、建筑绘图师、布景画家。

哥特式小教堂，有座集市开在卡彭口中"古朴的大道"上，还有一座复原的伦敦塔，很可能正是《理查三世》中那些亲王殒命的地方。1823年，查尔斯·肯布尔*排演的《约翰王》发给观众一份清单，上面详细罗列了男爵在剧中使用的古董都来自何处，譬如那把13世纪的开信刀，还有那些纹章盾牌和筒形头盔。维多利亚女王特别在意这些细节：只要剧中人物衣着得体，她并不在乎他们要弑君还是干别的什么罪恶勾当。1853年，她看完在温莎城堡上演的《麦克白》后，在日记中回忆道："剧中的服饰十分精美且准确。"1856年，她观赏完《冬天的故事》，又告诉阿尔伯特亲王，自己对剧中"华美而严谨的古代装束"感到"爱不释手"，它们"都是按照最好的样板、最佳的款式缝制的"。亨利·欧文[†]1892年排演《亨利八世》时曾把戏服作为一大卖点，承诺将为观众"还原历史的画面"，保证剧中的"每只皱领、每件头饰、每条剑带、每双鞋子"都真正按原件复制。比尔博姆·特里[‡]也在1910年把这部戏搬上舞台，巨细靡遗地再现了"那个伟大时代的风貌"，还删去了一半对白，为的是充分展示都铎时代华丽的服饰。

当时的戏剧，正像萧伯纳批评的那样，已经演变成观众透过

---

* 查尔斯·肯布尔（1775—1854），英国演员、剧场经理，是在英国戏剧舞台上使用恰当、细致的历史布景与服装的第一人。

† 亨利·欧文（1838—1905），英国维多利亚时期最著名演员之一，也是首位因表演获封骑士的演员。

‡ 赫伯特·比尔博姆·特里爵士（1852—1917），英国戏剧界传奇人物，是当时最成功的演员经纪人。

"墙上的大洞"看到的"视觉奇观",它已不再是一面镜子,而是成了一架望远镜,镜头始终向后,对准几个世纪以来逐渐远去的往昔。乔治·库克[*]1936年拍摄的电影版《罗密欧与朱丽叶》被称为"图像化"的戏剧,这个词在当时专指那种改编古代经典文本的电影。片头字幕在羊皮纸上徐徐展开,序幕以刺绣图案的形式呈现:一个朝臣模样的刺绣小人突然动了起来,照着手中的卷轴唱出序言,唱完又恢复了最初的姿态。随后出现的是蒙太古与凯普莱特两家敌对的雇佣兵,每个人都穿着整齐划一的锦缎制服——灵感来自佛罗伦萨画家贝诺佐·戈佐利壁画上的东方贤士——在广场上对骂,那里不单挨挨挤挤地容纳了维罗纳大多数教堂,还有一个熙熙攘攘、风景如画的集市。尽管片中场景富有如此浓郁的市井气息,这对已到中年的恋人依然仿佛身在田园。莱斯利·霍华德饰演的罗密欧在草地上消磨时光,身旁是一群绵羊;诺玛·希勒饰演的朱丽叶搂着农牧神,后者脖子上系着镶了宝石的项圈。此外,画面上还到处是咕咕叫着梳理羽毛的鸽子。

戏剧原本充满了炫目的动作、华丽的辞藻,而在电影中却变得十分静谧,几乎带着葬礼般的肃穆。比较应景的是,罗密欧和朱丽叶死后都会被塑成"纯金"的雕像,而且就在蒙太古宣布,今后维罗纳的"任何雕像都不会比忠贞的朱丽叶那一座更为

---

[*] 乔治·库克(1899—1983),美国电影导演,曾获奥斯卡最佳导演奖,作品主要为喜剧及由文学作品改编的电影。

卓越"*时，他昔日的敌人凯普莱特，也主动为罗密欧塑像，好让"罗密欧也有一座富丽的金像卧在他的情人身旁"†。这两尊雕像象征着垂世的英名和不朽的价值——蒙太古所说的"卓越"正是这个意思：经典是无价之宝，是文化艺术的金线。库克的电影在一场隆重的封棺仪式中结束，这段新加的情节，或许会让人联想到，斯特拉特福教堂墓地里的那句诅咒。只是，塑造埃尔西诺那几位滑稽掘墓人的，就是莎士比亚本人，而写下他们惊动郁利克的遗骸、弄乱他骨头时那番诙谐对白的，也正是他自己。

* * *

经典应该待在高高的基座上，就像施梅克斯、卢比里埃克和高尔刻画的莎士比亚那样，高不可攀。而且，就跟这种膜拜还不够似的，莎士比亚还遭遇了另一重捧杀：他竟被加冕为王。莎士比亚生前受过王室资助，1603年詹姆斯一世即位后，他的剧团还曾更名为"国王剧团"。不过到了18世纪中叶，他就不再需要王权的加持了。加里克在《颂歌》中把莎士比亚描绘成美的统治者，"独自一人/高踞着魔法的宝座"，脚边匍匐着人类的七情六欲，它们"沸腾，颤抖"，争相"拥他为王"。一个世纪后，卡莱尔也拥护他"至高无上的王权"，尊他为"莎士比亚王"。

历史学家玛丽·圣克莱尔·伯恩为1964年那场斯特拉特福展

---

* 《罗密欧与朱丽叶》第五幕，第三场。

† 同上。

万世流芳　299

览撰写展品目录时，匪夷所思地把莎士比亚与伊丽莎白女王联系在一起，说他俩是"伟大的伙伴""英格兰共同的代表"。但她盛赞的这两个人其实从未谋面，尽管在《亨利八世》中，莎士比亚曾安排克兰默借占星之名赞美初生的伊丽莎白公主，暗中嘲讽了极尽谄媚的政治辞令。直到1922年，这段伟大的伙伴关系才终于成为现实。克莱门斯·戴恩在诗剧《威廉·莎士比亚：横空出世》中一厢情愿地把两人凑到一起，剧中的伊丽莎白女王把过早投笔还乡的莎士比亚召回宫中，向他倾诉自己对法治的关切和心中的苦闷，请他为帝国效力。她说他们俩都能派出舰船：她的船只开辟贸易航线，他的驶向"灵魂的秘境"，并要他"宣扬你的思想，正如我派遣我的仆从，去为英格兰征服世界"。然后她反问："若非如此，你我二人又是为何而生？"

在《莎翁情史》中，朱迪·丹奇扮演的伊丽莎白一世可没这么急于青史留名。在宫中观赏《维罗纳二绅士》时，她特别爱看小狗克来勃上蹿下跳，还从自己的餐盘里取了块食物赏给它，然后就开始打盹儿。登基后的伊丽莎白二世却不想继续这段伙伴关系。1976年，在位于泰晤士河南岸的国家剧院新址的揭幕仪式上，她看了一场哥尔多尼[*]的《坎皮耶洛》，一部反映意大利市井生活的琐碎闹剧，它之所以能当此重任，是因为白金汉官方面曾公开表示，那部由阿尔伯特·芬尼主演的《哈姆莱特》会让王室成员在

---

[*] 卡洛·奥斯瓦尔多·哥尔多尼（1707—1793），意大利最知名、最受欢迎的剧作家、词曲作家之一。

剧院坐得太久。据说，女王后来认为，玛格丽特·撒切尔拿腔拿调的傲慢姿态都是拜莎士比亚所赐，并且觉得她操的是"20世纪50年代皇家莎士比亚剧团的标准口音"。

尽管戏剧曾受过如此冷落，但在好几个世纪的时间里，它都与宫廷生活密切相连，二者总在彼此效仿：君主成了一个需要扮演的角色，而古典戏剧演员总免不了要被授予多余的荣衔。T. S. 艾略特年轻时，曾在一篇书评中说："莎士比亚是通往骑士头衔的坦途。"出演莎士比亚戏剧是演员加封晋爵的敲门砖和必经之路。鉴于演员总有退休的一天，剧院也建立了自己的"世袭制"：从加里克到基恩，再到亨利·欧文，一连串"国王扮演者"垄断了莎士比亚戏剧中那些最伟大的角色，他们每个人都是声如洪钟的暴君。套用《仲夏夜之梦》中波顿在得到皮拉摩斯这个角色时对它作出的评价，就是"十足的霸王，绝非什么情郎"[*]。彼得·巴恩斯[†]排演的《诞辰庆典》是一部以自1769年开始的莎士比亚周年纪念活动为主题的讽刺剧。剧中，加里克独自撑起了一个王朝，在短短一篇演讲中，先后扮演了莎士比亚笔下的五位君王：怪里怪气跛着脚的理查三世，因悲伤过度而瘫倒在地的理查二世，猛地从地上跳起来的亨利五世，始终因警惕而蹑手蹑脚的约翰王，以及双手叉腰、两腿分开、站在那里放声大笑的亨利八世。

---

[*] 《仲夏夜之梦》第一幕，第二场。

[†] 彼得·巴恩斯（1931—2004），英国剧作家、编剧，奥利弗奖得主，由他编剧的舞台剧改编电影《豪门怪杰》曾获奥斯卡提名。

在加里克之后，剧场经理兼演员更是肆无忌惮地在戏剧中行使君权，甚至不惜违背莎士比亚的意志。欧文就曾执意要把夏洛克塑造成一个坚持原则却被虚伪的基督徒欺骗的无辜之人，只不过这样一来，他走出法庭后一旦重新回到贝尔蒙特，情节都会显得虎头蛇尾，所以欧文干脆删掉了最后一幕。比尔博姆·特里出了名地爱在演戏时画蛇添足，萧伯纳说他那些节外生枝的情节都是"多此一举"。扮演福斯塔夫时，特里骑着一匹健壮的白马登上舞台；扮演查理二世时他强忍着泪水，看着自己的爱犬蹿到波林勃洛克跟前，去舔那个篡位者的手。

这类演员的身姿决定了他们的地位：他们的外表必须具备帝王的威严，而现实中的君主却不必如此。1924年，看过约翰·吉尔古德饰演的罗密欧后，评论家艾弗·布朗说他长了一双"顶没用的腿"，这可是个严重的缺陷。奥利弗饰演罗密欧时，是先垫了小腿才套上紧身裤，并最终赢得了这个角色；饰演性格内向的哈姆莱特时，他抓住了戏中唯一可以大显身手的机会，带着忘我的勇猛，投入那场击剑比赛中去。此外，剧里那些传家的配饰也帮忙维系着皇室血脉。吉尔古德的母亲——也是艾伦·特里[*]的侄女，前者是与欧文搭戏的女主扮演者——传给他一把基恩和欧文在《理查三世》中用过的剑；1944年，吉尔古德依照贵族礼仪，把这件道具赠给了初次扮演理查三世的奥利弗。但与此同时，"国王

---

[*] 艾伦·特里（1847—1928），19世纪末、20世纪初的英国著名女演员，出身于演员世家，童年时代便随剧团在全国进行巡回演出。

扮演者"也是杀人不眨眼的"恶魔",在奥利弗亲自选角并拍摄的《理查三世》中,吉尔古德扮演的克莱伦斯刚说完一段悲伤的临终独白,就被理查下令草草淹死。

时至今日,演员们仍会被授予骑士头衔,但他们对莎士比亚戏剧的诠释却不再局限于展现王者风范。奥利弗扮演的理查三世,尽管驼背、瘸腿、秃头、凸嘴,却奇怪地散发着迷人的魅力。1984年,安东尼·谢尔[*]在塑造扭曲怪异的理查三世时,也决定不再依赖帝王的魅力,无论这会让他的角色显得多么邪恶。谢尔仔细研究了理查的身体缺陷,想知道自己能不能把理查患上乳糜泻的原因,归结为他正在变成一只蜘蛛样的食人魔。"让他臭气熏天?"他在日记中斟酌道。按理说,莎士比亚笔下的国王身上只有神性,没有体味。但谢尔告诉我们,除了像前辈们那样表现国王的自满,诠释自我厌恶同样能成就伟大的表演。

1953年,马龙·白兰度在约瑟夫·曼凯维奇执导的电影《裘力斯·凯撒》中出演了满头大汗、面色阴沉的安东尼,打破了英国戏剧界的传统,开创了一种更通俗、更贴近观众的莎士比亚戏剧表演形式——尽管饰演凯歇斯的吉尔古德对白兰度失控的嗓音不以为然,怀疑他是在"模仿拉里[†]"。当安东尼进行葬礼演说时,白兰度假装悲不自胜地别过脸去,还不时用停顿挑动观众的情绪。

---

[*] 安东尼·谢尔(1949—),南非裔英国电影、电视、舞台剧演员,曾两度获得劳伦斯·奥利弗奖,并于1982年加入皇家莎士比亚剧团,饰演过多种角色。他同时也是一名作家和戏剧导演。

[†] 即劳伦斯·奥利弗。

镜头从背后捕捉到他脸上突然浮现的一抹讪笑（跟坐在固定位置的剧院观众不同，它能从任何距离、任何角度观察事物），表明他其实并不相信自己说的话，却乐于煽动他人。剧院在数十年里始终拒绝以这种方式窥探人物的内心，但到了2011年，萨姆·门德斯在老维克剧院排演《理查三世》时，采用了视频联播技术，从各个角度捕捉理查的表情，这让凯文·史派西成功地把老一辈剧团经理兼演员那极富张力的表演，与一种令人毛骨悚然的近距离观察结合在了一起。面对无情的镜头，庄严的帝王也露出了破绽。

在科津采夫的电影《哈姆莱特》开头，画面停留在一张空座椅的特写上。克劳狄斯与朝臣商议丹麦的外交政策时，因诺肯季·斯莫克图诺夫科斯基饰演的王子，就坐在这张椅子上静静地旁听，压抑着心中的仇恨，然后悄悄溜了出去，等到克劳狄斯转向他时，只看见角落里剩下一张空荡荡的座椅。观看戏剧时，我们几乎不会留意这段情节，但电影镜头却引导我们去思考：这个镜头究竟是在暗示丧亲之痛，神经质的精神涣散，还是权力的真空？不过更重要的是，它还暗示着哈姆莱特留下的空缺随时有人填补，国家不会永远对这位能言善辩的王公虚位以待。今天，我们能欣赏到各种各样的哈姆莱特：他们每一名都是充满困惑的青年，每个人都有五花八门的情感障碍。纵观近年来的几位哈姆莱特：本·卫肖好似年少时饱受伤害，所以终日眼泪汪汪、惶恐不安；大卫·田纳特以亢奋的嬉皮笑脸缓解内心的痛苦；裘德·洛总有发泄不完的怒火；本尼迪克特·康伯巴奇在自嘲中寻求安慰；

安德鲁·斯科特总是神经质地抽搐；罗里·金尼尔显得既困惑又沮丧，在道德的泥潭中挣扎。他们的共同点在于：都懒得去营造哈姆莱特的贵族气质。

　　国王扮演者中最晚近也最勇武的一位，恰巧是位"女王"，但其实也不能这么说。2016年，80岁高龄的格兰达·杰克逊从政23年后重返舞台，在老维克剧院出演了李尔王一角。剧名和台词都没做任何改动，杰克逊凭借旺盛的活力、粗哑的嗓音和一张不饶人的利嘴，外加一头短发和一身滚边衬衫，成功打破了性别界限。性别平等或许曾促使海伦·米伦在泰莫的《暴风雨》中扮演女版普洛斯彼罗，或让塔姆辛·格雷格在国家剧院排演的《第十二夜》中扮演女同性恋版马伏里奥，但它并非《李尔王》的初衷。我们首先是人，其次才是男人、女人及其他。杰克逊这位演员——她身材瘦弱，尤其当她在狂风中拽下身上的破衣烂衫时，但同时又显得无比伟岸——恰如济慈在那首咏《李尔王》的十四行诗中所说，是用"饱含激情的泥土"塑造的。"他居然忍受了这么久，真是一件奇事。"* 当李尔终于死去时，肯特这样评价。长寿是这位耄耋君王的成就之一。在伦敦潮湿的秋日，杰克逊连续六周每天扮演这个角色，只有周日除外。她代我们诅咒伦敦糟糕的天气，痛批社会的丑恶，抒发人终有一死的悲哀。观看她的表演，我们能感受到年华老去、权力渐失的痛苦，同时不安地意识到，自己或许永远也无法获

---

* 《李尔王》第五幕，第三场。

第306–307页图
格兰达·杰克逊饰演的李尔王。

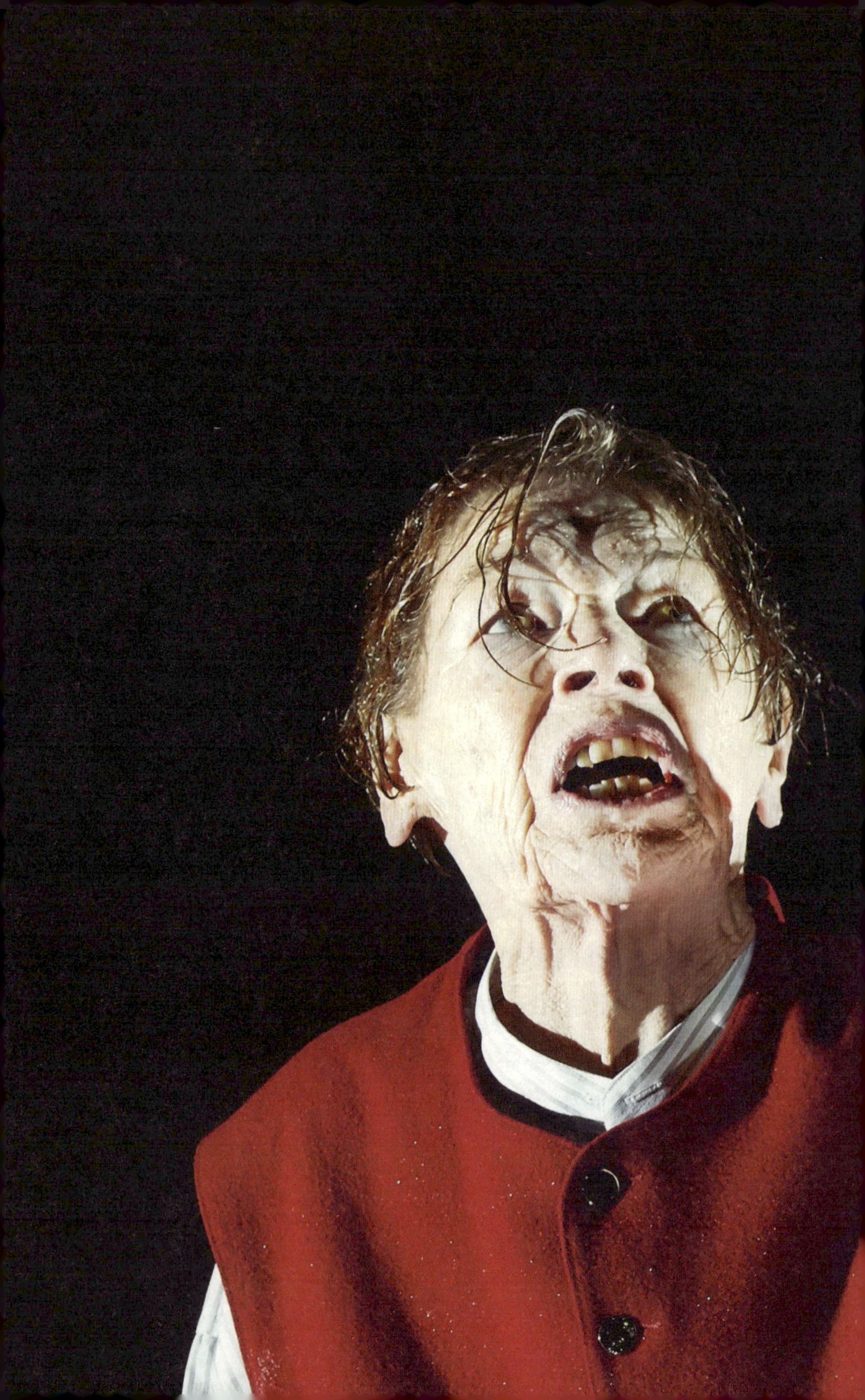

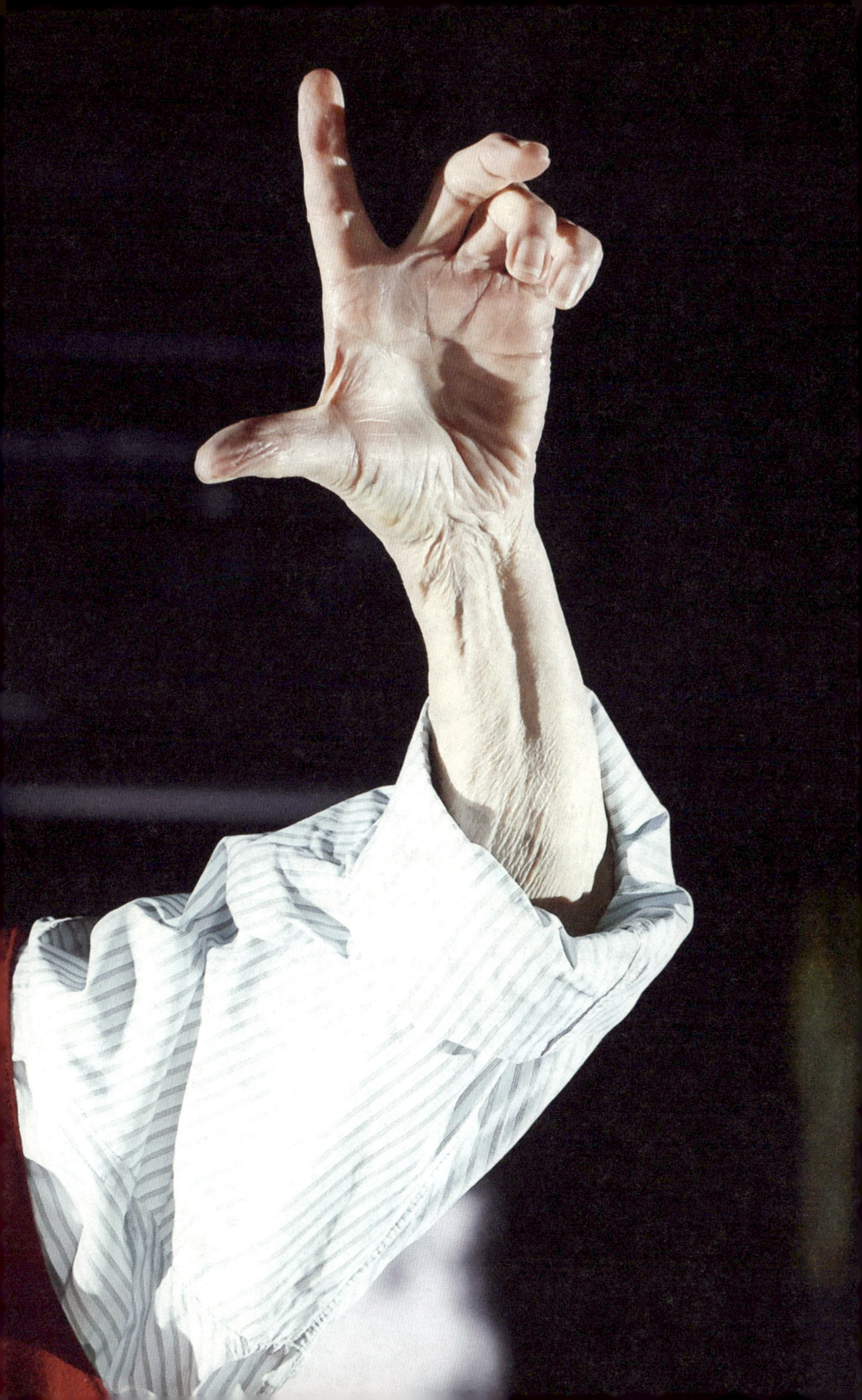

得平静与智慧。或者我们是否该相信"那注定的结局"*会在不知不觉中从天而降——就像李尔那样,话没说完就一命呜呼?

杰克逊只有在控诉时才声如洪钟,除此之外,她在许多细节上都采取了相对安静的表现手法,以肢体语言诠释对白中的诗意。比如,演到李尔假称自己打算"松一松肩,好安安心心地爬向坟墓"†时,她把这句台词念得抑扬顿挫,先用颤音把动词"爬"拖得老长,再用手指俏皮地模仿老人蹒跚的步态,这表示李尔即使不得不装出一副精疲力竭的模样,也不愿任人摆布。当然,观众很难记住或在脑海中保存这类细节,但这正是现场表演的魅力所在,它介于真实与虚幻之间,最终会像空气或音乐那样烟消云散。那"可怜的伶人",正如麦克白所言,不久就会"消失无踪"‡。

* * *

就像演员有时会设法忘记自己的台词,然后开始临场发挥一样,莎士比亚剧中的人物也会随剧情发展不断丰富自己,并在此过程中书写历史。我们耳熟能详的古代故事重新上演,充满令人瞠目结舌的新意。"赫克托死了。"§特洛伊罗斯说。接着,又不得不重复了好几遍,从"他死了"到"赫克托死了,还有什么话说

---

* 《李尔王》第五幕,第三场。

† 《李尔王》第一幕,第一场。

‡ 《麦克白》第五幕,第五场。

§ 《特洛伊罗斯与克瑞西达》第五幕,第十场。

呢"？因为谁也不肯相信这个噩耗。莎士比亚笔下的故事永远都是现在进行时。

手绘布景冲淡了这种伤感且惊心动魄的世事无常之感，而且莎士比亚戏剧在很长一段时间里，都没能摆脱维多利亚时代古板的定式，直到1925年H. K. 艾利夫*执导的《哈姆莱特》在伯明翰上演：他给男主角穿上了高尔夫球裤，还让他若有所思地抽了支烟。艾利夫版的《驯悍记》还要更大胆一些，他在这部剧里破天荒地用一辆破旧的汽车把彼特鲁乔和凯特载到婚礼现场，还安排一群摄影师等在那里，两人一下车，迎接他们的就是一片疯狂的闪光灯。不过，要让莎士比亚适应现代社会，光靠几样新奇的道具还远远不够，转变思想同样重要。这种转变发生在1964年，当时的扬·科特[†]撰写了评论文章《我们的同代人莎士比亚》，认为《李尔王》与塞缪尔·贝克特的荒诞主义如出一辙，还说《理查三世》预言了前不久刚刚席卷欧洲的那股恐怖的极权主义。

学者们不太认同这种说法。笔者还在牛津大学读书时，曾听说有人把科特称为"波兰怪才"，无论是"波兰"，还是"怪才"，都带有诋毁侮辱之意。而电影导演们却抓住了他的一个论点，即坚称"正是因为莎士比亚戏剧反映了'生命的本质'，所以才能在我们这个时代同样焕发活力"。受科特影响，罗曼·波兰斯基的

---

* H. K. 艾利夫（1871—1949），英国戏剧导演，早在20世纪20年代便在其执导的莎剧中采用现代服装。

[†] 扬·科特（1914—2001），波兰政治活动家、戏剧理论及批评家。

《麦克白》，开头便是海滩上散落的尸体和一队步履沉重的难民，画面上还有一个骨瘦如柴的女巫，她像"大胆妈妈"[*]那样推着手推车，在历史的废墟中东翻西找。科特很看重莎士比亚戏剧中那种漫不经心的残酷，他认为这些戏剧丝毫没有19世纪那种懦弱的人道主义，令人神清气爽。为佐证这一点，波兰斯基为麦克白宫廷安排的助兴节目就是逗熊游戏。科特认为《仲夏夜之梦》不是一个虚幻的童话，而是一场冷酷、变态甚至凶残野蛮的狂欢。有鉴于此，彼得·布鲁克1970年拍摄《仲夏夜之梦》时，赏给波顿一条硕大的驴子的阴茎，又安排肌肉发达的杂技演员扮演蛛网、飞蛾、芥子这几个角色，让他们在荧幕上表演各种杂耍，比如转盘子或是高空荡秋千。配乐以打击乐为主，并加入了各种噪声，包括钢锯、塑料管、非洲"呜呜祖拉"[†]的声音和闹铃声。布鲁克把演出地点选在一座纯白的体育馆内，舞台上空无一物，没有一件繁复的维多利亚家具。因为——布鲁克神秘兮兮地解释说——这代表了"虚无"。评论家约翰·西蒙痛批这版《仲夏夜之梦》，说这是"暴殄莎士比亚"。不过，要是能破除那种认为莎士比亚的悲剧只能沉郁严肃、喜剧只会令人捧腹的错误观念，倒也没什么不好。

莎士比亚之所以能"活在人们的记忆中"，靠的是与时俱进，而不是因为他不受时间侵蚀，尽管那是人们对经典的一贯认知。

---

[*] "大胆妈妈"出自德国作家贝托尔特·布莱希特创作的历史剧《大胆妈妈和她的孩子们》，剧本讲述了"大胆妈妈"在德国三十年战争时期拉着一辆篷车随军叫卖，挣钱养活孩子们的故事。

[†] 一种用于足球场助威的喇叭，声音似大象叫声。

他习惯把不同的时代胡乱拼凑在一起,彻底消解历史。约翰逊不安地看到,《仲夏夜之梦》竟把忒修斯、亚马逊族人和"哥特神话中的精灵"放在同一个时代;而波顿和工匠们又完全是另一个时代的人物。《李尔王》大概发生在上古时期的英国,因此,詹姆斯·巴里才会在描绘《李尔王》最后一幕的画作中加入巨石阵;但与此同时,李尔起誓的对象又是阿波罗,肯特信奉的天赋王权思想属于中世纪,埃德蒙则像文艺复兴时期的自由思想家那样崇拜自然女神。剧中的故事可以发生在任何地方,从宫殿到茅屋,再到一座不存在的悬崖;线性的时间也可以暂停,无论我们在哪儿观看表演,这三个小时里,戏剧就在我们所处的空间上演。

如今,剧院总算赶上了莎士比亚的步伐,能够呈现出他笔下交错的时空。2016年夏天,鲁伯特·古尔德导演的《理查三世》上演,故事是从莱斯特的一座停车场里开始的,就在不久前,人们刚从那儿的一个深坑里掘出了这位驼背国王的骸骨。拉尔夫·费因斯饰演的理查三世就像一条迷人的蛇,冷血、不通人性,从过去穿越到现在,在这条地道里现身,最后又从这里消失。与此同时,这个深坑还仿佛随时能吐出大批的托利党人:在英国举行脱欧公投后,他们无不忙于攫取权力、相互构陷。费因斯在一次采访中透露,他觉得其中一个名叫迈克尔·戈夫的脱欧派酷似理查三世,尤其是他还"不满地宣称:'我当不了领袖,我没有领导天赋。'"

第312-313页图
莎拉·克斯托曼和大卫·沃勒在彼得·布鲁克导演的《仲夏夜之梦》中分别饰演提泰妮娅和波顿。

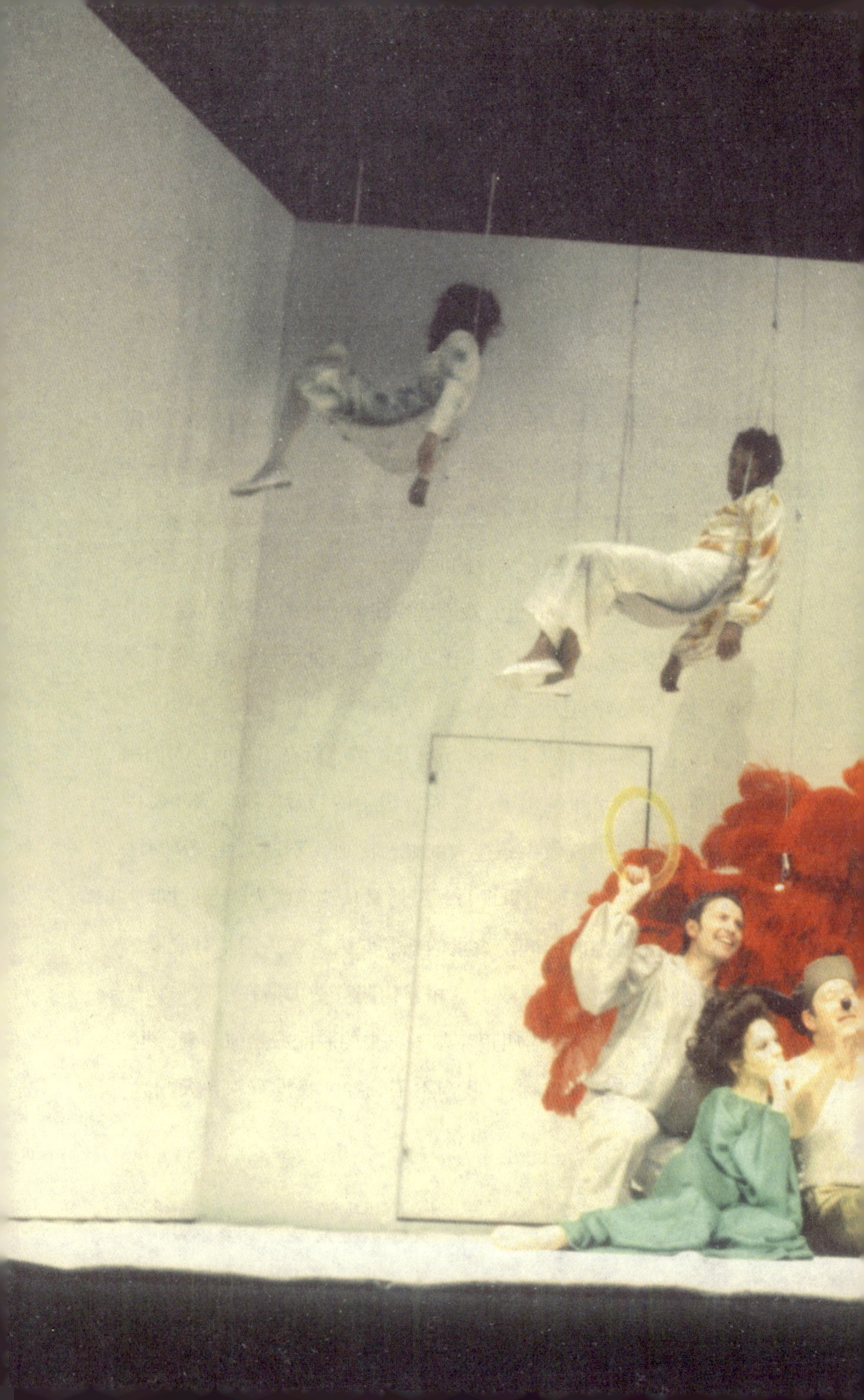

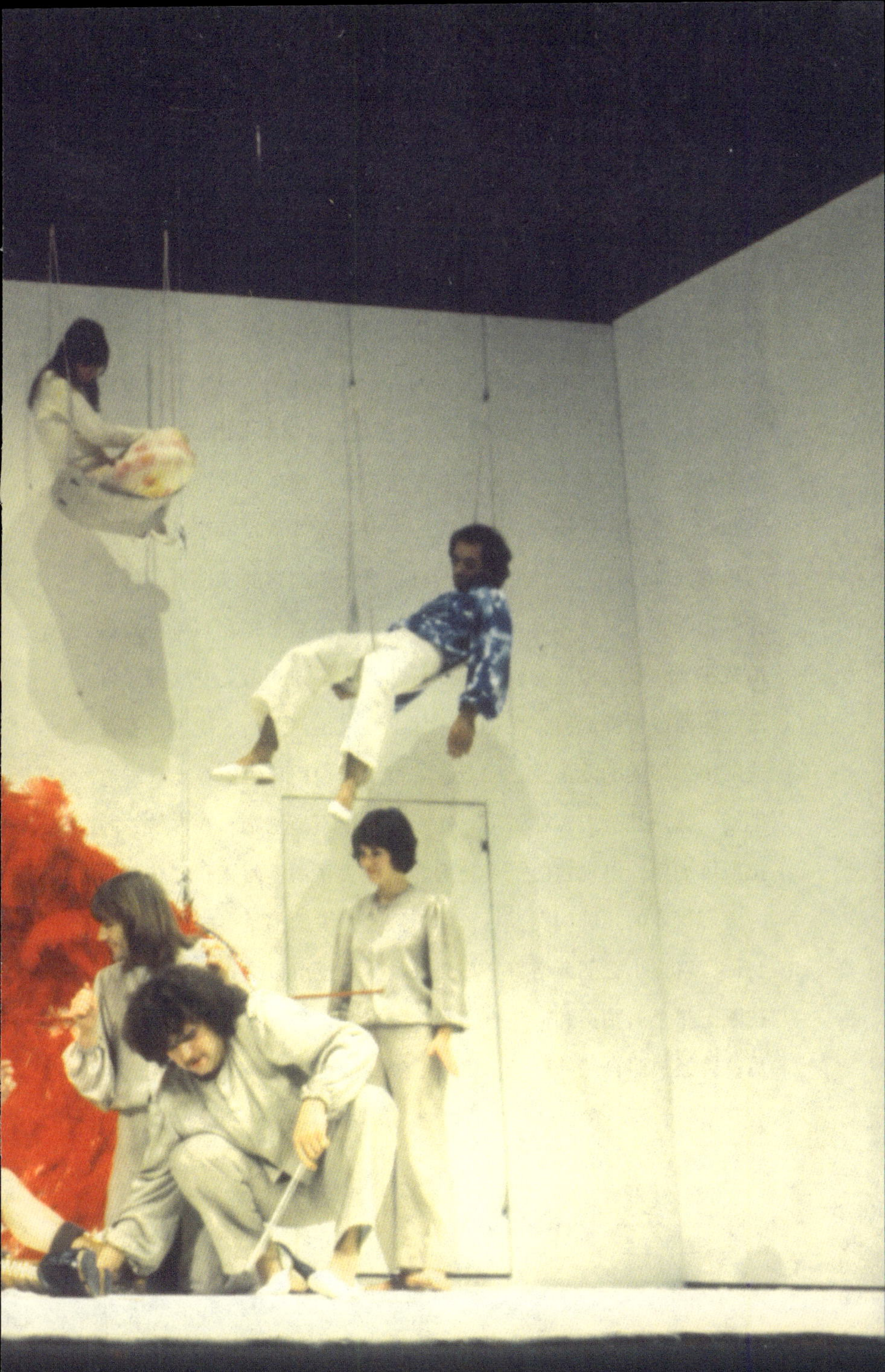

古尔德本想按戈夫的前盟友鲍里斯·约翰逊的形象塑造理查三世，认为他"长相古怪却颇受异性青睐……生性滑稽，不按常理出牌，居心叵测，骨子里野心勃勃"。也就是说，尽管丑态百出，却极端危险。巧的是，约翰逊曾签下一份利润可观的合约，准备写一部莎士比亚传记，不过他最终还是搁置了这项计划，专注于重振英格兰昔日统御世界的雄风。或许，他还是去写那本书比较好。

古尔德还曾将《威尼斯商人》的场景设置在拉斯维加斯的一座赌场，把鲍西娅塑造成一名在一档电视竞技节目里获终极大奖的单身女郎，又把巴萨尼奥塑造成一名财迷心窍的求婚者，长期背着她跟安东尼奥私通。这部戏剧粗看上去似乎是在调侃名人与消费主义，最后却演变成一场双重悲剧：得知新婚丈夫欺骗了自己，鲍西娅精神崩溃；在道德败坏、倾家荡产之后，伊恩·麦克迪阿梅德饰演的夏洛克，顺着剧院过道爬向门口，他在观众脚边匍匐，就像是被人踩在脚下，让人心里很不是滋味。在古尔德的拉斯维加斯，电视扭曲了人与人之间的关系：鲍西娅和尼莉莎作为美容行业的招牌闪亮登场，面带假笑，说的都是事先准备好的套话，就连小丑朗斯洛特·高波都觉得自己可以去扮演猫王。科技赋予每个人拍摄和回放自己影像的能力，把所有人都变成了演员；曾经映照自然的镜子，如今已经变成了 iPhone 屏幕，我们对着它搔首弄姿，在自己的生活里做电影明星。罗伯特·艾克[*]在他

---

[*] 罗伯特·艾克（1986—），英国作家、戏剧导演，以对古典文本的现代改编而著称，被视作"英国戏剧的希望"。

2017年执导的《哈姆莱特》中，探讨了这座全景式监狱涉及的政治问题。这个数字化的世界，时刻处在闭路电视的监控之下，低像素的粗糙人影在其中东游西荡，宛如鬼魂。监控拍到哈姆莱特父亲的鬼魂四处走动，福丁布拉斯只有在与被他入侵的国家通话时才会以视频形式出现。所有的平面都是显示屏，现实纯属虚拟。哈姆莱特生活在这样一个社会，难怪他会陷入偏执。

2012年，尼古拉斯·希特纳执导了《雅典的泰门》，把这位挥金如土的富豪，塑造成伦敦金融产业的牺牲品——他被逐出金融城明亮的大厦，被那些打着艺术幌子洗钱的画廊拒之门外，最后不得不来到城中的垃圾场，用纸箱搭起一个临时住所。2017年夏天，丹尼尔·克莱默*在莎士比亚环球剧院排演了《罗密欧与朱丽叶》，他认为这部戏剧也批判了"资本主义的丑恶"，因为这对恋人都是"有钱人家的孩子，身处一个用顶级名牌堆砌的昂贵世界，却宁愿炸掉它，也不肯与之同流合污"。发生在泰晤士河相邻的两座桥上的两起恐怖袭击事件，印证了克莱默的另一个观点，即罗密欧和提伯尔特是一种"新型暴力"的代表，这种暴力最擅长恶意地随机杀戮，而且是自毁性的。2018年，鲁弗斯·诺里斯在国家剧院执导了《麦克白》，把莎士比亚笔下的武士，带到并不遥远的未来末日。在那个恐怖而污秽的时代，人变得无足轻重，自然已被破坏殆尽，地球上只剩大片大片无法销毁的塑料垃圾。

---

* 丹尼尔·克莱默（1977—），出生于美国的戏剧、歌剧、舞剧导演，2016年起任英国国家歌剧院艺术总监。

有时，莎士比亚的戏剧宛如一场噩梦，现实挣扎着想从这梦魇中醒来。2016年美国总统大选前一周，伊沃·冯·霍夫带着自己执导的《战争中的国王》，一部糅合了《亨利五世》《亨利六世》和《理查三世》的戏剧，从阿姆斯特丹来到纽约布鲁克林巡演。当这场漫长的演出进入后半段时，对白突然从荷兰语短暂地切换到英语：演完理查三世大战嫂子那场戏，理查的扮演者汉斯·凯斯廷突然咬牙切齿地骂了句"好个泼妇"，那是唐纳德·特朗普在不久前与希拉里·克林顿进行的竞选辩论中说的一句旁白，观众被逗得哄堂大笑——不过这也没能改变竞选结果。

第二年夏天，奥斯卡·尤斯蒂斯[*]在纽约中央公园的戴拉寇特剧院排演了《裘力斯·凯撒》，把这位未来的罗马独裁者塑造成一位金发糙汉，他一面在推特上大放厥词，一面在镀金的浴缸里跟他那位来自斯洛文尼亚的娇妻戏水。特朗普曾经和人夸耀自己的名气以及随之而来的豁免权，尤斯蒂斯的戏剧则从他这番最不害臊的妄言中拎出了几个单词，加在一段形容皇帝忠实拥趸的台词中。凯斯卡说："即使凯撒在第五大道中央捅了他们的母亲。"[†]这些拥护者也不会介意。布赖特巴特新闻网[‡]谴责这部戏剧煽动暗杀。在我观看的那场演出中，右翼示威者的辱骂声打断了元老院

---

[*] 奥斯卡·尤斯蒂斯（1958—），2005年起任纽约市公共剧院艺术总监，并曾在全美各大剧院担任导演、戏剧顾问、艺术总监等职。

[†] 特朗普2016年竞选总统期间曾公开表示："我就算在第五大道中央开枪杀人，也不会失去一张选票。"

[‡] 布赖特巴特新闻网是美国右翼新闻及评论网站，在政治上支持美国前任总统唐纳德·特朗普。

行刺那一幕。演员全都呆立在原地，眼睁睁地看着警察和保安把入侵者按在地上、戴上手铐，身中33剑的凯撒原地复活，然后又死了一次。

随后，当剧情进行到敌对双方在凯撒葬礼上进行唇枪舌剑时，我身旁那位始终静静坐在过道一侧的男子，突然叫嚷着冲上舞台。他是剧组安插在观众中的演员——不是反对者，而是一位公民，所以他也自然而然地参与了这一切，就像当年那座露天剧场中的每个人一样。在这里，《裘力斯·凯撒》号召大家都参与进来、表明立场，但同时又告诉我们，或许双方都是对的，也可能都是错的。戏剧直到最后也没给出标准答案，而是留待我们在回家路上品味刚才的表演时继续思考。

"结果依然存疑。"[*]在《麦克白》中，浑身是血的军曹在向观众转述麦克白与麦克唐华德的决战时这样开头。莎士比亚戏剧往往就是这样：它们最大的作用，就是让我们对自己的身份、能力和未来产生强烈的怀疑。凯斯卡收到凯歇斯的午宴邀请时，承诺"要是我明天还活着，要是您的心思没有改变，要是您的午饭值得一吃"[†]，他就去赴宴。这三个看似漫不经心的限定条件，揭示了一个道理：我们的生命脆弱不堪，受制于肉体固有的惊厥，它往往毫无征兆地出现，穿插在我们无时无刻不在进行的表演之中。莎

---

[*]《麦克白》第一幕，第二场。
[†]《裘力斯·凯撒》第一幕，第二场。

第318-319页图
格雷格·亨利饰演的裘力斯·凯撒，
该剧在戴拉寇特剧院上演。

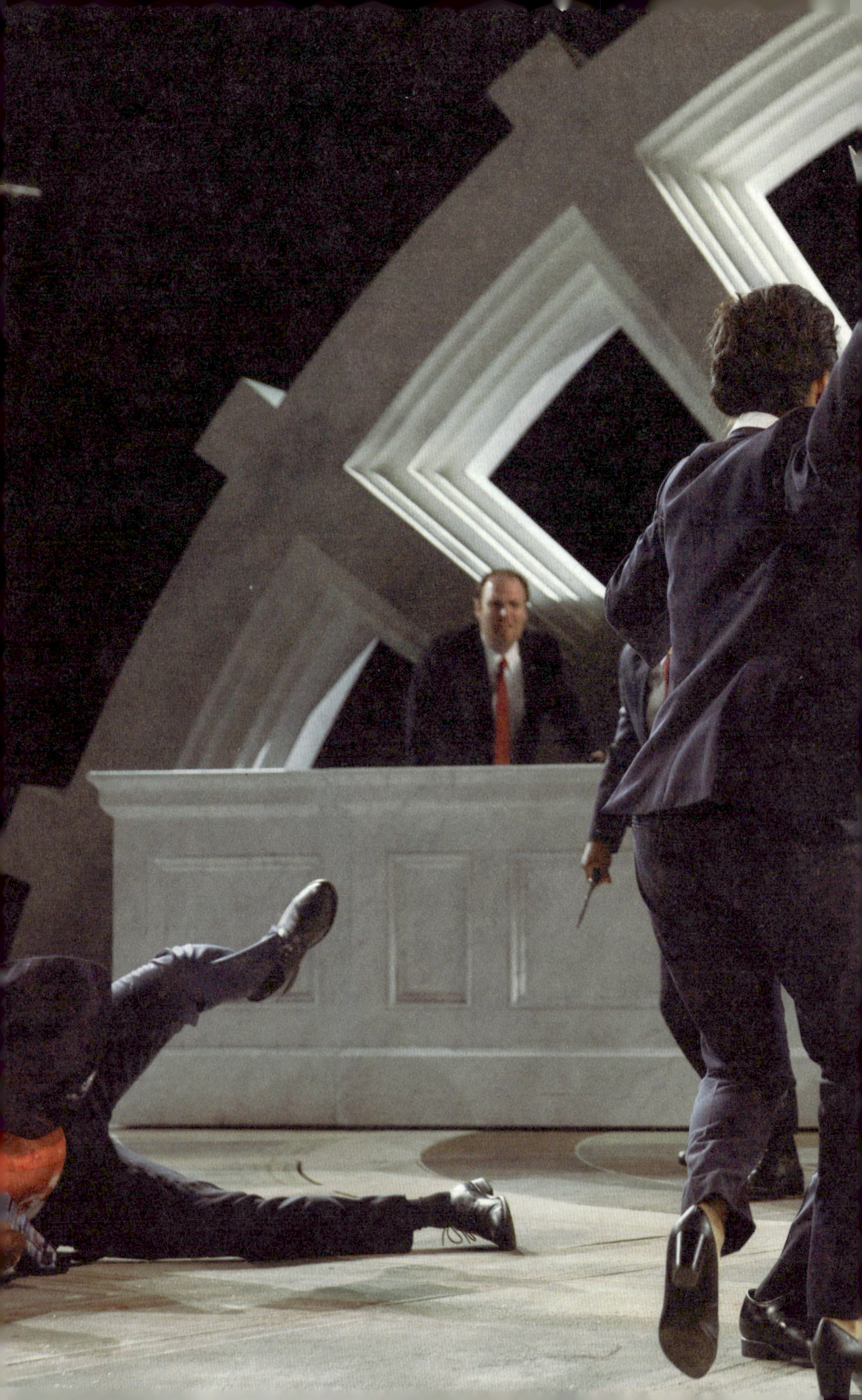

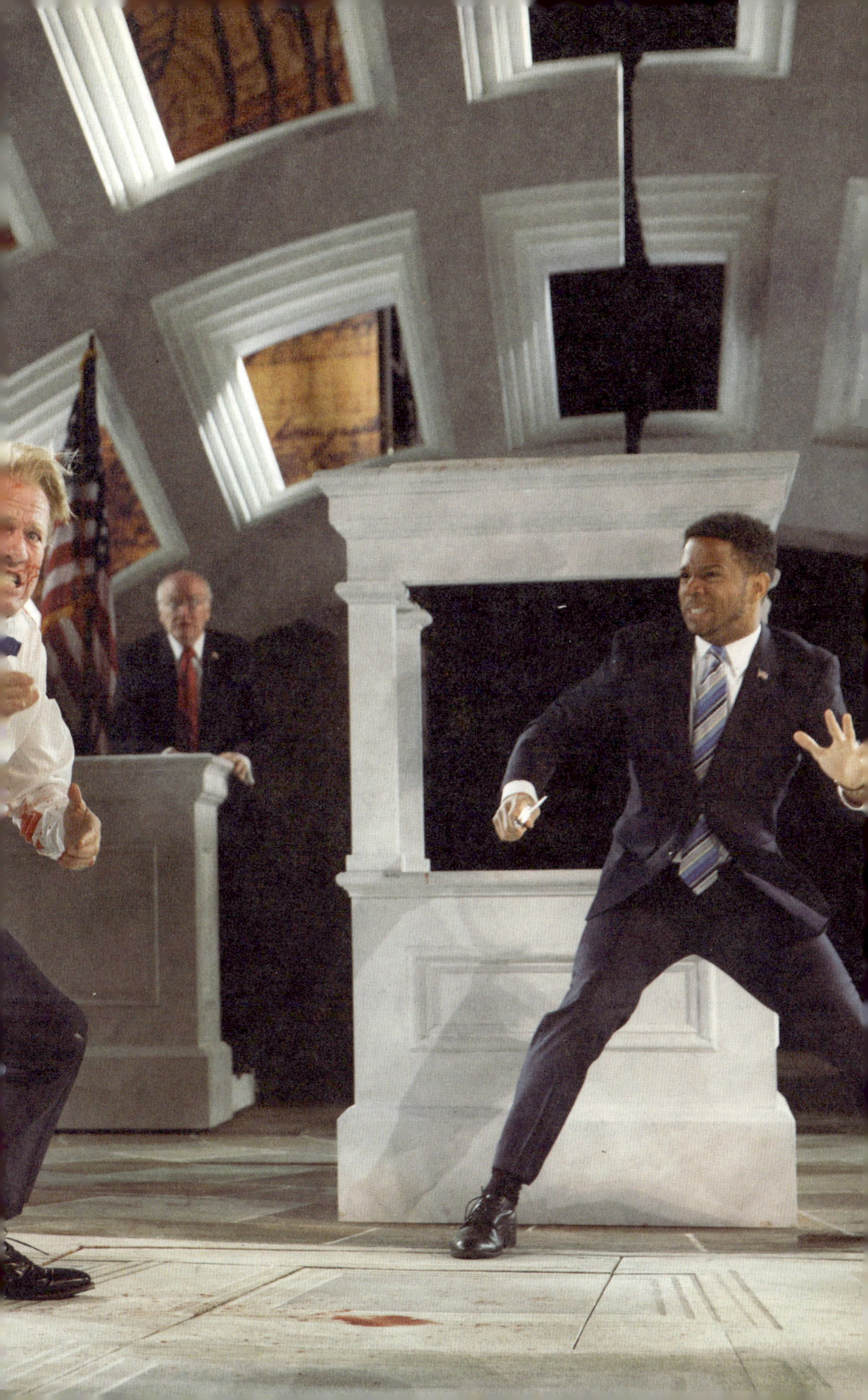

士比亚戏剧中的每一幕,都暗含"生存还是死亡"这个问题。哈姆莱特问了出来,却没有给出答案。不过令人沮丧而又庆幸的是,我们与莎士比亚的故事永远不会结束。

* * *

观看《裘力斯·凯撒》那天,天刚亮我就来到公园排队领票。这部免费戏剧人气爆棚,原本空无一人的公园里排着长长的队伍,几小时后,还没到中午放票的时间,队伍就已经延伸到绿意茫茫的远处。下雨了,一个遛狗的人好奇地打量着我们,想知道这几千号人为什么要挤在还滴着水的树叶底下。"就为了一个英国老家伙吗?"听完解释,他问。又在那只纯种犬把他拽走前扔下一句"真是奇了怪了"。没错,是莎士比亚把我们从睡梦中唤醒,而且我们谁也不后悔定了那么早的闹钟,或长时间疲惫地等待。我们渴望站到茂西那斯在《安东尼与克莉奥佩特拉》中描绘的那面"广大的镜子"[*]前,看它映出我们复杂的个性、道德的困境,映出我们的分歧与仇恨。《裘力斯·凯撒》中那批密谋弑君者在等待我们赴约。暗杀凯撒后,他们回顾这一切,意识到同样的剧情日后还会"在尚未诞生的国家重演"[†]。勃鲁托斯预言说,凯撒"不知还要流多少次血"[‡]——正像他当晚在中央公园的舞台上不止一次死去

---

[*] 《安东尼与克莉奥佩特拉》第五幕,第一场。

[†] 《裘力斯·凯撒》第三幕,第一场。

[‡] 同上。

那样。但在接下来那场混乱过后，嘲讽的窃喜逐渐变为清醒的自省：再现历史并不能让我们避免重蹈覆辙。

在走下舞台去重拾生活或思考死亡之前，普洛斯彼罗说，观众的掌声能赦免他的罪孽：

请你们拿出获赦的劲头，
用殷勤的鼓掌放我自由。*

这段最终陈词尽管是个朗朗上口的对句，却并不像表面看上去那么简单。如果他不是因为心怀愧疚而闪烁其词，那就是在狡猾地操纵观众。像普洛斯彼罗那样排演一出戏，真的是一种罪过吗？难道连看戏也有罪吗？这，或许就是他认为我们同样难逃罪责的原因。演员在我们的鼓励下笑着杀人，我们用掌声赦免他们的罪孽；同时，我们还像迫克提议的那样，认定这些罪人不过是一些影子，或者干脆推说，这一切不过是虚幻的表演，从而撇清自己。抛开这种不负责任的做法，观看戏剧的确是一种集体仪式。而当我们开始分析行为、揣测动机、评估后果，戏剧也就再现了道德考量的过程。就这样，观众成了陪审团，只是戏剧中没有能一锤定音的法官。

然而，莎士比亚并不相信剧院法庭的效力。在《一报还一报》中，爱斯卡勒斯评断了一个鸨母和同伙犯下的案子，安哲鲁在他

---

* 《暴风雨》第五幕，第一场，收场诗。

万世流芳　321

断案时夺门而出，想"找到把柄，把他们每人抽一顿鞭子"*。《无事生非》中那个愚蠢的警吏道格培里，倒是抓住了一个恶棍，但那纯属运气。而且，那个罚没夏洛克货物的威尼斯法庭又有多公正呢？戏剧舞台属于对抗与冲突，汇聚了现实中的种种动荡。它必须反复解决同样的问题，从各个角度审视它们，就像莎士比亚戏剧带给我们全新的认知，让我们——用哈姆莱特的话说——发掘内心的隐秘†。

戏剧不单关乎表演，还关乎观众看戏时的心情。情绪也是变化的，我们看戏时往往会感到，思绪随剧情波动，固有的观念受到了挑战。在"木头圆框"中——这个圆既代表无限，又象征虚无——我们的替身依次以爬行、蹦跳、奔跑、阔步、跋涉、曳步、蹒跚的姿态走过一生，把毕生时光浓缩到一个下午或一个傍晚。他们不光随时间向前，还能在空间中飞速旋转，他们陀螺似的回旋，恰似我们终日在地球上奔波忙碌，同时艰难地想要保持平衡。我们的结局或许的确早已注定，就像被哈姆莱特写进那封要求处死信使的信件，但由于途中常常出现沉船、海盗突袭等意外，我们谁也说不清，自己会在什么时候、以何种方式走向结局——或者用带有自毁倾向的奥瑟罗的话说，就是"我旅程的终点"‡。

莎士比亚戏剧往往兼具悲喜，我们生命的开端与结局亦是如

---

* 《一报还一报》第二幕，第一场。
† 《哈姆莱特》第二幕，第二场。
‡ 《奥瑟罗》第五幕，第二场。

此。我们都在哭泣中来到这个世界,幸运的话则能笑着离去,同时很高兴自己安然走完了生命的历程,它是如此风雨飘摇,宛如忽明忽灭的烛焰。而在起点与终点之间,我们应该听从莎士比亚笔下那位最高尚的罗马人*的建议。决战前夜,他拒绝为命运担忧,或耽于丧妻之痛。相反,他只是轻快地说:"好,讲我们活人的事吧。"†仿佛他不是要奔赴最后的战役,而是准备开始一段表演。这就是他给我们的舞台提示。莎士比亚写下了这些剧本,而我们其余人的任务——无论是单独还是一起,无论在舞台上还是生活中——就是去表演它们。

---

* 即勃鲁托斯。
† 《裘力斯·凯撒》第四幕,第三场。

莎士比亚创作年表

莎士比亚戏剧的首演时间已无从考证，这份年表按近代编者提出的创作顺序排列，其依据往往为间接猜测。

1589—1591《维罗纳二绅士》

1590—1591《驯悍记》

1591—1592《亨利四世》（上中下篇）

1592—1593《理查三世》

1593—1594《泰特斯·安德洛尼克斯》

1593—1594《错误的喜剧》《爱的徒劳》

1594—1595《仲夏夜之梦》《罗密欧与朱丽叶》

1595《理查二世》

1595—1596《约翰王》

1596—1597《威尼斯商人》

1597—1598《亨利四世》（上下篇）、《温莎的风流娘儿们》

1598—1599《无事生非》

1599《亨利五世》《裘力斯·凯撒》

1599—1601《哈姆莱特》

1600《皆大欢喜》

1601《第十二夜》

1602《特洛伊罗斯与克瑞西达》

1603—1604《一报还一报》《奥瑟罗》

1604—1605《终成眷属》

1605—1606《雅典的泰门》《李尔王》

1606《麦克白》《安东尼与克莉奥佩特拉》

1607—1608《泰尔亲王配力克里斯》（或与乔治·威尔金斯合写）

1608《科利奥兰纳斯》

1609—1610《冬天的故事》

1610《辛白林》

1610—1611《暴风雨》

1612—1613《亨利八世》（与约翰·弗莱彻合写）

1613—1614《两贵亲》（与约翰·弗莱彻合写）

延伸阅读

传记及文本史

Stephen Greenblatt, *Will in the World: How Shakespeare Became Shakespeare*

S. Schoenbaum, *William Shakespeare: A Compact Documentary Life*

    Shakespeare's Lives

James Shapiro, *1599: A Year in the Life of Shakespeare*

    1608: Shakespeare and the Year of Lear

    Contested Will: Who Wrote Shakespeare?

Paul Edmondson (ed), *Shakespeare Beyond Doubt: Evidence, Argument, Controversy*

David Bevington, *Shakespeare and Biography*

Emma Smith, *Shakespeare's First Folio: Four Centuries of an Iconic Book*

声誉及评价

Michael Dobson, *The Making of the National Poet*

Christian Deelman, *The Great Shakespeare Jubilee*

Jonathan Bate, *Shakespeare and the English Romantic Imagination*

F. E. Halliday, *The Cult of Shakespeare*

Marjorie Garber, *Shakespeare After All*

Gordon McMullan and Zoe Wilcox (ed.), *Shakespeare in Ten Acts*

Stephen Orgel, *Imagining Shakespeare: A History of Texts and Visions*

James Shapiro (ed.), *Shakespeare in America: An Anthology from the Revolution to Now*

Gary Taylor, *Reinventing Shakespeare*

文学批评及改编

W. K. Wimsatt (ed.), *Dr Johnson on Shakespeare*

R. A. Foakes, R. A. (ed.), *Coleridge on Shakespeare*

William Hazlitt, *Characters of Shakespeare's Plays*

Jonathan Bate (ed.), *The Romantics on Shakespeare*

Oswald LeWinter (ed.), *Shakespeare in Europe*

Edwin Wilson (ed.), *Shaw on Shakespeare*

Dorothy Collins (ed.), *G. K. Chesterton on Shakespeare*

W. H. Auden, *Lectures on Shakespeare* (edited by Arthur C. Kirsch)
 The Dyer's Hand and Other Essays

Giovanni Cianci and Caroline Patey (ed.), *Will the Modernist: Shakespeare and the European Historical Avant-Gardes*

Northrop Frye, *Northrop Frye on Shakespeare*

Jan Kott, *Shakespeare Our Contemporary*

John Gross (ed.), *After Shakespeare: An Anthology*

Michael Dobson and Stanley Wells (ed.), *The Oxford Companion to Shakespeare*

Jonathan Dollimore and Alan Sinfield (ed.), *Political Shakespeare: Essays in Cultural Materialism*

Frank Kermode, *Shakespeare's Language*

R. W. Maslen, *Shakespeare and Comedy*

Russ McDonald (ed.), *Shakespeare: An Anthology of Criticism and Theory 1945-2000*

James Shapiro (ed.), *Shakespeare in America: An Anthology from the Revolution to Now*

Robert Shaughnessy (ed.), *The Cambridge Companion to Shakespeare and Popular Culture*

莎士比亚与其他艺术

Daniel Albright, *Musicking Shakespeare*

Gary Schmidgall, *Shakespeare and Opera*

Phyllis Hartnoll (ed.), *Shakespeare in Music*

W. Moelwyn Merchant, *Shakespeare and the Artist*

Jane Martineau et al., *Shakespeare in Art,* Dulwich Picture Gallery catalogue, 2003

Geoffrey Ashton (ed.), *Shakespeare and British Art,* Yale Center for British Art catalogue, New Haven, 1981

John Christian (ed.), *Shakespeare and Western Art,* Isetan Museum of Art catalogue, Tokyo, 1992

Mirko Ilic and Steven Heller (ed.), *Presenting Shakespeare: 1,1000 Posters from Around the World*

舞台上的莎士比亚

Stanley Wells (ed.), *Shakespeare in the Theatre: An Anthology of Criticism*

Robert Speaight, *Shakespeare on the Stage*

Richard Findlater, *The Player Kings*

John Gielgud, *Shakespeare: Hit or Miss?*

Brook, Peter, *The Quality of Mercy: Reflections on Shakespeare*

Dominic Dromgoole, *Will & Me*

 Hamlet: Globe to Globe

Abigail Rokison-Woodall, *Shakespeare in the Theatre: Nicholas Hytner*

Antony Sher, *Year of the King*

 Year of the Mad King: The Lear Diaries

 Year of the Fat Knight: The Falstaff Diaries

Michael Anderegg, *Orson Welles, Shakespeare, and Popular Culture*

Grigori Kozintsev, *King Lear: The Space of Tragedy*

 Shakespeare: Time and Conscience

Roger Manvell, *Shakespeare and the Film*

Daniel Rosenthal, *Shakespeare on Screen*

Mark Thornton Burnett and Ramona Wray (ed.), *Shakespeare, Film, Fin de Siècle*

致谢

在一次与鲁伯特·克里斯蒂安森的偶然谈话中,我想到可以写这样一本书。感谢他在不知不觉中成了本书的"唯一促成者"[*]。感谢卡罗琳·道内敦促我动笔。还要特别感谢我的编辑理查德·米尔班克,他既严格又通情达理,让我时刻希望自己能达到他的要求。感谢乔治娜·布莱克威尔对本书后期制作的专业把关。

多年来,我的莎士比亚研究始终愉快且顺利。重读这些剧本唤起了我1973年至2011年的记忆,当时我在牛津大学任教,常常与学生们促膝交谈、热烈讨论。更早之前,在1969年夏天,我曾有幸于每周六上午参加莎士比亚研讨课,导师就是传奇般的雨果·戴森[†],他睿智风趣,是一位热情且时常激励学生的长者。

1969年下半年,我第一次造访斯特拉特福,在那里观看了朱迪·丹奇和唐纳德·辛登主演的《第十二夜》。感谢豪尔赫·卡拉多陪我去看那场演出,感谢他在帕丁顿站附近的一个摊位上,凭记忆把我最爱的一首莎士比亚十四行诗录成了黑胶唱片,感谢他那本分析奥利弗版《奥瑟罗》的书——感谢他这些年来为我做的一切。

---

[*] 化用自《莎士比亚十四行诗》开篇献词。

[†] 雨果·戴森(1896—1975),英国学者、作家,与J. R. R. 托尔金、C. S. 刘易斯等同为迹象文学社(Inklings)成员。

图片来源

扉页后 The First Folio.

p. 8 Colin Underhill/Alamy Stock Photo;

p. 9 Corbis/Getty Images;

pp. 14-15 Art Collection/Alamy Stock Photo;

p. 16 British Museum;

p. 18 Topfoto.co.uk;

p. 22 Topfoto.co.uk;

p. 25 © Shakespeare Birthplace Trust;

p. 34 Shutterstock;

p. 37 © Victoria and Albert Museum, London;

pp. 48-49 Shutterstock;

p. 123 Angus McBean © RSC;

pp. 148-149 Shutterstock;

p. 189 Alamy Stock Photo;

p. 213 Getty Images;

pp. 232-233 Colección de Arte Amalia Lacroze de Fortabat;

pp. 234-235 © Tate Britain;

pp. 238-239 © Tate Britain;

pp. 242-243 © Tate Britain;

p. 250 © The Makins Collection/Bridgeman Images;

p. 252 © 2018. The Metropolitan Museum of Art/Art Resource/Scala, Florence;

pp. 260-261 Getty Images;

pp. 272-273 Alamy Stock Photo;

pp. 282-283 Alamy Stock Photo;

pp. 292-293 Topfoto.co.uk;

pp. 306-307 Shutterstock;

pp. 312-313 Reg Wilson © RSC;

pp. 318-319 Sara Krulwich/New York Times.

译名对照表

（按首字拼音顺序排列）

人名

A

A. C. 布拉德利 A. C. Bradley

阿埃基摩 Iachimo

阿波罗 Apollo

阿道司·伦纳德·赫胥黎 Aldous Leonard Huxley

阿德里安娜 Adriana

阿多尼 Adonis

阿尔·乔尔森 Al Jolson

阿尔伯特·芬尼 Albert Finney

阿尔弗雷德·丁尼生 Alfred Tennyson

阿尔弗雷德·诺伊斯 Alfred Noyes

阿格立巴 Agrippa

阿喀琉斯 Achilles

阿里奥斯托 Ariosto

阿里贝特·赖曼 Aribert Reimann

阿里戈·博伊托 Arrigo Boito

阿隆佐 Alonso

阿诺德·勋伯格 Arnold Schoenberg

阿瑟·约翰·吉尔古德爵士 Sir Arthur John Gielgud

阿维拉古斯 Arviragus

埃阿斯 Ajax

埃德蒙·贝特伦 Edmund Bertram

埃德蒙·基恩 Edmund Kean

埃德蒙·斯宾塞 Edmund Spenser

埃里希·沃夫冈·柯恩戈尔德 Erich Wolfgang Korngold

埃米尔·詹宁斯 Emil Jannings

埃米利奥·德·卡瓦里埃利 Emilio de' Cavalieri

埃斯库罗斯 Aeschylus

艾弗·布朗 Ivor Brown

艾克托尔·柏辽兹 Hector Berlioz

艾丽丝·默多克 Iris Murdoch

艾伦 Aaron

艾伦·金斯伯格 Allen Ginsberg

艾伦·特里 Ellen Terry

艾梅·费尔南·达维德·塞泽尔 Aimé Fernand David Césaire

艾西巴第斯 Alcibiades
爱德华·邦德 Edward Bond
爱德华·德·维尔 Edward de Vere
爱德华·亨利·戈登·克雷 Edward Henry Gordon Craig
爱德华·肯尼迪·艾灵顿 Edward Kennedy Ellington
爱德华·威廉·埃尔加爵士 Sir Edward William Elgar
爱德华四世 Edward IV
爱德伽 Edgar
爱丽儿 Ariel
爱洛斯 Eros
爱米利娅 Emilia
爱诺巴勃斯 Enobarbus
爱斯卡勒斯 Escalus
爱文斯 Evans
安德鲁·艾古契克爵士 Sir Andrew Aguecheek
安德鲁·斯科特 Andrew Scott
安东尼 Antony
安东尼·曼 Anthony Mann
安东尼·尼科尔斯 Anthony Nicholls
安东尼·谢尔 Antony Sher
安东尼奥 Antonio
安夫人 Lady Anne

安妮·哈瑟维 Anne Hathaway
安提福勒斯 Antipholus
安哲鲁 Angelo
奥本尼 Albany
奥布朗 Oberon
奥德蕾 Audrey
奥菲狄乌斯 Aufidius
奥古斯特·威廉·施莱格尔 August Wilhelm Schlegel
奥克泰维斯 Octavius
奥克泰维娅 Octavia
奥兰多 Orlando
奥丽维娅 Olivia
奥列佛 Oliver
奥斯华德 Oswald
奥斯卡·王尔德 Oscar Wilde
奥斯卡·尤斯蒂斯 Oskar Eustis
奥斯里克 Osric
奥维德 Ovid
奥西诺 Orsino

B

巴吕赫·斯宾诺莎 Baruch Spinoza
巴那丁 Barnadine
巴萨尼奥 Bassanio
巴兹·鲁赫曼 Baz Luhrmann

芭芭拉·斯坦威克 Barbara Stanwyck
薄伽丘 Boccaccio
宝丽娜 Paulina
鲍里斯·约翰逊 Boris Johnson
鲍西娅 Portia
鲍益 Berowne
贝罗娜 Bellona
贝诺佐·戈佐利 Benozzo Gozzoli
贝特丽丝 Beatrice
贝托尔特·布莱希特 Bertolt Brecht
本·阿弗莱克 Ben Affleck
本·琼森 Ben Jonson
本·卫肖 Ben Whishaw
本尼迪克特·康伯巴奇 Benedict Cumberbatch
比利·耐尔 Billy Nair
彼得·巴恩斯 Peter Barnes
彼得·布鲁克 Peter Brook
彼得·马科 Peter Markoe
彼得·施梅克斯 Peter Scheemakers
彼得·伊里奇·柴可夫斯基 Pyotr Ilyich Tchaikovsky
彼特鲁乔 Petruchio
俾隆 Berowne
毕达哥拉斯 Pythagoras
毕萨尼奥 Pisanio

波顿 Bottom
波力克希尼斯 Polixenes
波林勃洛克 Bolingbroke
波洛涅斯 Polonius
波塞摩斯 Posthumus
勃金汉公爵 Buckingham
勃拉班修 Brabantio
勃鲁托斯 Brutus
勃特拉姆 Bertram
博学者萨克索 Saxo Grammaticus
布拉克法官 Judge Brack
布洛妮斯拉娃·尼金斯卡 Bronislava Nijinska

C

查尔斯·狄更斯 Charles Dickens
查尔斯·肯布尔 Charles Kemble
查尔斯·兰姆 Charles Lamb
查理·卓别林 Charlie Chaplin
查米恩 Charmian

D

D. H. 劳伦斯 David Herbert Lawrence
大卫·加里克 David Garrick
大卫·罗伯茨 David Roberts
大卫·田纳特 David Tennant

大卫·沃勒 David Waller
丹尼尔·克莱默 Daniel Kramer
丹尼尔·麦克利斯 Daniel Maclise
道格培里 Dogberry
道莎贝尔 Dowsabel
得墨忒耳 Demeter
得伊达墨亚 Deidamia
德尔默·戴夫斯 Delmer Daves
德尼·狄德罗 Denis Diderot
德西塔斯 Dercetas
狄安娜 Diana
狄俄墨得斯 Diomedes
杜立特尔 Doolittle

E
俄底修斯 Ulysses
俄耳甫斯 Orpheus
恩塞·诺塞顿 Ensign Northerton

F
法厄同 Phaethon
凡伦丁 Valentine
凡农 Vernon
范顿 Fenton
菲苾 Phebe
菲利普·锡德尼 Philip Sidney

斐苔尔 Fidele
费利克斯·门德尔松 Felix Mendelssohn
费斯特 Feste
弗吉尼亚·伍尔夫 Virginia Woolf
弗莱维斯 Flavius
弗兰奇·劳伦斯 French Laurence
弗朗西斯·培根 Francis Bacon
弗雷德·谢皮西 Fred Schepisi
弗里德里希·尼采 Friedrich Nietzsche
弗罗利泽 Florizel
伏尔泰 Voltaire
伏伦妮娅 Volumnia
伏脱冷 Vautrin
佛朗哥·泽菲雷利 Franco Zeffirelli
福丁布拉斯 Fortinbras
福斯塔夫 Falstaff
福特·马多克斯·布朗 Ford Madox Brown
富赛利 Fuseli

G
盖尼米德 Ganymede
盖兹希尔 Gadshill
刚特 Gaunt
格兰达·杰克逊 Glenda Jackson

格雷格·亨利 Gregg Henry
格里戈里·米哈伊洛维奇·科津采夫 Grigori Mikhaylovich Kozintsev
葛莱西安诺 Gratiano
葛兰道厄 Glendower
葛丽泰·嘉宝 Greta Garbo
葛罗斯特 Gloucester
贡柴罗 Gonzalo
古斯塔夫·福楼拜 Gustave Flaubert
龟奴 Boult
桂嫂 Mistress Quickly

H
H. K. 艾利夫 H. K. Ayliff
哈得斯 Hades
哈尔亲王 Prince Hal
哈罗德·霍布森 Sir Harold Hobson
哈姆莱特 Hamlet
海达·高布乐 Hedda Gabler
海拉特·詹森 Gheeraert Janssen
海丽娜 Helena
海伦·米伦 Helen Mirren
海司丁斯 Hastings
亥伯龙神 Hyperion
豪尔赫·卡拉多 Jorge Calado
豪尔赫·路易斯·博尔赫斯 Jorge Luis Borges
赫伯特 Hubert
赫伯特·比尔博姆·特里爵士 Sir Herbert Beerbohm Tree
赫伯特·乔治·威尔斯 Herbert George Wells
赫卡柏 Hecuba
赫克托 Hector
赫拉克勒斯 Heculus
赫米温妮 Hermione
赫米娅 Hermia
黑格尔 Hegel
黑泽明 Akira Kurosawa
亨里克·易卜生 Henrik Ibsen
亨利·福塞利 Henry Fuseli
亨利·康德尔 Henry Condell
亨利·克莱·福尔杰 Henry Clay Folger
亨利·克劳福德 Henry Crawford
亨利·欧文 Henry Irving
亨利·威廉·麦卡锡 Henry William McCarthy
亨利·沃利斯 Henry Wallis
亨利·詹姆斯 Henry James
亨利五世 Henry V
华列克 Warwick
霍茨波 Hotspur

霍雷肖·纳尔逊 Horatio Nelson
霍林斯赫德 Raphael Holinshed
霍罗福尼斯 Holofernes

J
加布里埃尔·让·巴蒂斯特·欧内斯特·威尔弗雷德·勒古韦 Gabriel Jean Baptiste Ernest Wilfrid Legouvé
简·奥斯汀 Jane Austen
杰弗雷·乔叟 Geoffrey Chaucer
杰弗里·拉什 Geoffrey Rush
杰克·凯德 Jack Cade
杰克·凯鲁亚克 Jack Kerouac
杰奎斯 Jaques
杰西卡 Jessica

K
卡罗琳·道内 Caroline Dawnay
卡洛·奥斯瓦尔多·哥尔多尼 Carlo Osvaldo Goldoni
卡密罗 Camillo
凯蒂·米歇尔 Katie Mitchell
凯列班 Caliban
凯伦·布里克森 Karen Blixen
凯普莱特 Capulet
凯撒里昂 Cesarion

凯瑟丽娜（凯特）Katherina
凯瑟琳王后 Queen Katherine
凯文·史派西 Kevin Spacey
凯歇斯 Cassius
考狄利娅 Cordelia
科尔·波特 Cole Porter
科利奥兰纳斯 Coriolanus
克来勃 Crab
克莱伦斯 Clarence
克莱门丝·戴恩 Clemence Dane
克兰默 Cranmer
克劳狄斯 Claudius
克雷尔 Krell
克里斯托弗·雷西尔·韦伯 Christopher Rahere Webb
克里斯托弗·马洛 Christopher Marlowe
克莉奥佩特拉 Cleopatra
克洛顿 Cloten
肯尼思·布拉纳 Kenneth Branagh
肯特 Kent
奎尔普 Quilp

L
拉尔夫·费因斯 Ralph Fiennes
拉尔夫·沃恩·威廉斯 Ralph Vaughan

Williams
拉尔夫·沃尔多·爱默生 Ralph Waldo Emerson
拉摩德 Lamond
拉斯蒂涅 Rastignac
拉维妮娅 Lavinia
莱必多斯 Lepidus
莱斯利·班克斯 Leslie Banks
莱斯利·霍华德 Leslie Howard
朗斯 Launce
劳伦斯·克尔·奥利弗 Laurence Kerr Olivier
劳伦斯·斯特恩 Laurence Sterne
劳伦斯神甫 Friar Laurence
老乔治·科尔曼 George Colman the Elder
老托马斯·林利 Thomas Linley the Elder
李尔王 King Lear
里昂提斯 Leontes
里奥那托 Leonato
里奥那托斯 Leonatus
理查德·伯比奇 Richard Burbage
理查德·格奥尔格·施特劳斯 Richard Georg Strauss
理查德·隆克瑞恩 Richard Loncraine

理查德·米尔班克 Richard Milbank
理查德·瓦格纳 Wilhelm Richard Wagner
理查三世 Richard III
利诺克斯 Lennox
列奥纳多·达·芬奇 Leonardo da Vinci
卢克莱修 Lucretius
鲁伯特·古尔德 Rupert Goold
鲁伯特·克里斯蒂安森 Rupert Christiansen
鲁弗斯·诺里斯 Rufus Norris
路森修 Lucentio
路易-弗朗索瓦·卢比里埃克 Louis-François Roubiliac
露西安娜 Luciana
露西塔 Lucetta
伦纳德·伯恩斯坦 Leonard Bernstein
罗伯特·艾克 Robert Icke
罗伯特·埃奇·派恩 Robert Edge Pine
罗伯特·勃朗宁 Robert Browning
罗伯特·格林 Robert Greene
罗德利哥 Roderigo
罗多维科 Lodovico
罗兰佐 Lorenzo
罗里·金尼尔 Rory Kinnear

罗曼·波兰斯基 Roman Polanski
罗曼·罗兰 Romain Rolland
罗密欧 Romeo
罗纳德·高尔勋爵 Lord Ronald Gower
罗塞特 Rosette
罗瑟琳 Rosalind
洛夫莱斯 Lovelace
洛斯 Ross

M
马丁·德罗肖特 Martin Droeshout
马尔康 Malcolm
马尔科姆·X Malcolm X,
马尔斯 Mars
马夫罗宾 Robin Ostler
马伏里奥 Malvolio
马格韦契 Magwitch
马克斯·莱因哈特 Max Reinhardt
马夸特 Marcourt
马龙·白兰度 Marlon Brando
马修·阿诺德 Matthew Arnold
玛格丽特·埃莉诺·阿特伍德 Margaret Eleanor Atwood
玛格丽特·撒切尔 Margaret Thatcher
玛克斯 Marcus
玛丽·安·埃文斯 Mary Ann Evans

玛丽·麦卡锡 Mary McCarthy
玛丽·圣克莱尔·伯恩 Mary St. Clare Byrne
玛利娅 Maria
迈克尔·多布森 Michael Dobson
迈克尔·戈夫 Michael Gove
迈克尔·霍夫曼 Michael Hoffman
迈密勒斯 Mamillius
麦克白 Macbeth
麦克白夫人 Lady Macbeth
麦克德夫 Macduff
麦克唐华德 Macdonwald
毛顿 Morton
茂丘西奥 Mercutio
茂西那斯 Maecenas
蒙茅斯的杰弗里 Geoffrey of Monmouth
蒙太古 Montague
蒙田 Montaigne
米开朗基罗 Michelangelo
米兰达 Miranda
米尼涅斯 Menenius
米歇尔·阿米瑞亚德 Michael Almereyda
莫比亚斯博士 Dr Morbius
莫里斯·摩根 Maurice Morgann
墨丘利 Mercury

N

纳尔逊·曼德拉 Nelson Mandela
纳森聂尔 Nathaniel
南希 Nancy
内厄姆·泰特 Nahum Tate
尼古拉斯·希特纳 Nicholas Hytner
涅俄普托勒摩斯 Neoptolemus
涅斯托 Nestor
诺玛·希勒 Norma Shearer
诺森伯兰 Northumberland

O

欧里庇得斯 Euripides
欧内斯特·道登 Ernest Dowden
欧仁·德拉克罗瓦 Eugène Delacroix
欧苏拉 Ursula

P

P. T. 巴纳姆 P. T. Barnum
帕洛 Parolles
帕特里克·怀特 Patrick White
帕特洛克罗斯 Patroclus
潘达洛斯 Pandarus
潘狄塔 Perdita
潘西诺 Panthino
培拉律斯 Belarius

培尼狄克 Benedick
佩德罗·卡尔德隆·德·拉·巴尔卡 Pedro Calderón de la Barca
皮拉摩斯 Pyramus
匹普 Pip
迫克 Puck
珀耳塞福涅 Persephone
珀西·比希·雪莱 Percy Bysshe Shelley
普劳图斯 Plautus
普里阿摩斯 Priam
普里阿普斯 Priapus
普里查德夫人 Mrs. Pritchard
普鲁塔克 Plutarch
普鲁托 Pluto
普罗透斯 Proteus
普洛斯彼罗 Prospero

Q

乔纳斯·威尔克森 Jonas Wilkerson
乔特鲁德 Gertrude
乔治·艾略特 George Eliot
乔治·奥森·威尔斯 George Orson Welles
乔治·奥威尔 George Orwell
乔治·弗里德里希·亨德尔 George Frideric Handel

乔治·戈登·拜伦 George Gordon Byron
乔治·库克 George Cukor
乔治·罗姆尼 George Romney
乔治·威尔金斯 George Wilkins
乔治娜·布莱克威尔 Georgina Blackwell
钦提奥 Cinthio
裘德·洛 Jude Law
裘力斯·凯撒 Julius Caesar

R
让·西贝柳斯 Jean Sibelius
弱汉 Feeble

S
萨尔瓦多·达利 Salvador Dalí
萨拉里诺 Solanio
萨姆·门德斯 Sam Mendes
萨提尔 satyr
塞克斯 Sikes
塞缪尔·巴克利·贝克特 Samuel Barclay Beckett
塞缪尔·科尔曼 Samuel Colman
塞缪尔·理查逊 Samuel Richardson
塞缪尔·皮普斯 Samuel Pepys

塞缪尔·泰勒·柯尔律治 Samuel Taylor Coleridge
塞缪尔·约翰逊 Samuel Johnson
塞内加 Seneca
赛伊大人 Lord Say
赛伊勋爵 Lord Saye
三船敏郎 Toshirô Mifune
桑尼·文卡特拉特南 Sonny Venkatrathnam
莎拉·克斯托曼 Sara Kestelman
圣女贞德 Saint Joan
司汤达 Stendhal
斯丹法诺 Stephano
斯蒂芬·桑德海姆 Stephen Sondheim
斯凯勒斯 Scarus
斯赖 Sly
索福克勒斯 Sophocles

T
T. S. 艾略特 Thomas Stearns Eliot
塔昆 Tarquin
塔摩拉 Tamora
塔姆辛·格雷格 Tamsin Greig
台维 Davy
苔丝狄蒙娜 Desdemona
泰奥菲尔·戈蒂耶 Théophile Gautier

泰莎 Thaisa
泰特斯·安德洛尼克斯 Titus Andronicus
汤姆 Tom
汤姆·斯托帕德 Tom Stoppard
唐·彼德罗 Don Pedro
唐·亚马多 Don Armado
唐纳德·辛登 Donald Sinden
忒耳西忒斯 Thersites
忒修斯 Theseus
特拉尼奥 Tranio
特雷弗·纳恩 Trevor Nunn
特林鸠罗 Trinculo
提斯柏 Thisbe
提泰妮娅 Titania
田纳西·威廉斯 Tennessee Williams
托比·培尔契爵士 Sir Toby Belch
托马斯·德·昆西 Thomas De Quincey
托马斯·庚斯博罗 Thomas Gainsborough
托马斯·卡莱尔 Thomas Carlyle
托马斯·洛奇 Thomas Lodge
托马斯·帕特里克·贝特顿 Thomas Patrick Betterton
陀思妥耶夫斯基 Fyodor Mikhailovich Dostoevsky

W

W. H. 奥登 Wystan Hugh Auden
威廉·爱德华·布格哈特·杜波依斯 William Edward Burghardt Du Bois
威廉·布莱克 William Blake
威廉·查尔斯·麦克雷迪 William Charles Macready
威廉·达文南特 William Davenant
威廉·黑兹利特 William Hazlitt
威廉·华兹华斯 William Wordsworth
威廉·霍加斯 William Hogarth
威廉·卡洛斯·威廉斯 William Carlos Williams
威廉·卡彭 William Capon
威廉·康格里夫 William Congreve
威廉·莎士比亚 William Shakespeare
威灵顿公爵 Duke of Wellington
薇奥拉 Viola
维尔纳·克劳斯 Werner Krauss
维克多·雨果 Victor Hugo
维克托·乔里 Victor Jory
维纳斯 Venus
维夏·巴德瓦杰 Vishal Bhardwaj
温德姆·路易斯 Wyndham Lewis
沃尔特·惠特曼 Walt Whitman
沃尔特·司各特爵士 Sir Walter Scott

沃尔特·西苏鲁 Walter Sisulu
伍尔习 Wolsey

X
西巴斯辛 Sebastian
西格蒙德·弗洛伊德 Sigmund Freud
西格尼斯 Cygnus
西萨里奥 Cesario
西塞律斯 Sicilius
西西涅斯 Sicinius
希波吕忒 Hippolyta
希金斯教授 Professor Higgins
希拉·布朗 Sheila Brown
希罗 Hero
夏禄 Shallow
夏洛克 Shylock
萧伯纳 George Bernard Shaw
小汉斯·霍尔拜因 Hans Holbein the Younger
小托马斯·林利 Thomas (Tom) Linley the younger
谢尔盖·米哈伊洛维奇·爱森斯坦 Sergei Mikhailovich Eisenstein
谢尔盖·普罗科菲耶夫 Sergei Prokofiev
辛克莱·刘易斯 Sinclair Lewis

休伯特·帕里 Sir Charles Hubert Hastings Parry
修里奥 Thurio
许门 Hymen
叙拉古的德洛米奥 Dromio of Syracuse

Y
亚历山大·蒲柏 Alexander Pope
扬·科特 Jan Kott
伊阿古 Iago
伊恩·拉塞尔·麦克尤恩 Ian Russell McEwan
伊恩·麦克迪阿梅德 Ian McDiarmid
伊吉斯 Egeus
伊里斯 Iris
伊曼纽尔·列维纳斯 Emmanuel Levinas
伊摩琴 Imogen
伊勤 Egeon
伊桑·霍克 Ethan Hawke
伊莎贝拉 Isabella
伊沃·冯·霍夫 Ivo van Hove
因诺肯季·米哈伊洛维奇·斯莫克图诺夫科斯基 Innokenty Mikhaylovich Smoktunovsky
尤金·奥尼尔 Eugene O'Neill

雨果·戴森 Hugo Dyson
郁利克 Yorick
约翰·埃弗里特·米莱斯爵士 Sir John Everett Millais
约翰·博伊德尔 John Boydell
约翰·德莱顿 John Dryden
约翰·多恩 John Donne
约翰·弗莱彻 John Fletcher
约翰·福特 John Ford
约翰·赫明 John Heminge(s)
约翰·霍冶·厄普代克 John Hoyer Updike
约翰·济慈 John Keats
约翰·昆西·亚当斯·沃德 John Quincy Adams Ward
约翰·罗斯金 John Ruskin
约翰·马登 John Madden
约翰·马丁 John Martin
约翰·弥尔顿 John Milton
约翰·莫伊尔·史密斯 John Moyr Smith
约翰·沃尔夫冈·冯·歌德 Johann Wolfgang von Goethe
约翰·西蒙 John Simon
约翰·约瑟夫·佐法尼 Johan Joseph Zoffany

约翰亲王 Prince John
约瑟夫·马洛德·威廉·透纳 Joseph Mallord William Turner
约瑟夫·曼凯维奇 Joseph Mankiewicz
约瑟夫·诺埃尔·佩顿爵士 Sir Joseph Noël Paton

Z

詹姆斯·阿吉 James Agee
詹姆斯·巴里 James Barry
詹姆斯·鲍斯韦尔 James Boswell
詹姆斯·斯图尔特 James Stewart
詹姆斯一世 James I
朱庇特 Jupiter
朱迪·丹奇 Judi Dench
朱尔·拉弗格 Jules Laforgue
朱丽·泰莫 Julie Taymor
朱丽叶 Juliet
朱利娅 Julia
朱塞佩·威尔第 Giuseppe Fortunino Francesco Verdi

地名

A

阿金库尔 Agincourt
埃尔西诺 Elsinore

埃文河畔斯特拉特福 Stratford-upon-Avon
艾里达奈斯河 River Eridanos
爱奥尼亚海 Ionian Sea

B
巴特西电站 Battersea power station
贝尔蒙特 Belmont
伯利恒 Bethlehem.
布加勒斯特 Bucharest
布伦佛德 Brainford

D
督伊德 Druid

F
腓利比 Philippi

H
赫尔辛格 Helsingør

K
康沃尔郡 Cornwall

L
莱斯特 Leicester

伦敦南岸教堂 Southwark Cathedral
罗本岛 Robben Island

M
曼多亚 Mantuan
曼托瓦 Mantua
蒙特普尔恰诺 Montepulciano
米德兰兹郡 Midlands
米尔福德港 Milford Haven

S
萨尔茨堡 Salzburg
萨格勒布 Zagreb
萨拉热窝 Sarajevo
圣马可广场 Piazza San Marco
圣潘克拉斯 St Pancras

W
维罗纳 Verona
温布利 Wembley
沃里克郡 Warwickshire

Y
亚历山德里亚 Alexandria
伊利里亚 Illyria
伊利西姆 Elysium

专有名词

A
阿尔梅达剧院 Almeida Theatre

B
百视达音像店 Blockbuster Video
布莱尼姆宫 Blenheim Palace
布赖特巴特新闻网 Breitbart News Network

D
戴拉寇特剧院 Delacorte Theater
德鲁里巷 Drury Lane
多佛城堡 Dover Castle

H
海德隆戏剧公司 Headlong Theatre Company
环球剧院 Globe Theatre
皇家剧院 Theatre Royal

J
迹象文学社 The Inklings

M
迈索尔皇宫 Maharaja's Palace
美第奇-里卡尔第宫 Medici-Riccardi Palace
墨香特伊沃里制片公司 Merchant Ivory Production

S
圣斯蒂芬大教堂 St Stephen's Cathedral

W
威斯敏斯特教堂 Westminster Abbey

Y
英国国家剧院 National Theatre

文艺作品

A
《安眠封闭了我的灵魂》*A Slumber Did My Spirit Seal*
《奥菲利娅》*Ophelia*
《奥兰多》*Orlando*
《奥姆卡拉》*Omkara*

B
《巴比特》*Babbitt*
《百则故事》*Hecatommithi*

《暴风雨》The Tempest
《悲悼》Mourning Becomes Electra
《悲剧的起源》The Birth of Tragedy
《贝特丽丝与培尼狄克》Béatrice et
　　Bénédict
《被缚的普罗米修斯》Prometheus
　　Unbound
《希腊罗马名人传》Lives of the Noble
　　Greeks and Romans
《宾果》Bingo

C
《草原上的李尔王》A Lear of the Steppes
《查尔斯·格兰迪森爵士》Sir Charles
　　Grandison
《春梦婆的洞穴》Queen Mab's Cave
《春天及一切》Spring and All
《从拉莱米来的人》The Man from
　　Laramie

D
《大胆妈妈和她的孩子们》Mutter
　　Courage und ihre Kinder
《大使们》The Ambassadors
《诞辰庆典》Jubilee
《悼女友伊丽莎白·德鲁丽小姐》Elergy
　　on Mistress Elizabeth Drury
《道连·格雷的画像》The Picture of
　　Dorian Gray
《堤厄斯忒斯》Thyestes
《第十二夜》Twelfth Night
《冬天的故事》The Winter's Tale
《多情客游记》A Sentimental Journey

F
《腓迪南被爱丽儿引诱》Ferdinand
　　Lured by Ariel
《风暴眼》The Eye of the Storm
《福斯塔夫》Falstaff
《复仇女神》The Furies

G
《高老头》Père Goriot

H
《哈姆莱特》Hamlet
《哈姆莱特与恶魔》Hamlet and Daemon
《哈姆莱特与霍拉旭在墓地》Hamlet
　　and Horatio in the Graveyard
《哈姆莱特与另一重自我》Hamlet With
　　His Shadow Self
《海德尔》Haider

《豪门怪杰》The Ruling Class
《黑人的灵魂》The Souls of Black Folk
《黑王子》The Black Prince
《幻想交响曲》Symphonie fantastique

J
《坚果壳》Nutshell
《建筑大师》The Master Builder
《皆大欢喜》As You Like It
《禁爱记》Das Liebesverbot
《禁忌星球》Forbidden Planet

K
《凯撒与克莉奥佩特拉》Caesar and Cleopatra
《坎皮耶洛》Il Campiello: A Venetian Comedy
《科利奥兰纳斯》Coriolanus
《克拉丽莎》Clarissa: Or the History of a Young Lady

L
《拉辛与莎士比亚》Racine et Shakespeare
《老古玩店》The Old Curiosity Shop
《雷力欧，或生命的回程》Lélio, ou Le Retour à la vie
《李尔王的历史》The History of King Lear
《李尔王在考狄利娅尸体前恸哭》King Lear Weeping Over the Dead Body of Cordelia
《利西达斯》Lycidas
《灵与肉的写照》Rappresentatione di Anima, e di Corpo
《孪生兄弟》Menaechmi
《乱》Ran
《论仇恨的快感》On the Pleasure of Hating

M
《马丁·翟述伟》Martin Chuzzlewit
《麦克白、班柯和女巫们》Macbeth, Banquo and the Witches
《麦克白、班柯与三女巫》Macbeth, Banquo and the Three Witches
《麦克白夫人争夺匕首》Lady Macbeth Seizing the Daggers
《麦克布尔》Maqbool
《曼弗雷德》Manfred
《弥赛亚》Messiah
《米德尔马契》Middlemarch

《魔幻岛》The Enchanted Island
《末日尽头》The Edge of Doom
《莫班小姐》Mademoiselle de Maupin

N
《男人与妻子》Man and Wife

P
《皮格马利翁》Pygmalion
《评戏剧角色约翰·福斯塔夫爵士》An Essay on the Dramatic Character of Sir John Falstaff
《迫克与精灵们》Puck and Fairies

Q
《弃儿汤姆·琼斯的历史》Tom Jones
《乔特鲁德的反驳》Gertrude Talks Back
《乔特鲁德与克劳狄斯》Gertrude and Claudius
《裘力斯·凯撒》Julius Caesar
《群魔》The Possessed

R
《热情的朝圣者》The Passionate Pilgrim
《热铁皮屋顶上的猫》Cat on A Hot Tim Roof

《人类摘要》The Human Abstract
《人人莎士比亚》Everybody's Shakespeare
《如此世道》The Way of the World
《"如天使降自云端"》"As if an Angel dropp'd down from the Clouds"

S
《莎剧演员》Shakespeare-Wallah
《莎士比亚的王国》Shakespeare's Kingdom
《莎士比亚全集》The Works of Mr. William Shakespear
《莎士比亚颂》Dedication Ode（简称《颂歌》）
《莎士比亚戏剧故事集》Tales from Shakespeare
《莎士比亚在埃文河畔斯特拉特福的居所》Shakespeare's House, Stratford-upon-Avon
《莎氏对萧》Shakes versus Shav
《莎翁情史》Shakespeare in Love
《伤感之歌》Tristia
《上上下下》Up and Down, Up and Down
《神曲》La commedia

《圣女贞德》Saint Joan

《十日谈》Decamerone

《世界大剧院》El Gran Teatro del Mundo

《抒情诗礼赞》Lyric Ode

T

《泰尔亲王配力克里斯》Pericles

《特洛伊罗斯与克瑞西达》Troilus and Cressida

《特洛伊人》Les Troyens

《甜蜜雷霆》Such Sweet Thunder

《帖木儿大帝》Tamburlaine the Great

W

《万物与虚无》Everything and Nothing

《威廉·麦斯特的学习时代》Wilhelm Meister's Apprenticeship

《威廉·莎士比亚：横空出世》Will Shakespeare: An Invention

《威廉·莎士比亚先生的喜剧、历史剧和悲剧》Mr. William Shakespeare's Comedies, Histories & Tragedies（即 The First Folio，"第一对开本"）

《威尼斯街道》A Street in Venice

《威尼斯商人》The Merchant of Venice

《维罗纳二绅士》The Two Gentlemen of Verona

《维纳斯与阿多尼》Venus and Adonis

《伟人的疯狂》Madness in Great Ones

《吻我，凯特》Kiss Me, Kate

《我们的同代人莎士比亚》Shakespeare Our Contemporary

《无事生非》Much Ado About Nothing

《午夜钟声》Campanadas a medianoche

《物性论》De rerum natura

《雾都孤儿》Oliver Twist

X

《西区故事》West Side Story

《侠骨柔情》My Darling Clementine

《仙后》The Faerie Queene（埃德蒙·斯宾塞长诗）

《仙后》The Fairy-Queen（亨利·珀塞尔歌剧）

《献给音乐的小夜曲》Serenade to Music

《项狄传》The Life and Opinions of Tristram Shandy

《心碎之屋》Heartbreak House

《驯悍记》The Taming of the Shrew

Y

《雅典的泰门》Timon of Athens

《摇摆吧，莎士比亚先生》Shake, Mr. Shakespeare
《一报还一报》Measure for Measure
《一场风暴》Une Tempête
《一个天主教女孩的童年回忆》Memories of A Catholic Girlhood
《英语语法》English Grammar
《咏莎士比亚剧中的精灵、飞仙与女巫》Lyric Ode on the Fairies, Aerial Beings and Witches of Shakespeare
《寓言》Moralités Légendaires
《远大前程》Great Expectations
《远走高飞》Jubal
《约翰王》King John

Z

《早安》The Good-Morrow
《战争中的国王》Kings of War
《蜘蛛巢城》Throne of Blood
《终成眷属》All's Well That Ends Well
《仲夏夜之梦》A Midsummer Night's Dream
《朱丽叶和她的奶妈》Juliet and Her Nurse
《自然与激情照料下的幼年莎士比亚》Infant Shakespeare Attended by Nature and the Passions
《走出非洲》Out of Africa
《罪与罚》Crime and Punishment
《坐而重读李尔王》On Sitting Down to Read King Lear Once Again

里程碑文库
The Landmark Library

"里程碑文库"是由英国知名独立出版社宙斯之首（Head of Zeus）于2014年发起的大型出版项目，邀请全球人文社科领域的顶尖学者创作，撷取人类文明长河中的一项项不朽成就，以"大家小书"的形式，深挖其背后的社会、人文、历史背景，并串联起影响、造就其里程碑地位的人物与事件。

2018年，中国新生代出版品牌"未读"（UnRead）成为该项目的"东方合伙人"。除独家全系引进外，"未读"还与亚洲知名出版机构、中国国内原创作者合作，策划出版了一系列东方文明主题的图书加入文库，并同时向海外推广，使"里程碑文库"更具全球视野，成为一个真正意义上的开放互动性出版项目。

在打造这套文库的过程中，我们刻意打破了时空的限制，把古今中外不同领域、不同方向、不同主题的图书放到了一起。在兼顾知识性与趣味性的同时，也为喜欢此类图书的读者提供了一份"按图索骥"的指南。

作为读者，你可以把每一本书看作一个人类文明之旅的坐标点，每一个目的地，都有一位博学多才的讲述者在等你一起畅谈。

如果你愿意，也可以将它们视为被打乱的拼图。随着每一辑新书的推出，你将获得越来越多的拼图块，最终根据自身的阅读喜好，拼合出一幅完全属于自己的知识版图。

我们也很希望获得来自你的兴趣主题的建议，说不定它们正在或将在我们的出版计划之中。

里程碑文库编委会